古典詩歌研究彙刊

第十輯

龔鵬程 主編

第18冊

清代譚瑩「論詞絕句」研究（上）

王曉雯 著

國家圖書館出版品預行編目資料

清代譚瑩「論詞絕句」研究(上)／王曉雯 著 -- 初版 -- 新北市：
花木蘭文化出版社，2011〔民 100〕
目 2+248 面；17×24 公分
(古典詩歌研究彙刊 第十輯；第 18 冊)
ISBN 978-986-254-591-1（精裝）
1.（清）譚瑩 2. 清代詞 3. 詞論
820.91 100015361

古典詩歌研究彙刊
第十輯 第十八冊 ISBN：978-986-254-591-1

清代譚瑩「論詞絕句」研究（上）

作 者 王曉雯
主 編 龔鵬程
總 編 輯 杜潔祥
出 版 花木蘭文化出版社
發 行 所 花木蘭文化出版社
發 行 人 高小娟
聯絡地址 新北市永和區中正路五九五號七樓
電話：02-2923-1455 ／傳眞：02-2923-1452
網 址 http://www.huamulan.tw 信箱 sut81518@gmail.com
印 刷 普羅文化出版廣告事業
初 版 2011 年 9 月
定 價 第十輯 20 冊（精裝）新台幣 28,000 元

清代譚瑩「論詞絕句」研究（上）

王曉雯 著

作者簡介

王曉雯，2008年取得東吳大學中國文學系博士學位，隔年赴英國愛丁堡大學亞洲學系從事博士後研究，為期一年。現任國立成功大學通識教育中心博士後研究員。以中國古典詩詞為專門研究領域，目前關注晚清詞史與近代中國變遷等相關議題。

提　要

本文以譚瑩〈論詞絕句一百首〉、〈又三十六首・專論嶺南人〉、〈又四十首・專論國朝人〉，凡一百七十六首「論詞絕句」為研究對象。其中論唐宋詞人一百首，幾乎涵蓋此期詞史上值得一述之詞家，不僅品評歷來受關注之唐宋名家，亦論及不為評家所重之王詵、舒亶、曾覿等人，甚至蔡挺、蘇過、徐伸等，僅存一闋傳世之詞家，亦均有詩論之;另專論嶺南詞人三十六首，反映譚氏對鄉邦文獻之重視，詩中凡論嶺南詞人，皆附註說明，對於吾人研究嶺南詞家作品、軼事等，頗有助益，體現以詩存史、文獻保存之積極作用；又專論清代詞人四十首，集中評述前中期主要名家，有如一部簡明之清詞史，殊可留意。藉由此一百七十六首詩作探析，建構作者特具之詞學主張，並置於詞史發展脈絡，以明其說之承襲流衍。

論文研究章節進行如下：

第一章為緒論。說明研究動機與目的，界定材料範圍，進而提出研究方法。

第二章旨在探究譚瑩其人其事，包括作者生平經歷、詩詞風格，以及「論詞絕句」寫作年代之考證等相關背景研究。並總述譚氏詞學思想，歸納「論詞絕句」之評賞旨趣，以明其詞學主張。

第三章至第八章，詮釋「論詞絕句」各首意涵及相關論題；以時代為次，依詞史發展概況，區分各期詞家歸屬。另別立嶺南詞人與女詞人兩章作專門論述，以清眉目。

第九章總結全文。結合作者主要觀點，置之詞史發展脈絡予以評析，期使更全面地把握詞學思想之相關議題。

目次

上冊

第一章　緒　論

第一節　研究動機與目的

論詞絕句乃中國文學批評形式之一，與論詩絕句之本質作用相同，均以格律詩之形式進行批評或理論探索。論詩絕句濫觴於唐・杜甫〈戲爲六絕句〉，而後金・元好問〈論詩絕句三十首〉繼軌揚波，最爲人矚目。至清・王士禛仿元好問作〈戲仿元遺山論詩絕句三十二首〉，益帶動以絕句論詩，甚或其他藝術批評。〔註 1〕相較於論詩絕句悠久之歷程，論詞絕句卻導源於清人之創作，並由此蔚然成風，爲有清一代詞論之重要材料。〔註 2〕至論其內容，則涵括歷代詞人及詞作之評騭，反映作者之詞學主張及論詞特點，故批評與史料價值，實不

〔註 1〕錢大昕《十駕齋養新錄》云：「元遺山論詩絕句，效少陵、庾信文章老更成諸篇而作也。王貽上仿其體，一時爭效之。厥後宋牧仲、朱錫鬯之論畫，厲太鴻之論詞、論印，遞相祖述，而七絕中又別啓一户牖矣！」（臺北：臺灣商務印書館，1965 年 2 月），卷十六，頁 390。

〔註 2〕據王師偉勇蒐輯所得，凡四十四家七〇八首（含五古兩首，七律一首），爲目前所見論詞絕句整理最完善周全者。王師云：「孫克強《清代詞學》（北京：中國社會科學出版社，2004 年 7 月）第四章第三節（p.68～71），據吳氏（吳熊和）所錄，又增 4 家，然僅得 759 首，蓋將宋翔鳳 20 首，誤排作 12 首；又將譚瑩 176 首，誤排作 100 首。總計孫氏所錄，宜爲 42 家 843 首，扣除謝乃實所作，則爲 41 家 667 首。……然與本人至今所蒐 44 家 708 首，終遜色許多。」（「清代論詞絕句會通研究」，95 年度行政院國家科學委員會專題研究計畫。）

容忽視。

復考現今研究成果，最早之論文發表於一九八八年，至一九九八年止，十年當中僅六篇相關論文發表，〔註3〕且研究面向多集中探析厲鶚論詞十二首詩，相較清代論詞絕句創作風氣之盛，殊不相稱。二○○五年迄今，「論詞絕句」之研究漸受關注，諸家研究觸角亦廣泛延伸，不論單篇論文或學位論文均頗見具體成果，其中有總述「論詞絕句」之歷史發展、類型運用、材料搜輯與研究價值等相關議題〔註4〕；有專論、概論或舉隅一家之說〔註5〕；有舉隅評述諸家所論〔註6〕；

〔註3〕楊海明：〈從厲鶚論詞絕句看浙派詞論一斑〉，《唐宋詞論稿》（杭州：浙江古籍出版社，1988年5月）；宋邦珍：〈厲鶚論詞絕句的傳承與創新〉，《輔英學報》第十三期（1993年12月）；范道濟：〈從論詞絕句看厲鶚論詞「雅正」說〉，《黃岡師專學報》第十四卷第二期（1994年4月）；范三畏：〈試談厲鶚論詞絕句〉，《社科縱橫》（1995年第一期）；陶然：〈論清代孫爾準、周之琦兩家論詞絕句〉，《文學遺產》（1996年第一期）；徐照華：《厲鶚及其詞學研究‧厲鶚論詞絕句之研究》（高雄：高雄復文圖書出版社，1998年9月初版。

〔註4〕孫克強：〈詞學理論的重要載體——簡論清代論詞詩詞的價值〉，《廣州大學學報（社會科學版）》第7卷第1期（2007年6月）；邱美瓊、胡建次：〈論詞絕句在清代的運用與發展〉，《重慶社會科學》（2008年第7期）；胡建次：〈清代論詞絕句的運用類型〉，《廣西社會科學》（2009年第2期）；孫克強、楊傳慶：〈清代論詞絕句的詞史觀念及價值〉，《學術研究》（2009年第11期）；王師偉勇：〈搜輯清代論詞絕句應有之認知〉，《第二屆中華詞學國際學術研討會論文集》（澳門：澳門大學社會科學及人文學院，2009年12月）；王師偉勇：〈清代論詞絕句之整理、研究及價值〉，《第二屆兩岸韻文學學術研討會論文集——韻文的欣賞與研究》（臺北：世新大學，2010年）；陳水雲：〈論詞絕句的歷史發展〉，《國文天地》第26卷第6期（2010年11月）。

〔註5〕王師偉勇：〈馮煦〈論詞絕句〉論兩宋詞探析〉，《第四屆宋代文學國際研討會論文集》（杭州：浙江大學出版社，2006年10月）；王師偉勇、鄭琇文：〈清‧江昱〈論詞十八首〉探析〉，《國立高雄師範大學國文學報》第五期（2006年12月）；陶子珍：〈清代張祥河〈論詞絕句〉十首探析〉，《成大中文學報》第十五期（2006年12月）；王師偉勇、王曉雯：〈馮煦〈論詞絕句〉十六首探析〉，《清代文學與學術——近世文學國際研討會論文集之三》（臺北：新文豐出版公司，2007年3月）；王師偉勇、王曉雯：〈馮煦〈論詞絕句〉十六首探析〉，《清代文學與學術——近世文學國際研討會論文集之三》（臺北：新文

有以詞人詞作爲中心，評述各家說法〔註7〕；有以時代爲中心，專論或概述諸家之評〔註8〕；有選取某一議題，舉隅諸家說法評述〔註9〕，

豐出版公司，2007年3月）；王師偉勇、林淑華：〈陳澧論詞絕句六首探析〉，《政大中文學報》第七期（2007年6月）；王師偉勇、鄭琇文：〈高旭論十大家詞絕句探析〉，《第四屆國際暨第九屆全國清代學術研討會會議論文集》（高雄：中山大學主辦，2008年6月）；陳尤欣、朱小桂：〈馮煦〈論詞絕句十六首之三〉略論〉，《作家雜誌》（2008年第8期）；劉喜儀：《譚瑩《論詞絕句》論唐宋詞研究》（香港：香港中文大學，中國語言及文學部碩士論文，2008年7月）；王曉雯：《譚瑩「論詞絕句」研究》（臺北：東吳大學，中國文學系博士論文，2008年7月）趙福勇：〈汪筠〈讀詞綜書後〉論北宋詞人探析〉，《第五屆宋代文學國際研討會論文集》（廣州：暨南大學出版社，2009年）；王曉雯：〈宋翔鳳〈論詞絕句二十首〉論宋詞探析〉，《第五屆宋代文學國際研討會論文集》（廣州：暨南大學出版社，2009年）；謝永芳：〈譚瑩的〈論詞絕句〉及其學術價值〉，《圖書館論壇》第29卷第2期（2009年4月）；陸有富：〈從文廷式一首論詞詩看其對常州詞派的批評〉，《語文學刊》（2009年第4期）；詹杭倫：〈潘飛聲〈論粵東詞絕句〉說略〉，《西南師範大學學報（哲學社會科學版）》（2010年第1期）；劉青海：〈論夏承燾《瞿髯論詞絕句》中的詞學觀〉，《中國韻文學刊》（2011年第1期）。

〔註6〕陶然、劉琦：〈清代七家論詞絕句述評〉，《廈門教育學院學報》第七卷第一期（2005年3月）。

〔註7〕王師偉勇：〈清代「論詞絕句」論溫庭筠探析〉，《文與哲》第九期（高雄：國立中山大學中國文學系，2006年12月）；王師偉勇：〈清代「論詞絕句」論李白詞探析〉，《臺灣學術新視野——中國文學之部（二）》（臺北：五南圖書出版公司，2007年6月）；趙福勇：〈清代「論詞絕句」論賀鑄〈橫塘路〉詞探析〉，《臺北大學中文學報》第4期（2008年1月）；王師偉勇、林宏達：〈清代「論詞絕句」論李煜及其作品探析〉，《第五屆國際暨第十屆全國清代學術研討會論文集》（高雄：中山大學中文系，2009年6月）；趙福勇：〈清代「論詞絕句」論晏殊詞探析〉，《成大中文學報》第25期（2009年7月）；王淑蕙：〈清代「論詞絕句」論張炎詞舉隅探析〉，《雲漢學刊》第20期（2009年12月）。

〔註8〕曹明升：〈清人論宋詞絕句脞說〉，《貴州社會科學》第二期（2007年2月）；趙福勇：《清代「論詞絕句」論北宋詞人及其作品研究》（彰化：國立彰化師範大學大學，國文研究所博士論文，2011年1月）。

〔註9〕陶子珍：〈清詩論宋代女性詞人探析——以汪芑、方熊、潘際雲之作品爲例〉，《花大中文學報》第2期（2007年12月）。

由是可知，近年學者著力於此，不論深度、廣度皆有長足進展，甚至出現《清代論詞絕句初編》〔註10〕之彙編專著刊行，以方便學者持續投注心力，貢獻所學。

綜上所述，「清代論詞絕句」之研究成果雖已逐步邁向多元發展，惟就形式而言，仍多屬單篇期刊或會議論文，限於篇幅，無法探討規模龐大之系列組詩，此中代表當推譚瑩〈論詞絕句〉一百七十七首，其中論唐宋詞人一百首，附論金元詞一首；專論嶺南詞人三十六首；專論清代詞人四十首，共評述自唐至清一百六十七家詞人。論唐宋之一百首，幾乎涵蓋此期詞史上值得一述之詞家，不僅品評歷來受關注之唐宋名家，亦論及不爲評家所重之王詵、舒亶、曾覿等人，甚至蔡挺、蘇過、徐伸等，僅存一闋傳世之詞家，亦均有詩論之。專論嶺南詞人三十六首，則反映譚瑩對鄉邦文獻之重視，友人陳澧稱其：「生平博考粵中文獻，凡粵人著述搜羅而盡讀之。」〔註11〕詩中凡論嶺南詞人，皆附註說明，對於吾人研究嶺南詞家作品、軼事等，頗有助益，體現以詩存史、文獻保存之積極作用。而論清代詞人四十首，集中評述前中期主要名家，今人陳水雲稱：「從詞的發展角度而言它完全可以稱得上是一部簡明的韻文體的清詞史。」〔註12〕整合現今研究，惟陶然、劉琦〈清代七家論詞絕句述評〉一文約略述及，嚴迪昌《清詞史》亦偶有援引，終究未見深入探析；至若專門論述者，如劉喜儀《譚瑩《論詞絕句》論唐宋詞研究》之學位論文，僅著力探究唐宋詞部分，而謝永芳〈譚瑩的〈論詞絕句〉及其學術價值〉一文，則著重闡述學

〔註10〕王師偉勇：《清代論詞絕句初編》（臺北：里仁書局，2010年9月）。此書除彙編資料，並收錄相關論文；書籍介紹可參：趙福勇：《清代「論詞絕句」論北宋詞人及其作品研究》，頁37～38。

〔註11〕（清）陳澧《東塾集》卷六〈內閣中書銜韶州府學教授加一級譚君墓碣銘〉，沈雲龍主編：《近代中國史料叢刊‧第四十七輯》（臺北：文海出版社，1970年），頁396。

〔註12〕詳氏著：《明清詞研究史》（武漢：武漢大學出版社，2006年9月），頁122。惟陳氏僅著錄四十首詩文，未見隻字探析，殊爲可憾。

術價值，無法逐次分析文本內容。於焉，本文乃擬以譚瑩「論詞絕句」爲研究對象，期能拓展研究現況之侷限。

第二節　研究範圍與方法

本文研究範圍，係以譚瑩〈論詞絕句一百首〉、〈又三十六首・專論嶺南人〉、〈又四十首・專論國朝人〉，凡一百七十六首〔註 13〕「論詞絕句」〔註 14〕爲主，見錄於譚氏所撰《樂志堂詩集》卷六。〔註 15〕

研究方法與步驟說明如次：

一、首先，探究譚瑩其人其事，包括作者生平經歷、詩詞風格，以及「論詞絕句」寫作年代之考證等相關背景研究。並總述譚氏詞學思想，歸納「論詞絕句」之評賞旨趣，以明其詞學主張〔註 16〕。

二、其次，材料之處理，擬採歸納方式予以分期，亦即以時代爲次，論唐宋詞一百首，分立唐五代、北宋、南宋，依詞史發展概況，區分各期詞家歸屬；論嶺南詞人專立一章，亦以時代爲次，分五代至南宋、明代、清代，以清眉目；論清代詞人則概分爲前、中期論述。另譚氏雖無專論女詞人之組詩，惟其依照慣例，置女性詞家於組詩末，如〈論詞絕句一百首〉

〔註 13〕附論金元詞一首云：「倚聲誰敢漏金元，由宋追唐體較尊。且待稍償文字債，紫藤花底試重論。」依其意，欲待將來筆閒之際再論金元詞人，惜作者往後並未實現此說。故本文略而不論。

〔註 14〕本文題目於「論詞絕句」以引號方式表現，而不用篇名號，主要考量譚氏所撰係包含三部分之論詞組詩，非單一篇名可以含括，故統稱爲「論詞絕句」。

〔註 15〕（清）譚瑩：《樂志堂詩集》卷六，《續修四庫全書》（上海：上海古籍出版社，2002 年），冊 1528，頁 476～485。下文凡引詩皆錄於此，不另註。

〔註 16〕本文採取先總論，後分述之手法，一方面考量作者生平材料有限，無法專章獨立論述；另一方面則期望先建立譚氏詞學之主要觀念，以方便下文之閱讀與理解。

之末，即見論李清照兩首、論朱淑眞、鄭文妻孫氏、嚴蘂及無名氏各一首；〈又三十六首・專論嶺南人〉之末，有論張喬一首；〈又四十首・專論國朝人〉之末，有論徐燦一首，故本文別立論女詞人之絕句爲專章，以明譚氏論女性詞家特具之觀點。

三、對於內容之解讀，著重詩句意涵之詮釋，先簡述詞人生平、字號、籍貫等，〔註 17〕爾後徵引譚瑩詩文逐句詮釋，包含字詞字義、用事用典等，藉以掌握全詩意涵。

四、藉由詩句詮釋，進一步分析譚氏之評述立場，並參照歷來詞評家之諸多觀點，通過比較，取其立場相同或相近者以印證其說；至若立場相反或對立者，亦可相互參酌，證明論點，依此建構作者對各家詞作之評賞角度。

五、各章各節後總結作者之主要觀點，置之詞史發展脈絡予以批評論述，期使更全面把握詞學思想之相關議題。

〔註 17〕關於詞人簡述，唐宋詞人部分，主要參考《唐宋詞匯評・唐五代卷》、《唐宋詞匯評・兩宋卷》所附詞人「小傳」；明代詞家，則以《全明詞》、《全明詞補編》之詞人簡介爲主；清代詞人，順治、康熙朝以《全清詞・順康卷》詞人簡介爲主，雍正、乾隆朝則參酌《清詞紀事會評》之詞人簡歷。另輔以其他相關考證文獻，訂正說明。

第二章　譚瑩生平及其詞學總論

本章擬探究譚瑩其人其事，包括作者生平經歷、詩詞風格，以及「論詞絕句」寫作年代之考證等。此外，並將「論詞絕句」第一首論詞之起源，列入本章論述，總述譚瑩詞學思想之主張，以建構吾人對譚瑩詞論之基本認識。

第一節　譚瑩之生平與作品

譚瑩（1800～1871），字兆仁，號玉生，廣東南海縣捕屬（今佛山市南海區）人。生於清嘉慶五年，道光二十四年（1844）舉人。官化州（今廣東化州市）訓導，升瓊州府（今海南省）學教授，以老病不赴任，同治十年卒，年七十二。自幼長於詩賦，十二歲作〈雞冠花賦〉與〈看桃花〉詩，受宿儒驚賞，以爲「後來之秀」。道光初，粵督阮元開學海堂課士，見譚瑩所作〈蒲澗修禊序〉及〈嶺南荔枝詞〉，甚爲激賞，自此文名日噪，海內名流至嶺南，皆渴望與之結交；院試亦多列前茅，爲學官所讚賞。或謂：「律賦胎息六朝，非時手所及」，或謂：「粵東固多雋才，此手合推第一」，甚謂「騷心選手，獨出冠時」。〔註 1〕惟屢應鄉試不中，科場拚搏二十多年始中舉人。爲人淡於名利，

〔註 1〕以上引文，俱見清同治《南海縣志》卷十八本傳。詳（清）繆荃蓀

安居教職。去官後，曾任學海堂學長及粵秀、越華、端溪等書院監院數十年，留意鄉邦文獻，曾商請友人伍崇曜出資刊刻古籍，譚瑩主其事，凡刻《嶺南遺書》五十九種、《楚庭耆舊遺詩》七十四卷、《粵雅堂叢書》一百八十種，皆親手校刊，爲跋尾二百餘通。自道光中吳榮光倡修邑志，至咸豐末梁紹獻續修邑志，戴肇長修廣府志，皆聘其爲纂修。著有《樂志堂詩集》十二卷、《續集》一卷、《樂志堂文集》十八卷、《續集》二卷。〔註2〕另有《辛夷花館詞》。〔註3〕

譚瑩身經嘉慶、道光、咸豐、同治四朝，其間政治時局變化頗大。尤以道光十九年（1839）與咸豐六年（1856）兩次鴉片戰爭，譚瑩皆親身經歷；反映於詩詞創作，實有鮮明之轉變，誠如友人陳澧評其創作風格曰：「初以華贍勝，晚年感慨時事，爲激壯淒切之音。」〔註4〕譚氏早期作品，如〈南濠曲〉云：

> 南濠濠水通珠江，珠兒珠女總延香。一濠東西水凝碧，萬井人家春渺茫。臨濠昔日銷魂地，四百年前人尚記。銀櫳繡户瞰銅街，綺榭雕楹裝錦肆。隱隱雙橋暮雨遲，盈盈一水朝霞媚。選舞徵歌樂未央，稚齒韶顏宛列行。畫前公子

纂錄：《續碑傳集》，周駿富輯：《清代傳記叢刊》（臺北：明文書局，1985年），冊119，頁591～595。

〔註2〕生平事蹟詳《清史稿》卷四八六、《清史列傳》卷七三、《南海縣志．譚瑩傳》。以上分見周駿富輯：《清代傳記叢刊》，冊94，頁770～771；冊105，頁104～106；冊119，頁591～595。

〔註3〕《辛夷花館詞》一卷，與《樂志堂詩續集》三卷合刊，同治十二年譚宗浚刻本。本文徵引譚瑩詞，據（清）沈世良、許玉彬編選：《粵東詞鈔》（清道光29年許沈二氏刻本，現藏國立中央圖書館臺灣分館）。此本選錄譚詞：〈念奴嬌〉（暗風吹雨）、〈黃金縷．寄夢秋〉、〈水龍吟．並蒂蘭〉、〈鳳凰臺上憶吹簫．越王臺春望〉、〈一枝春．酒帘〉、〈臨江仙．花埭禊游〉、〈掃花游．花市〉、〈南浦．帆影〉、〈綠意．苔痕〉、〈小重山．題梁福草司務十二石山齋畫卷〉、〈慶清朝．題草檄圖爲徐鐵孫司馬作〉、〈二郎神．題金陵于役圖爲謝虞階上舍作〉凡12首。下文轉引，皆錄於此選，不另作註。

〔註4〕（清）陳澧《東塾集》卷六〈內閣中書銜韶州府學教授加一級譚君墓碣銘〉，沈雲龍主編：《近代中國史料叢刊．第四十七輯》（臺北：文海出版社，1970年），頁396。

樽前夢，桂楫佳人鏡裏粧。緩緩尋花遙夜泊，扶闌未展銷金幞。導客爭移茉莉燈，背人解勸玻璃杓。紅豆拋殘曲未停，素馨開遍鬢重掠。半篙新漲秣陵舟，二分明月揚州郭。端午游人張水嬉，羽蓋蜺旌去故遲。夾水嬋娟照形影，捲簾璫珥生光輝。文禽倒挂綠鸚鵡，名果亂拋紅荔枝。前朝樂事同朝露，剩粉零香渺何處？曲岸難容畫鷁移，芳堤無復嬌鶯住。瑣第叢臺跡久湮，臨流相憶卻沾巾。第三橋畔花成海，十二樓中玉似塵。聊為南濠歌一闋，自聊才調愧孫蕡。〔註5〕

此係頗具代表性之長篇歌行。「南濠」地處廣州珠江一帶，為廣州重要內港，乃中外客商貨物雲集之地，綺麗繁華，盛極一時，直至明代中葉，由於地理環境變化，河道淤塞，陸地南移，遂逐漸零落蕭條。詩人以史家筆觸，呈顯南濠昔日繁華，展現南國風情韻致，並寄寓時移事往、無限滄桑之感觸。全詩頗具白居易歌行之韻味，詩語流暢自然，曼節長聲，具有流麗清逸之特色。

譚瑩詩作最為世所推重者，當推〈嶺南荔枝詞〉，原題〈嶺南荔枝百首〉，作者刻集刪定為六十首，〔註6〕以組詩形式，系統地敘寫有「嶺南佳果」稱譽之荔枝，語言表現清麗自然，生動展現「荔枝」之傳說掌故、生產情形、買賣過程等風俗民情，頗具史料價值。以大型組詩之形式敘事論史詠物，乃譚瑩詩歌之一大特色，除〈嶺南荔枝詞〉，尚見〈論詞絕句一百首〉、〈論詞絕句又三十六首〉（專論嶺南人）、〈論詞絕句又四十首〉（專論國朝人）、〈詠史樂府〉九十八首、〈論粵東金石絕句〉八十二首、〈詠馬〉三十五首等，皆體製龐大，體現作者學養豐富之一端。今人鍾賢培即云：「這類組詩，懷人道情，詠物抒懷，並以自注形式記錄了大量人事風物，別具一格。如〈論詞絕句又三十首〉（專論嶺南人），論及的嶺南詞人三十餘人，保留了不少嶺

〔註5〕（清）譚瑩：《樂志堂詩集》卷一，《續修四庫全書》（上海：上海古籍出版社，2002年），冊1528，頁412～413。

〔註6〕詳《樂志堂詩集》卷一，同上註，頁408～412。

南詞壇的史料，對研究嶺南詞的變化，很有學術價值。」〔註 7〕

至其詞作，早期如〈念奴嬌〉云：

暗風吹雨，斷腸聲，偏向疏櫺滴瀝。翦翦新寒，尋客夢，燈影淒迷一尺。隔牖芭蕉，伴人絡緯，漸漸秋心逼。藥爐茗椀，年華廿載拌擲。　　誰肩琴倚新聲，劍磨古色，兒女英雄魄。釧動花飛歡喜地，心事宛同蓮菂。料得生平，封侯無分，且按紅牙拍。飄零涕淚，弱齡甘作詞客。

全詞抒發客途秋恨，聲情宛轉，情致深厚。又〈水龍吟・並蒂蘭〉云：

蕭然懺盡閒情，東風又復憐岑寂。橫斜玉梗，迴環金線，一枝秋色。對影徘徊，棱棱月曉，娟娟露夕。更休題綺語，芳心潛結，渾不管、閒蝴蝶。

應有比肩人惜，瞥相逢、春寬夢窄。楚臣怨別，鄭姬傷賤，感論標格。欲采貽歡，未許分離，忍令摧折。記小名，待女今番同種，綠衣香疊。

此詞詠花，於尋常詠物寫景中，同時寄寓身世之感，情意眞切動人。然面對時局變遷，社會動盪，文人感時傷事，發爲「激壯淒切之音」，遂一變早年清麗典雅、情致宛轉之風格；從此大量寫作愛國詩詞，如〈慶朝春・題草檄圖爲徐鐵孫司馬作〉云：

才子從戎，書生殺賊，誰令孤憤難平。臨安積習，至今尤諱言兵。孰挽射潮鐵弩，東南氛祲尚冥冥。軍書急，愿揮神筆，便斬鮫鯨。　　開闢未曾見此，但錦帆颭閃，風鶴頻驚。游魂海外，中原偏任縱橫。防海將材不少，威名同憶李長庚。還圖卷，頻看短劍，學請長纓。

此詞題「草檄圖」，乃徐鐵孫（即徐榮）請畫家繪就，遍徵一時名人題詠，希望能平定四方邊境，殲滅來犯之外敵。起首三句，暗用班超投筆從戎事，稱賞徐榮抗敵殺賊之舉。「臨安」二句，譴責朝廷妥協投降之政策，寄寓詞人之隱憂，下文更以「鮫鯨」喻渡海而來之侵略

〔註 7〕鍾賢培：〈詠物論史，嶺南風情——譚瑩其人及其詩文略論〉，《嶺南文史》（1996 年第 1 期），頁 56。

者，期勉徐氏籌畫軍事，揮筆為文，消滅外敵，由是激起自己從軍抗敵之豪氣。末結「還圖卷，頻看短劍，學請長纓」三句，展露積極救國之意願，全詞風格已近稼軒。

至於譚氏之詞學理論，主要存在所作「論詞絕句」組詩當中，本文將於各章詳析諸觀點，此處先探究其創寫之年代。由於組詩中除論唐五代、兩宋詞家一百首（附金元詞一首）外，又專論嶺南詞人三十六首、清詞家四十首。殊值留意者，譚氏凡當世詞家均不論列，故由所論時代最晚者，可略推其寫作時間。而綜觀清代嶺南詞人，最末下世者乃倪濟遠（1795～1832），約卒於道光十二年；「國朝」部分則以彭兆蓀（1768～1821）最晚，卒於道光元年。再者，友人儀克中（1796～1837）亦嶺南著名詞家，譚瑩曾撰〈儀墨農孝廉詞集序〉稱道：「有井水而能歌，豈讓柳屯田之作！」〔註 8〕然論嶺南詞人不及儀氏，可見寫組詩之際儀氏仍在，由是推論譚瑩「論詞絕句」創作時間應介於 1832～1837 五年之間，亦即「鴉片戰爭」爆發之前，呈現作者早年之詞學觀點。

第二節　譚瑩之詞學思想

關於譚氏詞學思想主張，擬以「詞源於風騷」、「詞貴婉曲含蓄」、「詞品與人品並論」、「採《四庫提要》之說」四方面予以析論，茲分述如次：

一、詞源於風騷

譚瑩「論詞絕句」組詩第一首，係概論詞之起源，體現作者對詞體之基本認識與觀點，具有提綱挈領之用，茲錄全詩詳析如次：

> 對酒歌難興轉豪，由來樂府本風騷。承詩啓曲端倪在，苦為分明卻不勞。

〔註 8〕詳（清）譚瑩：《樂志堂文集續集》卷一〈儀墨農孝廉詞集序〉文，收錄《續修四庫全書》，冊 1528，頁 336。

首二句論詞之起源，從詞之體性，究其由來。蓋詞之爲體，主要特徵在於合樂而歌，清・孔尚任〈蘅皋詞序〉云：「夫詞，乃樂之文也。」〔註 9〕故其初稱「曲子」〔註 10〕或「曲子詞」，〔註 11〕表明詞體創作與音樂演唱不可分割之關係。誠如劉尊明、王兆鵬《全唐五代詞・前言》界定「詞」之本質特徵，以爲：

> 「詞」是指爲配合隋唐燕樂曲調的歌唱、以「依調填詞」的方式創作出來的、以長短句的句式爲主要形體特徵的歌詞或音樂文學形式。〔註 12〕

「燕樂」也作「宴樂」，起源於隋朝，完成於盛唐，宋・王灼《碧雞漫誌》卷一即云：「蓋隋以來今之所謂曲子者漸興，至唐稍盛。」〔註 13〕宋・沈括《夢溪筆談》卷五記云：「自唐天寶十三載，始詔法曲與胡部合奏。自此樂奏，全失古法。以先王之樂爲『雅樂』，前世新聲爲『清樂』，合胡部者爲『宴樂』。」〔註 14〕由是可知，燕樂產生於隋唐，係與外族胡部融合，所興起之新音樂系統，誠如楊蔭瀏所言：「唐人的燕樂，是清樂與胡樂之間的一種創作音樂，是含有胡樂成分的清樂，含有清樂成分的胡樂。」〔註 15〕而「詞」正是配合此種音樂曲調所填寫之歌詞。由於加入不少從域外傳來或少數民族之樂器，〔註 16〕遂提高音樂之表現

〔註 9〕（清）孔尚任撰；徐振貴主編：《孔尚任全集輯校註評》（濟南：齊魯書社，2004 年 10 月），編五，卷九，頁 1162。

〔註 10〕敦煌抄本有《雲謠集雜曲子》。

〔註 11〕（五代）歐陽炯〈花間集序〉稱所集爲「詩客曲子詞」。金啓華等編：《唐宋詞集序跋匯編》（臺北：臺灣商務印書館，1993 年 2 月），頁 339。

〔註 12〕曾昭岷等編：《全唐五代詞》（北京：中華書局，1999 年 12 月），上冊，頁 9。

〔註 13〕（宋）王灼著；岳珍校正：《碧雞漫志校正》（成都：巴蜀書社，2000 年 7 月），頁 3。

〔註 14〕（宋）沈括撰；楊善群整理：《夢溪筆談》，《傳世藏書・子庫・文史筆記》（海口：海南國際新聞出版中心，1996 年），冊 1，頁 13。

〔註 15〕詳氏著：《中國音樂史綱》（臺北：樂韻出版社，1996 年），頁 122。

〔註 16〕詳參楊蔭瀏：《中國古代音樂史稿》所云：「在這些（燕樂）樂器中，……有些可能是少數民族樂器，有些可能是阿拉伯系和印度系的外來樂器。」（臺北：大鴻出版社，1997），頁 2～31。

力；其繁音促節正適於歌樓酒館、宴飲歡會之際，用以助興娛賓，故宋・陳世修〈陽春集序〉乃云：「公（馮延巳）以金陵盛時，內外無事，朋僚親舊，或當燕集，多運藻思，為樂府新詞，俾歌者倚絲竹而歌之，所以娛賓遣興也。」〔註17〕宋・歐陽修〈西湖念語〉亦謂：「西湖之勝概，擅東潁之佳名。雖美景良辰，固多於高會；而清風明月，幸屬於閑人。……因翻舊闋之辭，寫以新聲之調。敢陳薄技，聊佐清歡。」〔註18〕不論「娛賓遣興」或「聊佐清歡」，皆點出詞體伴隨「酒歌」興起之背景。譚瑩本人亦有此認識，故首句即點明詞體佐歡應歌之特徵，合次句觀之，顯然認為合樂之詞與詩騷實屬一脈相承。而詞之創作係由詩變化而來，箇中原由，依譚瑩之見，正在「對酒歌難興轉豪」；亦即宴飲歡會之背景與合樂之要求，致使字法整齊有度之詩歌體式，無法呼應抑揚抗墜之音樂變化，於焉逐漸演變為長短不一之歌詞，藉以配合抑揚頓挫之音節與飲酒作樂之興致。

歷來探討詞之起源，多有主張詞由詩演化而來，故有「詩餘」〔註19〕之稱，清・宋翔鳳《樂府餘論》即云：「為之詩餘者，以詞起於唐人絕句，如太白之〈清平調〉，即以被之樂府，太白〈憶秦娥〉、〈菩薩蠻〉，皆絕句之變格，為小令之權輿。」〔註20〕齊言絕句不便歌唱，而樂曲演奏之際，往往需配以和聲、泛聲、虛聲、散聲等方式，以契合音聲之宛轉；終乃以文字記寫此部分，遂演化為長短句。此種說法，頗言之成理，前人亦多採用，但問題在於：此認知已混淆唐代所謂「聲詩」與「詞」之異同。〔註21〕清・汪森〈詞綜序〉

〔註17〕（宋）陳世修：〈陽春集序〉，《唐宋詞集序跋匯編》，頁8。
〔註18〕（宋）歐陽修：《近體樂府・西湖念語》（〈采桑子〉小引），《歐陽修全集》（臺北：華正書局，1975年4月），下冊，頁1066。
〔註19〕據近人施蟄存考證，「詩餘」名稱的出現，起自宋人文集錄有詞之作者，大都將詞編次附於詩後，故名之。詳參氏著：《詞學名詞釋義・詩餘》（北京：中華書局，2004年1月），頁24～35。
〔註20〕唐圭璋編：《詞話叢編》（臺北：新文豐出版公司，1988年2月），冊3，頁2500。
〔註21〕詳參葉嘉瑩：《唐宋詞名家論集・論詞的起源》（臺北：桂冠圖書公

即云：

> 當開元盛日，王之渙、高適、王昌齡詩句，流播旗亭；而李白〈菩薩蠻〉等詞，亦被之歌曲。古詩之於樂府，近體之於詞，分鑣並騁，非有先後。謂詩降爲詞，以詞爲詩之餘，殆非通論矣。〔註22〕

是知聲詩與曲子詞之傳唱，在唐代係並行一時，非有先後繼承之關係，特不能避免有相互之影響。惟汪氏乃就「自有詩，而長短句即寓焉」之角度立論，推源「〈南風〉之操，〈五子之歌〉」等長短參差之句式爲詞之源頭，〔註23〕如此則顯然忽略音樂系統之演變發展，方是詞體起源之關鍵所在。究其用心，其實與清人普遍推尊詞體之動機一致，亦即以風騷爲詞之遠祖，藉以拉抬詞之歷史定位。回觀本詩次句，可見譚瑩之用心亦如是；所不同者，譚氏並非從詩詞「分鑣並騁」之角度看待詞之發展，而是自演化之脈絡，推究詞體「承詩啓曲」之歷史定位。由於詩、詞、曲皆屬含音樂性之韻文文學，三者源流相繼；明．楊慎〈詞品序〉即指出：「詩詞曲同工而異曲，共源而分派。」〔註24〕就源流而論，三者確難清楚切割。然後人往往費心於分判三者之差異，尤其清人處於詞學中興之際，更熱衷於對詞體進行「辨體」批評。

就詞之發展歷程論之，其初興之時，正如俞平伯所云，係屬當時之「新詩」，係對詩之變革。〔註25〕因之作爲後起文學之詞體，在創作上必然接受傳統詩學之指導作用，然詞又不能全然混同於詩，否則將失去其主體性。是以如何與詩之體製特徵、風格樣貌進一步區分，使詞之爲詞能呈顯其特質，遂成詞體獨具魅力之所在，亦成爲其賴以存

司，2000 年 2 月），頁 11～17。

〔註22〕（清）朱彝尊、汪森編；孟裴標校：《詞綜》（上海：上海古籍出版社，1999 年 11 月），頁 1。

〔註23〕同上註。

〔註24〕《詞話叢編》，冊 1，頁 408。

〔註25〕參見俞平伯：《唐宋詞選釋》書中前言（西安：陝西師範大學，2005 年 4 月），頁 1～5。

在與發展之依據。處在此一歷史背景下，詞體之性質特徵，往往通過「辨」之方式以凸顯之。而詞在宋代盛行不久，文壇即產生詩詞異同之爭論，其焦點即在「以詩爲詞」之評價上，形成「本色論」與「詩化論」之爭，從而引發詩詞之體性之辨。誠如顏崑陽所指：「凡批評者提出『辨體』的動機，從『原因動機』（because motive）而言，往往是起因於前行的文學實際創作，已不斷發生混淆文體的經驗現象；若從『目的動機』（in-order-to motive）而言，則其批評目的往往是企圖糾正這種現象，促使創作者能遵守各文類不同的體要，以展現合乎『本色』的創作。」〔註 26〕然在宋代，詞學辨體仍處於初步階段，除李清照〈詞論〉提出「詞別是一家」並有較全面的論述外，其餘多屬零星材料。而清人則在「辨體」上，進一步深化自宋以來的本色當行論，〔註 27〕並發展成明代有關詩詞體製異同之辨析，遂總結出「詩莊詞媚」、「詩直詞曲」、「詩雅詞俗」之體性特徵。〔註 28〕更由於元曲之形成，而將詞置於詩→詞→曲文體發展演變之歷史進程中分析考察，揭示出詞上不可似詩、下不可似曲，處於雅俗之間之審美特點。〔註 29〕由此可見，清人對於詞學辨體批評之論述十分深廣，且帶有總結前代之意義。惟譚瑩則從反面批評「辨體」說，其末結所謂「不勞」，即不必勞煩之意；

〔註 26〕顏崑陽〈論宋代「以詩爲詞」現象及其在中國文學史論上的意義〉，《東華人文學報》第二期（花蓮：國立東華大學人文社會科學學院，2000 年 7 月），頁 35～36。

〔註 27〕如（清）彭孫遹《金粟詞話》云：「詞以豔麗爲本色，要是體製使然。如韓魏公、寇萊公、趙忠簡，非不冰心鐵骨，勳德才望，照映千古。而所作小詞，……皆極有情致，盡態窮妍。」《詞話叢編》，冊 1，頁 723。

〔註 28〕如（清）田同之《西圃詞說》云：「詩貴莊而詞不嫌佻。詩貴厚而詞不嫌薄。詩貴含蓄而詞不嫌露。之三者，不可不知。」《詞話叢編》，冊 2，頁 1452。

〔註 29〕如（清）沈謙《塡詞雜說》所云：「承詩啓曲者，詞也。上不可似詩，下不可似曲。然詩、曲又俱可入詞，貴人自運。」《詞話叢編》，冊 1，頁 629。又曹溶〈詞話序〉云：「上不牽累唐詩，下不濫歸元曲，此詞之正位也。」周永年亦曰：「詞與詩曲，界限甚分明，惟上不摹香籢，下不落元曲，方稱作手。」以上均見（清）沈雄《古今詞話》引，《詞話叢編》，冊 1，頁 729；頁 874。

渠意以爲詞體「承詩啓曲」之歷史定位分明可見，實不必過份強調詩詞、詞曲之辨。此說之背後動機，應與次句「尊詞體」之用意相當。而承前文所述，在詞學辨體昌盛之同時，正顯示清人對於詞體地位之重視；另一方面又致力於推尊詞體之論述，且在尊體觀念要求下，又不得不通過淡化詩詞之分際，使詞之地位等同於詩、騷。誠如常州詞派張惠言（1761～1802）〈詞選序〉所述：

> 詞者，蓋出於唐之詩人，採樂府之音以制新律，因繫其詞，故曰詞。傳曰：意內言外謂之詞。其緣情造端，興于微言，以相感動。極命風謠里巷男女哀樂，以道賢人君子幽約怨悱不能自言之情。低徊要眇以喻其致。蓋《詩》之比興、變風之意，騷人之歌，則近之矣。〔註30〕

張氏認爲詞之社會功能近於「詩比興，變風之義，騷人之歌」，從而強調比興寄託之作用。譚瑩此處顯然亦秉乎「尊體」立場，否定詞壇「辨體」之行爲，實足與常州詞派之主張前後呼應。

二、詞貴婉曲含蓄

譚氏雖由推尊詞體之立場反對「苦爲分明」之「辨體」批評，然就詞體合樂而歌與長短句式所形成之體製風貌亦有其主觀之評賞標準，歸而言之，即婉曲含蓄。誠然詞以婉曲之風貌表現幽隱之情思，乃傳統詞學之基本見解。承前文所述，主要來自韻律節奏句式之要求，是以詞之語言亦隨曲製之短長而有曲折迂迴之變化。今人皮述平即指出：「詞體曲折迂迴的長短句式，反而自然而然地流露出蘊藉低迴、欲語還休的含蓄美，清人謂『詞句參差，本便旖旎』，即說明了這種體式先天具有一般詩歌體裁所沒有的攲側惝恍風味。」〔註31〕溯其淵源，北宋年間陳師道、晁補之所提之本色當行論，〔註32〕李之儀

〔註30〕《詞話叢編》，冊2，頁1617。

〔註31〕皮述平：《晚清詞學的思想與方法》（北京：學苑出版社，2003年3月），頁224。

〔註32〕（宋）陳師道《後山詩話》：「退之以文爲詩，子瞻以詩爲詞，如教

「(詞)自有一種風格」〔註33〕及李清照「詞別是一家」〔註34〕等說，皆道出詞體「婉約」之質。明以降，關於詞體之本質特色更多所探究，如何良俊〈草堂詩餘集序〉云：「樂府以皦逕揚厲爲工，詩餘以婉麗流暢爲美，如周清眞、張子野、秦少游、晏叔原諸人之作，柔情曼聲，摹寫殆盡，正詞家所謂當行，所謂本色者也。」〔註35〕概括詞有「婉麗流暢」、「柔情曼聲」之體性風貌；清人則更深化「本色當行」論，如彭孫遹《金粟詞話》云：「詞以豔麗爲本色，要是體製使然。如韓魏公、寇萊公、趙忠簡，非不冰心鐵骨，勳德才望，照映千古。而所作小詞，……皆極有情致，盡態窮妍。」〔註36〕此就題材論，認爲詞之體製決定其表現內容爲作者性情柔婉之一端。就語言風格而言，強調本色自然，「化工之筆」，〔註37〕如賀裳《皺水軒詞筌》云：「詞雖以險麗爲工，實不及本色語之妙。」〔註38〕又杜文瀾《憩園詞話》卷一：「詞以纖秀爲佳，凡使氣使才，矜氣矜僻，皆不可一犯筆端。」〔註39〕以詞忌鏤刻，方能體現「纖秀」之格，故所謂「倚聲家語」，乃「情致纏綿，音調諧婉」。〔註40〕

坊雷大使之舞，雖極天下之工，要非本色。今代詞人，惟秦七黃九爾，唐諸人不迨也。」(清)何文煥輯：《歷代詩話》(北京：中華書局，2001年11月)，冊上，頁309。(宋)晁補之評黃庭堅詞云：「黃魯直間爲小詞，固高妙，然不是當行家語，乃著腔子唱好詩也。」見(宋)趙令畤撰；孔凡禮點校：《侯鯖錄》卷八引，《唐宋史料筆記叢刊》(北京：中華書局，2002年9月)，頁206。亦見(宋)吳曾：《能改齋漫錄》卷十六引，《詞話叢編》，冊1，頁125。

〔註33〕(宋)李之儀：《姑溪居士文集》卷四十〈跋吳思道小詞〉：「長短句於遣詞中最爲難工，自有一種風格，稍不如格，便覺齟齬。」，《唐宋詞集序跋匯編》，頁36。

〔註34〕(宋)李清照〈詞論〉語。見王仲聞校注：《李清照集校注》(北京：人民文學出版社，1979年)，頁195。

〔註35〕《唐宋詞集序跋匯編》，頁393。

〔註36〕《詞話叢編》，冊1，頁723。

〔註37〕(清)賀裳：《皺水軒詞筌》，《詞話叢編》，冊1，頁700。

〔註38〕《詞話叢編》，冊1，頁716。

〔註39〕《詞話叢編》，冊3，頁2860。

〔註40〕(清)張宗橚：《詞林紀事》卷三〈晏殊・浣溪沙〉按語：「細玩『無

綜上所述，可知明代以降，承兩宋以來之傳統，主張詞以婉曲含蓄為本色，並通過明代張綖分詞體為「婉約」、「豪放」之說，〔註41〕而定「婉約」詞乃本色正聲，「豪放」則變體別格。如王士禛《分甘餘話》卷二云：「凡為詩文，貴有節制，即詞曲亦然。正調至秦少游、李易安為極致，若柳耆卿則靡矣。變調至東坡為極致，辛稼軒豪於東坡而不免稍過，若劉改之則惡道矣。」〔註42〕其說進一步開展張綖所云：「如秦少游之作，多是婉約；蘇子瞻之作，多是豪放。大抵詞以婉約為正，故東坡稱少游為今之詞手，後山評東坡詞『雖極天下之工，要非本色』。」〔註43〕《四庫全書總目・東坡詞提要》則曰：

> 詞自晚唐五代以來，以清切婉麗為宗。至柳永而一變，如詩家之有白居易。至軾而又一變，如詩家之有韓愈。遂開南宋辛棄疾等一派。尋源溯流，不能不謂之別格。然謂之不工則不可。故至今日，尚與《花間》一派並行而不能偏廢。〔註44〕

其說為清代力主婉約為正聲者所本。惟需說明者，《四庫提要》之立論，但分正變，無關工拙，其目的不在褒貶軒輊，而係客觀就歷史條件與體製要求作為判斷區分。至於譚瑩所論，亦難免受前人及當代詞說之影響，如論辛棄疾一絕云「小晏秦郎實正聲，詞詩詞論亦佳評」，〔註45〕一方面承襲婉約本色為正聲之說，另一方面亦視「詞詩詞論」為「佳評」。惟譚氏雖曰「佳評」，卻鮮少從藝術風貌與技巧表現肯定

可奈何』一聯，情致纏綿，音調諧婉，的是倚聲家語。若作七律，未免軟弱矣。」（臺北：鼎文書局，1971年3月），頁74。

〔註41〕（明）張綖：《詩餘圖譜・凡例》附識云：「詞體大約有二：一體婉約，一體豪放。婉約者欲其詞調蘊藉，豪放者欲其氣象恢宏。」《續修四庫全書》，冊1735，頁473。

〔註42〕（清）王士禛撰；張世林點校：《分甘餘話》，《清代史料筆記叢刊》（北京：中華書局，1997年12月），頁28。

〔註43〕（明）張綖：《詩餘圖譜・凡例》，《續修四庫全書》，冊1735，頁473。

〔註44〕（清）永瑢等：《四庫全書總目提要》（臺北：臺灣商務印書館，1983年10月），冊5，頁284。

〔註45〕以下凡徵引譚瑩〈論詞絕句〉詩例，本文皆有詳解，可依詞人時代檢索，不另作註。

此種創作手法，而較多著眼於詞人品格與作品意蘊之體現；尤以論承襲蘇、辛創作之詞人，殊爲鮮明。而其眞正稱賞蘇、辛詞作者，不在「小詞似詩」、「以文爲詞」之手法，而係通過眞情實感之內涵，呈顯含蓄婉曲之詞風。故詩中論蘇軾云：「唱竟天涯芳草語，曉風殘月較如何」；又曰：「楊花點點離人淚，卻恐周秦下筆難」，取而相提並論者，係柳永、秦觀、周邦彥等人，皆婉約詞家之代表，由此可證蘇詞婉約綺靡之作，特具本色當行；論辛棄疾，則化用辛詞詞句，強調「穠麗詞工」之不朽地位。是知譚氏一方面稱賞豪放詞家之人品，同時又不廢詞人婉約綺麗之作，如論陳亮一絕曰：「生平經濟託微言，文似龍川意可以。亦有翠綃封淚語，散花菴選集無存。」特言陳亮除託言經世思想、豪氣縱橫之作外，亦有「翠綃封淚」之語；論詞僧今釋（金堡），不舉其次韻辛棄疾、蔣捷等，特具時代哀感，蒼勁悲涼之作，〔註 46〕而化用其所作〈小重山・得周量民部詩卻寄〉詞句，以其清麗婉曲，情致動人，頗能體現譚氏評賞旨趣。

由是可見，譚氏論詞係以情致深婉、清麗典雅爲標準，並兼及情感內涵之要求。就藝術風貌而言，總體趨向「婉曲含蓄」之風，對於歷來目爲婉約詞家之代表者，皆許以高度評價。如論溫庭筠云：「金荃不譜梧桐樹，恐並花間集也低」；論韋莊云：「醉粧詞作又何年，韋相才名兩蜀先」；論李煜云：「便作詞人秦柳上，如何偏屬帝王家」；論柳永云：「詩學杜詩詞學柳，千秋論定欲如何」；論秦觀云：「一代盛名公論協，揄揚飜出蔡京家」；論周邦彥云：「移宮換羽關神解，似此宜開顧曲堂」；論李清照云：「自是百年鍾間器，張秦周柳總清才」等，皆充分肯定詞人作品之歷史定位。此外，譚氏論南宋詞，顯係以姜、張「醇雅」詞作爲典範，從而強調藝術鍛鍊之精工。蓋姜、張之詞，結

〔註 46〕據近人嚴迪昌研究指出：「澹歸之詞除去少量酬應之作外，無不蒼勁悲涼，極痛切淒厲。他好次稼軒、竹山韻，而比多辛棄疾苦澀味，覺蔣捷爲辛辣，這是遭際身世大悲苦心境的表現，所以，即使他常有勘破塵世的禪門話頭，骨子裡卻絕不是四大皆空。」《清詞史》（南京：江蘇古籍出版社，2001 年 7 月），頁 99～100。

構嚴整，音律精美，並藉由語言風格之圓轉陡健、虛實遠近，使詞體自然呈顯空靈清逸之美感。亦即於柳、周婉約詞之基礎上，濟以「高韻雅調」，從而更見精妙醇雅，〔註 47〕固爲清代浙西詞派所標舉，譚瑩亦引爲典範。故其後論清代詞人，凡宗法姜、張，能得其神髓者，皆爲稱道。如論沈皞日云：「自許玉田差近者，低徊蕃錦集重題」；論厲鶚云：「竟是我朝張叔夏，至今風法未凋零」；論查爲仁云：「押簾風致亦嫣然，把臂知從石帚先」等，皆就藝術手法之傳承評價詞人作品。總之，譚氏一方面吸納前人與當代詞說，並結合個人主觀之審美理想，通過「婉曲含蓄」之藝術風貌，以評價唐五代兩宋乃至清人之詞。

三、人品與詞品並論

承前文所述，譚氏論詞係以情致深婉、清麗典雅之藝術風格爲審美理想；然亦兼及情感內涵之要求，以品評詞人詞作之高下優劣。至於作品內蘊之思想情感乃作家之心靈世界，如何作爲價值標準？依譚瑩所論，即「文如其人」；宋・蘇軾〈答張文潛書〉中稱賞蘇轍之文曰：「子由之文實勝僕，而世俗不知，乃以爲不如。其爲人深不願人知之，其文如其爲人。」〔註 48〕將文章視爲作家性情品格之體現，係古代文論之傳統觀點，推本溯源，實承自孟子「以意逆志」〔註 49〕與「知人論世」〔註 50〕之說，即清・王國維所云：「由其世以知其人，由其人以逆其志。」〔註 51〕運用於文學批評，便是充分結合主體（作者）與客體（作品）之

〔註 47〕詳參艾治平：《婉約詞派的流變》（瀋陽：遼寧大學出版社，2000 年 5 月），頁 302～307。

〔註 48〕（宋）蘇軾撰；孔凡禮點校：《蘇軾文集》（北京：中華書局，1986 年 3 月），冊 4，頁 1427。

〔註 49〕《孟子・萬章上》：「故說詩者，不以文害辭，不以辭害志。以意逆志，是爲得之。」（宋）朱熹：《四書集註》（臺北：藝文印書館，1980 年 5 月），卷九，頁 7。

〔註 50〕《孟子・萬章下》：「頌其詩，讀其書，不知其人可乎？是以論其世。」同上註，卷十，頁 14。

〔註 51〕（清）王國維：《觀堂集林》卷二三〈玉溪生詩年譜會箋序〉，《民國叢書》第四編（上海：上海書店，1992 年 12 月），冊 93，頁 23。

必然關係，對於兩者相互矛盾者，往往特為指出，如清・張惠言《詞選》評馮延巳〈蝶戀花〉三闋云：「三詞忠愛纏綿，宛然騷辨之義。延巳為人，專蔽嫉妒，又敢為大言。此詞蓋以排間異己者，其君之所以信而弗疑也。」〔註 52〕即指出馮詞忠愛纏綿而人品卻專蔽嫉妒之矛盾，由是以「排間異己」論定馮詞創作之目的，貶抑意味昭然可見。譚瑩對於此種矛盾之現象亦殊為不賞，至為鮮明者，乃其論宋初諸大臣詞，以其生於承平時代，仕途顯達，富貴風流，卻寫作哀思悲愁之小令豔詞，實未能盡合詞家品格與身份，如論韓琦首二句云：「點絳唇歌不自聊，閑情偏賦亂紅飄」；論范仲淹三四句：「至言酒化相思淚，轉覺專門浪得名」；論歐陽修云：「儒宗自命卻風流，人到無名又可仇。浮豔欲刪疑誤入，踏莎行與少年游」等，皆要求詞作當充分體現詞人之思想品格，亦即由作品是否表現作者「眞」情之角度來品評高下。基此，同樣寫閨思綺豔之詞，譚瑩能稱賞韓偓：「香奩語豔無人儷，奈僅生查子一詞」，卻批評晏殊：「歌詞許似馮延巳，語語原因類婦人」，顯然以晏殊所作乃「無病呻吟」而不「眞」也。

從「眞」之角度，譚瑩強調詞人品格於詞作之反映，並依此評定作品高下，如論朱敦儒云：「西江月好足名家，直許微塵點不加。三卷樵歌名士語，此才端合賦梅花。」以為詞人特具高潔曠達之性情氣度，方能歌詠「不食人間煙火」之「梅」詞。其中「人品」除關乎作家性情、氣質之眞實體現，亦等同道德操守之要求，故論文天祥云：「從容柴市曲偏工，倚聲昭儀驛壁中。未有無情忠與孝，沁園春即滿江紅。」稍早於譚氏之周濟，亦曾品評唐玨〈水龍吟・詠白蓮〉詞曰：「信乎忠義之士，性情流露，不求工而自工。」〔註 53〕聯繫兩人所論，如出一轍，皆重視道德品格對詞作之影響。

反之，對於詞家人品無足稱道者，自不免持貶抑態度，如論毛滂云：「楓落吳江眞壓卷，東堂全集也徒工」；論舒亶云：「各推菩薩鬟

〔註 52〕《詞話叢編》，冊 2，頁 1612。
〔註 53〕（清）周濟：《介存齋論詞雜著》，《詞話叢編》，冊 2，頁 1636。

詞好，實使東坡到海南」；論王安中云：「反覆炎涼誰屑道，文章名盛惜初寮」；論葉夢得云：「輕詆蘇黃太刻深，倚聲一事卻傾心。流鶯不語啼鶯語，狡獪眞憐葉石林」；論廖瑩中云：「韓邸詞家一大宗，四方善頌可無庸。早知冰腦防難及，顫裊周旋守箇儂」等。以上批評，或由詞人人品瑕疵評定作品「徒工」，空有「盛名」；或由詞人作品，衡量此人之道德品格，印證兩者之相互關係，故評葉夢得爲「狡獪」；以廖瑩中多酬庸之作，乃其人未固守道德也。

綜上所述，譚瑩結合人品以評定詞作高下之立意相當鮮明。其論述層面可概分爲二：其一係求其「眞」，亦即要求詞作眞實體現詞人之思想品格；其二當求其「高」，亦即詞人品格需達某種高度，歸根結柢，乃依循儒家道德品格之修養，固守士大夫之品行操守，不隨俗從流、虛應委蛇。由是，人品自然流露詞中，乃「不求工而自工」也。如論蔣捷云：「江湖遁迹竟忘還，詞品尤推蔣竹山。」譚氏從詞人「江湖遁迹」、堅貞自守之品格推爲詞品，正體現由人品而詞品之論述脈絡。

時代稍後之劉熙載，晚年作《藝概・詞概》更明確指出：「論詞莫先於品」，〔註 54〕將人品視爲決定詞作價値之首要因素，從而要求詞品與人品之統一：「詞進而人亦進，其詞可爲也。詞進而人退，其詞不可爲也。詞家彀到名教之中，自有樂地，儒雅之內，自有風流，斯不患其人之退也夫。」〔註 55〕可見劉氏同樣從儒家道德教化之觀點著眼，聯繫詞品與人品同一之標準，其說實可視爲譚瑩所論之註腳。總此，無論常州詞派之代表：張惠言、周濟，或譚瑩、劉熙載之理論成說，皆具有彼此貫通之脈絡，似乎呼應著當代詞評家論詞之共同趨向，亦即普遍關注詞人道德品格對詞作之影響。推究其因，除詞體創作逐漸由言情朝向抒發個人情志之方向發展外，清人普遍推尊詞體之用心，亦現象背後不可抹滅之動機。

〔註 54〕《詞話叢編》，冊 4，頁 3692。
〔註 55〕同上註，頁 3711。

四、採《四庫提要》之說

《四庫全書》成書於清乾隆四十六年（1781），係乾隆盛世於學術文化之重要貢獻。全書共收古代典籍3470種，79018卷；按經、史、子、集分類，其中集部「詞曲」類收錄詞集59部，103卷；詞選12部，274卷；詞話5部，19卷；詞譜詞韻2部，60卷。《四庫全書總目提要》（以下簡稱《四庫提要》）不僅爲上述詞學文獻一一撰寫提要，且另立「詞曲」類存目，計詞集25部，43卷；詞選14部，99卷；詞話5部，13卷；詞譜詞韻5部，39卷，諸書亦附提要。〔註56〕提要之文，「敘作者之爵里，詳典籍之源流，別白是非，旁通曲證，使瑕瑜不掩，淄澠以別」，故學者莫不「資其津逮，奉作指南，功既鉅矣，用亦弘矣」。〔註57〕而「詞曲」類之提要，除上述考證精核之撰寫宗旨外，亦存在不少詞體流變、風格流派、創作鑑賞等相關詞學理論之見解，加以《四庫全書》特具官修權威之正統地位，故提要所論時爲治詞者所參酌。

譚瑩論詞之諸觀點，亦頗受《四庫提要》之影響，如前引組詩第一首論詞之起源所云：「由來樂府本風騷」、「承詩啓曲端倪在」之觀點，與《四庫提要・詞曲類・小序》闡釋「詩詞曲」之演變曰：「然三百篇變而古詩，古詩變而近體，近體變而詞，詞變而曲，層累而降，莫知其然，究厥淵源，實亦樂府之餘音，風人之末派」，〔註58〕足見承襲之脈絡。惟《四庫提要》接言：「（詞曲）其於文苑，同屬附庸，亦未可全斥爲俳優也。」〔註59〕視詞曲爲「附庸」，獨立於詩文之外，以其乃樂府降格後所生，多少存有貶抑色彩。而譚瑩則曰「苦爲分明卻不勞」，從詩詞曲之傳承肯定詞體之關鍵地位，而非獨立切割文體

〔註56〕關於《四庫全書纂修》過程，可參今人郭伯恭：《四庫全書纂修考》（臺北：臺灣商務印書館，1967年）。

〔註57〕詳余嘉錫：《四庫提要辨正・序錄》（臺北：藝文印書館，1937年），頁29。

〔註58〕《四庫全書總目提要》，冊5，頁280。

〔註59〕同上註。

彼此之關係，誠如前文所述，此乃當代詞學家普遍推尊詞體之用心所及，是其承襲《四庫提要》之說而又有所開展之體現。

此外，《四庫》收詞，以宋爲主，提要撰寫，正值浙西詞風盛行之際。浙西論詞，最重南宋。《四庫提要》則北、南並重，其論北宋詞，奉柳永、蘇軾、秦觀、周邦彥爲圭臬；論南宋則推崇辛棄疾、姜夔、吳文英、張炎四家。〔註60〕聯繫譚瑩論宋詞家，於柳永、蘇軾、秦觀、周邦彥、辛棄疾、姜夔、張炎、周密，並女詞人李清照等各撰兩首評述，肯定詞人詞作之藝術成就與歷史定位，實能與提要之評賞角度，相互呼應。

就具體品評而論，譚氏〈論詞絕句〉有直接化用並承襲《四庫提要》之說者，如論晏殊末句：「語語原因類婦人」，採提要所記：「趙與時《賓退錄》記『殊幼子幾道，嘗稱殊詞不作婦人語。』今觀其集，綺豔之詞不少」，〔註61〕承襲《四庫提要》評語，亦以「婦人語」、「綺豔之詞」視之；論秦觀三、四句：「一代盛名公論協，揄揚䌛出蔡京家」，係用提要所云：「夢得，蔡京客。絛，蔡京子。而所言如是，則觀詞爲當時所重可知矣」，〔註62〕進而論秦詞佳處乃世所公認，非僅限於「蔡京家」矣；論葉夢得首二句：「輕詆蘇黃太刻深，倚聲一事卻傾心」，化用提要評語：「夢得著《石林詩話》，主持王安石之學，而陰抑蘇、黃，頗乖正論。乃其爲詞，則又挹蘇氏之餘波。所謂是非之心，有終不可澌滅者耶」，〔註63〕承襲提要批評葉氏詩話多有詆毀蘇、黃之語，卻於倚聲塡詞一事向蘇詞靠攏之創作傾向；論吳文英第二句：「夢牕詞比義山詩」，係化自提要評語：「詞家之有（吳）文英，亦如詩家之有李商隱也」〔註64〕；論張炎首二句：「悲涼激楚不勝情，

〔註60〕詳參包根弟：〈四庫全書總目提要歷代詞家評論探析〉，《輔仁國文學報》第九期（1993年6月），頁57～66；69～79，

〔註61〕《四庫全書總目・珠玉詞提要》，冊5，頁281。

〔註62〕《四庫全書總目・淮海詞提要》，冊5，頁285。

〔註63〕《四庫全書總目・石林詞提要》，冊5，頁292。

〔註64〕《四庫全書總目・夢窗稿提要》，冊5，頁309。

秀冠江東擅倚聲」，係化自提要評張炎詞云：「故所作往往蒼涼激楚，即景抒情，備寫其身世盛衰之感，非徒以翦紅刻翠爲工。至其研究聲律，尤得神解，以之接武姜夔，居然後勁。宋元之間，亦可謂江東獨秀矣」，〔註 65〕譚氏以「悲涼激楚」論張炎詞風，又謂其詞之佳者，可謂獨步江東、倚聲之冠，稱賞之意顯承襲自提要評語。

此外，《四庫提要》好徵引故實以評價作者，〔註 66〕譚瑩論詞用典，亦有鮮明承襲之跡，如論劉過三、四句：「鬼名點遍胡爲者，一語當師岳倦翁」，雖用宋・岳珂《桯史》記事，然評詞角度實承襲提要所云：「珂所作《桯史》卷二載此事云……珂又稱：過誦此詞，掀髯有得色，珂乃以『白日見鬼』調之。其言雖戲，要亦未嘗不中其病也」〔註 67〕；論陸游三、四句：「飛上錦裀紅縐語，千秋遺恨記南園」，據提要所云：「葉紹翁《四朝聞見錄》載韓侂胄喜游附己，至出所愛四夫人號滿頭花者索詞，有『飛上錦裀紅縐』之句，今集內不載。蓋游老而墜節，失身侂胄，爲一時清議所譏。游亦自知其誤，棄其稿而不存。〈南園閱古泉記〉不編於《渭南集》中，亦此意也。而終不能禁當代之傳述，是亦可爲炯戒者矣」，〔註 68〕由引文可知，譚瑩用事立意實出自提要。

值得一述者，《四庫提要》批評標準亦多以「人品」爲依歸，〔註 69〕〈佩韋齋文集提要〉即云：「蓋文章一道，關乎學術、性情，詩品、文品之高下，往往多隨其人品，此集亦其一徵矣。」〔註 70〕惟

〔註 65〕《四庫全書總目・山中白雲詞提要》，冊 5，頁 312。

〔註 66〕據龔詩堯研究指出：「以文學批評的步驟而言，《總目》中直接評價某一對象的狀況並不常見，多半會先徵引同一對象前人既有的評價。」詳細例證，參氏著：《四庫全書總目之文學批評研究》，潘美月、杜潔祥主編：《古典文獻研究叢刊・初編》（臺北：花木蘭文化工作坊，2005 年），冊 1，頁 31～33。

〔註 67〕《四庫全書總目・龍洲詞提要》，冊 5，頁 311。

〔註 68〕《四庫全書總目・放翁詞提要》，冊 5，頁 304。

〔註 69〕詳參龔詩堯：《四庫全書總目之文學批評研究》，頁 46～49。

〔註 70〕《四庫全書總目提要》，冊 4，頁 340。

提要雖十分重視作者人品學術之醇疵，然於詞人詞集之品評，卻又體現不以人廢言之傾向，如〈東堂詞提要〉一方面批評：「則（毛）滂雖由軾得名，實附京以得官。徒擅才華，本非端士」；一方面同時稱賞：「其詞則情韻特勝」。〔註 71〕〈初寮詞提要〉亦云：「（王安中）其為人反覆炎涼，雖不足道，然才華富豔，亦不可掩」，〔註 72〕其說與譚瑩「人品與詞品並論」之評述手法相較，程度顯然有別。究其緣由，當因於《四庫提要》看待詞體仍未脫傳統範疇，而譚瑩已見得當時推尊詞體之立意用心，著眼角度不同，評述自然略顯差異。

〔註 71〕《四庫全書總目提要》，冊 5，頁 288。

〔註 72〕《四庫全書總目提要》，冊 5，頁 289。

第三章　論唐五代詞人

本章擬探究譚瑩「論詞絕句」論唐五代詞人部分，見於組詩第二首至第十四首，計十一家詞人，十三首詩；此中李白、李煜各論兩首。時代斷限係以唐韓偓爲界，前屬唐朝，後屬五代，並依時代先後排序；惟君主置首，此乃歷朝選本之慣例。茲分唐代、五代兩節論述，每節並總結其主要觀點於後。

第一節　論唐代詞人

譚瑩論唐代詞人，取李白、白居易、張志和、韓翃、溫庭筠、韓偓等六家，此中論李白兩首，共計七首。茲依詞家論列，逐次分析如下：

一、論李白

李白（701～762），字太白，自號青蓮居士，祖籍隴西成紀（今甘肅秦安）。譚瑩詩云：

> 謫仙人語獨稱詩，菩薩鬘推絕妙詞。並憶秦娥疑贋作，盍將風格比溫岐。

本詩旨在辨李白詞作眞僞。〔註 1〕首句開端「謫仙」一詞，知所論對象

〔註 1〕關於清人論詞絕句論李白詞作眞僞，詳參業師王偉勇教授：〈清代「論

爲李白〔註2〕；全句意謂李白獨以詩稱名後世。次句「菩薩鬟」係詞牌〈菩薩蠻〉別名，〔註3〕此處指〈菩薩蠻〉（平林漠漠煙如織）〔註4〕一詞，並下句所言〈憶秦娥〉（簫聲咽）〔註5〕一詞，過去許多人皆以爲李白所作，據宋・黃昇《唐宋諸賢絕妙詞選》卷一所云：「二詞爲百代詞曲之祖。」〔註6〕故謂「絕妙詞」。此二詞源流，〈菩薩蠻〉首見於北宋・釋文瑩《湘山野錄》卷上：「此詞不知何人寫在鼎州滄水驛樓，復不知何人所撰。魏道輔泰見而愛之。後至長沙，得古集於子宣內翰家，乃知李白所作。」〔註7〕〈憶秦娥〉則著錄於南宋・邵博《邵氏聞見後

詞絕句」論李白詞探析〉「詞壇初祖論辯」一節，林明德、黃文吉總策劃：《臺灣學術新視野——中國文學之部（二）》（臺北：五南圖書出版公司，2007年6月），頁634～645。

〔註2〕李白〈對酒憶賀監二首〉附序云：「太子賓客賀公（即賀知章）於長安紫極宮一見余，呼余爲謫仙人，因解金龜換酒爲樂。」瞿蛻園等校注：《李白集校注》（臺北：里仁書局，1981年3月），頁1362。

〔註3〕聞汝賢：《詞牌彙釋》記：「菩薩蠻，一名子夜歌，菩薩鬟，重疊金，女王曲，花間意，梅花句，花溪碧，晚雲烘日，巫山一片雲。」（臺北：聞汝賢印行，1963年5月），頁470。

〔註4〕全詞爲：「平林漠漠煙如織。寒山一帶傷心碧。暝色入高樓。有人樓上愁。　玉階空佇立。宿鳥歸飛急。何處是歸程。長亭更短亭。」曾昭岷等編著：《全唐五代詞》（北京：中華書局，1999年12月），上冊，頁12。

〔註5〕全詞爲：「簫聲咽。秦樓夢斷秦樓月。年年柳色。灞橋傷別。　樂遊原上清秋節。咸陽古道音塵絕。西風殘照，漢家陵闕。」同上註，頁16。

〔註6〕（宋）黃昇選編；蔣哲倫導讀；雲山輯評：《花庵詞選》（上海：世紀出版集團，2007年9月），頁3。

〔註7〕（宋）釋文瑩撰；鄭世剛、楊立揚點校：《湘山野錄》，《唐宋史料筆記叢刊》（北京：中華書局，1997年12月），頁15。《全唐五代詞》考辨引釋文瑩此則，云：「後人遂以爲此詞『始見』於《湘山野錄》並因而疑爲僞作。不知各本《尊前集》早已收錄。文瑩或未見《尊前集》，故『不知何人所撰』。」上冊，頁13。惟亦有學者對《尊前集》作李白詞一事提出不同見解，如今人黃冬紅指出，此詞雖著錄於《尊前集》，然《尊前集》宋本未見，明以降有三種版本傳世，由是亦難以斷定此詞不因後人從他本摻入集中。詳氏著：〈略論李白〈菩薩蠻・平林漠漠煙如織〉的眞僞〉，《文教資料》（2006年第29期），頁84。

錄》卷十九，詞後並自注云：「李太白詞也。予嘗秋日餞客咸陽寶釵樓上，漢諸陵在晚照中，有歌此詞者，一坐悽然而罷。」〔註 8〕宋人於此二詞歸屬李白，未嘗置疑，元人蕭士贇更將其收入李白集中。至明‧胡應麟首先發難，提出懷疑：

> 今詩餘名〈望江南〉外，〈菩薩蠻〉、〈憶秦娥〉稱最古。以《草堂》二詞出太白也。近世文人學士或以爲實。然余謂太白在當時直以風雅自任，即近體盛行七言律，鄙不肯爲，寧屑事此。且二詞雖工麗，而氣衰颯，於太白超然之致，不啻穹壤，藉令眞出青蓮，必不作如是語。詳其意調，絕類溫方城輩，蓋晚唐人嫁名太白，若懷素草書，李赤姑熟耳。原二詞嫁名太白有故，《草堂詞》，宋末人編；青蓮詩，亦稱《草堂集》，後世以二詞出唐人，而無名氏故僞題太白，以冠斯編也。
>
> 〈菩薩蠻〉之名，當起於晚唐世。按《杜陽雜編》云：「大中初，女蠻國貢雙龍犀、明霞錦，瓔珞被體，故謂之菩薩蠻。當時倡優遂製〈菩薩蠻〉曲，文士往往效其詞。」《南部新書》亦載此事。則太白之世，唐尚未有斯題，何得預製其曲耶？又《北夢瑣言》云：「宣宗愛唱〈菩薩蠻〉詞，令狐相國假溫飛卿新撰密進之，戒以勿泄，而遽言於人，由是疏之。」按大中即宣中年號，此詞新播，故人君喜歌之。余屢疑近飛卿，至是釋然，自信具隻眼也。〔註 9〕

依胡氏之見，李白在當時以風雅自任，即近體盛行，於七言律尚不肯爲，豈會塡詞；再者，相傳李氏詞二首雖工麗，然氣象衰颯，大類晚唐溫庭筠之輩所作。此外，更引唐‧蘇鶚《杜陽雜編》所載，〈菩薩蠻〉曲調大中初始傳入中國，則李白不得預爲塡詞。〔註 10〕其後，李

〔註 8〕（宋）邵博撰；劉德權、李劍雄點校：《邵氏聞見後錄》，《唐宋史料筆記叢刊》（北京：中華書局，1997 年 12 月），頁 151。

〔註 9〕（明）胡應麟：《少室山房筆叢》正集卷二五，《景印文淵閣四庫全書》（臺北：臺灣商務印書館，1983 年），冊 886，頁 438。

〔註 10〕張夢機先生考源〈菩薩蠻〉詞，以爲唐崔令欽《教坊記》中有〈菩薩蠻〉一調，是盛唐開元天寶年間，已有此曲。續引近代學者任

白詞之眞僞問題，遂成詞史上一大公案，近人聚訟紛紜，眞僞仍無定論。譚瑩在這場論爭中，選擇呼應胡應麟質疑之聲浪，以爲〈菩薩蠻〉和〈憶秦娥〉皆非李白所作，且就作品風格而言，實有類於晚唐溫庭筠詞風，故云「盍將風格比溫岐」。「溫岐」係溫庭筠本名，全句意謂後人何必將溫氏詞風轉嫁李白，其論點與胡氏之語相當。

其實若單就風格論定此二詞屬溫庭筠，證據顯然過於薄弱。舉例而言，溫氏有〈菩薩蠻〉（滿宮明月梨花白）〔註 11〕詞，結句筆法類似題李白所作〈菩薩蠻〉一詞，〔註 12〕內容同樣寫閨情，抒發念遠懷人之思。然溫詞雍容綺秀，形象密麗，與題李白所作之蘊藉澹遠，終究有別。至若〈憶秦娥〉一闋，更具高古淒怨、聲情悲壯之藝術特色，如清・王國維《人間詞話》云：「太白純以氣象勝。『西風殘照，漢家陵闕。』寥寥八字，遂關千古登臨之口。」〔註 13〕此種風格與溫詞穠麗之風亦有差異。然則譚瑩以李白非詞壇初祖，顯非空穴來風；但因此斷言二詞屬溫庭筠所作，又覺言之太過。誠如近人詹安泰所云：「詞和詩的表現手法是有所區別的；寫離人愁思，也不能以『超然之致』

二北、饒宗頤考訂此調所出早於宣宗朝，證《杜陽雜編》所記爲非。最後從近人楊憲益之説，以「菩薩蠻」乃緬語「驃苴」或「驃紹」（PIUSAW）的譯音，而李白是氐族人，故〈菩薩蠻〉流入中原時經過李白的生長地，爲李白所熟識。詳參氏著：《詞律探原》（臺北：文史哲出版社，1981 年 11 月），頁 240～241。關於「教坊曲」一説，亦爲今人黃冬紅所駁，依其説：《教坊記》流傳過程複雜，書中所記曲名，有些可能爲後人增補，未必盡是盛唐時曲，個別或出於中、晚唐；且翻查《全唐五代詞》可知，盛唐時李白之作實〈菩薩蠻〉惟一作品，而中、晚唐時此調卻頗爲流行，符合蘇鶚所言。同註 7。

〔註 11〕全詞爲：「滿宮明月梨花白。故人萬里關山隔。金雁一雙飛。淚痕沾繡衣。　小園芳草綠。家住越溪州曲。楊柳色依依。燕歸君不歸。」《全唐五代詞》，上冊，頁 102。

〔註 12〕（明）湯顯祖評《花間集》卷一：「（此詞）結語似李白」。詳（清）李冰若：《花間集評注》（臺北：開明書店，1935 年 11 月），卷一，頁 20。

〔註 13〕唐圭璋編：《詞話叢編》（臺北：新文豐出版公司，1988 年 2 月），冊 5，頁 4241。

來衡量它。……因此，這首詞（〈菩薩蠻〉）是否李白作，我們仍當抱存疑的態度，不能一口咬定這是溫庭筠之流的僞作。」〔註 14〕係較爲持平之說。

譚瑩詩次首云：

> 七言律少五言多，偶按新聲奈若何。清平樂令眞衰颯，縱入花菴選亦訛。

此首同樣欲辨李白詞作之眞僞。首二句承襲前引胡應麟語：「即近體盛行七言律，鄙不肯爲，寧屑事此」。據清・宋徵璧《抱眞堂詩話》云：

> 太白之詩，豪邁瀟洒，想不耐苦索，故七言律少耶？抑傳者散軼耶？若「借問欲棲珠樹鶴」一首，篇體輕澹，亦不易得。〔註 15〕

是知前人多有關注李白七言律少之現象，或謂其個性狂放，不耐格律拘束；或疑詩作散佚。其實，尋詩歌之演變，五言詩體本早於七言，七律則待杜甫漂泊西南所作詩方見定型；至於李白及同時代崔顥等人，七律格式均未臻工整，即便基本符合，亦多屬暗合。翻檢現存李白詩作，七律僅得十二首；五言古風或律詩，則有百首之多，〔註 16〕由是可知李白創作趨向，故曰「七言律少五言多」。七律屬當時新興之格律樣式，李白尚且少爲，則創作「新聲」之詞體，機率自然更小，但並非全無可能，故「偶按」一詞保留其「偶然爲之」之可能性。然下接「奈若何」三字，則形成語氣之轉折，故三、四句轉而否定李白「偶按」之可能。詩中舉〈清平樂令〉爲例，以爲其氣象風格「衰颯」，不似李白所作；即使被黃昇選入《花菴詞選》，恐亦後人僞託。

〔註 14〕詹安泰：《詹安泰詞學論稿》（廣州：廣東人民出版社，1984 年 1 月），第二章第三節〈唐五代文人詞〉，頁 261。

〔註 15〕郭紹虞編：《清詩話續編》（上海：上海古籍出版社，1983 年 12 月），上册，頁 126。

〔註 16〕據瞿蛻園等校注：《李白集校注》統計，太白詩古風 59 首，樂府 149 首，五絕 48 首，七絕 45 首，七律 12 首，五律 110 首。

黃昇選錄〈清平樂令〉兩闋，曾附注云：「按唐呂鵬《遏雲集》載應制詞四首，以後二首無清逸氣韻，疑非太白所作。」〔註 17〕「無清逸氣韻」之評，即譚瑩所謂「衰颯」。惟譚瑩以四首〈清平樂令〉全非李白所作，與胡應麟謂：「楊用修《詞品》又有〈清平樂〉詞二闋，尤淺俚，俱贋作也。」立場一致，皆徹底反對今傳李白詞作爲眞。

以上兩首詩作，皆論世傳李白詞之眞僞，承襲胡應麟之說，選擇從詞作風格角度切入，斷定非李白所作，論述上未免主觀。蓋自胡氏以來，關於李白詞作眞僞，論辯不休，迄今雖未有確切不移之證據，斷定其詞必屬李白，但同樣無法完全證明非出於李白之手。關於此一議題，或許有待更多材料證據支持，方能論定。

二、論白居易

白居易（772～846），字樂天，晚號香山居士、醉吟先生，祖籍太原，後徙居下邽（今陝西渭南），遂爲下邽人。譚瑩詩云：

> 二李（君虞、昌谷）詩歌供奉傳，體成長慶益纏綿。瀟瀟莫雨吳孃唱，製曲端由白樂天。

首句稱賞白居易詩歌上之成就。「二李」一詞，作者自注：「君虞、昌谷」，係指唐代詩人李益與李賀兩人，〔註 18〕據《舊唐書》本傳載：「李益，肅宗朝宰相揆之族子。登進士第，長爲歌詩。貞元末，與宗人李賀齊名。每作一篇，爲教坊樂人以賂求取，唱爲供奉歌詞。」〔註 19〕由於兩人以詩齊名，故世稱「二李」。同時代之張爲撰〈詩人主客圖〉，將李益編入「清奇雅正」一門；李賀編入「高古奧逸」一門，以白居易爲廣大教化主。〔註 20〕譚瑩承襲此觀點，以爲白居易詩影響二李詩

〔註 17〕《花庵詞選》，頁 3。

〔註 18〕李益（748～829），字君虞，涼州姑臧（今甘肅武威）人；李賀（790～861），字長吉，福昌（今河南宜陽）人，唐宗室鄭孝王亮后裔，家居福昌之昌谷，世因稱李昌谷。

〔註 19〕（後晉）劉昫等：《舊唐書》（北京：中華書局，1987 年 11 月），卷一三七列傳第八七，冊 11，頁 3771。

〔註 20〕丁福保輯：《歷代詩話續編》（北京：中華書局，2001 年 8 月），上冊，

歌之創作。

次句化用清・袁枚〈仿元遺山論詩〉其二：「生逢天寶離亂年，妙詠香山長慶篇。就使吳兒心木石，也應一讀一纏綿。」〔註21〕「長慶」爲穆宗年號，亦白居易詩集名，〔註22〕集中有〈餘思未盡加爲六韻重寄微之〉詩云：「製從長慶辭高古，詩到元和體變新。」〔註23〕「微之」即元稹字，蓋元、白兩人竭力使詩歌平易化，採用通俗語言，加強敘事成分，又能同時注重音韻優美，因之作品易於傳播，影響廣遠；「長慶體」係後人稱兩人所作之七言長篇敘事歌行體，如〈長恨歌〉、〈琵琶行〉、〈連昌宮詞〉等，三篇長篇詩作雖屬古體，卻又多用律句，間用對偶，音調抑揚變化，語言則要求豐富多采，婉麗纏綿，故袁枚此詩用《晉書・隱逸・夏統》所記：「（夏）統危坐如故，若無所聞。（賈）充等各散曰：『此吳兒是木人石心也。』」〔註24〕而謂即如夏統般「木人石心」者，讀之亦動容也。惟袁枚此詩旨在歌詠清初詩人吳偉業，蓋吳氏以仿效長慶體作詩而聞名當代；譚瑩則全由白詩之影響立說，強調長慶詩篇音節流轉、婉麗纏綿之語言風格。另「長慶」同時牽涉白氏任官蘇杭之經歷，〔註25〕且暗合袁枚詩句用吳兒事，因而開下句「吳孃唱」之語。

頁70。

〔註21〕（清）袁枚著；周本淳標校：《小倉山房詩文集》（上海：上海古籍出版社，1988年3月），上冊，頁688。

〔註22〕元稹爲白居易集撰序曰：「長慶四年，樂天自杭州刺史以右庶子召還，予時刺會稽，因得盡徵其文，手自排纘，成五十卷，凡二千一百九十一首。前輩多以『前集』、『中集』爲名。予以爲皇帝明年當改元，長慶訖於是矣，因號曰《白氏長慶集》。」錢仲聯主編：《歷代別集序跋綜錄》（南京：江蘇教育出版社，2005年9月），頁150。

〔註23〕（清）乾隆輯：《全唐詩》（北京：中華書局，1960年4月），卷四四六，冊13，頁5000。

〔註24〕（唐）房玄齡等：《晉書》（北京：中華書局，1974年11月），卷九四列傳六四，冊8，頁2430。

〔註25〕唐穆宗長慶二年（822）七月除杭州刺史，十月到任，長慶四年五月任滿離杭；敬宗寶歷元年（825）三月除蘇州刺史，五月初到任，次年秋天因目疾免郡事，回洛陽。

第三句化自白居易〈寄殷協律〉詩句：「吳娘暮雨瀟瀟曲」，樂天自注：「江南吳二娘曲辭云：『暮雨瀟瀟郎不歸。』」〔註 26〕所指乃〈長相思〉（深畫眉）〔註 27〕一詞，據樂天注語，此詞當爲吳二娘作。明・楊慎《升菴詩話》卷四云：

> 吳二娘，杭州名妓也。有〈長相思〉一詞云：「深花枝（略）。」白樂天詩：「吳娘暮雨瀟瀟曲，自別江南久不聞。」又：「夜舞吳娘袖，春歌蠻子詞。」自注：「吳二娘歌詞有暮雨瀟瀟郎不歸之句。」《絕妙詞選》以此爲白樂天詞，誤矣。〔註 28〕

然清・葉申薌《本事詞》卷上則謂：「吳二娘，江南名姬也，善歌。白香山守蘇時，嘗製〈長相思〉詞云：『深畫眉（略）。』吳喜歌之。故香山有『吳娘暮雨瀟瀟曲，自別江南久不聞。』之詠，蓋指此也。」〔註 29〕依其意，則詞爲白居易作而吳二娘歌唱。故此詞究屬誰作，尚難斷定，〔註 30〕惟本詩顯然從葉氏《本事詞》所言，以此詞由樂天所製，吳娘唱之，故曰「瀟瀟莫雨吳孃唱，製曲端由白樂天」；亦即視〈長相思〉一調創於白居易，並肯定樂天於詞史之貢獻。

如前文所述，譚瑩以傳本李白詞作乃後人僞託，於焉將製曲之始歸於樂天。誠然樂天之前，亦有嘗試新形式寫作之文人，如下一首所論張志和詞之寫作年代，即應略早於白氏。但是就影響而論，白氏以其創作實踐，促進詞之形成與發展，如白氏作〈憶江南〉後，

〔註 26〕《全唐詩》，卷四四八，冊 13，頁 5046。

〔註 27〕全詞爲：「深畫眉。淺畫眉。蟬鬢鬅鬙雲滿衣。陽臺行雨迴。　巫山高，巫山低。暮雨瀟瀟郎不歸。空房獨守時。」《全唐五代詞》，上冊，頁 75。

〔註 28〕（明）楊愼：《升庵詩話》，丁福保輯：《歷代詩話續編》，中冊，頁 715。據《全唐五代詞》引明刻本《吟窗雜錄》所錄吳二娘詞云：「深黛眉四句：《升庵詩話》卷四作：『深花枝。淺花枝。深淺花枝相間時。花枝難似伊。』按，此四句本宋歐陽脩〈長相思〉之上片，見影宋本《醉翁琴趣外篇》卷六、景宋本《歐陽文忠公近體樂府》卷一。楊愼誤記而移花接木，非。」上冊，頁 77。

〔註 29〕《詞話叢編》，冊 3，頁 2297。

〔註 30〕各本所題作者署名，詳參《全唐五代詞》，上冊，頁 75～76。

友人劉禹錫和之，並自注：「和樂天春詞，依〈憶江南〉曲拍為句。」〔註31〕「依曲拍為句」之作法，可以體現曲調之聲情特色，進而使詞成為有別於詩體之文學樣式，可見此時劉、白已擺脫「詩」之框架以寫詞。再者，由於強調作品平淺通俗之創作趨向，白氏愛好當時流行於民間之俗樂及與之相配合之歌詞，據《全唐五代詞》考訂收錄即有 28 首，〔註32〕就內容而言，有部分側重寫男女戀情之題材，如〈楊柳枝詞〉八首，寫離別相思；〈花非花〉寫情人幽會；〈長相思・閨怨〉表現後來詞中常見之「思婦」題材，符合詞以抒情寫怨之特長，故今人嚴安政研究指出：「白氏詞作多以豔情為內容，這和初期詞內容尚廣泛，後來卻流為『豔科』的發展趨勢是相一致的。換句話說，在題材和內容上，白居易以自己詞的創作實踐，促進了詞流為『豔科』的進程。」〔註33〕由是可知，樂天詞多寫戀情相思，對於後世詞體創作趨向，亦有相當程度之影響，則「製曲端由白樂天」洵非過譽也。

三、論張志和

張志和，生卒年不詳，本名龜齡，字子同，自號煙波釣徒，又號玄真子，婺州金華（今屬浙江）人。譚瑩詩云：

> 臣本烟波一釣徒，風斜雨細景誰摹。日湖漁唱（陳允平）蘋洲笛（周密），漁父詞還似此無？

首句「烟波釣徒」係張志和自號。據《新唐書・隱逸》記載，張志和本受肅宗賞識，因事被貶，赦還後不復出仕，閑居江湖，自號「烟波釣徒」，長期過著隱逸生活，徜徉於山水間，「每垂釣，不設餌，志不在魚也」。〔註34〕所作〈漁父〉詞五首為隱逸文學重要代表，

〔註31〕《全唐五代詞》，上冊，頁 60。

〔註32〕《全唐五代詞》，上冊，頁 65～76。

〔註33〕嚴安政：〈試論白居易在詞發展史上的貢獻〉，《渭南師專學報・社會科學版》（1997 年第 4 期），頁 53。

〔註34〕參見（宋）歐陽脩、宋祁：《新唐書》（北京：中華書局，1987 年 11

其中又以「西塞山前白鷺飛，桃花流水鱖魚肥。青箬笠，綠蓑衣，斜風細雨不須歸」〔註35〕一首，流傳最廣；詞中將高遠情思化爲清空意境，使作品形成獨樹一幟之高蹈風格。《詞苑萃編・品藻》引《名畫記》云：「張志和性高邁，自爲漁歌，便畫之，甚有逸思。」〔註36〕是知其人身兼詞人及畫家，對於超逸淡遠之懷抱，均藉詞、畫以抒發，並擷取「斜風細雨」之漁父生活，江南春色之景，融入沖淡悠遠之個人情懷。清・黃蘇《蓼園詞選》云：「數句只寫漁家之自樂其樂，無風波之患，對面已有不能已者。隱躍言外，蘊藏不露，筆墨入化，超然塵埃之外。」〔註37〕譚瑩於此亦有深刻體會，本詩次句「風斜雨細景誰摹」即著眼於〈漁父〉詞中有畫之境界；亦即描摹「風斜雨細」之景，透露「煙波垂釣」之隱逸基調，寄情於景，體現淡泊高遠之風味。而「景誰摹」之語，益凸顯張志和創作之獨特性。蓋「風斜雨細」不過尋常之景，乃自然變化之一端，然若缺乏隱逸之眞精神，則漁父閒適恬淡、心靈逍遙之境界必不可得，故清・劉熙載《藝概》卷四曾云：

> 張志和〈漁歌子〉「西塞山前白鷺飛」一闋，風流千古。東坡嘗以其成句用入〈鷓鴣天〉，又用於〈浣溪沙〉，然其所足成之句，猶未若原詞之妙通造化也。黃山谷亦嘗以其詞增爲〈浣溪沙〉，且誦之有矜色焉。〔註38〕

即便是一代文豪蘇東坡與善於奪胎換骨之黃山谷，兩人皆欲續其風格情懷而不可得，則此景非藉張氏之筆誠無以出之也。

三、四句承接「景誰摹」之意，「日湖漁唱蘋洲笛」，係引自陳允平及周密詞集之名。陳允平（1205？～1280？），字君衡，號西麓，四明（今浙江寧波）人，淳佑三年（1243）爲餘姚令，罷去，放浪山水

月），卷一九六列傳第一二一，冊18，頁5608～5609。

〔註35〕《全唐五代詞》，頁25。

〔註36〕（清）馮金伯：《詞苑萃編》卷三，《詞話叢編》，冊2，頁1809。

〔註37〕收入《詞話叢編》題《蓼園詞評》，冊4，頁3023。

〔註38〕收入《詞話叢編》題《詞概》，冊4，頁3688。

間；其詞作格律嚴整，字句精美，風格近於周邦彥，詞集名《日湖漁唱》。〔註 39〕周密（1232～1298），字公謹，號草窗，又號蘋洲、蕭齋，祖籍濟南（今屬山東），曾祖秘，曾爲御史中丞，扈從高宗南渡，居於吳興，遂爲湖州（今屬浙江）人；其學問淵雅，尤工於詞，與王沂孫、張炎齊名，詞律嚴謹，格調秀雅，詞集名《蘋洲漁笛譜》，一名《草窗詞》。〔註 40〕本詩將二人並提，實有特殊用意，蓋陳、周二人同張志和皆與江浙一帶有地緣關係，且兩人詞集一曰「漁唱」，一曰「漁笛」，亦呼應張志和〈漁父〉詞作。就作品論之，周密曾以〈木蘭花慢〉賦西湖十景，陳允平亦賦十首；其中詠「花港觀魚」，周氏〈木蘭花慢〉有「漲桃雨、鱖初肥」、「正短櫂輕蓑」〔註 41〕等句，陳氏〈驀山溪〉則見「偏愛鯉花肥」、「鉤餌已忘機」〔註 42〕等句，或化用〈漁父〉詞句，或體現漁父精神，故近人俞陛雲《唐五代兩宋詞選釋》評周密此詞曰：「通篇寫水鄉風物，如身作烟波釣徒矣。」〔註 43〕惟兩人雖同詠自然之景，其內心情懷實迥異於張志和，如清．陳廷焯《白雨齋詞話》評陳氏詠西湖詞云：「西麓西湖十詠，多感時之語，時時寄託，忠厚和平。」〔註 44〕周密則與楊纘等人成立西湖吟社，詞作多寄託身世之感，

〔註 39〕參王兆鵬、劉尊明主編：《宋詞大辭典》（南京：鳳凰出版社，2003 年 9 月），頁 483。

〔註 40〕同上註，頁 507。

〔註 41〕全詞爲：「六橋春浪暖，漲桃雨、鱖初肥。正短櫂輕蓑，牽筒荇帶，縈網蓴絲。依稀。岸紅迦遠，漾仙舟、誤入武陵溪。何處金刀膾玉，畫船傍柳頻催。　芳堤。漸滿斜暉。舟葉亂、浪花飛。聽暮榔聲合，鷗沉暗渚，鷺起煙磯。忘機。夜深浪靜，任煙寒、自載月明歸。三十六鱗過卻，素牋不寄相思。」唐圭璋編：《全宋詞》（北京：中華書局，1998 年 11 月），冊 5，頁 3265。

〔註 42〕全詞爲：「春波浮淥，小隱桃溪路。煙雨正林塘，翠不礙、錦鱗來去。芹香藻膩，偏愛鯉花肥，檐影下，柳陰中，逐浪吹萍絮。　宮溝泉滑，怕有題紅句。鉤餌已忘機，都付與、人間兒女。濠梁興在，鷗鷺笑人癡。三湘夢，五湖心，雲水蒼茫處。」同上註，頁 3103。

〔註 43〕俞陛雲：《唐五代兩宋詞選釋》（臺北：文史哲出版社，1988 年 7 月），頁 556。

〔註 44〕《詞話叢編》，冊 3，頁 3806。

故兩人所作，特具詞家身世之憂與時局之感，言此意彼，與張志和任眞恬淡之情有所差異，故云「漁父詞還似此無？」此處雖用疑問句法，答案實已昭然若揭；亦即陳、周二人與張志和雖同詠「水鄉風物」，惟張氏〈漁父〉詞寫景寄情之眞純與陳、周二人詞作寄託身世之感懷，境界終究所有別。

四、論韓翃

韓翃，生卒年不詳，字君平，南陽（今屬河南）人。爲大曆十才子之一，有《韓翃詩集》五卷，明人重編《韓君平集》八卷，《全唐詩》編詩三卷，並於〈附詞〉中收錄〈章臺柳〉一首。譚瑩詩云：

> 章臺柳折太多情，寒食東風句未精。若使君王知此曲，曲兼詩並署韓翃。

首句「章臺柳折」，化用韓翃〈章臺柳・寄柳氏〉一詩：「章臺柳。章臺柳。往日依依今在否。縱使長條似舊垂，亦應攀折他人手。」〔註 45〕據《全唐五代詞》考辨曰：

> 此首本長短句詩。始見於唐許堯佐《柳氏傳》，原無調、題，僅謂「題之」、「答之」。《本事詩》所載，亦僅謂韓翃「題詩曰」，柳氏「答詩曰」。《唐詩紀事》卷三〇亦謂韓翃「寄詩曰」，柳氏「答曰」。是唐宋人皆認其爲詩。……按唐宋載籍既明謂是詩，又無此調、此篇入樂歌唱之記載，顯非詞。〔註 46〕

惟譚瑩以〈章臺柳〉是詞非詩，應是受明代以降說法之影響。〔註 47〕詩中「太多情」，係牽涉〈章臺柳〉之本事，見唐・孟棨《本事詩・情感第一》〔註 48〕與許堯佐《柳氏傳》，略云：韓翃與妻柳氏因戰亂

〔註 45〕《全唐五代詞》，下冊，頁 973。

〔註 46〕同上註，頁 974～975。

〔註 47〕自《花草粹編》始以首句爲調名收作詞，《唐詩紀》卷一一、《詞綜》卷一、《詞鵠初編》卷一、《全唐詩》卷八九〇、《歷代詩餘》卷一、《詞譜》卷一、《詞律》卷一皆仍之。胡震亨《唐音癸籤》卷一三亦以之爲曲名，並謂韓翃「題此詞爲寄」，「柳亦何其詞酬」。詳《全唐五代詞》，同上註。

〔註 48〕（唐）孟棨：《本事詩》，丁福保輯：《歷代詩話續編》，上冊，頁 6

分離，柳氏身陷長安，為求自保，乃剪髮毀形，寄居尼庵。長安收復後，韓翃遣人尋訪柳氏，攜一囊金並題寫〈章臺柳〉；柳氏捧金嗚咽，回贈以〈楊柳枝〉。〔註49〕兩首作品反映兩人遭逢亂離之際，對愛情之執著，篇幅雖短，卻蘊含豐富之情意，誠如俞陛雲《唐五代兩宋詞選釋》云：「若謂臺邊垂柳，曾依依向我，而珍護無從，儘他日旁人攀折，何情之深耶！」〔註50〕故譚瑩曰「多情」。

次句「寒食東風」摘自韓翃〈寒食〉詩句：「寒食東風御柳斜」，〔註51〕此乃韓翃代表作，據唐・孟棨《本事詩》載：

> 一日，夜將半，韋（巡官）叩門急。韓出見之，賀曰：「員外除駕部郎中，知制誥。」韓大愕然曰：「必無此事，定誤矣。」韋就座，曰：「留邸狀報制誥闕人，中書兩進名，御筆不點出，又請之，且求聖旨所與，德宗批曰：『與韓翃。』時有與翃同姓名者為江淮刺使，又具兩人同進，御筆復批曰：『春城無處不飛花，寒食東風御柳斜。日暮漢宮傳蠟燭，輕煙散入五侯家。』又批曰：『與此韓翃。』」韋又賀曰：「此非員外詩耶？」韓曰：「是也。」「是知不誤矣」。〔註52〕

則此詩流傳一時，為君王稱賞，然譚瑩乃以「句未精」評之。蓋細究此詩，與〈章臺柳〉同樣寫春景，其中「寒食東風御柳斜」與「縱使長條似舊垂」，亦同樣狀柳枝垂條；惟「寒食」句僅客觀描繪外在景物，「縱使」句則承上啓下，以景寓情，自然流露作者懷想之切與憂慮之深，故譚瑩以「此曲」實高於〈寒食〉詩也。

三、四句承接〈寒食〉一詩本事而論。依譚瑩之見，若德宗曾見

～8。

〔註49〕柳氏〈楊柳枝〉：「楊柳枝，芳菲節，可恨年年贈離別，一葉隨風忽報秋，縱使君來豈堪折。」據《全唐五代詞》考辨，此首同樣屬長短句詩，非詞。下冊，頁976。

〔註50〕俞陛雲：《唐五代兩宋詞選釋》，頁9。

〔註51〕全詩為：「春城無處不飛花，寒食東風御柳斜；日暮漢宮傳蠟燭，輕煙散入五侯家。」《全唐詩》，卷二四五，冊8，頁2757。

〔註52〕丁福保輯：《歷代詩話續編》，上冊，頁8。

韓翃所作〈章臺柳〉詞，當不獨厚愛〈寒食〉一詩。詩中對於兩首作品之高下評價，不言自明。

五、論溫庭筠

溫庭筠（812～870），本名岐，字飛卿，太原祁（今山西祁縣）人。譚瑩詩云：

> 溫李詩名舊日齊，樊南綺語說無題。金荃不譜梧桐樹，恐並花間集也低。

首句言溫庭筠詩與李商隱齊名，〔註53〕據宋．晁公武《郡齋讀書志》卷四中所記：「(溫庭筠) 詩賦清麗，與李商隱齊名，時號溫李。」〔註54〕次句「樊南」，指李商隱（813～858；或謂 811、812 生），字義山，號玉谿生、樊南生，有《李義山詩集》、《樊南文集》行世；詩集中以「無題」為標題者計十七首，〔註55〕乃李商隱獨創之抒情詩體，旨意遙深，文字優美，可謂以綺語寄幽情。清代以來，隨義山詩文集箋注之開展，益成為學者研究之重要課題。〔註56〕譚瑩此處點出樊南無題詩，無疑係強調李商隱於詩歌發展過程之重大貢獻。由是，首句溫李並言，次句卻單論樊南無題，則兩人於詩歌創作之成就，高下已見。

歷來論溫、李詩齊名，多以為李優於溫，如清初王士禎《花草蒙拾》云：

> 溫、李齊名，然溫實不及李。李不作詞，而溫為花間鼻祖，

〔註53〕關於清人論詞絕句論「溫李齊名」諸家說法，詳參業師王偉勇教授：〈清代「論詞絕句」論溫庭筠詞探析〉一文，《文與哲》（高雄：國立中山大學中國文學系，2006 年 12 月），第九期，頁 337～356。

〔註54〕《叢書集成續編》（臺北：新文豐出版公司，1989 年），冊 1，頁 107。

〔註55〕去除研究者以為失題的作品，亦有十四首之多。詳參劉學楷：《李商隱詩歌研究》（合肥：安徽大學出版社，1998 年 5 月），頁 33～34。

〔註56〕詳見劉學楷：〈李商隱無題詩研究述略〉一文。同上註，頁 149～163。

豈亦同能不如獨勝之意耶？古人學書不勝，去而學畫；學畫不勝，去而學塑，其善於用長如此。〔註57〕

引文中，王氏除從詩評家之觀點，謂「溫實不及李」，亦就詞之創作，評價溫庭筠自有其「獨勝」專擅之處。譚瑩此絕之論述，實類於王氏評語，故三、四句重回詞體創作，稱賞溫詞成就。「金荃」係溫氏詞集名，〔註58〕「梧桐樹」，則摘自溫詞〈更漏子〉（玉鑪香）下片首句，全詞爲：

玉鑪香，紅蠟淚。偏照畫堂秋思。眉翠薄，鬢雲殘。夜長衾枕寒。　　梧桐樹。三更雨。不道離情正苦，一葉葉，一聲聲。空堦滴到明。〔註59〕

此詞自室內至室外，自視覺至聽覺，皆具體描寫，予人鮮明眞切之感受。總觀全詞，上片濃麗，下片疏淡；而清疏詞風於溫詞中較少見，此詞卻形成和諧統一之格局，濃麗而不晦澀，淺直又不失婉曲，堪稱佳構，故歷來爲詞評家所稱道。如宋・胡仔《苕溪漁隱叢話》後集卷十七稱：「庭筠工於造語，極爲綺靡，《花間集》可見矣。〈更漏子〉一詞尤佳。」〔註60〕清・陳廷焯《白雨齋詞話足本》卷六亦云：「飛卿〈更漏子〉三章，後來無人爲繼。」〔註61〕清・李冰若《花間集評注・栩莊漫記》更直言：「飛卿此詞，自是集中之冠，尋常情景，寫來淒婉動人，全由秋思離情爲其骨幹。」〔註62〕譚瑩亦由此稱賞溫詞，以爲若無溫氏譜寫如「梧桐樹。三更雨。不道離情正苦。一葉葉，一聲聲。空階滴到明」等動人詞作，則《花間集》之價值勢將隨之降低。

〔註57〕《詞話叢編》，冊1，頁674。

〔註58〕歐陽炯〈花間集序〉：「近代溫飛卿復有《金荃集》爾來作者，無愧前人。」金啓華等編：《唐宋詞集序跋匯編》（臺北：臺灣商務印書館，1993年2月），頁339。

〔註59〕《全唐五代詞》，上冊，頁107。

〔註60〕（宋）胡仔：《苕溪漁隱叢話》（臺北：世界書局，1961年10月），下冊，頁537。

〔註61〕轉引自王兆鵬主編：《唐宋詞匯評・唐五代卷》（杭州：浙江教育出版社，2004年12月），頁146。

〔註62〕（清）李冰若：《花間集評注》卷一，頁27。

是知溫李二人，各有專擅，「其善於用長如此」！

六、論韓偓

韓偓（842？～914？），字致堯，一作致光，自號玉山樵人，京兆萬年（今陝西西安）人。譚瑩詩云：

> 猩色屏風畫折枝，已涼天氣未寒時。香奩語豔無人儷，奈僅生查子一詞。

首二句摘自韓偓〈已涼〉詩句，全詩為：

> 碧闌干外繡簾垂，猩色屏風畫折枝。八尺龍鬚方錦褥，已涼天氣未寒時。〔註63〕

已涼，指暑熱初消、秋涼漸升之時；全詩如攝影般，鏡頭由室外向室內推移：欄杆、門簾、畫屏，最後聚焦於「八尺龍鬚方錦褥」，閨閣陳設精美華麗，最後收束在「已涼天氣未寒時」一句。通篇只寫景狀物，並未展露情思，卻令人如見佳人；而佳人思緒，亦可由「已涼」句思而得之。閨情詩本易傷於綺豔露骨，此詩卻能兼顧麗雅，含蓄委婉，誠為佳作，遂為人所稱賞。如清．孫洙《唐詩三百首》評曰：「先寫室內，次寫牀中，不露情思，而情思自在言外。」〔註64〕清．袁枚《隨園詩話．補遺》卷六亦云：「人問詩要耐想，如何而耐人想？余應之曰：『八尺匡床方錦褥，已涼天氣未寒時，……皆耐想也。』」〔註65〕又清．丁紹儀《聽秋聲館詞話》亦稱：「余最愛其（詩略）一絕……言外別具深情。」〔註66〕足見清人多賞愛韓氏此絕。譚瑩承襲清代詩評家普遍之觀點，摘取〈已涼〉詩句入詩，亦足見稱賞之意。第三句「香奩語豔無人儷」，則著眼於韓詩所體現妍麗婉約之風格；蓋「香奩」係韓偓集名，〔註67〕

〔註63〕《全唐詩》卷六八三，冊20，頁7832。

〔註64〕世一編輯部：《唐詩三百首全集》（臺南：世一文化事業出版公司，2002年8月），頁238。

〔註65〕（清）袁枚著；王英志校點：《隨園詩話》（南京：鳳凰出版社，2004年3月），頁545。

〔註66〕《詞話叢編》，冊3，頁2576。

〔註67〕關於《香奩集》是否韓偓所作，自宋以來，聚訟紛紜：沈括認為《香

因集中多寫男女艷情與女子服飾容態，故名。宋・葛立方《韻語陽秋》卷五亦謂：「韓偓《香奩集》百篇，皆艷詞也。」〔註68〕宋・嚴羽《滄浪詩話・詩體》亦謂：「香奩體，韓偓之詩，皆裾裙脂粉之語，有《香奩集》。」〔註69〕由是可知，韓偓所作閨情綺豔之詩，影響後世甚深，遂形成「香奩體」。惟其作品風格，雖爲後人所仿，終無人能出其右，故曰「無人儷」。

而依譚瑩之見，韓偓雖專擅香奩一體，卻能寫出如〈已涼〉詩般，婉麗含蓄而不傷大雅之作品，故末句對韓氏寫〈已涼〉閨情之高妙筆法僅表現於〈生查子〉一詞，〔註70〕殊覺可惜。蓋〈生查子〉亦載於《香奩集》，全詞如下：

> 侍女動妝奩，故故驚人睡。那知本未眠，背面偷垂淚。　懶卸鳳凰釵，羞入鴛鴦被。時復見殘燈，和煙墜金穗。〔註71〕

此詞塑造一位思念情人、閨中少婦之形象，彷彿攝影運鏡之手法，顯

奩集》乃五代和凝所爲，非韓偓之作，然葛立方等人則反對沈氏說法，爭論迄今仍無定論。近人徐復觀撰有〈韓偓詩與香奩集論考〉一文，可參之，詳氏著：《中國文學論集》（臺北：臺灣學生書局，1985年1月），頁255～296。

〔註68〕（清）何文煥輯：《歷代詩話》（北京：中華書局，2001年11月），下冊，頁526。

〔註69〕同上註，頁690。

〔註70〕此譚瑩或有不查處，按《全唐五代詞》輯錄《尊前集》（並參校《唐宋諸賢絕妙詞選》）〈浣溪沙〉二首，餘十一首入副編。由是可知韓偓詞不僅〈生查子〉一闋。

〔註71〕此首據《全唐五代詞》考辨：「此首毛本、吳本《香奩詞》題作〈懶卸頭〉詩（鈔本《香奩集》、《唐音統籤》未收，並無調名。《花草粹編》卷一始以〈生查子〉調收作詞，其後《唐詩紀》卷一〇、《古今詞統》卷三、《詞的》卷一、《詞綜》卷一、《全唐詩》卷八九一、《歷代詩餘》卷四、《詞譜》卷三俱因之。按此詞乃明清人所認定，未足據信，茲入副編。」下冊，頁1059。另有〈生查子〉（秋雨五更頭）一闋，據考辨云：「此首本五言古詩，原題〈五更〉，見毛本、鈔本、吳本《香奩集》、《唐音統籤》卷七一三、《全唐詩》卷六八三。王國維輯本《香奩詞》始收作〈生查子〉詞，林大椿《唐五代詞》因之，不足據。茲入副編。」可知此闋自王國維始視爲詞，當不爲譚瑩所採。

現連續性之動作。全詞本香奩體之表現手法，與〈已涼〉詩同樣構思精巧，筆意含蓄婉約，卻更深刻動人！清・陳廷焯《雲韶集》評之：「柔情密意，五代兩宋閨閣詞之祖也。以意遠詞其妙不在字句之間，而在弦外。」〔註 72〕清・沈雄《柳塘詞話》卷三亦云：「『時復見殘燈，和烟墜金穗』，如此結構，方爲含情無限。」〔註 73〕韓偓詞，各家輯錄雖不一，而譚瑩卻獨賞〈生查子〉一闋，綜觀其說，當緣於〈已涼〉詩之創作手法。由是亦可知，譚氏並不排斥香奩體之寫作，特強調應以含蓄婉約之筆法出之，體現典麗清媚、麗雅兼得之風貌，方屬可貴。

本詩殊值留意處，在於由「香奩」體及於詞體之論述，已窺見韓偓《香奩集》對詞體之影響，誠如清・田同之《西圃詞說》所云：

> 詩詞風氣，正自相循。貞觀、開元之詩，多尚淡遠；大曆、元和後，溫、李、韋、杜漸入香奩，遂啓詞端。〔註 74〕

《香奩集》以寫豔情著名，內容多抒發男女戀情相思；於筆法之運用，或以環境景物烘托人物情思，或細膩刻畫女子愁貌神態、慵懶舉止以表現內在情思。無論題材內容、情感基調與藝術表現，皆與晚唐五代，甚至宋初小令有極相似處。至於集中如〈生查子〉等「亦詩亦詞」之作品，頗爲後人所混淆，更反映韓偓「香奩」詩體蘊含「詞家手法」之現象，故近人施蟄存乃云：「《香奩集》雖屬歌詩，然其中有音節格調宛然如曲子詞者，且集中諸詩，造意抒情，已多用詞家手法。」〔註 75〕此種「手法」，蓋指「男子作閨音」之書寫方式，亦即模擬女性心理與聲腔之表現，代替閨中思婦傳遞寂寞哀感之思，特具婉媚纏綿之情調。〔註 76〕

〔註 72〕轉引自史雙元編著：《唐五代詞紀事會評》（合肥：黃山書社，1995 年 12 月），頁 709。

〔註 73〕（清）沈雄：《柳塘詞話》，王文濡校閱：《詞話叢鈔》（上海：上海大東書局，1925 年 8 月），卷三，頁 3。

〔註 74〕《詞話叢編》，冊 2，頁 1453。

〔註 75〕施蟄存：〈讀韓偓詞札記〉，《中華文史論叢》（1979 年第 4 期），頁 273。

〔註 76〕詳參孫克強、陳麗麗：〈韓偓詩歌對詞體的影響〉，《邊疆經濟與文化》（2006 年第 11 期），頁 53。

本詩所引〈已涼〉與〈生查子〉二作皆寫閨情相思，正體現婉約詞之特質。由於詞之興起，乃藉歌女傳唱，因之表現閨情綺思之作品，必然成爲文士創作主題，韓偓〈香奩集序〉曾云：

> 所著詩歌不啻千首，其間以綺麗得意者，亦數百篇。往往在士大夫口或樂官配入聲律，粉墻椒壁，斜行小字，竊詠者不可勝紀。……柳巷青樓，未嘗糠粃；金閨繡户，始預風流。咀五色之靈芝，香生九竅；咽三危之瑞露，美動七情。〔註77〕

由序文可知，香奩詩於當時已由「樂官配入聲律」，成爲聲詩，並於「柳巷青樓」、「金閨繡戶」廣爲流傳，其過程正與詞之形成和傳播方式相近，則《香奩集》於詞之發展，當有一定程度之推動作用。

綜上所述，譚瑩論唐人詞，可歸納爲兩個層面：其一，就詞之起源與體製而論，首先辨李白詞作之眞僞，此涉及李白是否爲詞壇初祖之爭議。譚瑩從明人胡應麟之說，以爲李白未有詞作傳世；因今傳題李白所作之作品，詞風衰颯類於晚唐，與盛唐氣象，乃至與太白豪邁之詩風，頗不相符，故論定非出自李白之手。繼而將塡詞之源歸諸白居易，故曰「製曲端由白樂天」。惟若以時代先後論，張志和創作當稍早於樂天，譚瑩此處卻置樂天於前，究其原由，或受宋・黃昇《花菴詞選》之影響，該書選錄李白詞後，即繼之以白居易〈長相思〉二闋。再者，就體製而言，〈長相思〉句式參差，且分上下片，長短句之外在特徵十分鮮明。反觀張志和〈漁父〉詞，全詞五句，除三、四句爲三字句，餘均爲齊言七字，故吳梅《詞學通論》評曰：「此詞爲七絕之變，第三句作六字折腰句。……唐人歌曲皆五、七言詩，此〈漁歌子〉既與七絕異，或就絕句變化歌之耳。」〔註78〕況白居易所作之〈憶江南〉，又有劉禹錫「依曲拍爲句」之塡作方式流傳，故稱白居

〔註77〕《歷代別集序跋綜錄》，頁195～196。

〔註78〕吳梅：《詞學通論》（北京：中國書籍出版社，2006年5月），頁67～68。

易有「製曲」之功，並非過譽也。

誠然，詞之興起，乃隋唐之際燕樂傳入與流行所產生之結果，其眞正淵源在民間。而此種新興文體進入文人之手，即象徵由民間走向獨立成熟之重要階段。從創作方法來看，詞之創作與「聲詩」有別，遵循著「依調塡詞」、「由樂以定詞」之規則。〔註79〕惟文人嫻熟於詩，塡詞過程不免受詩歌影響，形成早期文人詞與詩界線不明之特點，如前引〈漁父〉詞即是一例，但根本原則仍是「依調塡詞」，有別於詩。然詞樂既失傳，後人僅能依據外在形式，予以判斷，因之部分「亦詩亦詞」之作品，遂造成各家輯錄之差異，如韓翃〈章臺柳·寄柳氏〉與韓偓〈生查子〉（侍女動妝奩）即屬此例；而清代流行之詞選，如《詞綜》、《歷代詩餘》等皆視爲詞作而錄之，故譚瑩亦引爲詞體而論之。

其二，就詞之影響與評價而論，早期文人詞之題材內容尚稱廣泛，文人將詩中表現之題材帶入詞體創作之領域，「則有貶謫、羈旅、邊塞等題材及相關文化體現於詞作中，隱逸文化更成爲一個主要面」，〔註80〕故譚瑩揭示張志和〈漁父〉詞爲隱逸文學之代表，高度評價〈漁父〉詞中任眞自適之隱逸情趣。惟詞體發展逐漸成熟，主要功能在於「言情」，如溫庭筠詞，集中抒寫戀情相思，離愁別恨等，遂形成詞爲「豔科」之格局，故譚瑩引白居易〈長相思〉（深畫眉）一闋爲「製曲」之源，實有指標作用；蓋此詞寫相思別情，幽怨動人，誠如宋·黃昇《唐宋諸賢絕妙詞選》卷一所稱：「閨怨一詞，非後世作者所及。」〔註81〕是知白氏以其創作實踐影響，已然引導後世詞壇之趨向。此外，譚瑩

〔註79〕（唐）元稹：〈樂府古題〉序文，已明確區分兩種不同的音樂文學形式和創作方式：其一爲「歌詩」、「聲詩」之形式，創作方式係「選詞以配樂，非由樂以定詞」；其二爲「曲子詞」，創作方係「因聲以度詞」，「由樂以定詞」。《全唐詩》，卷四一八，冊12，頁4605。

〔註80〕詳參鄧喬彬，張秋娟：〈盛中唐詞的文化之變〉，《深圳大學學報（人文社會科學版）》第23卷第6期，2006年11月，頁76。

〔註81〕（宋）黃昇選編：《花庵詞選》，頁4。

亦論及「香奩體」對詞之影響，今人李澤厚云：「（晚唐五代）時代精神已不在馬上，而在閨房；不在世間，而在心境。」〔註 82〕羅宗強亦指出：「（晚唐）這個時期詩歌創作傾向的又一明顯變化，是大量的寫閨閣生活、愛情主題，以至歌樓舞榭。」〔註 83〕而「香奩體」正體現此種時代風尚，可見譚瑩論韓偓有其獨到之處。

惟譚瑩以「閨怨」爲後世詞人表現之主題，亦有其特定範疇，如其所稱白居易〈長相思〉（深畫眉）、溫庭筠〈更漏子〉（玉鑪香）、韓偓〈生查子〉（侍女動妝奩）等皆風格典麗清媚，卻不至雕琢；筆法含蓄婉約，而不流於晦澀，方爲譚氏所取，此又不可不知也。

第二節　論五代詞人

譚瑩論五代詞人，取蜀主孟昶、南唐中宗李璟、南唐後主李煜、和凝、韋莊等五家；此中論李煜兩首，共計六首。茲依詞家論列，逐次分析如下：

一、論蜀主孟昶

孟昶（919～965），字保元，初名仁贊，後蜀高祖孟知祥第三子，邢州龍岡（今河北邢台）人。譚瑩詩云：

> 摩訶避暑有全詞，花蘂風流恐願師。何俟洞仙歌櫽括，點金成鐵使人疑。

首句指蜀主孟昶與花蕊夫人避暑摩訶池上，賦〈洞仙歌〉一事。首見於東坡〈洞仙歌〉序云：

> 僕七歲時，見眉山老尼，姓朱，忘其名，年九十餘，自言：嘗隨其師入蜀主孟昶宮中。一日大熱，蜀主與花蕊夫人夜起避暑摩訶池上，作一詞。朱俱能記之。今四十年，朱已死，人無知此詞者。但記其首兩句，暇日尋味，豈〈洞仙

〔註 82〕詳氏著：《美的歷程》（臺北：三民書局，1996 年 9 月），頁 172。
〔註 83〕詳氏著：《隋唐五代文學思想史》（上海：上海古籍出版社，1986 年），頁 351。

歌令〉乎，乃爲足之。〔註 84〕

序中明言，東坡作〈洞仙歌令〉一闋，只首二句同原作，餘皆自創，詞云：

冰肌玉骨，自清涼無汗。水殿風來暗香滿。繡簾開、一點明月窺人，人未寢，攲枕釵橫鬢亂。　　起來攜素手，庭戶無聲，時見疏星渡河漢。試問夜如何，夜已三更，金波淡、玉繩低轉。但屈指、西風幾時來，又不道、流年暗中偷換。〔註 85〕

上片由風起、飄香、開簾、月照，以一組明靜而緩慢移動之鏡頭，烘托夜景中無法安睡之美人，亦點出夏夜之炎熱；下片描寫夜起納涼，閒步庭院，見星空滿天，因熱氣而思秋風，又經秋思而引起時光易逝之感慨。全詞意境清絕而富含哲理。故前人盛讚此詞，以其「絕去筆墨畦徑間，直造古人不到處」，〔註 86〕或以「清麗舒徐，高出人表」〔註 87〕、「清空中有意趣」〔註 88〕稱之。東坡以七歲之齡聞孟昶與花蕊夫人之事，遂於四十年後憶其風流，撰作此詞。本詩次句所言「花蘂」，即蘇詞中美人形象，孟昶後宮嬪妃，別號「花蕊夫人」，「意花不足擬其色，似花蕊輕也。」〔註 89〕

殊值留意者，譚瑩此處既謂「摩訶避暑」一事「有全詞」，其意當指孟昶所創原詞。〔註 90〕傳孟昶原詞有二說：其一爲石刻〈洞仙歌〉，宋．趙聞禮《陽春白雪》錄此詞，並自注：「宜春潘明叔云：蜀王與花

〔註 84〕唐圭璋編：《全宋詞》（北京：中華書局，1998 年 11 月），冊 1，頁 279。

〔註 85〕同上註。

〔註 86〕（宋）胡仔：《苕溪漁隱叢話》後集卷二十六，下冊，頁 606。

〔註 87〕（宋）張炎：《詞源》卷下，《詞話叢編》，冊 1，頁 267。

〔註 88〕同上註，頁 261。

〔註 89〕（宋）吳曾：《能改齋漫錄》卷十六，收入《詞話叢編》題《能改齋詞話》，冊 1，頁 134。

〔註 90〕前人亦有謂詞乃花蕊夫人作，如（宋）周紫芝《竹坡詩話》云：「世傳此詩爲花蕊夫人作，東坡嘗用此詩作〈洞仙歌〉曲。或謂東坡托花蕊夫人以自解耳，不可知也。」《歷代詩話》，上冊，頁 344。

蕊夫人避暑摩訶詞上，賦〈洞仙歌〉，其辭不見於世。東坡得老尼口誦兩句，遂足之。蜀帥謝元明因開摩訶池，得古石刻，遂見全篇。」〔註91〕惟此說清人宋翔鳳於《樂府餘論》已辨之甚詳，以為「明是南宋人偽托」〔註92〕；再者，本詩末句所云「點金成鐵」之評，語出清．朱彝尊《詞綜》一選，收錄題蜀主孟昶所作〈玉樓春．夜起避暑摩訶池上作〉一詞，並於詞後評曰：「蘇子瞻〈洞仙歌〉本檃括此詞，然未免反有點金之憾。」〔註93〕故知譚瑩所指「全詞」當為〈玉樓春〉一詞：

> 冰肌玉骨清無汗，水殿風來暗香滿。簾開明月獨窺人，攲枕釵橫雲鬢亂。
>
> 起來瓊户啓無聲，時見疏星渡河漢。屈指西風幾時來，只恐流年暗中換。〔註94〕

合上引蘇詞觀之，可知除調名、句式不同外，用詞、語意其實基本相同，是以兩者之間必定存在「蹈襲」之關係，然而究竟孰眞孰偽，歷來眾說紛紜，莫衷一是。據《全唐五代詞》考辨，〈玉樓春〉一調，宋人載籍俱作詩，如姚寬《西溪叢話》：「孟蜀王水殿詩，東坡續為長短句。」王明清《揮麈餘話》卷一：「孟蜀王詩，東坡先生度以為詞，前人不以蹈襲為非。」明．楊愼《全蜀藝文志》始收作〈玉樓春〉詞，其後，明清人始認作詞。〔註95〕朱彝尊編《詞綜》一選，不收蘇軾〈洞

〔註91〕《全唐五代詞》，上冊，頁732。

〔註92〕（清）宋翔鳳《樂府餘論》：「宋趙聞禮陽春白雪卷二，載宜春潘明叔云：蜀王與花蕊夫人避暑摩訶池上，賦洞仙歌，其詞不見於世。東坡得老尼口誦兩句，遂足之。蜀帥謝元明因開摩訶池，得古石刻，遂見全篇：『冰肌玉骨（略）。』按云：『自清涼無汗』，確是避暑。而又云『怯盡朝寒』，則非避暑之意。且坡序云夜起，而此詞俱晝景。其中貝闕琳宮，闌干樓閣，洞房瑤臺，拉雜湊集，明是南宋人偽託。」《詞話叢編》，冊3，頁2496。此詞相關考辨，另可參《全唐五代詞》，上冊，頁732。

〔註93〕（清）朱彝尊、汪森編；孟裴標校：《詞綜》（上海：上海古籍出版社，1999年11月），卷二，頁15。

〔註94〕《全唐五代詞》，下冊，頁1071。

〔註95〕詳參《全唐五代詞》，下冊，頁1072。

仙歌〉，並首開「點金之憾」之評語，時代稍後之李調元呼應其說，云:「蜀主孟昶『「冰肌玉骨』一闋，本〈玉樓春〉調，蘇子瞻〈洞仙歌〉櫽括其詞，反爲蛇添足。《詞綜》謂爲點金，信然。」〔註 96〕而康熙年間所編之《全唐詩》，更將題孟昶詞之〈木蘭花〉收入，並云:「蘇軾〈洞仙歌〉即櫽括此詞。」〔註 97〕清・陳廷焯《白雨齋詞話》卷一則謂:「東坡〈洞仙歌〉，只就孟昶原詞，敷衍成章，所感雖不同，終嫌依傍前人。」〔註 98〕本詩亦就蘇軾櫽括孟昶原詞之批評立論，故三、四句曰「何俟洞仙歌櫽括，點金成鐵使人疑」，語氣不免惋惜東坡以一代文豪，雖心慕「花蕊風流」，亦可自出機杼，實不必待櫽括前人作品，而招致後人「點金成鐵」之譏評。此論與友人陳澧〈論詞絕句六首〉中論蘇軾說法相似，可以參看，詩云:

> 冰肌玉骨〈洞仙歌〉，九字何曾記憶譌。刪取七言成贗鼎，枉教朱十笑東坡。

末句「朱十」即朱彝尊，排行第十，故稱之。全詩亦取朱氏《詞綜》之評，以爲蘇詞係櫽括孟昶〈玉樓春〉而作。〔註 99〕

惟前人對蘇軾櫽括孟昶詞一事，亦有持不同見解者。如宋・胡仔《苕溪漁隱叢話》前集卷六十云:

> 《漫叟詩話》云楊元素作《本事曲》記洞仙歌（略）。錢唐有一老尼，能誦後主詩首章兩句，後人爲足其意，以塡此詞……苕溪漁隱曰:「《漫叟詩話》所載《本事曲》云:錢唐一老尼，能誦後主詩首章兩句。與東坡〈洞仙歌序〉全然不同，當以序爲正也」。〔註 100〕

《漫叟詩話》，此書早佚，僅靠他人傳抄輾轉得知，已是二手資料，將「蜀尼」改爲「錢唐一老尼」，將「朱具能記之」及東坡「但記其

〔註 96〕（清）李調元:《雨村詞話》，《詞話叢編》，冊 2，頁 1390。

〔註 97〕《全唐詩》卷八八九，冊 25，頁 10084。

〔註 98〕《詞話叢編》，冊 4，頁 3777。

〔註 99〕關於陳澧此詩詳解，參見王師偉勇、林淑華:〈陳澧論詞絕句六首探析〉，《政大中文學報》第七期（2007 年 6 月），頁 90～94。

〔註 100〕（宋）胡仔:《苕溪漁隱叢話》，上冊，頁 409～410。

首兩句」簡化爲老尼「能誦後主詩首章兩句」，甚爲可疑，故胡仔認爲當以東坡序爲正。降及清代，《詞綜》之評雖頗具影響，亦有反其說者，如許昂霄《詞綜偶評》承胡仔說：「此必檃括坡詞而托名蜀主者，苕溪漁隱亦云當以序爲正。」〔註 101〕宋翔鳳更直言《詞綜》選錄失當：

> 至所傳「冰肌玉骨清無汗」一詞，不過檃括蘇詞，然刪去數虛字，語遂平直，了無意味。蓋自宋南渡，典籍散亡，小書雜出，眞僞互見，叢話多有別白。而竹垞《詞綜》，顧棄此錄彼，意欲變《草堂》之所選，然亦千慮之一失矣。〔註 102〕

至現當代詞論家亦多主此說。〔註 103〕目前關於孟昶詞之記載文獻，實未見早於東坡〈洞仙歌序〉者，是以，若未有早於蘇詞序之證據，則後世推論皆極可能屬好事者之穿鑿附會。況以東坡博學多聞，即使愛其詞意，亦可如〈水調歌頭〉取韓愈〈聽穎師琴〉一般，「稍加檃括，使就聲律」〔註 104〕即可，何必撰序自欺欺人，落天下人口實？〔註 105〕故現今詞學界之研究，仍以〈玉樓春〉係後人檃括蘇軾〈洞仙歌〉而假託孟昶所作，爲比較可信之說法。〔註 106〕

二、論南唐中宗李璟

李璟（916～961），字伯玉，初名景通，徐州（今屬江蘇）人。李昪卒，嗣位爲南唐皇帝。譚瑩詩云：

〔註 101〕《詞話叢編》，冊 1，頁 1548。

〔註 102〕（清）宋翔鳳：《樂府餘論》，《詞話叢編》，冊 3，頁 2496。

〔註 103〕詳見閻小芬：〈蘇軾洞仙歌雜考〉，《商丘師範學院學報》第 19 卷第 6 期（2003 年 12 月），頁 40～41。

〔註 104〕苕溪漁隱曰：「東坡嘗因章質夫家，善琵琶者乞歌詞，亦取退之〈聽穎師琴〉詩，稍加檃栝，使就聲律，爲〈水調歌頭〉以遺之，其〈自序〉云：『歐公謂退之此詩最奇麗，然非聽琴，乃聽琵琶耳。余深然之。』觀此，則二公皆以此詩爲聽琵琶矣。」（宋）胡仔：《苕溪漁隱叢話》前集卷十六，上冊，頁 106。

〔註 105〕詳見吳洪澤：〈洞仙歌（冰肌玉骨）公案考索〉，《四川大學學報（哲學社會科學版）》（2002 年第 2 期），頁 127～128。

〔註 106〕前引大陸學者閻小芬與吳洪澤兩篇文章，皆證此說。

> 能使陽春集價低，浣溪沙曲手親題。一池春水干卿事，酷似空梁落燕泥。

首二句盛讚李璟親撰之〈浣溪沙〉兩詞，評價高於南唐著名詞人馮延巳之作品；「陽春集」係馮延巳詞集名。次句用《南唐書・談諧傳・王感化》所載李璟親題〈浣溪沙〉事：

> 王感化善謳歌，聲韻悠揚，清振林木，系樂部，爲「歌板色」。元宗嗣位，宴樂擊鞠不輟，嘗乘醉命感化奏〈水調〉詞，感化唯歌「南朝天子愛風流」一句，如是者數四。元宗輒悟，覆杯嘆曰：「使孫、陳二主得此一句，不得當銜璧之辱也！」感化由是有寵。元宗嘗作浣溪沙兩闋，手寫賜感化曰：「菡萏香銷翠葉殘。西風愁起碧波間。還與容光共憔悴，不堪看。　細雨夢迴清漏永，小樓吹徹玉笙寒。漱漱淚珠多少恨，倚欄干。」「手捲珠簾上玉鉤。依前春恨鎖重樓。風裡落花誰見主，思悠悠。　青鳥不傳雲外信，丁香空結雨中愁。迴首綠波春色暮，接天流。」後主即位，感化以其詞札上之，後主感動，賞賜感化甚優。〔註107〕

李璟存詞四首，〔註108〕以〈浣溪沙〉二首最爲後人稱道。〔註109〕詞以思婦爲抒情主體，深刻細膩表現一種懷人念遠之寂寞深情，且流露韶華難駐、青春易逝之生命憂思，故清・陳廷焯《白雨齋詞話》卷一稱賞「還與韶光共憔悴，不堪看」二句，以爲「沉之至，鬱之至，淒然欲絕。後主雖善言情，卒不能出其右也」，〔註110〕道出其中深藏之意蘊。而譚瑩所以評價此二詞高於馮延巳詞作，蓋因上引「本事」而來，亦即依史書記載，此二詞乃李璟感悟樂工諷諫，親筆書贈，故詞

〔註107〕（宋）馬令：《南唐書》（北京：中華書局，1985年），卷二五，頁167。

〔註108〕詳見《全唐五代詞》李璟詞考辨，上冊，頁722～727。

〔註109〕如吳梅《詞學通論》第六章：「中宗諸作，自以〈山花子〉二首爲最，蓋賜樂部王感化者也。」頁76。詹安泰《李璟李煜詞・前言》亦曰：「（李璟詞）四首都具有很充實的生活內容，〈浣溪沙〉兩首更滲透悲憤的情調，應該是他後期的作品。」

〔註110〕《詞話叢編》，冊4，頁3779。

文雖未直接涉及政治感慨，就本事而言，其中必然隱含詞人對南唐國勢乃至於個人命運之某種憂思，由是其詞非只留連光景，實特具感慨遙深之思想特色。

三、四句亦牽涉詞之本事，扣合李璟與馮延巳君臣戲語一事。據宋・陸游《南唐書》卷十一載：「（延巳）尤喜爲樂府詞，元宗嘗因曲宴內殿，從容謂曰：『吹皺一池春水，何干卿事？』延巳對曰：『安得如陛下「小樓吹徹玉笙寒」之句！』」〔註 111〕《南唐書》卷二一〈馮延巳傳〉亦記此事：

> 元宗樂府詞云：「小樓吹徹玉笙寒」，延巳有：「風乍起，吹皺一池春水」之句，皆爲警策。元宗嘗戲延巳曰：「吹皺一池春水，干卿何事？」延巳曰：「未如陛下小樓吹徹玉笙寒。」元宗悅。〔註 112〕

前人對此事，多視爲君臣間以詞相戲，傳爲美談，故史書所記，亦以「戲」稱之。然譚瑩乃以隋煬帝及其臣薛道衡之事相比，並曰「酷似」。「空梁落燕泥」係薛道衡〈昔昔鹽〉詩句：「暗牖懸蛛網，空梁落燕泥。」〔註 113〕其人有文采，「每有所作，南人無不吟誦焉。」〔註 114〕因事得罪隋煬帝，年七十見殺。〔註 115〕據《隋唐嘉話》所記：「煬帝善屬文，而不欲人出其右。司隸薛道衡由是得罪，後因事誅之，曰：『更能作「空梁落燕泥」否？』。」〔註 116〕《容齋隨筆》

〔註 111〕（宋）陸游：《南唐書》卷十一，楊家駱主編：《陸放翁全集》（臺北：世界書局，1990 年 11 月），下冊，頁 45。

〔註 112〕（宋）馬令：《南唐書》卷二一，頁 140。

〔註 113〕全詩爲：「垂柳覆金堤，蘼蕪葉複齊。水溢芙蓉沼，花飛桃李蹊。采桑秦氏女，織錦竇家妻。關山別蕩子，風月守空閨。恒斂千金笑，長垂雙玉啼。盤龍隨鏡隱，彩鳳逐帷低。飛魂同夜鵲，倦寢憶晨雞。暗牖懸蛛網，空梁落燕泥。前年過代北，今歲往遼西。一去無消息，那能惜馬蹄？」引自（宋）郭茂倩：《樂府詩集》卷七九（上海：上海古籍，1998 年），頁 834。

〔註 114〕（唐）魏徵、令狐德棻等：《隋書》（北京：中華書局，1973 年 8 月），卷五七列傳二二，冊 5，頁 1406。

〔註 115〕其事詳見《隋書》本傳載，同上註，頁 1407～1413。

〔註 116〕（唐）劉餗：《隋唐嘉話》，《唐宋史料筆記叢刊》（北京：中華書局，

續筆卷七亦載：「薛道衡以『空梁落燕泥』之句爲隋煬帝所嫉。」〔註117〕由是可知隋煬帝因妒恨薛道衡文采，進而誅之。君臣相戲或君嫉臣才，兩者自有程度之差異，譚瑩卻將兩事並提，細察李璟當時詞名不若馮延巳，勢必同時存在一較高下之競爭心理，從「文人相嫉」之角度言之，兩事其實「酷似」，惟臣子下場不同而已。此可視爲譚瑩獨特之觀察。

三、論南唐後主李煜

李煜（937～978），字重光，初名從嘉，自號鍾隱、鍾鋒白蓮居士，徐州（今屬江蘇）人。李璟第六子。宋建隆二年（961）立爲太子，留金陵監國。同年中主卒，遂繼位於金陵。譚瑩詩云：

> 傷心秋月與春花，獨自憑欄度歲華。便作詞人秦柳上，如何偏屬帝王家。

本詩首句化用李煜〈虞美人〉起句，全詞爲：

> 春花秋月何時了。往事知多少。小樓昨夜又東風。故國不堪回首月明中。雕闌玉砌應猶在。只是朱顏改。問君能有幾多愁。恰似一江春水向東流。〔註118〕

據宋・王銍《默記》卷上所載：「……又後主在賜第，因七夕命故妓作樂，聲聞於外，太宗聞之大怒；又傳『小樓昨夜又東風』及『一江春水向東流』之句，併坐之，遂被禍云。」〔註119〕是李煜之禍，亦可謂此詞有以促之也。詞起句曰「春花秋月」，本何等美好景物，然後主以亡國之君，對人生已然絕望，遂不覺怨嘆「春花秋月」了無止盡，從而感慨生命隨花謝月缺，長逝不返，故譚瑩詩乃冠以「傷心」二字，以結合悲情與美景也。

1997年12月），頁2。

〔註117〕（宋）洪邁：《容齋隨筆》（上海：上海古籍，1998年），頁305。

〔註118〕《全唐五代詞》，上冊，頁741。

〔註119〕朱杰人點校：《默記》，《唐宋史料筆記叢刊》（北京：中華書局，1997年12月），頁4。

次句則化用李煜〈浪淘沙令〉(簾外雨潺潺) 詞下片:「獨自莫憑欄,無限關山。別時容易見時難。流水落花歸去也,天上人間。」〔註120〕據《西清詩話》云:「南唐李後主歸朝後,每懷江國,且念嬪妾散落,鬱鬱不自聊。嘗作長短句云:『簾外雨潺潺(略)』,含思悽惋,未幾下世。」〔註121〕是此詞可視爲後主絕筆,語意淒苦悲慟。譚瑩去「獨自莫憑欄」之「莫」字,益發凸顯其中無可奈何、造化弄人之感,命運迫使詞人「獨自憑欄度歲華」,傷嘆無限江山、春去人逝,誠千古之悲!

三、四句承上而來,意謂若以詞家論成就,李煜實居柳永、秦觀之上,只可嘆生在帝王之家;蓋風流文士,未解治國之道,遂淪爲亡國之君。末句於詰問語氣中收束,更添無奈傷感。李煜天賜文才,卻偏生於帝王之家,其即位上宋太祖表即曰:「臣本於諸子,實愧非才,自出膠庠,心疏利祿。被父兄之蔭育,樂日月以優游。思追巢、許之餘塵,遠慕夷、齊之高義……徒以伯仲繼沒,次第推遷」,〔註122〕表達對此種既定安排之無奈。比較政治上之權力鬥爭,李煜更憧憬隱居閒適之無憂生活,曾自號鍾隱、鍾峰白蓮居士,寄寓不求聞達、超然名利之心志。歷代詞評家於讚賞李煜文采之餘,往往投注深厚之同情,期望擺脫政治枷鎖,俾李煜還原成一介純粹之文人。如清・王僧保〈論詞絕句〉其三曰:「落花流水寄嗟欷,如此才情絕世稀。誰遣斯人作天子,江山滿目泪沾衣。」〔註123〕清・郭麐〈南唐雜詠〉亦云:「我思昧昧最神傷,予季歸來更斷腸。作個才人眞絕代,可憐薄命作君王。」〔註124〕然細究之,李煜所以能成就不朽詞章,長於帝

〔註120〕《全唐五代詞》,上冊,頁765。

〔註121〕(宋)胡仔:《苕溪漁隱叢話》前集卷五十九引,上冊,頁404。

〔註122〕(元)脫脫等:《宋史》(北京:中華書局,1895年5月),卷四七八列傳第二三七,冊40,頁13875。

〔註123〕(清)況周頤:《餐櫻廡詞話》引(臺北:廣文書局,1986年1月),頁52。

〔註124〕(清)袁枚:《隨園詩話・補遺》卷三引,王英志校點:《隨園詩話》

王之家，亦屬不可忽視之客觀因素。誠如本詩首二句所化用者，皆李煜亡國後之詞句，一方面彰顯其身世之悲，一方面亦流露譚瑩對於此等作品之肯定。清・王國維《人間詞話》評云：「詞至李後主而眼界始大，感慨遂深，遂變伶工之詞爲士大夫之詞。周介存置諸溫、韋之下，可謂顛倒黑白矣。『自是人生長恨水長東』，『落花流水春去也，天上人間』，《金荃》、《浣花》能有此意象耶？」〔註 125〕譚瑩所以置李煜於「秦柳上」，亦由此立說。

譚瑩詩次首云：

> 念家山破了南唐，亡國音哀事可傷。叔寶後身身世似，端如詩裏說陳王。

此首承上首「如何偏屬帝王家」之身世哀感以論李煜。首二句直就李煜遭逢亡國之痛立說。「念家山破」，乃後主親度之曲調，宋・陳彭年《江南別錄》載：「後主妙於音律，樂曲有〈念家山〉，親演其聲爲〈念家山破〉，識者知其不祥。」〔註 126〕「破」本音樂術語，指唐宋燕樂大曲之後半部分，此處結合後主之身世經歷，遂有一語雙關之作用，預示詞人未來遭遇。置於本詩首句，亦具有同樣效果。

南唐王朝結束於李煜之手，而〈念家山破〉猶如亡國之音預示未來，誠如宋・邵思《野說》所載：

> 亡國之音信然不止〈玉樹後庭花〉也。南唐後主精於音律，

（南京：鳳凰出版社，2004 年 3 月），頁 478。

〔註 125〕《詞話叢編》，冊 5，頁 4242。

〔註 126〕（宋）陳彭年：《江南別錄》，朱易安、傅璇琮等主編：《全宋筆記》第一編（鄭州：大象出版社，2003 年 10 月），冊 4，頁 209。〈念家山破〉乃從唐教坊曲〈念家山〉演譯而來。（明）胡震亨：《唐音癸籤》卷十三〈唐曲〉載：「〈念家山〉、〈念家山破〉、〈邀醉舞破〉、〈恨來遲破〉。」注云：「南唐後主翻舊曲爲〈念家山破〉，其音焦殺，名尤不祥，識者以爲亡徵。」周維德集校：《全明詩話》（濟南：齊魯書社，2005 年 6 月），冊 5，頁 3685。《十國春秋》卷十七南唐三〈本紀〉：「後主嘗造〈念江山破〉及〈振金鈴曲〉，其聲焦殺，辭多不祥。」（清）吳任臣撰；周昂重校：《十國春秋》（臺北：國光書局，1962 年 12 月），頁 17。

> 凡變曲莫非奇絕。開寶中，因將除，自撰〈念家山〉一曲，既而廣爲〈念家山破〉，其識可知也。宮中民間日夜奏之，未及兩月，傳滿江南。〔註127〕

文中提及「亡國之音」除李煜〈念家山破〉一曲，前代尚有陳叔寶〈玉樹後庭花〉一詩，〔註128〕據《隋書・樂志》載：「陳後主於清樂中造〈黃驪留〉及〈玉樹後庭花〉、〈金釵兩鬢垂〉等曲。與幸臣等製其歌詞。綺豔相高。極於輕蕩。男女唱和。其音甚哀。」〔註129〕一爲南唐李後主，一爲南朝陳後主，兩人均親臨國破之景，遭易代君王拘繫京城，故譚瑩謂「叔寶後身身世似」，乃依兩人身世經歷予以結合。

惟就文學成就論，陳、李兩人實不可同日而語，故末句將視角轉向曹植，以其詩歌成就與李煜詞作評價相當。「陳王」爲曹植（192～232）封號，〔註130〕鍾嶸《詩品》卷上列其詩於上品，云：「其源出於《國風》。骨氣奇高，詞采華茂，情兼雅怨，體被文質，粲溢今古，卓爾不群。嗟乎！陳思之於文章也，譬人倫之有周孔，鱗羽之有龍鳳，音樂之有琴笙，女工之有黼黻。」〔註131〕將曹植詩比擬人倫周孔、鱗羽龍鳳，一如清人周之琦將李煜比擬爲天籟之音，其《詞評》曰：「予謂重光天籟也，恐非人力所及。」〔註132〕譚瑩於此巧妙將曹植與李煜比擬，從創作而言，曹植才華出眾，前期作品多抒豪情壯志，後期則因政治失意，多寫苦悶之情。對照李煜之詞作，後人亦多以前

〔註127〕（明）陶宗儀編纂：《說郛》卷四十《野說》（臺北：臺灣商務印書館，1972年12月），冊4，頁2692。

〔註128〕全詩爲：「麗宇芳林對高閣。新粧豔質本傾城。映户凝嬌乍不進。出帷含態笑相迎。妖姬臉似花含露。玉樹流光照後庭。」逯欽立輯校：《先秦漢魏晉南北朝詩》（北京：中華書局，1988年5月），下冊，頁2511。

〔註129〕同上註。

〔註130〕太和六年（232），以郡爲國，封陳王，十一月病逝，年四十一。謚思，後人稱陳思王。

〔註131〕《歷代詩話》，上冊，頁7。

〔註132〕唐圭璋：《南唐二主詞彙箋・總評》引（臺北：正中書局，1970年5月），頁1。

後期分；亡國前多寫宮中縱情狂歡之景，亡國後則飽含故國之思。就歷史定位而言，曹植乃第一位大力寫作五言詩之詩人，對於提高五言詩之藝術成就具有積極作用。李煜於詞史上之地位更無庸置疑，不僅拓展詞之內容題材，更「變伶工之詞爲士大夫之詞」，以詞抒發一己之思想情感；後期詞作更體現亡國之君眞切之感受，故後人多稱其詞爲「當行」、「本色」，如明・胡應麟《詩藪》雜編卷四云：「後主一目重瞳子，樂府爲宋人一代開山祖。蓋溫、韋雖藻麗，而氣頗傷促，意不勝辭，至此君方是當行作家，清便宛轉，詞家王、孟。」〔註 133〕其詞作影響，自不待言。

總結三、四句，先就身世相仿舉南朝陳後主以相比擬，蓋有感於兩人皆親歷國破家亡之苦痛也。惟李煜畢竟不同叔寶，其亡國之痛均深切轉化爲血淚字句，故能於詞之創作，開出一如曹植詩歌之成就。本詩從不同視角，試圖更全面評價後主其人其詞，實具鮮明之意義。

四、論後晉和凝

和凝（898～955），字成績，鄆州須昌（今山東東平）。譚瑩詩云：

> 香奩佳句少年時，度曲偏令異域知。不論生平論詞藻，也應名姓徹丹墀。

本詩首二句述和凝年少時喜作「香奩」詞，有聲名，甚至傳唱「異域」。據清・徐釚《詞苑叢談》卷三載：

> 晉宰相和凝，少年好爲曲子，契丹入彝門，號爲「曲子相公」。有〈何滿子〉詞曰：「正是破瓜年紀，含情慣得人饒。桃李精神鸚鵡舌，可堪虛度良宵？卻愛藍羅裙子，羨他長束纖腰。」亦香奩佳句也。〔註 134〕

然次句「偏」字，卻點出意料之外，頗見悔恨之情。據五代・孫光憲《北夢瑣言》卷六云：「晉相和凝，少年時好爲曲子詞，布於汴、洛。

〔註 133〕（明）胡應麟：《詩藪》，周維德集校：《全明詩話》，冊 3，頁 2695。

〔註 134〕（清）徐釚編著；王百里校箋：《詞苑叢談校箋》（北京：人民文學出版社，1998 年 2 月），頁 184。

洎入相，專託人收拾焚毀不暇。然相國厚重有德，終爲艷詞玷之。契丹入夷門，號爲『曲子相公』。」〔註 135〕蓋和凝後仕晉朝，任宰相，位高權重之際，不願爲香奩豔語所玷，故譚瑩曰「偏令」，頗能體現詞人內在心意。

三、四句則正面稱賞和凝詞采：「名姓徹丹墀」，用和凝〈小重山〉（正是神京爛漫時）詞句：「新榜上、名姓徹丹墀。」〔註 136〕「丹墀」指宮殿中赤色之臺階或地面，故本句意謂名聲響徹宮中。和凝官運亨通，聲名顯赫，歷仕梁、唐、晉、漢、周五朝，初爲梁宣義軍節度使賀瑰從事；後唐明宗天成三年（928）拜殿中侍御史，累遷翰林學士；後晉天福二年（937），爲禮部侍郎，拜端明殿學士，五年，升任宰相；後漢天福十二年，除太子太保，封魯國公；後周廣順元年（951），爲太子太傅，顯德二年（955）七月卒。〔註 137〕合上句觀之，蓋謂即使未有顯赫之功名，以和凝少年所爲之「香奩佳句」，亦可傳誦異域，名揚宮廷。

五、論前蜀韋莊

韋莊（836～910），字端己，長安杜陵（今陝西西安東南）人。韋應物四世孫。譚瑩詩云：

> 醉粧詞作又何年，韋相才名兩蜀先。徵到小重山故事，遭逢霄壤鷓鴣天。

首句論五代前蜀亡國君主王衍（899～926），「醉粧詞」係王衍自創詞調，五代・孫光憲《北夢瑣言》：

> 蜀後主自裹小巾，卿士皆同之。宮妓多衣道服，簪蓮花冠，

〔註 135〕（五代）孫光憲：《北夢瑣言》（臺北：源流文化事業公司，1983 年 4 月），頁 47。

〔註 136〕全詞爲：「正是神京爛熳時。群仙初折得、郄詵枝。烏犀白紵紵最相宜。精神出、御陌袖鞭垂。柳色展愁眉。管絃分響亮、探花期。光陰占斷曲江池。新榜上、名姓徹丹墀。」《全唐五代詞》，上冊，頁 469。

〔註 137〕詳《北夢瑣言》卷六，《舊五代史》卷一二七，《新五代史》卷五五本傳。

> 每侍燕酣醉，則容其同輩免冠，然其髻，別爲一家之美。因施胭脂，粉頰蓮額，號曰醉妝，國人效之。又作歌詞云：「這邊走。那邊走。只是尋花柳。那邊走。這邊走。莫厭金樽酒。」〔註138〕

俞陛雲《唐五代兩宋詞選釋》評此詞：「極寫游宴忘歸之致。自適其樂耶？意有所諷耶？音節諧婉，有古樂府遺意。」〔註139〕又王易《詞曲史・具體》第三：「蜀主王衍，能爲浮豔之詞，有〈甘州曲〉、〈醉妝詞〉。」〔註140〕譚瑩本詩雖評韋莊詞，卻從王衍〈醉粧詞〉起頭，其意何在？蓋韋莊於天復元年（901）入蜀依王建，協助建立前蜀王朝，後主王衍即位，韋莊已逝。然其才名，早於唐末確立，唐僖宗中和三年（883）於洛陽作〈秦婦吟〉詩，傳揚一時，人因號曰「〈秦婦吟〉秀才」。故詩中首句「又何年」之語乃相對次句「兩蜀先」，亦即王衍作〈醉粧詞〉之時，韋莊才名早於兩蜀建國之前已經確立。「兩蜀」，指的是前蜀和後蜀，前蜀由四川節度使王建創立，王衍承之，在位僅七年，即爲後唐所滅；後蜀是後唐鎮蜀節度使孟知祥所創，在位半年病故，子孟昶繼位，三十年後滅於北宋。

除自時代先後論「韋相才名兩蜀先」，首二句亦寓含優劣高下之評價。後蜀趙崇祚編《花間集》十卷，爲現今流傳第一部文人詞總集，當中收錄晚唐五代18家詞人詞作，除溫庭筠、皇甫松、和凝三人外，餘十五人皆爲蜀人，或曾在蜀爲官，故人多稱花間詞人爲「西蜀詞人」。十五位「蜀人」中，韋莊作品最爲人稱道，前人往往以溫、韋並論，如宋・張炎《詞源》卷下云：「詞之難於令曲，如詩之難於絕句，不過十數句，一句一字閒不得。末句最當留意，尤有餘不盡之意始佳。當以唐《花間集》中韋莊、溫飛卿爲則。」〔註141〕清・周濟

〔註138〕（宋）阮閱編；周本淳校點：《詩話總龜》前集卷二十二引（北京：人民文學出版社，1998年2月），頁242。

〔註139〕俞陛雲：《唐五代兩宋詞選釋》，頁54。

〔註140〕王易：《詞曲史》（北京：東方出版社，1996年3月），頁85。

〔註141〕《詞話叢編》，冊1，頁265。

《介存齋論詞雜著》亦云：「詞有高下之別，有輕重之別，飛卿下語鎮紙，端己揭響入雲，可謂極兩者之能事。」〔註 142〕本詩亦就此立說，首二句抬舉韋莊才名居蜀人之先。

第三句「小重山」係韋莊詞作，全詞爲：

一閉昭陽春又春。夜寒宮漏永。夢君恩。臥思陳事暗消魂。羅衣溼。紅袂有啼痕。　　歌吹隔重閽。繞庭芳草綠。倚長門。萬般惆悵向誰論。凝情立。宮殿欲黃昏。〔註 143〕

此詞本事載《古今詞話》：「韋莊以才名寓蜀，王建割據，遂羈留之。莊有寵人，資質豔麗，兼善詞翰。建聞之，托以教內人爲詞，強莊奪去。莊追念悒怏，作〈小重山〉及〈空相憶〉云（略）。情意淒怨，人相傳播，盛行於時。姬後傳聞之，遂不食而卒。」〔註 144〕姑且不論本事眞僞，且此詩用〈小重山〉意本不在此，應合下句觀之。末句「霄壤」指天和地，全句意謂：韋莊作〈小重山〉詞，被人落實此中所隱含之故事，而化自〈小重山〉之〈鷓鴣天〉，連作者猶不知孰是，遭遇何啻天壤也。清・茅暎《詞的》卷三評韋莊〈小重山〉有云：「『紅袂有啼痕』與『羅衣溼』句複。秦詞『新啼痕間舊啼痕』亦始諸此。」〔註 145〕所指秦詞係〈鷓鴣天・春閨〉一闋，詞云：

〔註 142〕《詞話叢編》，冊 2，頁 1629。

〔註 143〕《全唐五代詞》，上冊，頁 171。

〔註 144〕惟此詞本事，歷來爲人所疑，近人夏承燾辨之甚詳，可參。夏承燾《韋端己年譜》：「案《詩集補遺》有〈悼亡姬〉一首，及〈獨吟〉、〈悔恨〉、〈虛席〉、〈舊居〉四首，注：『俱悼亡姬作。』詩云：『若無少女花應老，爲有姮娥月易沈。』『湘江水闊蒼梧遠，何處相思弄舜琴。』與前詞『天上姮娥』及〈憶帝鄉〉『說盡人間兩心知』，〈荷葉杯〉『碧天無路信難通』諸句，語意相類。疑詞亦悼亡姬作。楊湜所云，近於附會。（以調名〈憶帝鄉〉，詞有『天上姮娥』句，云王建奪去。以『不忍把伊書迹』，云『兼善詞翰』。湜宋人，其詞話記東坡事，尚有誤者，此尤無徵難信。）《新五代史》六三〈前蜀世家〉稱『（王）建雖起盜賊，而爲人多智詐，善待士。』似不致有此。又〈悔恨〉一首悼亡姬云：『才聞及第心先喜，試說求婚淚便流。』是悼亡在初及第時，亦非入蜀後事也。」

〔註 145〕筆者查閱（清）茅暎輯評：《詞的》（《四庫未收書輯刊》本）未見

枝上流鶯和淚聞。新啼痕間舊啼痕。一春魚鳥無消息，千里關山勞夢魂。

無一語，對芳尊。安排腸斷到黃昏。甫能炙得燈兒了，雨打梨花深閉門。〔註 146〕

此詞於類編本《草堂詩餘》卷一誤作秦觀詞，故茅氏誤為「秦詞」，今人則謂無名氏作。〔註 147〕譚瑩此處不曰秦詞，是已知其誤。此詞與韋莊〈小重山〉皆寫思婦之情，淒惻哀怨，且「新啼痕間舊啼痕」更化用韋詞「羅衣溼。紅袂有啼痕」二句而成，將思念之深長，通過「新」、「舊」啼痕概括時間長度與情感深度，刻畫入骨相思，十分成功，故明．李攀龍評此句：「一字一血！」〔註 148〕殊不知此種筆法早見於韋詞，但見「紅袂有啼痕」，「羅衣」又溼，新淚舊痕，日復一日，相思愁情若此，豈不動人！

綜上所述，譚瑩論五代詞，除論「蜀主孟昶」詩，依《詞綜》之見，辨明蘇軾〈洞仙歌〉係檃括孟昶〈玉樓春〉之作。餘五首詩皆側重詞人生平經歷，彰顯其身世之感。

蓋五代詞，以西蜀、南唐為重鎮；西蜀詞以《花間集》為代表，藝術風貌呈現濃豔綺麗、嫵媚柔靡之格調，全書置溫庭筠於首，選錄詞作數量亦居諸家之冠，頗有尊奉意味。宋．黃昇《唐宋諸賢絕妙詞選》卷一云：「（溫庭筠）詞極流麗，宜為《花間集》之冠。」〔註 149〕清．王士禛《花草蒙拾》亦云：「溫為《花間》鼻祖。」〔註 150〕西蜀文人詞承繼並模擬溫詞風格，無論詞風相似之牛嶠、和凝，或風格稍異之韋莊、孫光憲，其作品均可見學習溫詞之痕跡。〔註 151〕惟其中

此則，故轉引《唐宋詞匯評．唐五代卷》所錄，頁 214。

〔註 146〕《全宋詞》，冊 5，頁 3739。

〔註 147〕此詞考證，詳參吳熊和主編：《唐宋詞匯評．兩宋卷》（杭州：浙江教育出版社，2004 年 12 月），冊 5，頁 4326。

〔註 148〕（明）吳從先：《草堂詩餘雋》引。

〔註 149〕《花庵詞選》，頁 7。

〔註 150〕《詞話叢編》，冊 1，頁 674。

〔註 151〕詳參李冬紅：《花間集接受史稿》第三章第一節中「仿溫現象」之

除韋莊能別立清麗疏朗之風貌，居西蜀詞人之首，餘大致遵循豔情綺靡之方向發展，著力模仿溫詞富豔華彩之語言及美麗嬌羞之閨人形象，卻忽略溫詞中之情感蘊含與內在精神。據今人劉尊明研究指出：

> 溫詞雖豔不淫，豔而能深，豔而猶婉，豔而不失其雅，而西蜀文人詞則進一步朝向淫豔、俗靡、淺率、鄙陋的方向發展。這種創作傾向和美學情趣的轉變和表現，既是齊梁宮體詩風影響下的產物，也受到西蜀宮廷享樂風氣的影響和城市遊樂生活的熏染。〔註 152〕

此譚瑩論五代詞人所以不重《花間》之故，蓋以詞中缺乏內在意蘊，多聲色享樂之作。其論韋莊首句特言「醉粧詞作又何年」，正代表西蜀宮廷放情縱欲，淫樂習氣之流俗，而於此淫佚享樂、君臣歡娛之背景下，能獨樹一幟，結合個人身世之感創爲佳構之詞人——韋莊，方爲譚瑩所稱。

除西蜀外，南唐亦偏安一隅，經濟繁榮，君臣唱和而樂府大盛。宋．陳世修〈陽春集序〉云：「（馮延巳）公以金陵盛時，內外無事，朋僚親舊，或當燕集，多運藻思爲樂府新詞，俾歌者倚絲竹而歌之。」〔註 153〕惟現今流傳詞作不多，以李璟、李煜、馮延巳三人爲代表。譚瑩所論，特舉李璟、李煜二人，蓋其詞深寓家國命運與身世之感；尤以論李煜二首，皆著眼於詞人亡國後之作品，實因南唐詞風促使伶工傳唱、花間酒邊之格調一變爲抒發個人情懷與家國感慨，對於詞之發展具有一定之積極作用也。

第三節　小　結

唐五代詞之發展，爲往後宋詞之繁榮奠定堅實之基礎，其重要性不可小覷。綜觀譚瑩所論唐五代詞人，既能反映此期詞風，亦可流露

探討。（濟南：齊魯書社，2006 年 6 月），頁 186～196。

〔註 152〕劉尊明：《唐宋詞綜論》（北京：中國社會科學出版社，2004 年 12 月），頁 227。

〔註 153〕《唐宋詞集序跋匯編》，頁 8。

作者鑑賞之旨趣。其論唐人詞，多著重源流，蓋是時乃文人詞之開端，界定詞作眞僞，製曲源流相形重要。再者，就影響而論，新興詞體逐漸定型，開始體現長於抒情寫意之能事，朝向綺麗柔婉之藝術風貌發展，故譚瑩所論特重詞家閨怨情詞，其中深意，自可揣知。

蓋詞自晚唐溫庭筠等輩，開創濃麗婉約之風，遂影響五代西蜀之花間詞人。惟《花間集》一選，多表露西蜀詞家宮廷享樂之流風，淫靡流蕩，不爲譚瑩所取，故其論五代詞人，往往結合詞家身世之感立說，此可見作者評賞旨趣。再者，所論韋莊與南唐二主，相較於花間其他詞人，對北宋詞壇創作影響尤爲深遠，適足以銜接下文所論。

惟需補充說明者，譚瑩對影響北宋前期詞壇十分深遠之南唐馮延巳略而不論，僅於述李璟一絕及之，且開頭即謂馮氏《陽春》一集評價不若李璟，高下立判。然就詞壇影響而論，「宋初諸家，靡不祖述二主，憲章正中」，〔註 154〕蓋馮氏存詞百首之多，集中創寫出一種「鬱伊愴怳」〔註 155〕、纏綿淒惻之感情境界，下開宋初晏、歐之詞尤深，故清・劉熙載《藝概》卷四乃云：「馮延巳詞，晏同叔得其俊，歐陽永叔得其深。」〔註 156〕清・馮煦〈唐五代詞選序〉亦謂：「吾家正中翁，鼓吹南唐，上翼二主，下啓晏歐，實正變之樞紐，短長之流別。」〔註 157〕是知馮氏於詞史發展上實居關鍵地位。譚瑩乃略而不論，究其原因，蓋有二：一乃不賞其詞風，此於下文論晏殊時將詳述其說。依譚瑩之見，馮、晏兩人詞風確實相似，有傳承關係，而「語語原因類婦人」，不過戀情游宴、惜春怨別、留連光景之作而已，故不爲譚氏所喜。唯譚瑩未見馮詞含蓄深厚、感慨遙深，「幽咽惝恍，如醉如迷」〔註 158〕之境界，致未能深然之也。二則不喜其爲人，據宋・陸

〔註 154〕（清）馮煦：《蒿庵論詞》，《詞話叢編》，冊 4，頁 3585。
〔註 155〕（清）馮煦：〈陽春集序〉，《唐宋詞集序跋匯編》，頁 9。
〔註 156〕《詞話叢編》，冊 4，頁 3689。
〔註 157〕《唐宋詞集序跋匯編》，頁 437。
〔註 158〕張爾田：〈曼陀羅寱詞序〉，見（清）朱孝臧輯校編撰：《彊村叢書》（上海：上海古籍出版社，1989 年 8 月），冊 9，頁 7494。

游《南唐書》卷十一載：

> 延巳負其材藝，狎侮朝士，嘗誚孫忌曰：「君有何所解而爲丞郎？」忌憤然答曰：「僕山東書生，鴻筆藻麗，十生不及君；詼諧歌酒，百生不及君；諂媚險詐，累劫不及君。然上所以寘君於王邸者，欲君以道義規益，非遣君爲聲色狗馬之友也。僕固無所解，君之所解者，適足以敗國家耳。」延巳慚不得對。〔註 159〕

又「自中書侍郎拜平章事，時論不平，出鎮撫州，亦無善政」，爲人往往失於檢點，與朝臣關係時相齟齬，被目爲「小人」、「五鬼」。〔註 160〕清・張惠言《詞選》評馮延巳〈蝶戀花〉三闋云：「三詞忠愛纏綿，宛然騷辨之義。延巳爲人，專蔽嫉妒，又敢爲大言。此詞蓋以排間異己者，其君之所以信而弗疑也。」〔註 161〕或緣馮氏人品無足爲取，譚瑩遂略而不論。

〔註 159〕（宋）陸游：《南唐書》卷十一，楊家駱主編：《陸放翁全集》，下冊，頁 44。

〔註 160〕見馬令：《南唐書》卷二一，陸游：《南唐書》十一和吳任臣：《十國春秋》卷二六。

〔註 161〕《詞話叢編》，冊 2，頁 1612。

第四章　論北宋詞人

本章擬探究譚瑩「論詞絕句」論北宋詞人之部分，見於組詩第十五首至第五十一首，其中第十六首論南宋高宗，爲免混淆討論範疇，故移至下一章節論述。計三十二家詞人，得三十六首，此中柳永、蘇軾、秦觀與周邦彥四人各論兩首。詞家論列，依時代先後爲原則，惟北宋徽宗，以其帝王身分原置於論宋詞組詩之首，然作爲北宋亡國之君，其人其詞具有時代象徵之意義，故特列於北宋詞家之末以論之。

爲求論述能反映時代背景，彰顯譚瑩論詞存史之意圖，本章將分北宋詞人爲前、後兩期，〔註1〕藉以考察詞史發展之走向。同時除前引兩位宋代君王論列位置調整外，詞人聶冠卿亦提列至前期論述，因聶氏主要活動於眞宗、仁宗兩朝，〔註2〕故略作更動。並總結主要觀點於兩節之後。

〔註1〕關於宋詞分期問題，歷來論者頗多，各家說法不一。詳參崔海正：〈宋詞分期問題研究掃描〉，《宋詞研究述略》（臺北：洪葉文化，1999年3月），頁40～59。另王兆鵬先生亦對宋詞分期進行比較與討論，提出「代群分期」之概念，參氏著：《唐宋詞史論》（北京：人民文學出版社，2003年9月），頁3～50。本文「宋詞分期」（含下一章論南宋詞部分）主要參酌其說，而略作調整，以避免過於更動譚瑩論詞組詩之排列順序，混淆作者特具之詞史觀念。

〔註2〕此據王兆鵬「代群分期」之說。同上註。

第一節　論北宋前期詞人

譚瑩論北宋前期詞人，取寇準、晏殊、林逋、聶冠卿、韓琦、范仲淹、司馬光、宋祁、歐陽脩、柳永、張先等十一家，此中論柳永兩首，共計十二首。茲依詞家論列，逐次分析如下：

一、論寇準

寇準（961～1023），字平仲，華州下邽（今陝西渭南）人。曾受封萊國公。譚瑩詩云：

> 喚柘枝顛亦自娛，能稱曲子相公無？柔情不斷如春水，認作唐音恐太諛。

首句「柘枝」係曲名，寇準宴客，好〈柘枝〉舞，人因戲稱「柘枝顛」。據宋・沈括《夢溪筆談》卷五記載：「〈柘枝〉舊曲遍數極多，……寇萊公好〈柘枝舞〉，會客必舞〈柘枝〉，每舞必盡日，時謂之『柘枝顛』。」〔註3〕又宋・葉夢得《石林燕語》卷四亦云：「寇萊公性豪侈，所臨鎮燕會，常至三十醆。必盛張樂，尤喜〈柘枝舞〉，用二十四人，每舞連數醆方畢。或謂之『柘枝顛』」〔註4〕

次句「曲子相公」係契丹人加諸和凝的封號，清・徐釚《詞苑叢談》卷三云：「晉宰相和凝好爲曲子，契丹入彝門，號爲『曲子相公』。」〔註5〕合上句觀之，此詩首兩句，顯係譚瑩戲謔寇準之語，謂其既鍾愛〈柘枝〉舞，有「柘枝顛」之封號，然詞作是否亦能如和凝詞，傳揚異域，受封「曲子相公」？答案顯然屬否定，端看三、四句譚瑩對寇準之評價，即可窺知。

第三句摘自寇準〈夜度娘〉（煙波渺渺一千里）〔註6〕結句，此

〔註3〕（宋）沈括撰；楊善群整理：《夢溪筆談》，《傳世藏書・子庫・文史筆記》（海口：海南國際新聞出版中心，1996年），冊1，頁12。

〔註4〕（宋）葉夢得撰；侯忠儀點校：《石林燕語》，《唐宋史料筆記叢刊》（北京：中華書局，1997年12月），頁60。

〔註5〕（清）徐釚編著；王百里校箋：《詞苑叢談校箋》（北京：人民文學出版社，1998年2月），頁184。

〔註6〕全詞爲：「煙波渺渺一千里。白蘋香散東風起。日暮汀洲一望時。柔

作品據清‧彭孫遹《詞藻》卷二載：「寇萊公準〈夜度娘〉曲云：（略）。升庵舉似大復，認爲唐音。」〔註7〕「大復」即明代前七子代表何景明之號，有《大復集》；蓋明人楊愼以寇準此作似何景明之詩，特具「唐音」風貌。惟譚瑩卻從反面立說，以寇準〈夜度娘〉被推爲「唐音」一事，乃溢美之辭，故末句曰「太諛」。蓋寇準位至宰相，功業彪炳，扣合首句「喚柘枝顚亦自娛」，知其性豪侈，好宴客樂舞，卻創作「柔情不斷如春水」之柔媚感傷詞句，殊難理解，故宋‧釋文瑩《湘山野錄》卷上評曰：

> 寇萊公詩「野水無人渡，孤舟盡日橫」之句，深得唐人風格。初，授歸州巴東令，人皆以自「寇巴東」呼之，以比「趙渭南」、「韋蘇州」之類。然富貴之時，所作詩皆淒楚愁怨。嘗爲〈江南春〉二絕云：「波淼淼（略）。」又曰：「杳杳煙波隔千里（略）。」余嘗謂深於詩者，盡欲慕騷人清悲怨感以主其格，語意清切脫灑孤邁則不無。殊不知清極則志飄，感深則氣謝。〔註8〕

文中所舉〈江南春〉二絕之二，即今傳之〈夜度娘〉。依文瑩之見，寇準早期有深得唐音之詩句，然富貴成就之際，所作如〈江南春〉等，皆淒楚哀怨，反不得唐音。宋‧胡仔《苕溪漁隱叢話》後集卷二十亦云：「忠愍詩思淒惋，蓋富於情者。如〈江南春〉云（略）。觀此語意，疑若優柔無斷者。至其端委廟堂，決澶淵之策，其氣銳然，奮仁者之勇，全與此詩意不相類，蓋人之難知也如此。」〔註9〕譚瑩顯然亦見出箇中差異，遂不以唐音論之。

情不斷如春水。」唐圭璋編：《全宋詞》（北京：中華書局，1998年11月），冊1，頁4。據《全宋詞》考，此作屬詩而非詞，見《忠愍公詩集》卷上，題作「追思柳惲汀洲之詠尚有餘妍回書一絕」。

〔註7〕（清）彭孫遹：《詞藻》（臺北：廣文書局，1970年），頁37。

〔註8〕（宋）釋文瑩；鄭世剛、楊立揚點校：《湘山野錄》，《唐宋史料筆記叢刊》（北京：中華書局，1997年12月），頁8～9。

〔註9〕（宋）胡仔：《苕溪漁隱叢話》（臺北：世界書局，1961年10月），下冊，頁551。

二、論晏殊

晏殊（991～1055），字同叔，撫州臨川（今屬江西）人。諡元獻。譚瑩詩云：

> 楊柳桃花調亦陳，三家村裏住無因。歌詞許似馮延巳，語語原因類婦人。

首句「楊柳桃花」摘自晏幾道〈鷓鴣天〉（彩袖殷勤捧玉鍾）詞句：「舞低楊柳樓心月，歌盡桃花扇影風。」〔註10〕次句化用宋・晁補之評語：「晏元獻不蹈襲人語，而風調閑雅，如『舞低楊柳樓心月，歌盡桃花扇底風』，知此人不住三家村也。」〔註11〕按：晁補之引〈鷓鴣天〉詞，視爲晏殊作，實誤，此乃晏幾道詞，《苕溪漁隱叢話》已明言其非。〔註12〕惟譚瑩此處顯係沿用晁氏說法，未詳辨悉。然撇開晁補之誤植作者一事，文中對晏殊詞的確評價頗高。晁氏謂晏氏能自出新意，不蹈襲前人用語，並創造符合雍容氣度之作品，續引〈鷓鴣天〉詞句爲證，稱賞晏氏人如其詞。「三家村」係指鄉野偏僻之小村落，云此人不住三家村，自屬富貴人家，故「風度閒雅」。至於本詩首二句，明顯針對晁氏評語而發，純就反面立論，視其說爲非；二句意謂：前人雖賞〈鷓鴣天〉詞中名句，然細究之，晏氏不過沿襲前人「楊柳」、「桃花」之表現手法，其實已屬陳腔濫調，若此，則晁補之稱賞「不住三家村」之語，僅現實環境造就，亦了無稀奇。

三、四句則道出譚瑩不喜晏殊詞之原因，在於其詞與南唐馮延巳

〔註10〕全詞爲：「彩袖殷勤捧玉鍾。當筵拚卻醉顏紅。舞低楊柳樓心月。歌盡桃花扇底風。　　從別後。憶相逢。幾回魂夢與君同。今宵剩把銀釭照。猶恐相逢是夢中。」《全宋詞》，冊1，頁225。

〔註11〕（宋）吳曾：《能改齋漫錄》卷十六引晁補之語，《詞話叢編》，冊1，頁125。

〔註12〕（宋）胡仔《苕溪漁隱叢話》後集卷三十三引《雪浪齋日記》云：「晏叔原工於小詞，如『舞低楊柳樓心月，歌盡桃花扇底風』，不愧六朝宮掖體。無咎《評樂章》乃以爲元獻詞，誤也。元獻詞謂之《珠玉集》，叔原詞謂之《樂府補亡集》，此兩句在《補亡集》中。全篇云：（略）。詞情婉麗。」下冊，頁666。

相似，時作婦人語。而晏殊與馮延巳詞作之風格，本有相近之處，故宋・劉攽《中山詩話》即云：「晏元獻尤喜江南馮延巳歌詞，其所自作，亦不減延巳。」〔註 13〕清・劉熙載《藝概》卷四亦云：「馮延巳詞，晏同叔得其俊，歐陽永叔得其深。」〔註 14〕上引兩段文字，皆點出晏殊詞與馮詞風格近似，頗見稱賞之意。反觀譚瑩詩句「語語原因類婦人」，則多少帶有嘲諷之意味。《四庫全書總目・珠玉詞提要》有云：「趙與時《賓退錄》記『殊幼子幾道，嘗稱殊詞不作婦人語。』今觀其集，綺豔之詞不少。蓋幾道欲重其父名，故作是言，非確論也。」〔註 15〕譚瑩承襲《四庫》評語，亦以「婦人語」、「綺豔之詞」視之。清・陳廷焯《白雨齋詞話》卷一則曰：「晏、歐詞雅近正中，然貌合神離，所失甚遠。蓋正中意餘於詞，體用兼備，不當作豔詞讀。若晏、歐不過極力為豔詞耳，尚安足重。」〔註 16〕所謂詞作評價，本存欣賞角度之差異，晁補之自「風度閒雅」定其高，譚瑩就「語類婦人」品其低，各自展現批評家不同之視角。

三、論林逋

林逋（968～1028），字君復，錢塘（今浙江杭州）人。早年放游江淮間，後歸隱杭州，結廬孤山，相傳二十年足不至城市，以布衣終身。仁宗賜諡和靖先生。譚瑩詩云：

> 萋萋芳草遍天涯，何預孤山處士家。更譜長相思一闋，未應孤冷伴梅花。

首句化用林逋〈點絳唇〉（金谷年年）〔註 17〕詞句：「王孫去。萋萋無

〔註 13〕（清）何文煥輯：《歷代詩話》（北京：中華書局，2001 年 11 月），上冊，頁 292。

〔註 14〕唐圭璋編：《詞話叢編》（臺北：新文豐出版公司，1988 年 2 月），冊 4，頁 3689。

〔註 15〕（清）永瑢等：《四庫全書總目提要》（臺北：臺灣商務印書館，1983 年 10 月），冊 5，頁 281。

〔註 16〕《詞話叢編》，冊 4，頁 3781。

〔註 17〕全詞為：「金谷年年。亂生春色誰為主。餘花落處。滿地和煙雨。　又

數。南北東西路。」而此作歷來為人稱道，宋・阮閱《詩話總龜》前集卷四十二引《古今詩話》即云：「林和靖工於詩文，善為詞，嘗作〈點絳唇〉云：『今古年年（略）。』乃草詞爾，謂終篇無草字。」〔註 18〕明・卓人月《古今詞統》卷四亦盛讚此詞：「終篇不出草字，古今詠草，惟此壓卷。」〔註 19〕譚瑩化用此詞結尾三句，以萋萋芳草，茫茫無涯之景開端，下句接云：「何預孤山處士家」，詩意安排，十分巧妙。蓋和靖詞結尾三句，係用《楚辭・招隱士》：「王孫遊兮不歸，春草生兮萋萋」〔註 20〕詩意，乃全詞主旨。譚瑩用之，並曰「何預」，意謂處士之家位於孤山之所，天涯遍滿萋萋芳草，與之何干？所謂「孤山處士」即指林逋，其早年放游江淮間，後歸隱杭州，結廬孤山，相傳二十年足不至城市，以布衣終身。清・王奕清等《歷代詞話》卷四引《古今詞話》載：「林君復結廬孤山，二十年足不及城市。」〔註 21〕王公貴人往往慕其高節，喜訪遇之，宋・梅堯臣〈林和靖詩集序〉有云：「(林逋）嶄嶄有聲，若高峰瀑泉，望之可愛，即之愈清，挹之甘潔而不厭也。……凡貴人鉅公一來語合，慕仰低回不忍去。君既老，(朝廷）不欲強起之，乃令長吏歲時勞問。」〔註 22〕故本詩次句意在彰顯和靖隱逸處士之高節人格。

三、四句筆鋒一轉，遂調侃林逋。「長相思一闋」，係林逋著名情詞，全詞為：

吳山青。越山青。兩岸青山相送迎。誰知離別情。　君

是離歌。一闋長亭暮。王孫去。萋萋無數。南北東西路。」《全宋詞》，冊 1，頁 7。

〔註 18〕（宋）阮閱撰；周本淳校點：《詩話總龜》（北京：人民文學出版社，1998 年 2 月），頁 407。

〔註 19〕《續修四庫全書》（上海：上海古籍，2002 年），冊 1728，頁 524。

〔註 20〕（宋）洪興祖補註：《楚辭補註》（臺北：藝文印書館，1996 年 6 月），卷十二，頁 383。

〔註 21〕《詞話叢編》，冊 2，頁 1148。

〔註 22〕錢仲聯主編：《歷代別集序跋綜錄》（南京：江蘇教育出版社，2005 年 9 月），頁 220。

淚盈。妾淚盈。羅帶同心結未成。江頭潮已平。

此詞通過女子口吻，抒發相思別情；上片以景起興，下片「君淚盈。妾淚盈」直陳離情之苦，末以「結未成」喻愛情橫遭不幸。惟「潮已平」，正是船將啓航，內心哀感轉為深沈，情意纏綿。以詞抒發相思別情，本屬尋常，但林逋歸隱山林，品格高潔，為人稱譽，且史書載其終身未娶，〔註23〕於所居多植梅，嘗畜兩鶴，縱之，則干雲霄，因稱「梅妻鶴子」。此終身未娶、高潔處士之形象，卻有〈長相思〉一詞傳世，不免引人揣測。宋・俞文豹《吹劍錄》云：

> 林和靖「梅」詩及「春水淨於僧眼碧，晚山濃似佛頭青」之句，可想見其清雅；而〈長相思〉詞云：「君淚盡。妾淚盡。羅帶同心結未成。江頭潮已平。」情之所鍾，雖賢者不能免，豈少年所作耶？〔註24〕

明・楊慎《詞品》卷三則謂：「林君復惜別〈長相思〉詞云：（略）。甚有情致。《宋史》謂其不娶，非也。林洪著《山家清供》，其中言先人和靖先生云云，即先生之子也。蓋喪偶後，遂不娶爾。」〔註25〕楊氏以為林逋非終身未娶，故相思情詞，其來有自。惟後人仍不免批評，明・田汝成《西湖游覽志餘》卷十：「林和靖惜別〈長相思〉詞云：（略）。和靖，隱士也，而亦為華豔之詞，失其體矣。」〔註26〕清・盧文弨《群書拾補》亦曰：「如『君淚盈，妾淚盈』云云，豈復似高人語耶，刪之為淨。」〔註27〕至於譚瑩曰「未應孤冷伴梅花」，一方面有調侃之意，一方面又流露同情之理解，就評價層面而言，似乎較為恰當。

〔註23〕詳（元）脫脫等：《宋史》（北京：中華書局，1895年5月），卷四五七列傳第二一六，冊38，頁13432。

〔註24〕（宋）俞文豹：《吹劍三錄》，張宗祥校訂：《吹劍錄全編》（北京：中華書局，1959年8月），頁51。

〔註25〕《詞話叢編》，冊1，頁468。

〔註26〕（明）田汝成：《西湖游覽志餘》（臺北：成文出版社，1983年3月），冊2，頁434。

〔註27〕（清）盧文弨：《群書拾補》，楊家駱主編：《讀書箚記叢刊・第二集》（臺北：世界書局，1982年3月）。

四、論聶冠卿

聶冠卿（988～1042），字長孺，歙州新安（今安徽歙縣）人。聶致堯子。譚瑩詩云：

> 有人愛比夜光珠，多麗詞傳到海隅。誰說桐花絲柳遍，仲春時候綠陰無。

首句「有人」指宋・黃昇，其《唐宋諸賢絕妙詞選》卷五云：「冠卿之詞不多見，如此篇，亦可謂才情富麗矣。其『露洗華桐』四句，又所謂玉中之拱璧，珠中之夜光。每一觀之，撫玩無斁。」〔註28〕冠卿詞集不傳，僅存〈多麗〉一闋，本事見宋・吳曾《能改齋漫錄》卷十六所記：

> 翰林學士聶冠卿，嘗於李良定公席上賦〈多麗〉詞云（略）。蔡君謨時知泉州，寄定公書云：「新傳〈多麗〉詞，述宴游之娛，使病夫舉首增嘆耳。又近者有客至自京師，言諸公春日多會於天伯園池，因念昔游，輒形篇詠。『綠渠春水走潺湲。畫閣峰巒映碧鮮。酒令已行金盞側，樂聲初認翠裙圓。清游盛事傳都下，〈多麗〉新詞到海邊。曾是尊前沈醉客，天涯回首重依然。』」〔註29〕

故次句「多麗詞傳到海隅」，即化用蔡君謨寄詩所云：「〈多麗〉新詞到海邊」；蔡君謨即蔡襄，詩見《蔡忠惠集》卷八。〔註30〕茲錄〈多麗〉詞如下：

> 想人生，美景良辰堪惜。向其間、賞心樂事，古來難是并得。況東城、鳳臺沁苑，泛晴波、淺照金碧。露洗桐華，煙霏絲柳，綠陰搖曳，蕩春一色。畫堂迥、玉簪瓊珮，高會盡詞客。清歡久，重燃絳蠟，別就瑤席。　　有翩若驚鴻體態，暮爲

〔註28〕（宋）黃昇選編；蔣哲倫導讀；雲山輯評：《花庵詞選》（上海：世紀出版集團，2007年9月），頁78。

〔註29〕《詞話叢編》，冊1，頁125～126。

〔註30〕（宋）蔡襄：《蔡忠惠集》卷八〈客有至，自京師言，諸公春間多會於元伯園池，因念昔遊輒形篇詠〉，（明）徐𤊹等編；吳以寧點校：《蔡襄集》（上海：上海古籍出版社，1996年8月），頁141。

行雨標格。逞朱唇、緩歌妖麗，似聽鶯語亂花隔。慢舞縈回，嬌鬟低彈，腰肢纖細困無力。忍分散、彩雲歸後，何處更尋覓。休辭醉，好花明月，莫漫輕擲。〔註31〕

〈多麗〉詞之內容係藉由良辰美景之描寫，表達人生感觸，風格典麗深婉，字句精工細膩，讀來頗具韻律之美。故清・陳廷焯稱賞：「此詞情文並茂，富麗精工。」〔註32〕惟宋・胡仔《苕溪漁隱叢話》後集卷三十九曾批評：「冠卿詞有『露洗華桐，烟霏絲柳』之句，此正是仲春天氣。下句乃云：『綠蔭搖曳，蕩春一色。』其時未有綠蔭，眞語病也。」〔註33〕其意以為「桐花絲柳」屬春景，「綠蔭」則夏季所見，前後矛盾，乃用語缺失。譚瑩反用其事，辯曰：「誰說桐花絲柳遍，仲春時候綠陰無？」當桐花開遍，柳條茂盛之際，誰能謂「綠陰無」？呼應本詩首句用黃昇之評，謂「露洗華桐」四句似夜光明珠，則譚瑩對此詞誠然倍加賞愛也。

五、論韓琦

韓琦（1008～1075），字稚圭，湘州安陽（今屬河南）人。譚瑩詩云：

點絳唇歌不自聊，閑情偏賦亂紅飄。安陽出鎮蕭閑甚，回首春風廿四橋。

首句「點絳唇」係韓琦詞作，次句「亂紅飄」亦摘自此詞詞句，茲錄全詞如次：

病起懨懨。畫堂花謝添憔悴。亂紅飄砌。滴盡胭脂淚。
　　惆悵前春。誰向花前醉。愁無際。武陵回睇。人遠波空翠。〔註34〕

據宋・吳處厚《青箱雜記》卷八載：「韓魏公晚年鎮北州，一日病起，

〔註31〕《全宋詞》，冊1，頁10。
〔註32〕（清）陳廷焯：《閒情集》卷一，轉引自吳熊和主編：《唐宋詞匯評・兩宋卷》（杭州：浙江教育出版社，2004年12月），冊1，頁30。
〔註33〕（宋）胡仔：《苕溪漁隱叢話》，下冊，頁732。
〔註34〕《全宋詞》，冊1，頁169。

作〈點降唇〉小詞曰：「病起厭厭（略）。」〔註 35〕知此詞乃韓琦病體初癒，人花相看兩憔悴；由落花而傷春，因傷春而懷人，深情幽韻，詞意淒婉，與政治上剛毅英偉、鎮守邊塞之形象實不相類。清・王奕清等《歷代詞話》卷四引《詞苑》云：「公經國大手，而小詞乃以情韻勝人」〔註 36〕；又引楊愼曰：「范文正公、韓魏公，一時勛德重望，而范有〈御街行〉詞，韓有〈點絳唇〉詞，皆極情致。」〔註 37〕「勛德重望」卻創寫情致小詞，故譚瑩曰「偏賦」；以其養病閒暇之餘，乃寫作〈點絳唇〉一闋，深情傷感，人物形象與詞風迥不相符。

至於韓琦詞風格爲何？則本詩三、四句所舉〈安陽好〉〔註 38〕與〈維揚好〉〔註 39〕兩詞，足以當之。〈安陽好〉係詞人出鎮安陽所作，故曰「安陽出鎮」；〈維揚好〉則爲詞人鎮守揚州所寫，詞云：「二十四橋千步柳，春風十里上珠簾」，末句化自此。宋・吳曾《能改齋漫錄》卷十七載：

> 韓魏公皇祐初，鎮揚州。《本事集》載公親撰〈維揚好〉詞四章，所謂「二十四橋千步柳，春風十里上珠簾」者是也。其後，熙寧初，公罷相，出鎮安陽，公復作〈安陽好〉詞十章，其一云：「安陽好，形勢魏西州。曼衍山川環故國，昇平歌吹沸南樓。和氣鎮飛浮。　籠畫陌，喬木幾春秋。花外軒窗排遠岫，竹間門巷帶長流。風物更清幽。」

〔註 35〕（宋）吳處厚撰；李裕民點校：《青箱雜記》，《唐宋史料筆記叢刊》（北京：中華書局，1997 年 12 月），頁 81。

〔註 36〕《詞話叢編》，冊 2，頁 1144。

〔註 37〕《詞話叢編》，冊 2，頁 1145。

〔註 38〕〈安陽好〉詞十章，今存九章，亦見於王安中《初寮詞》中，故作者究爲韓琦或王安中，仍有爭議，未知孰是。《全宋詞》案：「以上二首俱見王安中初寮詞，內有『白晝錦衣』『舊三公』語，不似韓琦作。」冊 1，頁 170。《唐宋詞匯評・兩宋卷》案：「韓琦爲相州人。至和二年知相州時，於治所後圃築晝錦堂，歐陽脩爲撰〈相州晝錦堂記〉。然二詞復見於王安中《初寮詞》，《全宋詞》編者疑其非韓琦作。」冊 1，頁 247。

〔註 39〕〈維揚好〉四章，只存殘句：「二十四橋千步柳，春風十里上珠簾。」《全宋詞》，冊 1，頁 169。

其二云：「安陽好，戟户使君宮。白晝錦衣清宴處，鐵楹丹榭畫圖中。壁記舊三公。　棠訟悄，池館北園通。夏夜泉聲來枕簟，春來花氣透簾櫳，行樂興何窮。」餘八章不記。〔註 40〕

依譚瑩之見，韓琦罷相，出鎮安陽，作〈安陽好〉詞十章，以及此前鎮守揚州時，所撰如「二十四橋千步柳，春風十里上珠簾」等清幽瀟灑之詞句，方能展現其個人風格。

六、論范仲淹

范仲淹（989～1052），字希文，吳縣（今江蘇蘇州）人。譚瑩詩云：

大范勳華有定評，小詞傳唱御街行。至言酒化相思淚，轉覺專門浪得名。

首句直陳范仲淹之功勳榮華，自有定評，無庸置疑。觀夫范氏，畢生關心國事，少以天下為己任，嘗言：「士當先天下之憂而憂，後天下之樂而樂。」入仕以後，感激論事，奮不顧身，主持正義，不畏權貴。《宋史》本傳云：「一時士大夫矯厲尚風節，自仲淹倡之。」〔註 41〕其鎮守西北邊疆時，能抗禦強敵，後入為參知政事，提出十項主張，欲整頓吏治，精選人才，發展農桑，減輕徭役，訓練軍隊，增強武備，以矯宋朝積弱不振之弊。其襟懷抱負、具體主張，對於北宋初期政局之穩定，誠有一定貢獻。

次句轉而論范氏所作，傳唱一時之〈御街行〉詞，全詞為：

紛紛墜葉飄香砌。夜寂靜。寒聲碎。真珠簾捲玉樓空。天淡銀河垂地。年年今夜。月華如練。長是人千里。　愁腸已斷無由醉。酒未到、先成淚。殘燈明滅枕頭欹，諳盡孤眠滋味。都來此事。眉間心上。無計相迴避。〔註 42〕

〔註 40〕《詞話叢編》，冊 1，頁 150。

〔註 41〕（元）脫脫等：《宋史》卷三一四列傳第七三，冊 29，頁 10268。

〔註 42〕《全宋詞》，冊 1，頁 11。

此懷人之作，洋溢一片柔情；上片描繪秋夜寒寂之景，下片抒發孤枕難眠之思，由景入情，至言情者，纏綿悱惻，有動人處。惟如前句所論，范仲淹乃一代名臣，史有定論，卻填作〈御街行〉此類柔情麗語之小詞，極不相稱。是以詩中三、四句略作批評：「酒化相思淚」，化用范仲淹〈蘇幕遮〉（碧雲天）詞：「酒入愁腸，化作相思淚。」〔註43〕清・許昂霄評此二句曰：「鐵石心腸人，亦作此銷魂語。」〔註44〕此外，上引〈御街行〉詞亦有「愁腸已斷無由醉。酒未到、先成淚」之句，此等言情之語，出於曾戍守邊塞、豪氣萬千，被羌人呼爲「龍圖老子」〔註45〕之范仲淹，殊不相稱，故曰「轉覺專門浪得名」。所以稱范氏浪得虛名，係出於宋・魏泰《東軒筆錄》卷十一所記：「范文正公守邊日，作〈漁家傲〉樂歌數闋，皆以『塞下秋來』爲首句，頗述邊鎮之勞苦，歐陽公嘗呼爲窮塞主之詞。」〔註46〕清・馮金伯《詞苑萃編》卷四引《古今詞話》亦云：「范希文〈漁家傲〉邊愁云（略）。詞旨蒼涼，多道邊鎮之苦。歐陽永叔每呼爲窮塞主，詩非窮不工，乃於詞亦云。」〔註47〕范仲淹〈漁家傲〉詞，僅存「塞下秋來風景異」一闋，〔註48〕上片寫邊塞荒涼，下片則自抒懷抱，情調蒼涼悲壯，不同於婉約詞風。而依譚瑩之見，則羌人雖呼范仲淹爲「龍圖老子」，

〔註43〕全詞爲：「碧雲天，黃葉地。秋色連波，波上寒煙翠。山映斜陽天接水。芳草無情，更在斜陽外。　黯鄉魂，追旅思。夜夜除非，好夢留人睡。明月樓高休獨倚。酒入愁腸，化作相思淚。」《全宋詞》，冊1，頁11。

〔註44〕（清）許昂霄：《詞綜偶評》，《詞話叢編》，冊2，頁1550。

〔註45〕詳《宋史》本傳。（元）脫脫等：《宋史》卷三一四列傳第七三，冊29，頁10271。

〔註46〕（宋）魏泰撰；李裕民點校：《東軒筆錄》，《唐宋史料筆記叢刊》（北京：中華書局，1997年12月），頁126。

〔註47〕《詞話叢編》，冊2，頁1831。

〔註48〕全詞爲：「塞下秋來風景異。衡陽雁去無留意。四面邊聲連角起。千嶂里。長煙落日孤城閉。　濁酒一杯家萬里。燕然未勒歸無計。羌管悠悠霜滿地。人不寐。將軍白發征夫淚。」《全宋詞》，冊1，頁11。

然就「酒化相思淚」等詞句觀之，不啻爲一「專門」之詞家，反覺「龍圖老子」眞乃浪得虛名，謂之「窮塞主」可也。

譚瑩此首論范仲淹，與上一首評韓琦相似。明・楊愼《詞品》卷三曾將范、韓兩人並論云：

> 韓魏公〈點絳唇〉詞云：「病起懨懨（略）。」范文正公〈御街行〉云：「紛紛墜葉飄香砌（略）。」二公一時勳德重望，而詞亦情致如此。大抵人自情中生，焉能無情，但不過甚而已。〔註 49〕

楊愼從人皆有情之角度，評價范、韓兩人所作豔詞殊有「情致」，而譚瑩則以爲柔情麗語有損兩人大將之風。面對相同詞作，楊愼與譚瑩從不同批評視角出發，遂給予不同之評價。

七、論司馬光

司馬光（1019～1086），字君實，號迂夫，晚號迂叟。陝州夏縣（今屬山西）涑水鄉人，世稱涑水先生。贈溫國公，謚文正。譚瑩詩云：

> 廣平擬議恐非倫，賦有梅花事卻眞。司馬溫公人物似，西江月又錦堂春。

首二句論唐朝賢相宋璟。宋璟，玄宗朝與姚崇並稱兩大名相，因被封爲廣平郡公，世稱「宋廣平」。「擬議恐非倫」指開元朝玄宗命宋璟與中書侍郎蘇頲齊爲皇子制名及封邑，並公主等邑號。宋璟等因而奏曰：

> 王子將封，三十餘國，周之麟趾，漢之犬牙，彼何足云，於斯爲盛。竊以郯、郕王等傍有古邑字，臣等以類推擇，謹件三十國名。又王子先有名者，皆上 有『嗣』字，又公主邑號，亦選擇三十美名，皆文不害意，言足定體。又令臣等別撰一佳名及一美邑號者。七子均養，百王至仁，今若同等別封，或緣母寵子愛，骨肉之際，人所難言，天地之中，典有常度。昔袁盎降愼夫人之席，文帝竟納之，愼

〔註 49〕《詞話叢編》，冊 1，頁 467。

> 夫人亦不以爲嫌，美其得久長之計。臣等故同進，更不別封，上彰覆載無偏之德。〔註 50〕

宋璟堅持長幼有序之制度，恐上位者因個人寵愛而破壞禮教，此提議遂獲玄宗採納，從而避免了一場骨肉相爭之悲劇。「賦有梅花」，指宋璟所撰〈梅花賦〉，文辭綺麗，爲傳世名作。唐．皮日休〈桃花賦序〉有云：「余嘗慕宋廣平之爲相，貞姿勁直，剛態毅狀，疑其鐵腸石心，不解吐婉媚辭。然睹其文而有〈梅花賦〉，清便富艷，得南朝『徐庾體』，殊不類其爲人也。」〔註 51〕二句意謂：唐相宋璟於政治上剛正不阿、敢於直諫，竟寫作「清便富艷」之〈梅花賦〉傳世，此乃不爭之事實。

三、四句轉以司馬光其人其詞比擬宋璟。宋．吳處厚《青箱雜記》卷八有云：

> 然余觀近世所謂正人端士者，亦皆有豔麗之詞，如前世宋璟之比。……司馬溫公亦嘗作〈阮郎歸〉小詞曰：「漁舟容易入春山。仙家日月閑。綺窗紗幌映朱顏。相逢醉夢間。　松露冷，海霞殷。匆匆整棹還。落花寂寂水潺潺。重尋此路難。」〔註 52〕

司馬光於朝政之事不假辭色，與王安石原本關係友好，後因政見不同，遂相疏遠；對上位者亦直言敢諫，神宗視之爲諫官，〔註 53〕死後追贈溫國公，後世又稱「司馬溫公」。溫公所似宋璟者，不惟政治態度，文學創作亦然：宋璟有〈梅花賦〉體現風流嫵媚之情狀，溫公同樣撰有〈西江月〉（寶髻鬆鬆挽就）〔註 54〕、〈錦堂春〉（紅日遲遲）

〔註 50〕（後晉）劉昫等：《舊唐書》（北京：中華書局，1987 年 11 月），卷九六列傳第四六，冊 9，頁 3032～3033。

〔註 51〕畢萬忱等編選：《中國歷代賦選．唐宋卷》（南京：江蘇教育出版社，1996 年 9 月），頁 262。

〔註 52〕《青箱雜記》，頁 81。

〔註 53〕詳《宋史》本傳。（元）脫脫等：《宋史》卷三三六列傳第九五，冊 31，頁 10757～10770。

〔註 54〕全詞爲：「寶髻鬆鬆挽就，鉛華淡淡妝成。青煙翠霧罩輕盈。飛絮游絲無定。　相見爭如不見，有情何似無情。笙歌散後酒初醒。深

〔註55〕等柔情小詞。司馬光傳世詞作不多，〔註56〕除譚瑩所舉兩首，尚有〈阮郎歸〉（漁舟容易入春山）〔註57〕一闋，均寫豔情，風格婉麗，由於與溫公剛正形象不合，後人亦有疑非溫公所作者，如宋・楊繪於〈西江月〉跋曰：

> 溫公剛風勁節，聲動朝野，宜其金心鐵意，不善吐軟媚語。近得其席上所製小詞，雅亦風情不薄。由今觀之，決非溫公作，此宣和間恥溫公獨爲君子，作此托爲其詞，以誣良善；不待識者而後能辯也。〔註58〕

或以其年少所爲，如明・陳霆《渚山堂詞話》卷三：

> 〈錦堂春〉長闋，乃司馬溫公感舊之作。全篇云（略）。公端勁有守，所賦嫵媚淒惋，殆不能忘情，豈其少年所作耶？古賢者未能免俗，正謂此耳。〔註59〕

至於譚瑩則以宋璟能作〈梅花賦〉爲例，承認司馬光固有剛正之一面，亦不礙其填作溫柔深情之詞作也。

八、論宋祁

宋祁（998～1061），字子京，開封雍丘（今河南杞縣）人。謚景文。譚瑩詩云：

院月斜人靜。」《全宋詞》，冊1，頁199～200。

〔註55〕全詞爲：「紅日遲遲，虛廊轉影，槐陰迤邐西斜。彩筆工夫，難狀晚景煙霞。蝶尚不知春去，漫繞幽砌尋花。奈猛風過後，縱有殘紅，飛向誰家。　始知青鬢無價，嘆飄零官路，荏苒年華。今日笙歌叢里，特地咨嗟。席上青衫濕透，算感舊、何止琵琶。怎不教人易老，多少離愁，散在天涯。」同上註，頁200。

〔註56〕《全宋詞》收錄〈阮郎歸〉（漁舟容易入春山）、〈西江月〉（寶髻鬆鬆挽就）、〈錦堂春〉（紅日遲遲）三首。《唐宋詞匯評》補佚詞〈西江月・河橋參會〉、〈中呂調踏莎行・寄致政潞公〉兩首。

〔註57〕全詞爲：「漁舟容易入春山。仙家日月閑。綺窗紗幌映朱顏。相逢醉夢間。　松露冷，海霞殷。匆匆整棹還。落花寂寂水潺潺。重尋此路難。」《全宋詞》，冊1，頁199。

〔註58〕（明）徐伯齡：《蟫精雋》卷十五〈詞誣良善〉。《四庫筆記小說叢書・胡文穆雜著外十種》（上海：上海古籍出版，1993年7月），頁179。

〔註59〕《詞話叢編》，冊1，頁375～376。

不妨妙語本天成，紅杏尚書說子京。博得內人呼小宋，無題詩借玉溪生。

首二句稱賞宋祁〈玉樓春・春景〉一詞。據宋・胡仔《苕溪漁隱叢話》前集卷三十七引《遁齋閑覽》云：

張子野郎中以樂章擅名一時。宋子京尚書奇其才，先往見之。遣將命者，謂曰：「尚書欲見『雲破月來花弄影』郎中乎？」子野屏後呼曰：「得非『紅杏枝頭春意鬧』尚書邪？」遂出，置酒盡歡。蓋二人所舉，皆其警策也。〔註60〕

由於宋祁此詞爲人所稱頌，且因詞中有「紅杏枝頭春意鬧」一句，用語警策，〔註61〕遂博得「紅杏尚書」之美稱，如清・陳廷焯《別調集》卷一即稱：「紅杏尚書，豔奪千古。」〔註62〕

三、四句用〈鷓鴣天〉（畫轂雕鞍狹路逢）〔註63〕一詞本事。據宋・黃昇《唐宋諸賢絕妙詞選》卷三載：

子京過繁華街，逢內家車子，中有搴簾者曰：「小宋也。」子京歸，遂作此詞，都下傳唱，達於禁中。仁宗知之，問內人：「第幾車子何人呼小宋？」有內人自陳：「頃侍御宴，見宣翰林學士，左右內臣曰：『小宋也。』時在車子偶見之，呼一聲爾。」上召子京，從容語及，子京惶懼無地，上笑曰：「蓬山不遠。」因以內人賜之。〔註64〕

宋祁與其兄同舉進士，兩人皆以辭賦妙天下，時人稱「大小宋」，〔註65〕

〔註60〕（宋）胡仔：《苕溪漁隱叢話》，上冊，頁248。

〔註61〕趙義山、李修生主編：《中國分體文學史・詩歌卷》云：「所謂『警策』之句，即用凝煉新奇的詞語，構築生動傳神的意象，具有含蓄雋永的美感，因而成爲詞人競相追求的對象。」（上海：上海古籍出版社，2003年1月），頁238。

〔註62〕轉引自《唐宋詞匯評・兩宋卷》，冊1，頁180。

〔註63〕全詞爲：「畫轂雕鞍狹路逢。一聲腸斷繡簾中。身無彩鳳雙飛翼，心有靈犀一點通。　金作屋，玉爲籠。車如流水馬游龍。劉郎已恨蓬山遠，更隔蓬山幾萬重。」《全宋詞》，冊1，頁117。

〔註64〕《花庵詞選》，頁42～43。

〔註65〕（宋）晁公武：《郡齋讀書志》卷四下「《宋景文集》一百五十卷」記：「右皇朝宋祁子京，……與其兄郊（庠）同舉進士，奏名第一，

加以有「紅杏尚書」一事傳爲美談，故宮女出遊見之，不禁驚呼，詞人心有所感，將此段偶遇寫成〈鷓鴣天〉一詞。由於前後闋二結句，皆用李商隱〈無題〉詩中成句，李商隱號「玉溪生」，故曰「無題詩借玉溪生」。

譚瑩取宋祁流傳之兩首詞作軼事撰成此詩，展現風流閑雅之意趣，斯乃詞人於政治之外，所呈現之另一種生活逸趣也。

九、論歐陽脩

歐陽脩（1007～1072），字永叔，號醉翁，晚年又號六一居士，廬陵（今江西吉安）人。謚文忠。譚瑩詩云：

> 儒宗自命卻風流，人到無名又可仇。浮豔欲刪疑誤入，踏莎行與少年游。

首句出自宋・曾慥〈樂府雅詞引〉：「歐公一代儒宗，風流自命，詞章幼眇，世所矜式。當時小人，或作豔曲，謬爲公詞，今悉刪除。」〔註66〕關於歐陽脩詞作之眞僞與評價，自宋以來，即有爭議，如宋・陳振孫《直齋書錄解題》卷二十一題《六一詞》云：

> 其間多有與《花間》、《陽春》相混者，亦有鄙褻之語一二廁其中，當是仇人無名子所爲也。〔註67〕

羅泌〈近體樂府跋〉亦直言：「其甚淺近者，前輩多謂劉煇僞作，故削之。」〔註68〕其所刪削之「豔曲」或「淺近」之作，現存於《醉翁

章獻以爲弟不可先兄，乃擢郊（庠）第一，而以祁爲第十。當是時，兄弟俱以辭賦妙天下，號『大小宋』。」《叢書集成續編》（臺北：新文豐出版公司，1989年），冊1，頁117。

〔註66〕金啓華等編：《唐宋詞集序跋匯編》（臺北：臺灣商務印書館，1993年2月），頁352。

〔註67〕《叢書集成新編》（臺北：新文豐出版公司，1985年），冊2，頁517。

〔註68〕見《歐陽修全集》，下冊，頁1085。關於劉煇僞作歐詞一事，《直齋書錄解題》卷十七題劉狀元《東歸集》下已辨之甚詳：「世傳煇既黜於歐陽公，怨憤造謗，爲猥褻之詞。今觀劉杰志煇墓，稱其祖母死，雖有諸叔，援古誼以適孫解官承重服；又嘗買田數百畝，以聚其族而餉給之；蓋篤厚之士也，肯以一試之淹，而爲此憸薄之事哉。」

琴趣外編》。至於《近體樂府》所錄，凡六十餘首，其中多豔體，有不少寫幽期密約、洞房豔遇、床笫柔情等內容，情致纏綿，筆端發露，不減柳詞，或亦不免流於庸俗鄙俚。究竟如何看待此類作品？譚瑩顯然承襲前人之說，以爲係仇人僞作豔詞誣陷歐公清譽，故曰「人到無名又可仇」。

至於多少「浮豔」作品，誤入歐詞集中？譚瑩未明言，特舉〈踏莎行〉與〈少年游〉兩詞而已。按譚瑩所指歐公《近體樂府》所錄，其中〈踏莎行〉有「候館梅殘」與「雨霽風光」兩闋〔註69〕；〈少年游〉有「去年秋晚此園中」、「肉紅圓樣淺心黃」與「玉壺冰瑩獸爐灰」三闋。〔註70〕此中〈踏莎行〉（候館梅殘）最爲人稱賞。宋・黃昇《唐宋諸賢絕妙詞選》卷二曾選錄，並曰：「句意最工。」〔註71〕故譚瑩所疑必非此詞；而「雨霽風光」一闋，〔註72〕「別又見杜安世杜壽域詞」，〔註73〕「欲刪」之作當係此詞。至於〈少年游〉三闋，只「肉紅圓樣淺心黃」一作，〔註74〕用詞淺露，如「枝上巧如裝」、「啼破曉來妝」等，婉曲不足，意境亦不夠深刻，故譚瑩疑其誤入也。

十、論柳永

柳永（987？～1055 後），初名三變，字景莊，行七，人稱「柳七」。官至屯田員外郎，世稱「柳屯田」。譚瑩詩云：

其說有據，爲當今學者所取。（宋）陳振孫：《直齋書錄解題》卷十七，《叢書集成新編》，冊 2，頁 489。

〔註69〕《全宋詞》，冊 1，頁 123。

〔註70〕《全宋詞》，冊 1，頁 147。

〔註71〕《花庵詞選》，頁 27。

〔註72〕全詞爲：「雨霽風光，春分天氣。千花百卉爭明媚。畫梁新燕一雙雙，玉籠鸚鵡愁孤睡。薜荔依牆，莓苔滿地。青樓幾處歌聲麗。驀然舊事心上來，無言斂皺眉山翠。」《全宋詞》，冊 1，頁 123。

〔註73〕見《全宋詞》案語。

〔註74〕全詞爲：「肉紅圓樣淺心黃。枝上巧如裝。雨輕煙重，無憀天氣，啼破曉來妝。寒輕貼體風頭冷，忍拋棄、向秋光。不會深心，爲誰惆悵，回面恨斜陽。」《全宋詞》，冊 1，頁 147

> 空傳飲水處能歌，誰使言飜太液波。詩學杜詩詞學柳，千秋論定卻如何。

首句謂柳詞流傳廣遠，市井皆歌。據宋・葉夢得《避暑錄話》卷下載：

> 柳永，字耆卿。爲舉子時，多游狹斜，善爲歌詞。教坊樂工，每得新腔，必求永爲辭，始行於世。……余仕丹徒，嘗見一西夏歸明官云：「凡有井水飲處，即能歌柳詞。」言其傳之廣也。〔註 75〕

譚瑩詩中著一「空」字，隱含無可奈何之意，亦即謂柳詞雖能傳播廣遠，卻無法助其仕途順遂，故次句化用柳永〈醉蓬萊〉（漸亭皋葉下）〔註 76〕：「太液波翻，披香簾卷，月明風細。」此詞本事，見載於宋・王闢之《澠水燕談錄》卷八：

> 柳三變，景祐末登進士第。少有俊才，尤精樂章，後以疾更名永，字耆卿。皇祐中，久困選調，入內都知史某愛其才而憐其潦倒，會教坊進新曲〈醉蓬萊〉，時司天臺奏：「老人星現。」史乘仁宗之悅，以耆卿應制。耆卿方冀進用，欣然走筆，甚自得意，詞名〈醉蓬萊慢〉。比進呈，上見首有「漸」字，色若不悅。讀至「宸游鳳輦何處」，乃與御制眞宗挽詞暗和，上慘然。又讀至「太液波翻」，曰「何不言『波澄』！」乃擲於地。永自此不復進用。〔註 77〕

宋・陳師道《後山詩話》記此事說法不同：

> 柳三變游東都南北二巷，作新樂府，骫骳從俗，天下詠之，遂傳禁中。仁宗頗好其詞，每對酒，必使侍從歌之再三。三變聞之，作宮詞號〈醉蓬萊〉，因內官達後宮，且求其助。

〔註 75〕《四庫筆記小說叢書・仇池筆記外十八種》（上海：上海古籍出版社，1992 年 7 月），頁 673～674。

〔註 76〕全詞爲：「漸亭皋葉下，隴首雲飛，素秋新霽。華闕中天，鎖蔥蔥佳氣。嫩菊黃深，拒霜紅淺，近寶階香砌。玉宇無塵，金莖有露，碧天如水。　　正值升平，萬幾多暇，夜色澄鮮，漏聲迢遞。南極星中，有老人呈瑞。此際宸游，鳳輦何處，度管弦清脆。太液波翻，披香簾卷，月明風細。」《全宋詞》，冊 1，頁 29。

〔註 77〕（宋）王闢之撰；呂友仁點校：《澠水燕談錄》，《唐宋史料筆記叢刊》（北京：中華書局，1997 年 12 月），頁 106。

> 仁宗聞而覺之，自是不復歌其詞矣。會改京官，乃以無行黜之。後改名永，仕至屯田員外郎。〔註 78〕

譚瑩顯然取《澠水燕談錄》所傳，故曰「誰使言飜太液波」；蓋誤卻詞人終生、無以顯達者，並非無行，而是失言，頗有惋惜詞人境遇之意。柳永因〈醉蓬萊〉一詞開篇用「漸」字，終篇有「太液波翻」之語，仁宗惡其不祥；且其間「宸游鳳輦何處」詞句，又與眞宗挽詞暗和，遂致忤旨。由是功名無望，一生窮困潦倒，最後病死破廟，家無餘財，端賴京西眾妓合金葬之，每年清明上冢憑弔，謂之「吊柳七」。〔註 79〕惟柳永以一介落拓文人形象，反能「一生精力在是」，〔註 80〕專力爲詞，遂有傳世千載，足爲典範之作。據宋・張端義《貴耳集》卷上云：

> 項平齋自號江陵病叟，余侍先君往荊南，所訓學詩當學杜詩，學詞當學柳詞。扣其所云，杜詩、柳詞，皆無表德，只是直說。〔註 81〕

譚瑩用項平齋所訓，謂「詩學杜詩詞學柳，千秋論定卻如何」；將杜詩柳詞並論，以其足爲詩詞創作之典範，學習之門徑。杜詩之歷史定位，據北宋・秦觀〈進論〉所云：「杜子美之於詩，實積眾家之長」，由是建立「獨至於斯」，〔註 82〕以及承先啓後之歷史意義，蓋詩歌之創作從杜甫開始，不論體式內容或風格表現，皆能融會貫通，開創變化，企及全新之境界。〔註 83〕再者，杜詩多長篇巨製，「鋪陳終始，

〔註 78〕《歷代詩話》，上冊，頁 311。

〔註 79〕詳（宋）陳元靚：《歲時廣記》卷十七〈吊柳七〉條引《古今詞話》，施蟄存、陳如江輯錄：《宋元詞話》（上海：上海書店出版社，1999 年 2 月），頁 628。

〔註 80〕（清）宋翔鳳：《樂府餘論》，《詞話叢編》，冊 3，頁 2499。

〔註 81〕《四庫筆記小說叢書・老學庵筆記外十一種》（上海：上海古籍出版社，1993 年 7 月），頁 425。

〔註 82〕（宋）秦觀；徐培均箋注：《淮海集箋注》（上海：上海古籍出版社，1994 年 10 月），頁 75。

〔註 83〕誠如葉嘉瑩所云：「以杜甫之集大成的天才秉賦，而又生於可以集大成的唐朝的時代，這種不世的際遇，造成了杜甫多方面的偉大的成就。

排比聲韻，大或千言，次猶數百，詞氣豪邁而風調清深，屬對律切而脫棄凡近」〔註 84〕；尤能以賦筆敘事，結合抒情詩體，從而反映社會生活，具有現實主義之精神，如〈自京赴奉先縣詠懷五百字〉一詩，體製宏大，構思縝密，語言古樸，如話家常，即《貴耳集》所稱「只是直說」之作。此外，杜甫晚年漂泊西南期間，專力作詩，並認眞探求詩律，曾云：「晚節漸於詩律細」，而此期所作，詩凡千餘首，律詩即有七百多首；無論藝術或內容，均達唐代近體詩之巔峰，誠足爲後學者之典範。從此角度論述杜、柳二人，皆不得志於時，困頓漂泊，故專力創作，長於賦體之表現手法，反映生活面貌，且精於音韻格律，於文體之探求具指標意義。誠如《四庫全書總目・樂章集提要》所云：「蓋詞本管絃冶蕩之音，而永所作旖旎近情，故使人易入。雖頗以俗爲病，然好之者終不絕也。」〔註 85〕首先，詞之興起本於歌樓酒館，聊佐清歡，與「詩言志」之傳統不同，柳永仕途失意，遂流連倡館酒樓間，自稱「奉旨塡詞柳三變」，〔註 86〕專力爲詞，就詞之形式而言，柳永前之北宋詞人，如晏殊、歐陽脩等，皆用小令，承五代花間風格而下，尤喜用七言爲主之長短句，可見仍習慣以「近乎詩體」之詞調以塡詞，至柳永，由於精通音律，自製曲譜，「作新樂府」，發展長調之體製，取材自民間俚俗之語言，以鋪敘手法爲之，反映市民生活之形貌，故「教坊樂工，每得新腔，必求永爲詞，始行於世」，由是聲傳一時，誠如清・宋翔鳳《樂府餘論》所云：「中原息兵，汴京繁庶，

而其中最值得注意的，則該是他的繼承傳統而又能突破傳統的，一種正常與博大的創造精神，以及由此種精神所形成的承先啓後繼往開來的表現。」詳氏著：〈論杜甫七律之演進及其承先啓後之成就〉（代序），《杜甫〈秋興〉八首集說》（臺北：桂冠圖書，1994 年 9 月），頁 7。

〔註 84〕（唐）元稹：〈唐檢校工部員外郎杜君墓係銘並序〉，（唐）杜甫撰；（清）仇兆鰲注：《杜詩詳注》附編（臺北：漢京文化事業公司，1984 年 3 月），冊 3，頁 2236。

〔註 85〕《四庫全書總目提要》，冊 5，頁 282。

〔註 86〕（宋）胡仔：《苕溪漁隱叢話》後集卷三十九引《藝苑雌黃》，下冊，頁 730。

歌臺舞席，競賭新聲。耆卿失意無俚，流連坊曲，遂盡收俚俗語言，編入詞中，以便伎人傳習。一時動聽，散播四方。」〔註87〕凡此，皆彰顯柳詞「旖旎近情」、「使人易入」之特色。夏敬觀《手評樂章集》曾指出：

> 耆卿寫景無不工，造句不事雕琢，清真效之。故學清真詞者，不可不讀柳詞。耆卿多平鋪直敘，清真特變其法，一篇之中，迴環往復，一唱三嘆。故慢詞始盛於耆卿，大成於清真。〔註88〕

柳詞之特色，為周邦彥所法，可證「詞學柳」之說，自有理據，足為「千秋論定」之言。

譚瑩詩次首云：

> 便有人刊冠柳詞，霜風淒緊各相思。縱難遽許唐人語，譜入紅牙板最宜。

首句係指宋・王觀命其詞集曰「冠柳」一事，據宋・黃昇《唐宋諸賢絕妙詞選》卷五云：

> 王通叟，名觀，有《冠柳集》，序者稱其高於柳詞，故曰「冠柳」。至於踏青一詞，又不獨冠柳詞之上也。踏青詞即〈慶清朝慢〉，今載於首。（詞略）風流楚楚，詞林中之佳公子也。世謂柳耆卿工為浮豔之詞，方之此作，蔑矣。詞名「冠柳」，豈偶然哉！〔註89〕

黃氏以為〈慶清朝慢・踏青〉一詞，比之柳詞，「浮豔」尤甚，故謂其詞名「冠柳」，「豈偶然哉」！至於譚瑩則曰「便有」，顯自反面立論，頗有不以為然之意。清・陳廷焯《白雨齋詞話》卷六評王觀詞曾云：

> 北宋詞家極多，獨云冠柳，仍是震於耆卿名，而入其彀中耳。觀其命名，即可知其詞之不足重。〔註90〕

〔註87〕《詞話叢編》，冊3，頁2499。

〔註88〕見（清）朱孝臧輯校編撰：《彊村叢書》（上海：上海古籍出版社，1989年8月），冊1，頁629～630。

〔註89〕《花庵詞選》，頁73～74。

〔註90〕《詞話叢編》，冊4，頁3924。

譚瑩之語，亦可由此立說。誠如前一首論柳詞所言「千秋論定卻如何」，蓋柳永詞名流傳廣遠，王觀命詞集曰「冠柳」，亦不過依恃柳詞聲名，「而入其彀中」而已。

次句「霜風凄緊」，摘自柳永〈八聲甘州〉（對瀟瀟暮雨灑江天）〔註 91〕詞句：「漸風霜凄緊，關河冷落，殘照當樓。」此詞爲暮秋所作，係柳詞寫羈旅行役之名篇。全詞上片寫景，下片抒情，「情景兼到，骨韻俱高」，〔註 92〕結尾以對面著筆之方式，設想故園閨中之人，應正登樓望遠，佇盼遊子歸來；而詞人則是「倚闌干處，正恁凝愁」，情致深微，故曰「各相思」。蓋柳永此作歷來爲人稱道，最著名者，乃宋・趙令畤《侯鯖錄》卷七所記蘇軾評語：

> 東坡云：「世言柳耆卿曲俗，非也。如〈八聲甘州〉云：『霜風凄緊，關河冷落，殘照當樓。』此語於詩句，不減唐人高處。」〔註 93〕

清・鄧廷楨《雙硯齋詞話》亦謂：「〈八聲甘州〉之『漸霜風凄緊，關河冷落，殘照當樓』，乃不減唐人語。」〔註 94〕其所指「漸霜風凄緊」三句，於柳詞上片寫景處，形象開闊高遠，並通過「霜風」、「殘照」等字眼，暗示自然無常之推移變化，聲音氣勢鏗鏘勁健，藉以抒發秋日失士之悲慨，具強烈之感染作用。今人葉嘉瑩即指出：

> 前人以唐詩之高處及妙境稱讚柳詞，便正因爲柳永詞之佳者，如〈八聲甘州〉諸作，其景物形象之開闊博大，與其聲音氣勢之雄渾矯健，皆足以傳達一種強大的感發之力，

〔註 91〕全詞爲：「對瀟瀟、暮雨灑江天，一番洗清秋。漸霜風凄慘，關河冷落，殘照當樓。是處紅衰翠減，苒苒物華休。惟有長江水，無語東流。　不忍登高臨遠，望故鄉渺邈，歸思難收。嘆年來蹤跡，何事苦淹留。想佳人、妝樓顒望，誤幾回、天際識歸舟。爭知我、倚闌干處，正恁凝愁。」《全宋詞》，冊 1，頁 43。

〔註 92〕（清）陳廷焯：《大雅集》卷二，轉引自《唐宋詞匯評・兩宋卷》，冊 1，頁 92。

〔註 93〕（宋）趙令畤撰；孔凡禮點校：《侯鯖錄》，《唐宋史料筆記叢刊》（北京：中華書局，2002 年 9 月），頁 183。

〔註 94〕《詞話叢編》，冊 3，頁 2528。

與唐人詩歌之以「興象」之特質取勝者頗爲相近的緣故。〔註 95〕

惟譚瑩此處以「縱難遽許唐人語，譜入紅牙板最宜」評之，意謂：即使不認同東坡之語，亦無礙其詞可供譜曲傳唱。原因在於柳詞中興象高遠之作，往往結合著懷人念遠之兒女之情，亦即「霜風淒緊各相思」；且柳永所寫兒女柔情，常於敘事鋪寫中眞實表現，由是令人容易忽略寫景之開闊意境，以及詞中所寄託之秋士之悲，故本詩實就柳詞全貌評析，以爲與唐詩境界終隔一層。

再者，蘇軾以具有高華渾厚之唐人詩歌衡量小詞，企圖模糊詩詞界域判明之區隔，使詞呈現與詩歌等同之風貌，如此認知顯然不爲譚瑩所接受。依循上首「詞學柳」之典範意義，譚瑩所見柳詞特具「本色當行」之處，在於展現與詩歌不同之風貌，亦即「譜入紅牙板最宜」之作品。據宋・俞文豹《吹劍續錄》載：

> 東坡在玉堂日，有幕士善謳，因問：「我詞比柳詞何如？」對曰：「柳郎中詞，只好十七八女孩兒，執紅牙拍板，唱「楊柳外曉風殘月」；學士詞，須關西大漢，執鐵板，唱「大江東去」。公爲之絕倒。〔註 96〕

柳詞迎合大眾，廣受喜愛，即東坡亦不禁欲與之一較高下，答者亦巧妙應之，以柳詞專於秦樓楚館，供歌女傳唱，與蘇詞氣勢自然有別。故本詩末句用其意，強調柳詞音韻諧婉，旖旎近情之特色，宜於歌女「執紅牙板」委婉唱出，而柳詞之傳播亦經由舞榭歌樓廣爲市井大眾所喜愛，由是呼應著首句「空傳井水處能歌」。

十一、論張先

張先（990～1078），字子野，湖州烏程（今浙江湖州）人。譚瑩詩云：

〔註 95〕葉嘉瑩：《唐宋詞名家論集》（臺北：桂冠圖書，2000 年 2 月），頁 107。

〔註 96〕（宋）俞文豹：《吹劍續錄》，《吹劍錄全編》，頁 51。

歌詞餘技豈知音，三影名胡擅古今。碧牡丹纔歌一曲，頓令同叔也情深。

首句「歌詞餘技」，用蘇軾〈題張子野詞〉語：

子野詩筆老，歌詞乃其餘技耳。〈華州西溪〉云：「浮萍破處見山影，小艇歸時聞草聲。」與余和詩云：「愁如鰥魚知夜永，懶同蝴蝶爲春忙。」若此之類，皆可以追配古人，而世俗但稱其歌詞。昔周昉士女，皆所謂「未見好德如好色」者歟？〔註97〕

張先比蘇軾長四十七歲，據東坡〈祭張子野文〉所云：「我官於杭，始獲擁篲。歡欣忘年，脫略苛細。」〔註98〕知兩人來往當於熙寧五至七年（1072～1074），時張先已八十餘歲，詞作已臻成熟；蘇軾早歲工於詩文，寫詞之年代較晚，〔註99〕因之文中對於張先詞並不重視，以爲「其餘技耳」。譚瑩曰「豈知音」，質疑東坡不足爲張先知音，似有意爲子野詞平反，故次句引張先馳名之「三影」別稱，以證其詞足以傳唱千古。「三影」以其所作三詞句均有「影」字得名，凡二說：

其一，見宋・曾慥《高齋詩話》所云：

子野嘗有詩云：「浮萍斷處見山影」；又長短句云：「雲破月來花弄影」；又云：「隔牆送過秋千影」，並膾炙人口，世謂張三影。

其二，見稽留山樵《古今詩話》所記：

有客謂子野曰：「人皆謂公張三中，即心中事，眼中淚，意中人也。」公曰：「何不目之爲張三影？」客不曉，公曰：「『雲破月來花弄影』、『嬌柔懶起，簾押捲花影』、『柳徑無人，墜輕絮無影』，此余平生所得意也。」

陳師道《後山詩話》亦載「張三影」之說，所引詞句，用《古今詩話》

〔註97〕《詞籍序跋萃編》，頁44。

〔註98〕（宋）蘇軾撰；孔凡禮點校：《蘇軾文集》（北京：中華書局，1986年3月），冊5，頁1943。

〔註99〕據朱彊村《東坡樂府編年》，東坡開始填詞，當於任杭州通判時期，熙寧五年間。

〔註 100〕；胡仔《苕溪漁隱叢話》認爲《古今詩話》所列詞句意境較高，應取之，「張三影」之稱遂流傳至今。

三、四句則轉用張先〈碧牡丹・晏同叔出姬〉〔註 101〕一詞本事，據題宋・王暐《道山清話》記載：

> 晏元獻公爲京兆，辟張先爲通判。新納侍兒，公甚屬意。先字子野，能爲詩詞，公雅重之。每張來，即令侍兒出侑觴，往往歌子野所爲之詞。其後王夫人寖不容，公即出之。一日，子野至，公與之飲。子野作〈碧牡丹〉詞，令營妓歌之，有云「望極藍橋，但暮雲千里。幾重山，幾重水」之句，公聞之，憮然曰：「人生行樂耳，何自苦如此？」亟命於宅庫支錢若干，復取前所出侍兒。既來，夫人亦不復誰何也。〔註 102〕

張先有感於晏殊出姬，故宴飲席上作此詞令營妓歌之，全詞道盡離情愁苦，淒惋動人，晏殊聞而感悟，乃命人將姬取回。本詩通過具體詞作與相傳韻事，強調張先詞自有動人處，謂「歌詞乃其餘技」或不滿「世俗但稱其歌詞」，是未能體會其詞之佳處。

綜上所述，譚瑩論北宋前期詞人，就詞家身份而言，概分爲三：其一，社會地位較顯達者，如寇準、晏殊、聶冠卿、韓琦、范仲淹、司馬光、宋祁、歐陽脩等，皆屬臺閣重臣，其中不乏官至宰輔，位極人臣之詞家；其二，仕宦生涯較不顯達，甚至沉淪下僚者，如柳永、張先等；其三，則爲隱逸名士林逋。筆者所以先區分詞人身分，實因此期詞作風格與詞人身分關係密切，尤其譚瑩詩中評價往往牽涉詞人

〔註 100〕上引諸說，並見（宋）胡仔：《苕溪漁隱叢話》前集卷三十七引，上冊，頁 249。

〔註 101〕全詞爲：「步帳搖紅綺。曉月墮，沈煙砌。緩板香檀，唱徹伊家新制。怨入眉頭，斂黛峰橫翠。芭蕉寒，雨聲碎。　鏡華翳。閑照孤鸞戲。思量去時容易。鈿盒瑤釵，至今冷落輕棄。望極藍橋，但暮雲千里。幾重山，幾重水。」《全宋詞》，冊 1，頁 84。

〔註 102〕題（宋）王暐撰；孔一校點：《道山清話》，《宋元筆記小說大觀》（上海：上海古籍出版社，2007 年 3 月），冊 3，頁 2934～2935。

生平經歷與身分地位，故不得不爲之區分也。

先論第一組詞人群體，其詞作傳世者雖不少，如晏、歐諸人，然皆非專力爲詞，誠如清馮煦〈六十一家詞選例言〉所云：「宋初大臣之爲詞者，寇萊公、晏元獻、宋景文、范蜀公，與歐陽文忠並有聲藝林，然數公或一時興到之作，未爲專詣。」〔註 103〕此觀察頗符合實際。彼等多承襲五代花間、南唐之路發展，以小令寫豔情，風調纏綿，趨於唯美；詞作功能不離宴飲應歌、消遣娛人之宗旨，寇準有詩〈和蒨桃〉云：「將相功名終若何？不堪急景似奔梭。人間萬事君休問，且向樽前聽豔歌。」〔註 104〕要言之，相思戀情之題材、婉麗之風格以及小令之體式，成爲此一詞人群體創作之主要特徵。由於此等詞人皆屬仕途顯達、富貴風流之士大夫，因之即使承襲南唐詞中所蘊含之憂患意識，畢竟時代背景不同；唯以小詞抒寫帶有憂患色彩之士大夫意識，所流露者，不外懼怕人生短暫、享樂不能久遠，以及「樂極生悲」之人生反思。如此體會，在譚瑩眼中，不過詞人「無病呻吟」之作品，亦即生於承平時代，享盡榮華富貴，卻道「婦人語」，強作哀思悲愁情狀，故評價不高。尤以論晏殊一絕，最爲鮮明，近人宛敏灝亦曾評晏殊某些作品係「富貴得意之餘」之「無病呻吟」〔註 105〕；另韓琦、范仲淹兩人，皆曾鎮守邊地，功業厥偉，所爲豔情小詞，反有損大將風範；論歐陽脩詞，則以其浮豔之作，刪削爲佳。譚瑩所論雖點出某些時代特點與詞人創作缺失，實亦有值得商榷處，誠如今人黃文吉論晏殊詞，即指出晏詞特具「哲理性的思考」，所謂：

> 晏殊固然從少年開始得意，而且貴爲宰相，這並不代表他一生都不曾遭遇波折，其實他也屢遭拂逆，即使官場得意，地位崇高，也難免有心靈的空虛寂寞，尤其對生命的恐懼，對人生短暫的慨嘆，這恐怕人之常情，無關富貴與

〔註 103〕《詞話叢編》收入題《蒿庵論詞》，冊 4，頁 3585。

〔註 104〕北京大學古文獻研究所編：《全宋詩》（北京：北京大學出版社，1991 年 7 月），卷九二，冊 2，頁 1040。

〔註 105〕宛敏灝：《二晏及其詞》（上海：商務印書館，1937 年 6 月），頁 166。

貧賤吧？〔註 106〕

不惟晏殊，歐陽脩之詞作亦彌漫生命之無奈和悲涼況味，似此人生詠歎，往往與相思戀情結合，從而提升詞之審美品格，引領讀者進入更深層之價值思考。故宋・李之儀曾云：「晏元獻、歐陽文忠、宋景文，則以其餘力游戲，而風流閒雅，超出意表，……而其妙見於卒章，語盡而意不盡，意盡而情不盡」，〔註 107〕則其豔情小詞亦具感發力量，譚瑩純就詞家身分論述，未免失之公允。至於譚瑩詩中所稱賞者，如聶冠卿，以其詞富豔精工，又不乏清雅氣息，體現特定階層之生活方式與審美情趣，眞切呈現盛平豪奢之內容，故爲譚氏所賞。而宋祁則因詞句鍾鍊精美，善爲警策之句，而有「紅杏枝頭春意鬧尚書」稱號；且巧妙運用唐人詩句，傳達個人情思，又不致傷害詞體委婉曲折之特性，故譚瑩特爲拈出，一方面承襲宋代詞人好以警句稱賞作者之品鑑風氣，〔註 108〕一方面亦藉以凸顯作者經營字句之用心。

第二組詞人群體，政治上雖未有顯赫聲名，但對詞史之發展，反較第一組詞人群體重要。亦即在擴充詞之內容與功能、拓展詞之體製方面，柳永、張先兩人皆有建樹，前人亦時將兩人相提並論，如宋・晁補之云：「張子野與柳耆卿齊名，而時以子野不及耆卿。然子野韻高，是耆卿所乏處。」〔註 109〕其實就整體創作成果與影響論之，「子野不及耆卿」，蓋兩人均開始借鑑流行於民間之長調慢詞創作，但張先之慢詞缺少完整情節，更無情事之起伏波瀾，純以小令筆法出之，用物象暗示人物，以含蓄蘊藉手法彰顯主旨，故夏敬觀《手批張子野詞》評曰：「子野詞凝重古拙，有唐五代之遺音，慢詞亦多用小令作

〔註 106〕黃文吉：《北宋十大詞家研究》（臺北：文史哲出版社，1996 年 3 月），頁 6～7。

〔註 107〕（宋）李之儀：《姑溪居士文集》卷四十〈跋吳思道小詞〉，《唐宋詞集序跋匯編》，頁 36。

〔註 108〕詳參廖弘泉：〈論北宋前期詞勃興與詞人群體性的關係〉，《內蒙古財經學院學報（綜合版）》（2007 年 3 月第 5 卷第 1 期），頁 66。

〔註 109〕（宋）吳曾：《能改齋漫錄》卷十六引，收入《詞話叢編》題《能改齋詞話》卷一，冊 1，頁 125。

法。」〔註 110〕柳永則不同，其慢詞無論敘事、寫景或抒情，皆筆筆鋪敘，層層遞進，「一筆到底，始終不懈」，〔註 111〕將情感淋漓表現，展現一種新審美風貌。此譚瑩所以特作兩首詩論柳詞，並強調「詩學杜詩詞學柳」之典範意義，當中評價，不言可喻。其次，譚瑩論張先除點明「三影」警句外，特舉〈碧牡丹・晏同叔出姬〉本事論之，一方面強調張先詞作多情動人，一方面亦凸顯詞已與文人日常生活相結合，蓋張先之前，文人之社交應酬，均以詩爲媒介，張先以詞酬贈，同時寄寓諷勸功能，增強詞之實用功能，對於詞之流行推展有相當程度之貢獻。〔註 112〕

至於論隱士林逋，其〈點絳唇〉（金谷年年）最爲人推重。據宋・吳曾《能改齋漫錄》卷十七云：

> 梅聖俞在歐陽公坐，有以林逋草詞「金谷年年，亂生青草誰爲主」爲美者，梅聖俞別爲〈蘇幕遮〉一闋云：（略）。歐公擊節賞之。又自爲一詞云：（略）。蓋〈少年游令〉也。不惟前二公不及，雖至諸唐人溫、李集中，殆與之爲一矣。今集不載此一篇，惜哉。〔註 113〕

蓋林逋草詞，既表現詩之傳統意象，擺脫吟風弄月之內容，復融入個人情志成分，兼顧詞體婉曲之藝術表現，於詞史發展自有其特殊地位。譚瑩亦頗賞愛此詞，故化用詞句論其歸隱生平。至於對林逋情詞之批評，則顯然受限於詞人身分而發，此乃譚瑩結合詞人生平論詞所必然之侷限也。

第二節　論北宋中後期詞人

譚瑩論北宋中後期詞人，取晏幾道、蘇軾、黃庭堅、秦觀、晁補之、張耒、賀鑄、毛滂、王詵、舒亶、王安石、王觀、蔡挺、蘇過、

〔註 110〕見《彊村叢書》，冊 1，頁 496。
〔註 111〕同上註，頁 629。
〔註 112〕詳參黃文吉：《北宋十大詞家研究》，頁 106～107。
〔註 113〕《詞話叢編》，冊 1，頁 149～150。

謝逸、周邦彥、徐伸、万俟詠、呂濱老、王安中、宋徽宗等二十一家，此中論蘇軾、秦觀、周邦彥各兩首，合計二十四首。茲依詞家論列，逐次分析如下：

一、論晏幾道

晏幾道（1038～1110），字叔原，號小山，晏殊第八子，行十五。譚瑩詩云：

> 詞同珠玉集俱傳，直過花間恐未然。人似伊川稱鬼語，君王卻賞鷓鴣天。

首句「珠玉集」係晏殊詞集名。詞史上，五代有李璟、李煜以「父子詞人」聞名於世，北宋則有晏殊、晏幾道父子，「足追配李氏父子」。〔註114〕晏幾道《小山詞》延續其父晏殊與歐陽脩等宋初詞家風格而間承晚唐五代，論者以爲直逼《花間》，如宋・陳振孫《直齋書錄解題》卷二十一云：「其詞在諸名勝中，獨可追逼花間，高處或過之。」〔註115〕明・毛晉〈小山詞跋〉亦云：「諸名勝詞集，刪選相半。獨《小山集》直逼《花間》，字字娉娉裊裊，如攬嬙、施之袂，恨不能其起蓮、鴻、蘋、雲，按紅牙拍板唱和一過。」〔註116〕惟譚瑩則曰「恐未然」，亦即以爲「直過花間」之評語過當。歸納其因，可就內容與手法論之，蓋晏幾道詞大部分寫於友人家中，相與飲酒，聽蓮、鴻、蘋、雲諸歌女彈唱，讚美其才情以及別後思慕所作。〈小山詞自序〉云：

> 始時沈十二廉叔，陳十君龍家，有蓮、鴻、蘋、雲，工以清謳娛客。每得一解，即以草授諸兒，吾三人持酒聽之，爲一笑樂，已而君龍疾廢臥家，廉叔下世，昔之狂篇醉句，遂與兩家歌兒酒使，俱流轉於人間。〔註117〕

故黃庭堅於〈小山詞序〉謂其詞「狎邪之大雅」，所謂「狎邪」，即指

〔註114〕（明）毛晉：〈小山詞跋〉，《詞籍序跋萃編》，頁52。
〔註115〕《叢書集成新編》，冊2，頁517。
〔註116〕《詞籍序跋萃編》，頁52。
〔註117〕同上註。

風流浪漫、歌榭舞場之生活，由於創作空間環境過於單一，致使詞作內容失之淺狹。再者，就表現手法而言，其情詞豔曲與溫庭筠相較，詞中人事物皆確實可指，不同溫氏「純以美人之美」，引發讀者託喻聯想之手法；若與韋莊眞正寫愛情之詞相較，又無韋詞「傾心相愛的專注之意」，只存在歌舞場中偶然相悅之欣賞之情。〔註118〕故譚瑩評價小山詞不若《花間》。清・陳廷焯《白雨齋詞話》卷七亦評曰：

> 晏元獻、歐陽文忠皆工詞，而皆出小山下。專精之詣，毋固應讓渠獨步。然小山雖工詞，而卒不能比肩溫、韋，方駕正中者，以情溢詞外，未能意蘊言中也。故悅人甚易，而復古則不足。〔註119〕

明白指摘小山詞「情溢詞外」之缺失，自不足與《花間》之溫、韋相埒。

三、四句則分別以兩件詞人流傳軼事作結：第三句典出南宋・邵博《邵氏聞見後錄》卷十九：「程叔微云：伊川聞誦叔原『夢魂慣得無拘檢，又踏楊花過謝橋』長短句，笑曰：『鬼語也。』意亦賞之。」〔註120〕按伊川所稱詞句，乃出自晏幾道〈鷓鴣天〉（小令尊前見玉簫）〔註121〕結語二句；所謂「鬼語」，乃因句中縹緲迷離、超乎現實之意境而言。厲鶚〈論詞絕句〉其三論晏幾道，首句亦云：「鬼語分明愛賞多」，以伊川道學家之身分，亦賞愛小山詞，則其詞仍歸「醇雅」，合於浙西詞派之論詞宗旨。譚瑩此處引其事，亦欲指出小山詞於當時不僅受道學家所賞愛，同時爲君王所稱道，故末句化用晏幾道〈鷓鴣天〉（碧藕花

〔註118〕關於晏幾道與溫、韋豔詞之比較，詳參葉嘉瑩：〈論晏幾道詞在詞史中之地位〉，《唐宋名家論集》（臺北：桂冠圖書，2000年2月），頁146～147。

〔註119〕《詞話叢編》，冊4，頁3952。

〔註120〕（宋）邵博撰；劉德權、李劍雄點校：《邵氏聞見後錄》，《唐宋史料筆記叢刊》（北京：中華書局，1997年12月），頁151。

〔註121〕全詞爲：「小令尊前見玉簫。銀燈一曲太妖嬈。歌中醉倒誰能恨，唱罷歸來酒未消。　春悄悄，夜迢迢。碧雲天共楚宮遙。夢魂慣得無拘檢，又踏楊花過謝橋。」《全宋詞》，冊1，頁226～227。

開水殿涼〉〔註 122〕詞作本事以遺詞。據宋・黃昇《唐宋諸賢絕妙詞選》卷三載：「慶歷中，開封府與棘寺同日奏獄空，仁宗於宮中宴集，宣晏叔原，作此，大稱上意。」〔註 123〕通過晏幾道所作兩首〈鷓鴣天〉之詞作軼事，顯示小山詞爲時人推重。合上句觀之，則「直逼花間」之評雖爲過譽，然其詞於當時爲人所推挹，則確乎不移也。

二、論蘇軾

蘇軾（1037～1101），字子瞻，一字和仲，號東坡居士。眉州眉山（今屬四川）人。譚瑩詩云：

> 大江東去亦情多，燕子樓詞鬼竊歌。唱竟天涯芳草語，曉風殘月較如何。

首句「大江東去」摘自蘇軾〈念奴嬌・赤壁懷古〉〔註 124〕首句；「亦情多」則化用蘇詞下片「多情應笑我、早生華髮」。此詞爲東坡代表作，詞中敘述三國赤壁之戰，周瑜風流倜儻、意氣風發之貌，對比己身年華老去，壯懷莫酬，更有無限感慨。其實此處牽涉歷來對蘇詞評價之問題，蓋蘇軾向來被視爲豪放詞家之先驅，如宋・胡寅〈酒邊詞序〉云：「眉山蘇氏，一洗綺羅香澤之態，擺脫綢繆宛轉之度，使人登高望遠，舉首高歌，而逸懷浩氣，超乎塵垢之外。」〔註 125〕然是否因此可斷言蘇詞中之超曠意境「不及情」？則仍有討論空間。金・王若虛《滹南詩話》卷二曾載：

> 晁無咎云：「眉山公之詞短於情，蓋不更此境耳。」陳後山

〔註 122〕全詞爲：「碧藕花開水殿涼。萬年枝外轉紅陽。升平歌管隨天仗，祥瑞封章滿御床。　金掌露，玉爐香。歲華方共聖恩長。皇州又奏圜扉靜，十樣宮眉捧壽觴。」《全宋詞》，冊 1，頁 227～228。

〔註 123〕《花庵詞選》，頁 52～53。

〔註 124〕全詞爲：「大江東去，浪淘盡、千古風流人物。故壘西邊人道是，三國周郎赤壁。亂石穿空，驚濤拍岸，卷起千堆雪。江山如畫，一時多少豪杰。　遙想公瑾當年，小喬初嫁了，雄姿英發。羽扇綸巾談笑間，強虜灰飛煙滅。故國神游，多情應笑，我早生華發。人間如夢，一尊還酹江月。」《全宋詞》，冊 1，頁 282。

〔註 125〕《詞籍序跋萃編》，頁 168。

曰：「宋玉不識巫山神女而能賦之。豈待更而後知，是直以公為不及情也。嗚呼！風韻如東坡，而謂不及於情，可乎？……」〔註 126〕

譚瑩詩中起句即以〈念奴嬌・赤壁懷古〉一闋證東坡之有情，該詞開端數句：「大江東去，浪淘盡、千古風流人物」氣象固然高遠，結尾「人間如夢，一尊還酹江月」語氣亦甚曠達，然詞人於「公瑾當年」之「談笑間、檣虜灰飛湮滅」，對比自己如今「早生華髮」，遷貶黃州而志意未酬，實蘊含無限悲慨，故「多情應笑我」背後，實蘊含深沈之喟嘆。

次句更舉蘇軾〈永遇樂〉（明月如霜）〔註 127〕一詞為例，證其深情。按此詞舊注云：「夜宿燕子樓，夢盼盼，因作此詞。」燕子樓在彭城（今江蘇徐州），據云此樓係唐張尚書為愛妓關盼盼所築，盼盼善歌舞，姿態動人。張氏死後，盼盼感念舊愛不嫁，獨居燕子樓十餘年。蘇軾至此，聽聞其事，感而夢之，遂作此詞，由是可知東坡深情如此。其中「燕子樓空，佳人何在，空鎖樓中燕」，只十三字便道盡人生之悲歡交織，以及人亡樓空之愛情故事；不僅動人，甚而動「鬼」。據宋・曾敏行《獨醒雜志》卷三記載：

東坡守徐州，作燕子樓樂章，方具稿，人未知之。一日，忽哄傳於城中，東坡訝焉。詰其所從來，乃謂發端於邏卒。東坡召而問之，對曰：「某稍知音律，嘗夜宿張建封廟，聞有歌聲，細聽乃此詞也。記而傳之，初不知何謂。」東坡笑而遣之。〔註 128〕

譚瑩用其事，故曰「鬼竊歌」。

〔註 126〕丁福保輯：《歷代詩話續編》（北京：中華書局，2001 年 8 月），上冊，頁 517。

〔註 127〕全詞為：「明月如霜，好風如水，清景無限。曲港跳魚，圓荷瀉露，寂寞無人見。紞如三鼓，鏗然一葉，黯黯夢雲驚斷。夜茫茫，重尋無處，覺來小園行遍。　天涯倦客，山中歸路，望斷故園心眼。燕子樓空，佳人何在，空鎖樓中燕。古今如夢，何曾夢覺，但有舊歡新怨。異時對，黃樓夜景，為余浩嘆。」《全宋詞》，冊 1，頁 302。

〔註 128〕（宋）曾敏行撰；朱杰人校點：《獨醒雜志》，《宋元筆記小說大觀》，冊 3，頁 3226。

三、四句以柳蘇相較。「天涯芳草」化用東坡〈蝶戀花・春景〉〔註 129〕詞句：「天涯何處無芳草」，據清・張宗橚《詞林紀事》卷五引《林下詞談》曰：

> 子瞻在惠州，與朝雲閑坐。時青女初至，落木蕭蕭，淒然有悲秋之意。命朝雲把大白，唱「花褪殘紅」，朝雲歌喉將囀，淚滿衣襟。子瞻詰其故，答曰：「奴所不能歌者，是『枝上柳綿吹又少，天涯何處無芳草』也。」子瞻翻然大笑曰：「是吾政悲秋，而汝又傷春矣。」遂罷。〔註 130〕

當時正值哲宗當政，蘇軾因支持舊黨而被貶謫到惠州，〔註 131〕是年已近花甲，此次被貶，不知何時方能重回朝廷，其妾朝雲了解此種曠達與感傷夾雜之複雜情緒，遂無法唱竟全詞。由是可知，此詞「柳上」兩句至爲深婉動人，故清・王士禛《花草蒙拾》評曰：「『枝上柳綿』，恐屯田緣情綺靡，未必能過。孰謂坡但解作『大江東去』耶？髯直是軼倫絕群。」〔註 132〕譚瑩承王氏之語，亦云「曉風殘月較如何」，蓋「曉風殘月」乃柳永〈雨霖鈴〉（寒蟬淒切）名句，依前文論柳詞所引俞文豹《吹劍續錄》所記，知時人以東坡「大江東去」比柳詞之「曉風殘月」，見兩者風格之不同。本詩於此化用〈蝶戀花・春景〉詞句，概括蘇詞婉約之風格，比較柳永緣情之作曰「較如何」，然則詩人心中已有定見，高下評價自明。

譚瑩詩次首云：

> 海雨天風極壯觀，教坊本色復誰看。楊花點點離人淚，卻恐周秦下筆難。

〔註 129〕全詞爲：「花褪殘紅青杏小。燕子飛時，綠水人家繞。枝上柳綿吹又少。天涯何處無芳草。　牆里秋千牆外道。牆外行人，牆里佳人笑。笑漸不聞聲漸悄。多情卻被無情惱。」《全宋詞》，冊 1，頁 300。

〔註 130〕（清）張宗橚輯：《詞林紀事》（臺北：鼎文書局，1971 年 3 月），頁 134。

〔註 131〕此詞編年，據鄒同慶、王宗堂：《蘇軾詞編年校註》定爲紹聖二年乙亥（1095）春，作於惠州。（北京：中華書局，2002 年 9 月），頁 754。

〔註 132〕《詞話叢編》，冊 1，頁 680。

首句「海雨天風」摘自蘇軾〈鵲橋仙・七夕〉〔註 133〕詞句：「尚帶天風海雨。」此詞寫七夕，卻能擺脫柔情淒景、男女離恨之舊套；於用事雖緊扣七夕，卻能以飄逸超曠之格調，取代纏綿悱惻之風貌，具有別開新境之歷史意義，故宋・陸游〈跋東坡七夕詞後〉曾盛讚：「昔人作七夕詩，率不免有朱櫳綺疏惜別之意，惟東坡此篇，居然是星漢上語。歌之曲終，覺天風海雨逼人。學詩者當以是求之。」〔註 134〕「覺天風海雨逼人」可見情景壯觀高遠，使人讀之，深感詞人逸懷浩氣，超乎塵垢之外。然誠如前文所述，詞係興起於歌樓酒館，由歌女傳唱，於是多表現柔情婉約之一面，至東坡方有「別開新境」之舉；因其能作「天風海雨」等「壯觀」之詞，具有開拓詞境之積極意義。惟既屬開拓，自有別於傳統，故後人於讚嘆之餘，亦有視爲本色者，如宋・陳師道《後山詩話》即云：

> 退之以文爲詩，子瞻以詩爲詞，如教坊雷大使之舞，雖極天下之工，要非本色。今代詞人，惟秦七黃九爾，唐諸人不迨也。〔註 135〕

據宋・蔡絛《鐵圍山叢談》卷六載：「太上皇在位，時屬昇平，手藝人之有稱者。……舞有雷中慶，世皆呼之爲『雷大使』。」〔註 136〕可知雷大使乃當時著名舞者，舞藝極天下之工，而陳師道謂之「非本色」者，蓋以爲舞者皆當妙齡女子，今男子而舞，雖舞藝極工，亦非本色；如此論，則詞似宜保留婉約柔媚之傳統特質；至若蘇詞超曠之風，則

〔註 133〕全詞爲：「緱山仙子，高情雲渺，不學痴牛呆女。鳳簫聲斷月明中，舉手謝、時人欲去。　　客槎曾犯，銀河微浪，尚帶天風海雨。相逢一醉是前緣，風雨散、飄然何處。」《全宋詞》，冊 1，294～295。

〔註 134〕（宋）陸游：《渭南文集》卷二十八，楊家駱主編：《陸放翁全集》（臺北：世界書局，1990 年 11 月），上冊，頁 171。

〔註 135〕《歷代詩話》，上冊，頁 309。惟據考證，陳師道卒於宋徽宗建中靖國元年（1101），而雷大使乃雷中慶，宣和年間人。陳氏如何以後世之事見錄詩話？此顯係後人僞托，非陳氏所言。

〔註 136〕（宋）蔡絛撰；馮惠民、沈錫麟點校：《鐵圍山叢談》，《唐宋史料筆記叢刊》（北京：中華書局，1997 年 12 月），頁 107～108。

非詞中所宜，由是否定蘇詞於文體發展過程中，更新拓展之積極作用，見解未免狹隘。至於蘇軾婉約之詞，又有幾人曾予以欣賞？故譚瑩次句乃云：「教坊本色復誰看。」

蓋吾人若僅從「天風海雨」之壯闊情景欣賞東坡，則又忽略詞人創作之複雜性，誠如清・周濟所云：「人賞東坡粗豪，吾賞東坡韶秀。韶秀是東坡佳處，粗豪則病也。」〔註 137〕姑不論此說是否恰當，至少指出東坡詞作之另外一種風格；亦即蘇詞中有令人「舉首高歌」、「逸懷浩氣」之一面，亦存在清麗「韶秀」之作品。本詩第三句所云「楊花點點離人淚」，即指出此類作品之代表。按此句化用蘇軾〈水龍吟・次韻章質夫楊花詞〉〔註 138〕末兩句：「不是楊花點點，是離人淚。」此詞歷來被視爲蘇軾婉約詞之代表，如明・卓人月《古今詞統》卷十四云：「人謂『大江東去』之粗豪，不如『曉風殘月』之細膩。如此詞，又進柳妙處一層矣。」〔註 139〕清・沈謙《塡詞雜說》亦評曰：「幽怨纏綿，直是言情，非復賦物。」〔註 140〕由是可知蘇軾亦有如楊花詞般柔致纏綿之作品，且據《全宋詞》案語：「此首別誤作周邦彥詞」，〔註 141〕足見詠物抒情之手法已臻頂峰，可爲典範，故清・王國維《人間詞話》評曰：「詠物之詞，自以東坡〈水龍吟〉爲最工。」〔註 142〕譚瑩特別舉此詞，意在反駁後山以蘇詞「非本色」之說。蓋陳後山云：「今代詞人，惟秦七黃九爾」，亦即以秦觀、黃庭堅爲詞家本色代表，譚瑩則謂「唯恐周秦下筆難」；「周秦」指周邦彥與秦觀兩人。依其意，

〔註 137〕（清）周濟：《介存齋論詞雜著》，《詞話叢編》，冊 2，頁 1633。

〔註 138〕全詞爲：「似花還似非花，也無人惜從教墜。拋家傍路，思量卻是，無情有思。縈損柔腸，困酣嬌眼，欲開還閉。夢隨風萬里，尋郎去處，又還被、鶯呼起。不恨此花飛盡，恨西園、落紅難綴。曉來雨過，遺蹤何在，一池萍碎。春色三分，二分塵土，一分流水。細看來，不是楊花點點，是離人淚。」《全宋詞》，冊 1，頁 277。

〔註 139〕《續修四庫全書》，冊 1729，頁 99。

〔註 140〕《詞話叢編》，冊 1，頁 631。

〔註 141〕見《全宋詞》附註，《詞學荃蹄》卷一。冊 1，頁 277。

〔註 142〕《詞話叢編》，冊 5，頁 4248。

東坡有如此清麗韶秀，可爲婉約典範之作品，爾後，即使「專主情致」〔註 143〕之秦觀或「富豔精工」〔註 144〕之周邦彥亦覺下筆之難，足見對蘇軾之推崇。

殊值留意者，譚瑩此二首論蘇詞，皆由「大江東去」、「海雨天風」之壯景領起，其下又強調蘇詞婉約之一面，企圖更全面呈現蘇詞之風貌。時代稍後之馮煦評蘇詞曾說道：

> 詞有兩派，曰剛，曰柔。毗剛者斥溫厚爲妖冶，毗柔者目縱軼爲粗獷。而東坡剛亦不吐，柔亦不茹，纏綿芳悱，樹秦柳之前旃，空靈動蕩，導姜張之大輅，爲其所之，皆爲絕詣。〔註 145〕

其說殊足爲譚瑩二詩作註腳，蓋蘇詞有豪放如〈念奴嬌・赤壁懷古〉，有婉約如〈水龍吟・次韻章質夫楊花詞〉，然兩者實皆具「剛亦不吐，柔亦不茹」之特色，誠如譚瑩強調「大江東去」之外，亦有「多情應笑我、早生華髮」；而「不是楊花點點，是離人淚」之外，亦有「春色三分，二分塵土，一分流水」誇張奇妙之想像。由是可知，東坡何嘗盡吐？又何嘗盡茹？正因「剛亦不吐，柔亦不茹」，從而構成蘇詞既深婉又豪放，既韶秀又飄逸，呈現剛柔相濟之美。〔註 146〕譚瑩亦從此角度，予蘇詞不朽之定位。

三、論黃庭堅

黃庭堅（1045～1105），字魯直，號山谷道人，晚號涪翁，祖籍婺州金華（今屬浙江），五世祖遷家洪州分寧（今江西修水），遂爲分

〔註 143〕（宋）李清照〈詞論〉語。見王仲聞校注：《李清照集校注》（北京：人民文學出版社，1979 年），頁 195。

〔註 144〕（宋）陳振孫《直齋書錄解題》卷二十一，《叢書集成新編》，冊 2，頁 517。

〔註 145〕（清）馮煦：〈朱校東坡樂府序〉，《詞籍序跋萃編》，頁 65。

〔註 146〕關於文學作品「剛柔」風格之具體分析，詳參陳滿銘師：〈章法風格中剛柔成份的量化〉，《國文天地》第 19 卷第 6 期（2003 年 11 月 1 日），頁 86～93。

寧人。譚瑩詩云：

> 訶憑法秀浪相誇，迴脫恒蹊玉有瑕。黃九定非秦七比，后山仍未算詞家。

黃庭堅曾因喜作艷語，遭和尚法秀喝斥。據宋・胡仔《苕溪漁隱叢話》前集卷五十七引《冷齋夜話》云：

> 法雲秀老，關西人，面目嚴冷，能以禮折人……。黃魯直作豔語，人爭傳之，秀呵曰：「翰墨之妙，甘施於此乎？」魯直笑曰：「又當置我於馬腹中邪。」秀曰：「公豔語蕩天下淫心，不止於馬腹中，正恐生泥犁耳。」魯直頷應之，故一時公卿伏帥之善巧也。〔註 147〕

本詩首句反用其事曰「訶憑法秀浪相誇」，以法秀所言「公豔語蕩天下淫心」乃過譽之詞。詩之起頭，即可見譚瑩不喜黃庭堅詞。至於其因何在？次句明白批評黃詞「迴脫恒蹊玉有瑕」；「迴脫恒蹊」之評，見《四庫全書總目・山谷詞提要》所云：「顧其佳者則妙脫蹊徑，迴出慧心」，〔註 148〕意謂山谷詞於常道之外，能別出心裁，凸顯其獨特之個性。誠如今人繆鉞研究指出：

> （黃庭堅）他一生專力作詩，態度極爲鄭重。其所傳詩篇，幾乎都是精心結撰的，無有敗筆、懈筆。但是他作詞的態度則不然。詞在宋代是很盛行的歌唱樂曲，黃庭堅在朋友往還，歌筵酒席之間，也不免佇興而作，他的態度是隨便的。因此，他的綺靡緣情的詞作中，不免描寫得俚俗而坦率，格調不高，《四庫提要》曾舉出其〈沁園春〉、〈望遠行〉等十餘首，「皆褻諢不可名狀」。〔註 149〕

因其遊戲不恭之態度，導致詞作美惡雜陳，故曰「玉有瑕」，此語化用宋・李清照〈詞論〉所云：「黃即尙故實，而多疵病，譬如良玉有

〔註 147〕（宋）胡仔：《苕溪漁隱叢話》，上冊，頁 388。

〔註 148〕《四庫全書總目提要》，冊 5，頁 284。

〔註 149〕葉嘉瑩、繆鉞：《靈谿詞說》（臺北：正中書局，1993 年 8 月），頁 273。

瑕，價自減半矣。」〔註 150〕從客觀現象指出黃詞之缺失。故三、四進而論陳師道《後山詩話》以秦、黃兩人並稱，並不恰當。後山之語，論蘇軾時已引，此不復述；依其說，東坡「以詩爲詞」並非「本色」，從而推重黃庭堅，與秦觀並舉。秦觀詞，歷來爲詞評家推爲「本色」之作，故宋・葉夢得《避暑錄話》卷下有云：「秦觀少游亦善爲樂府，語工而入律，知樂者爲之作家歌。」〔註 151〕反觀黃庭堅詞，宋・晁補之評曰：「黃魯直間爲小詞，固高妙，然不是當行家語，乃著腔子唱好詩也。」〔註 152〕可見時人不以「本色當行」視之。清人對此說法頗有共識，誠如《四庫全書總目・山谷詞提要》批評：「師道配以秦觀，殆非定論。」〔註 153〕依譚瑩之見，亦認爲秦觀詞本高於黃庭堅，故陳師道之語非詞行家之言。此外，清・彭孫遹《金粟詞話》亦指出：「詞家每以秦七、黃九並稱，其實黃不及秦甚遠。」〔註 154〕陳廷焯復曾詳析二人詞作之高下：

> 秦七、黃九，並重當時。然黃之視秦，奚啻碔砆之與美玉。詞貴纏綿，貴忠愛，貴沈鬱，黃之鄙俚者無論矣。即以其高者而論，亦不過於倔強中見姿態耳。於倔強中見姿態，以之作詩，尚未必盡合，況以之爲詞耶？〔註 155〕

馮煦〈宋六十家詞選例言〉亦指出：「後山以秦七、黃九並稱，其實黃非秦匹也。」〔註 156〕斯可見對秦、黃，清代詞評家早有定評。

四、論秦觀

秦觀（1049～1100），字少游，一字太虛，號淮海居士。高郵（今

〔註 150〕《李清照集校注》，頁 195。
〔註 151〕《四庫筆記小說叢書・仇池筆記外十八種》，頁 674。
〔註 152〕（宋）趙令畤撰；孔凡禮點校：《侯鯖錄》卷八引，頁 206。亦見（宋）吳曾：《能改齋漫錄》卷十六引，《詞話叢編》，冊 1，頁 125。
〔註 153〕《四庫全書總目提要》，冊 5，頁 284。
〔註 154〕《詞話叢編》，冊 1，頁 722。
〔註 155〕《白雨齋詞話》卷一，《詞話叢編》，冊 4，頁 3784。
〔註 156〕《詞話叢編》，冊 4，頁 3586。

屬江蘇）人。譚瑩詩云：

> 天生好語阿麼同，不礙詩詞句各工。流下瀟湘常語耳，萬身奚𧵍過推崇。

首句「天生好語」係引自宋・晁補之語：「比來作者皆不及秦少游，如：『斜陽外，寒鴉數點，流水繞孤村』，雖不識字人，亦知是天生好言語也。」〔註157〕晁氏所引乃秦觀〈滿庭芳〉（山抹微雲）〔註158〕詞句，據宋・胡仔《苕溪漁隱叢話》後集卷三十三引《藝苑雌黃》云：

> 程公闢守會稽，少游客焉，館之蓬萊閣。一日，席上有所悅，自爾眷眷不能忘情，因賦長短句，所謂「多少蓬萊舊事，空回首，煙靄紛紛」也。其詞極爲東坡所稱道，取其首句，呼之爲「山抹微雲君」。中間有「寒鴉萬點，流水繞孤村」之句，人皆以爲少游自造此語，殊不知亦有所本；予在臨安，見平江梅知錄云：「隋煬帝詩云：『寒鴉千萬點，流水繞孤村。』少游用此語也。」〔註159〕

是知秦觀詞句蓋化自隋煬帝詩語，故曰「阿麼同」〔註160〕；惟其詞雖有本，前人亦多稱賞，如明・王世貞《藝苑卮言》云：「語雖蹈襲，然入詞尤是當家。」〔註161〕清・賀貽孫《詩筏》亦云：

> 秦少游：「斜陽外，寒鴉萬點，流水遶孤村。」……余謂此語在煬帝詩中，只屬平常，入少游詞，特爲妙絕。蓋少游之妙，在「斜陽外」三字，見聞空幻。又「寒鴉」、「流水」，

〔註157〕（宋）趙令畤撰；孔凡禮點校：《侯鯖錄》卷八引，頁 205～206。亦見（宋）吳曾：《能改齋漫錄》卷十六引，《詞話叢編》，冊 1，頁 125。

〔註158〕全詞爲：「山抹微雲，天連衰草，畫角聲斷譙門。暫停征棹，聊共引離尊。多少蓬萊舊事，空回首、煙靄紛紛。斜陽外，寒鴉萬點，流水繞孤村。　銷魂。當此際，香囊暗解，羅帶輕分。謾贏得、青樓薄倖名存。此去何時見也，襟袖上、空惹啼痕。傷情處，高城望斷，燈火已黃昏。」《全宋詞》，冊 1，頁 458。

〔註159〕（宋）胡仔：《苕溪漁隱叢話》，下冊，頁 661。

〔註160〕《隋書・煬帝紀上》：「煬皇帝諱廣，一名英，小字阿麼，高祖第二子也。」

〔註161〕（明）王世貞：《藝苑卮言》，《詞話叢編》，冊 1，頁 387。

煬帝以五言劃爲兩景，少游用長短句錯落，與「斜陽外」三景合爲一景，遂如一幅佳圖。此乃點化之神，必如此乃可用古語耳。〔註162〕

本詩亦就正面肯定其手法，故曰「不礙詩詞句各工」。

三、四句轉而論秦觀另一首名作；「流下瀟湘」，摘自秦觀〈踏莎行〉（霧失樓臺）〔註163〕結句：「爲誰流下瀟湘去。」此語特爲東坡所賞，據宋・胡仔《苕溪漁隱叢話》前集卷五十引《冷齋夜話》云：

少游到郴州，做長短句云：「霧失樓臺（略）。」東坡絕愛其尾兩句，自書於扇曰：「少游已矣，雖萬人何贖！」〔註164〕

前人若欲悼念賢才，有「百身莫贖」之謂，出自《詩經・秦風・黃鳥》：「如可贖兮，人百其身」，〔註165〕東坡則曰「萬人何贖！」足見詞中二句感人之深。惟譚瑩顯然不認同其說，以爲東坡所賞詞句實乃尋常之語，「萬人何贖」之嘆實乃過當之譽。清・王國維於《人間詞話》亦曾批評蘇軾：「少游詞境最爲淒惋。至『可堪孤館閉春寒，杜鵑聲裡斜陽暮』，則變爲淒厲矣。東坡賞其後二語，猶爲皮相。」〔註166〕關於王氏之評，今人葉嘉瑩曾作出具體詮釋：以爲王國維所以特賞「可堪」兩句，乃因此二句是從現實景物正面敘寫貶謫之情，符合王氏所主張「以自然之眼觀物，以自然之舌言情」之鑑賞標準，至於其他諸句，則「多爲象喻或用典之語」，且詞末二句，「又寫得如此隱曲而無理」，是以未能理解蘇軾讚賞之情。〔註167〕葉先生之評，置於譚瑩此詩亦十分恰當，蓋本詩首二句稱賞秦詞「斜陽外，寒鴉數點，流水繞孤村」，

〔註162〕（清）賀貽孫：《詩筏》，郭紹虞編選：《清詩話續編》（上海：上海古籍出版社，1999年6月），上冊，頁177。

〔註163〕全詞爲：「霧失樓臺，月迷津渡。桃源望斷無尋處。可堪孤館閉春寒，杜鵑聲里斜陽暮。　驛寄梅花，魚傳尺素。砌成此恨無重數。郴江幸自繞郴山，爲誰流下瀟湘去。」《全宋詞》，冊1，頁460。

〔註164〕（宋）胡仔：《苕溪漁隱叢話》，上冊，頁338。

〔註165〕屈萬里：《詩經詮釋》（臺北：聯經出版社，1994年12月），頁224。

〔註166〕《詞話叢編》，冊5，頁4245～4256。

〔註167〕詳見葉嘉瑩：《唐宋詞名家論集》，頁225～232。

正是「以自然之眼觀物，以自然之舌言情」，係於詩情畫景中寄寓個人身世之感，並藉現實景物抒發貶謫之情境，故清・周濟《宋四家詞選》評此詞曰：「將身世之感，打并入豔情，又是一法。」〔註 168〕本詩所以稱賞秦詞此作，實亦由此立說。

譚瑩詩次首云：

> 山抹微雲都下唱，獨憐知己在長沙。一代盛名公論協，揄揚飜出蔡京家。

此首延續其上論秦觀，同論〈滿庭芳〉（山抹微雲）與〈踏莎行〉（霧失樓臺）兩闋詞作。所不同者，前詩專就詞句論之，本詩則論述詞作之軼事。首句化用東坡之語，據宋・黃昇《唐宋諸賢絕妙詞選》卷二蘇子瞻〈永遇樂・夜登燕子樓夢盼盼因作此詞〉附注：「秦少游自會稽入京，見東坡，坡云：『久別當作文甚勝，都下盛唱公『山抹微雲』之詞。』」〔註 169〕足見秦詞傳唱當時，人所共賞。

次句則化用〈踏莎行〉一詞本事，據清・王士禛《香祖筆記》卷十二載秦觀「南遷過長沙，乃眷一妓，有『郴江幸自繞郴山，爲誰流下瀟湘去』。」〔註 170〕清・趙翼《陔餘叢考》卷四十一〈蘇東坡秦少游才遇〉亦云：

> 秦少游南遷至長沙，有妓生平酷愛秦學士詞，至是知其爲少游，請於母，願托以終身。少游贈詞，所謂「郴江幸自繞郴山，爲誰流下瀟湘去」者也。會時事嚴切，不敢偕往貶所。及少游卒於藤，喪還，將至長沙，妓前一夕得諸夢，即逆於途，祭畢，歸而自縊以殉。〔註 171〕

〔註 168〕《詞話叢編》，冊 2，頁 1652。

〔註 169〕《花庵詞選》，頁 32。

〔註 170〕《四庫筆記小說叢書・池北偶談外三種》（上海：上海古籍出版，1993 年 7 月），頁 533。

〔註 171〕（清）趙翼：《陔餘叢考》（石家莊：河北人民出版社，2003 年 12 月），頁 869。此事劉永翔有考證曰：「清趙翼《陔餘叢考》卷四十一〈蘇東坡秦少游才遇〉云：『（略）』考《夷堅志補》卷二〈義娼傳〉亦載秦觀此事。然不言〈踏莎行〉一詞乃爲娼而作者，且云娼系拊棺『舉聲一慟而絕』，非自縊。趙氏不知何據，而清王士禛《香

譚瑩化用此流傳軼事，視爲少游贈長沙所眷歌妓而作，是以評價不若〈滿庭芳〉。故三、四句復以「山抹微雲」聲名響亮，論秦詞之取重當時。據《四庫全書總目‧淮海詞提要》云：

> 宋葉夢得《避暑錄話》曰：「秦少游亦善爲樂府，語工而入律，知樂者謂之作家歌。」蔡絛《鐵圍山叢談》亦記：「觀婿范溫常預貴人家會。貴人有侍兒，喜歌秦少游長短句，坐間略不顧溫。酒酣歡洽，始問此郎何人。溫遽起叉手對曰：『某乃『山抹微雲』女婿也。』」聞者絕倒云云。夢得，蔡京客。絛，蔡京子。而所言如是，則觀詞爲當時所重可知矣。〔註172〕

按葉夢得所記，其下即引〈滿庭芳〉詞句，曰「猶爲當時所傳」，是此詞實秦詞取重當時之代表作。譚瑩化用《四庫》評語，進而論之：「一代盛名公論協，揄揚飜出蔡京家」，其意蓋以爲秦詞佳處，乃世所公認，非僅限於「蔡京家」。如前引陳師道所云：「今代詞手，惟秦七、黃九爾，唐諸人不逮也。」然後人多謂黃實不如秦者，此前文已論，不復贅述。茲更引清‧陳廷焯《白雨齋詞話》評語，以證後世對秦詞之推重：

> 秦少游自是作手，近開美成，導其先路；遠祖溫、韋，取其神不襲其貌，詞至是乃一變焉。然變而不失其正，遂令議者不病其變，而轉覺有不得不變者。後人動稱秦、柳，

祖筆記》卷十二亦已言秦觀『南遷過長沙，乃眷一妓，有『郴江幸自繞郴山，爲誰流下瀟湘去』之句。』然則趙絕非杜撰可知，惜王亦未言所出也。今人趙景深《元人雜劇鉤沈》輯得鮑吉甫〈王妙妙死哭秦少游〉雜劇殘曲，當亦演秦觀此事者，然全劇已佚，其詳不復可究。此事洪邁既書之於《夷堅志》，而於《容齋隨筆四筆》卷九〈辨秦少游義倡〉又自辨定無此事，謂：觀前嘗以妨學道而去其妾，豈復眷一倡女，而紹聖中溫益知潭州，逐臣在其巡內，皆爲所侵困，豈肯容觀款昵累日。言頗成理。又宋吳炯《五總志》亦載觀南遷過潭，見妓趙瓊善謳而悅之之事，是皆與小說言觀娶蘇小妹同一無稽。『死後是非誰管得，滿村聽唱蔡中郎』可耳。」詳氏著：《清波雜志校注》（北京：中華書局，1997年12月），頁396～397。

〔註172〕《四庫全書總目提要》，冊5，頁285。

柳之視秦，為之奴隸而不足者，何可相提並論哉！〔註173〕

可知秦詞備受歷代詞家推重。譚瑩論秦觀、蘇軾同作兩首評述，賞愛之情，不言可喻。

五、論晁補之

晁補之（1053～1110），字無咎，晚號歸來子。濟州鉅野（今山東巨野）人。譚瑩詩云：

> 未遜秦黃語畧偏，買陂塘曲世先傳。歐蘇張柳評量當，位置生平豈漫然。

首句「未遜蘇黃」，化用宋・陳振孫《直齋書錄解題》卷二十一評語：「晁（補之）嘗言：『今代詞手，惟秦七黃九，他人不能及也。』然二公之詞，亦自有不同者。若晁無咎，佳者固未多遜也。」〔註174〕是知陳氏以為晁詞之佳處可與秦觀、黃庭堅匹敵，惟譚瑩則謂其「語略偏」，表明不認同陳氏之見，因陳氏猶未賞晁詞之眞正佳處，逕比之秦、黃，並不恰當。故次句直舉晁氏〈摸魚兒・東皋寓居〉一詞以論之；「買陂唐」，摘自此詞首句。據清・劉熙載《藝概》云：

> 無咎詞堂廡頗大，人知辛稼軒〈摸魚兒〉：「更能消幾番風雨」一闋，為後來名家所競效，其實辛詞所本，即無咎〈摸魚兒〉「買陂塘、旋栽楊柳」之波瀾也。〔註175〕

可知晁詞此作對辛棄疾之影響，故曰「世先傳」。茲錄全詞如下：

> 買陂塘、旋栽楊柳，依稀淮岸江浦。東皋嘉雨新痕漲，沙觜鷺來鷗聚。堪愛處，最好是、一川夜月光流渚。無人獨舞。任翠幄張天，柔茵藉地，酒盡未能去。　青綾被，莫憶金閨故步。儒冠曾把身誤。刀弓千騎成何事，荒了邵平瓜圃。君試覷，滿青鏡、星星鬢影今如許。功名浪語。便似得班超，封侯萬里，歸計恐遲暮。〔註176〕

〔註173〕《詞話叢編》，冊4，頁3785。

〔註174〕《叢書集成新編》，冊2，頁517。

〔註175〕《詞話叢編》，冊4，頁3692。

〔註176〕《全宋詞》，冊1，頁554。

此詞上片寫景，表現歸隱之趣；下片即景抒情，以議論出之，表現厭棄官場、不欲戀棧之情。詞中藉議論抒懷，情眞意切，氣勢豪邁，好用典故而能流轉自如，實可視爲辛詞之先聲。譚瑩特引此作，意在強調晁詞與秦黃兩人風格之差異，自不可同日而語。誠如清‧劉熙載《藝概》所云：「東坡詞在當時鮮與同調，不獨秦七、黃九別成兩派也。晁無咎坦易之懷，磊落之氣，差堪驂靳。」〔註 177〕其影響所及，爲「南宋辛棄疾一派之先河也」。〔註 178〕

第三句轉而論晁氏評他家詞語。按晁氏本有《骫骳說》二卷，〔註 179〕今已不傳，至其論詞文字，見載於宋‧吳曾《能改齋漫錄》卷十六〈樂府上〉「黃魯直詞謂之著腔詩」一條。茲錄全文如下：

> 世言柳耆卿曲俗，非也。如〈八聲甘州〉云：「漸霜風淒緊，關河冷落，殘照當樓。」此眞唐人語，不減高處矣。歐陽永叔〈浣溪沙〉云：「堤上游人逐畫船拍堤春水四垂天。綠楊樓外出鞦韆。」要皆絕妙。然只一「出」字，自是後人道不到處。蘇東坡詞，人謂多不諧音律，自然，居士詞橫放杰出，自是曲子中縛不住者。黃魯直間作小詞，固高妙，然不是當行家語，是著腔子唱好詩。晏元獻不蹈襲人語，而風調閑雅。如「舞低楊柳樓心月，歌盡桃花扇底風」，知此人不住三家村也。張子野與柳耆卿齊名，而時以子野不及耆卿。然子野韻高，是耆卿所乏處。近世以來作者，皆不及秦少游，如「斜陽外，寒鴉萬點，流水繞孤村」。雖不識字人，亦知是天生好言語。〔註 180〕

〔註 177〕《詞話叢編》，冊 4，頁 3692。
〔註 178〕龍榆生《唐五代宋詞選》評語。
〔註 179〕（明）陶宗儀編纂：《說郛》卷三十八「朱弁《續骫骳說》一卷」，有朱弁自序云：「予居東里，或有示予晁無咎《骫骳說》二卷，其大概多論樂府歌詞，皆近世人所爲也。予不自揆，亦述所見聞，以貽好事者，名之曰《續骫骳說》。信筆而書，無有倫次，豈可彷彿前輩，施諸尊俎？足可爲掀髯捧腹之具。壬戌六月辛巳，駢游子敘。」（臺北：臺灣商務印書館，1972 年 12 月），冊 4，頁 2592。
〔註 180〕《詞話叢編》，冊 1，頁 125。

此段詞評，列舉柳永、歐陽脩、蘇軾、黃庭堅、晏幾道、張先、秦觀等七人，皆北宋盛極一時之詞家。全文開頭評柳詞，強調高遠境界；評歐詞，著重鍊字；評蘇詞，承認作家個性對創作具有決定性之影響，同時維護蘇軾所倡之豪放詞風；評黃詞，謂其詞乃倚聲而唱之好詩；評小晏詞，謂詞之格調當閑雅；評張先，謂詞當具高雅情致；末評秦觀，強調詞境優美。蓋全文評語簡明扼要，時爲後人援引，足見頗有獨到見識，故譚瑩謂之「歐蘇張柳評量當」。其中「歐蘇張柳」爲概括之說，爲牽就取詩句平仄使然，實則係稱全文評語皆的當也。經由晁氏之評，使各家詞人「位置生平」皆得安於所處，此乃晁氏之功，洵非「漫然」爲之，而係用心體會之結果。末句除正面肯定晁氏詞評，亦感慨晁氏之「位置生平」未得後人確切評價，正呼應首句之論。

六、論張耒

張耒（1054～1114），字文潛，號柯山，人稱亳州譙縣（今安徽亳州）人，生長於楚州淮陰（今江蘇淮陰）。譚瑩詩云：

> 亭皋木葉正悲秋，元祐詞家得宛邱。著墨無多風格最，綺懷不獨少年游。

首句「亭皋木葉」摘自張耒〈風流子〉詞首句：「木葉亭皋下」。全詞爲：

> 木葉亭皋下，重陽近，又是擣衣秋。奈愁人庾腸，老侵潘鬢，謾簪黃菊，花也應羞。楚天晚，白蘋煙盡處，紅蓼水邊頭。芳草有情，夕陽無語，雁橫南浦，人倚西樓。　　玉容知安否？香箋共錦字，兩處悠悠。空恨碧雲離合，青鳥沈浮。向風前懊惱，芳心一點，寸眉兩葉，禁甚閒愁，情到不堪言處，分付東流。〔註181〕

此詞寫於「重陽近，又是擣衣秋」之際，故云「正悲秋」。重陽乃聚會之令節，擣衣則閨中之情事；秋閨念遠，擣衣爲誰，所以寄離人於千里之外者也。下片寫兩地相思，合全詞觀之，可謂懷人者與被懷者，

〔註181〕《全宋詞》，冊1，頁593。

彼此相思閒愁之寫照，交互想像，融情於景，自然動人。故清・況周頤《餐櫻廡詞話》評之曰：

> 張文潛〈風流子〉：「芳草有情，夕陽無語，雁橫南浦，人倚西樓。」景語亦復尋常，惟用在過拍，即此頓住，便覺老當渾成。換頭「玉容知安否」，融景入情，力量甚大。此等句有力量，非深於詞，不能知也。〔註 182〕

譚瑩亦頗稱賞其詞，此由次句以下三句可得而知。按此三句係用宋・吳曾《能改齋漫錄》卷十七所記：

> 右史張文潛初官許州，喜官妓劉淑奴，張作〈少年游令〉云「含羞倚醉不成歌（略）。」其後去任，又爲〈秋蕊香〉寓意云：「簾幕疏疏風透（略）。」元祐諸公皆有樂府，唯張僅見此二詞，味其句意，不在諸公下矣。〔註 183〕

蓋「元祐」乃張耒主要活動時期，《宋史》本傳記載，哲宗元祐元年（1086），張耒以太學錄召試館職，歷秘書省正字、著作佐郎、秘書丞、著作郎、史館檢討。〔註 184〕與黃庭堅、晁補之、秦觀並稱蘇門四學士。「宛邱」則爲張耒字號，「學者稱宛丘先生」，有《宛丘先生文集》七十卷，故曰「元祐詞家得宛邱」。比較蘇門四學士之詞作數量，張耒存詞相對嫌少；其詞有趙萬里輯本《柯山詞》一卷，趙氏〈柯山詩餘輯本跋〉云：

> 案《張右史集》，傳世者以七十六卷本爲最足，然亦不附詩餘。茲於《樂府雅詞》、《梅苑》、《能改齋漫錄》諸書，輯得六首如下。至《詞統》所引〈阿那曲〉、荷花詞，則七言絕句體，未敢攔入。〔註 185〕

是知張詞傳世者僅得六首，然前人亦頗稱賞，如宋・吳曾《能改齋漫

〔註 182〕筆者查閱（清）況周頤：《餐櫻廡詞話》（臺北：廣文書局，1986 年 1 月），未見此則，故轉引《唐宋詞匯評・兩宋卷》所錄，冊 1，頁 852～853。

〔註 183〕《詞話叢編》，冊 1，頁 150。

〔註 184〕（元）脫脫等：《宋史》卷四四四列傳第二百三，冊 37，頁 13113。

〔註 185〕《詞籍序跋萃編》，頁 116～117。

錄》即評云：「味其句意，不在諸公下矣」，故譚瑩曰「著墨無多風格最」。惟吳曾書中僅稱引〈少年游〉與〈秋蕊香〉兩闋，未見張耒亦有〈風流子〉之佳構傳世，是以末句點明「綺懷不獨少年游」，正呼應首句特舉〈風流子〉之意。

七、論賀鑄

賀鑄（1052～1125），字方回，號慶湖遺老、北宗狂客，衛州共城（今河南汲縣）人。祖籍越州山陰（今浙江紹興）。譚瑩詩云：

> 詞筆眞能屈宋偕，鬼頭善盜各安排。也知本寇巴東語，梅子黃時雨特佳。

首句謂賀鑄詞同屈、宋楚騷之風，宋・張耒〈東山詞序〉曾盛讚賀鑄詞云：「余友賀方回，博學業文，而樂府之詞，高絕一世，攜一編示余，大抵倚聲而爲之，詞皆可歌也。」〔註 186〕下文更舉其詞各樣風貌，曰：「盛麗如游金、張之堂，而妖冶如攬嬙、施之法，幽潔如屈、宋，悲壯如蘇、李，覽者自知之，蓋有不可勝言者矣。」〔註 187〕文中所指「幽潔如屈、宋」者，即本詩起首所言詞風。前人於此多有體會，如宋・王灼《碧雞漫志》卷二即云：「柳（永）何敢知世間有《離騷》，惟賀方回、周美成時時得之。」〔註 188〕清・陳廷焯亦指出：「方回詞，胸中眼中，另有一種傷心說不出處，全得力於楚騷，而運以變化，允推神品。」〔註 189〕

譚瑩開頭即點明賀鑄詞深得楚騷影響，實有見地。蓋《詩》、《騷》本中國詩歌兩大淵源，而楚騷美人香草之辭，芬芳悱惻之韻，沁人心脾，詩人詞家往往從中汲取養分，影響後世尤爲深遠。賀鑄詞之佳構亦有能具楚騷之意者，經由「感士不遇」之內在心理，上接屈、宋。按賀鑄出身於沒落貴族，才兼文武，官績出色，但秉性剛直，一生屈

〔註 186〕《詞籍序跋萃編》，頁 121。

〔註 187〕同上註，頁 121～122

〔註 188〕《詞話叢編》，冊 1，頁 84。

〔註 189〕《白雨齋詞話》卷一，《詞話叢編》，冊 4，頁 3786。

居下僚。〔註 190〕如所作〈芳心苦〉（楊柳迴塘）〔註 191〕一闋，詠荷花而借以自喻其孤芳自守、美人遲暮之感，即深得楚騷遺韻；詞末兩句曰：「當年不肯嫁春風，無端卻被秋風誤！」清・許昂霄《詞綜偶評》以為：「有『美人遲暮』之慨。」〔註 192〕今人鍾振振箋注此詞亦云：

「當年」二句感慨萬端，當與新舊黨爭有關。方回出仕神宗熙寧間，適逢王安石變法，「不肯嫁春風」者，似謂己之未附新黨。「無端卻被秋風誤」者，則似指元祐更化、舊黨執政後，己亦不見重用也。〔註 193〕

因之此位文武兼備，人稱「賀鬼頭」之鐵面古俠，即如詞中荷花般「紅衣脫盡芳心苦」，經風經雨，自開自落。

「鬼頭」之稱，出自宋・陸游《老學庵筆記》卷八：「賀方回狀貌奇醜，色青黑而有英氣，俗謂之賀鬼頭。」〔註 194〕譚瑩謂其「善盜各安排」，則是賀鑄填詞之另一特色，亦即善用前人詩句融於詞中。如宋・王銍《默記》卷下即云：

賀方回遍讀唐人遺集，取其意以為詩詞。然所得在善取唐人遺意也，不如晏叔原盡見昇平氣象，所得者人情物態。叔原妙在得于婦人，方回妙在得詞人遺意。〔註 195〕

宋・周密《浩然齋詞話》卷下亦載：「賀方回嘗言：『吾筆端驅使李商隱、溫庭筠常奔命不暇。』則亦可謂能事矣。」〔註 196〕張炎《詞源》

〔註 190〕詳參鍾振振校注：《東山詞・前言》（上海：上海古籍出版社，1989 年）。

〔註 191〕全詞為：「楊柳回塘，鴛鴦別浦。綠萍漲斷蓮舟路。斷無蜂蝶慕幽香，紅衣脫盡芳心苦。　返照迎潮，行雲帶雨。依依伺與騷人語。當年不肯嫁春風，無端卻被秋風誤。」《全宋詞》，冊 1，頁 507。

〔註 192〕《詞話叢編》，冊 2，頁 1572。

〔註 193〕鍾振振校注：《東山詞》，頁 78。

〔註 194〕《陸放翁全集》，下冊，頁 53。

〔註 195〕（宋）王銍撰；朱杰人點校：《默記》，《唐宋史料筆記叢刊》（北京：中華書局，1997 年 12 月），頁 46。

〔註 196〕《詞話叢編》，冊 1，頁 234。

卷下復提及：「如賀方回、吳夢窗皆善於煉字面，多於溫庭筠、李長吉詩中來。字面亦詞中之起眼處，不可不留意。」〔註 197〕可知前人對賀鑄化用前人詩句之表現手法多有體會，亦頗稱賞，蓋賀鑄所用，往往獨具匠心，不僅能自出新意，且渾然天成。〔註 198〕

爲進一步明其手法，本詩三、四句以賀鑄〈青玉案〉〔註 199〕名句「梅子黃時雨」爲例，此句出於寇準詩，據宋・潘淳《潘子眞詩話》云：「世推方回所作『梅子黃時雨』爲絕唱，蓋用寇萊公語也。寇詩云：『杜鵑啼處血成花，梅子黃時雨如霧。』」〔註 200〕故譚瑩曰：「也知本寇巴東語」；「寇巴東」即指寇準，宋・陳振孫《直齋書錄解題》卷二十載：「《巴東集》三卷……（寇準）初以將作監丞知巴東縣，自擇其詩百餘首，且爲之序，今刻於巴東」〔註 201〕而賀鑄雖化用寇詩，然並不礙此詞之佳，甚而爲他贏得「賀梅子」之美稱，〔註 202〕清・劉熙載《藝概》曾評此事云：

> 賀方回〈青玉案〉詞，收四句云：「試問閑愁都幾許。一川烟草，滿城風絮，梅子黃時雨。」其末句好處，全在「試問」句呼起，及與上「一川」二句並用耳。或以方回有「賀梅子」

〔註 197〕《詞話叢編》，冊 1，頁 259。

〔註 198〕業師王偉勇教授撰〈賀鑄《東山詞》借鑑唐詩之技巧——兩宋詞人借鑑唐詩之奇葩〉一文，歸納「字面」、「句意」、「詩篇」及「其他」諸面向，詳析賀鑄借鑑唐詩之技巧，援引詞作例證，可參。收入《宋詞與唐詩之對應研究》（臺北：文史哲出版社，2004 年 3 月），頁 187～311。

〔註 199〕全詞爲：「凌波不過橫塘路。但目送、芳塵去。錦瑟華年誰與度。月橋花院，瑣窗朱户。只有春知處。　飛雲冉冉蘅皋暮。彩筆新題斷腸句。若問閑情都幾許。一川煙草，滿城風絮。梅子黃時雨。」《全宋詞》，冊 1，頁 513。

〔註 200〕（宋）胡仔：《苕溪漁隱叢話》前集卷三十七引潘淳《潘子眞詩話》云：「世推方回所作『梅子黃時雨』爲絕唱，蓋用寇萊公語也。寇詩云：『杜鵑啼處血成花，梅子黃時雨如霧。』」上冊，頁 250。

〔註 201〕《叢書集成新編》，冊 2，頁 556。

〔註 202〕（宋）周紫芝：《竹坡詩話》記：「賀方回嘗作〈青玉案〉詞，有『梅子黃時雨』之句，人皆服其工，士大夫謂之『賀梅子』。」《歷代詩話》，上冊，頁 341。

之稱，專賞此句，誤矣。且此句原本寇萊公「梅子黃時雨如霧」詩句，然則何不目萊公爲「寇梅子」耶？〔註203〕

譚瑩亦從化用之妙，論此句「特佳」。蓋寇準詩係一對句，對仗工穩，新意略顯不足；且《歲時寅記》卷一「春花信風」條引《東皐雜錄》云：「後唐人詩云：『楝花開後風光好，梅子黃時雨意濃。』」知亦前人成句。至於賀鑄則以「試問」領起閒愁，並連用三種迷濛綿密之景象，比喻閒愁之細瑣，教人無所遁逃。故清・沈謙《塡詞雜說》即論道：「賀方回〈青玉案〉：『試問閒愁知幾許，一川煙草，滿城風絮，梅子黃時雨。』不特善於喻愁，正以瑣碎爲妙。」〔註204〕是以閒愁不容迴避，充滿天地之間，斯乃空間之效果；其次，二月煙草、三月柳絮、四月梅雨，與時俱增，迭迭加深，則屬時間之效果。宋・羅大經《鶴林玉露》乙編卷一曾讚賞「試問」四句云：「蓋以三者比之愁多也，尤爲新奇，兼興中有比，意味更長。」〔註205〕本詩立說之意，亦由此見得。

八、論毛滂

毛滂（1060～1124後），字澤民，衢州江山（今屬浙江）人。譚瑩詩云：

惜分飛見賞坡翁，偉麗詞多祝相公。楓落吳江眞壓卷，東堂全集也徒工。

首句用事，見宋・黃昇《唐宋諸賢絕妙詞選》卷六載毛滂〈惜分飛・富陽僧舍代作別語〉〔註206〕條：

元祐中，東坡守錢塘，澤民爲法曹掾，秩滿辭去。是夕宴

〔註203〕《詞話叢編》，冊4，頁3700。
〔註204〕同上註，冊1，頁632。
〔註205〕（宋）羅大經撰；王瑞來點校：《鶴林玉露》，《唐宋史料筆記叢刊》（北京：中華書局，1997年12月），頁127。
〔註206〕全詞爲：「淚濕闌干花著露。愁到眉峰碧聚。此恨平分取。更無言語。空相覷。　短雨殘雲無意緒。寂寞朝朝暮暮。今夜山深處。斷魂分付。潮回去。」《全宋詞》，冊2，頁677。

客，有妓歌此詞，坡問誰所作，妓以毛法曹對。坡與坐客曰：「郡寮有詞人不及知，某之罪也。」翌日，折簡追還，留連數月，澤民因此得名。〔註 207〕

是知毛滂此詞爲東坡所賞，由是得名。〔註 208〕次句典出宋・蔡條《鐵圍山叢談》卷二所載：

大觀政和之間，天下大治，四夷嚮風，廣州泉南請建番學，高麗亦遣士就上庠，及其課養有成，於是天子召而廷試焉。上因策之以《洪範》之義，用武王訪箕子故事。高麗，蓋箕子國也。一時稽古之盛，蹈越漢唐矣。昔我先人魯公遭逢聖主，立政建事以致康泰，每區區其間。有毛滂澤民者，有時名，上一詞甚偉麗，而驟得進用。〔註 209〕

由引文可知，毛滂於蔡京當權爲相時，曾獻麗詞，賀其生辰。此處譚瑩雖未明確批判毛滂人品之瑕疵，然全詩首二句並置二事，先敘毛滂因東坡稱賞而得名於天下，後言其依附權貴時相，諷刺之意，不言而喻。詩中評述手法類於《四庫全書總目・東堂詞提要》，該書論毛滂，亦先舉其詞見賞東坡，後敘其依附蔡京得官，終則評曰：「則滂雖由軾得名，實附京以得官。徒擅才華，本非端士。」〔註 210〕

〔註 207〕《花庵詞選》，頁 85。按其後潛説友《咸淳臨安志》卷九十一引曾慥《百家詩選》序，類此。

〔註 208〕此事雖爲人所傳，且《四庫全書總目提要》亦記之，卻非事實。元祐三年（1088）蘇軾曾因毛滂的文學才能出眾，對其十分欣賞和器重，特具一份向朝廷推薦的「薦狀」，稱其「文詞雅健，有超世之韻」，「保舉堪稱文章典麗可備著述科」。是年毛滂任饒州（今江西波陽）司法參軍；元符元年（1098）起任武康知縣，其修葺縣舍堂，並改爲東堂，後以名集名號。因是，此時不可能爲東坡的杭州僚佐。然東坡對毛滂之賞，確有其事，除此前之推薦外，兩人還有許多相和的作品，東坡於〈答毛澤民七首〉之一云：「今時爲文者至多，可喜者亦眾，然求如足下閒暇自得清美可口者，實少也。」表達對毛滂閒逸清美之作的讚賞。詳細考證，可參夏承燾：《四庫全書詞籍提要校議・東堂詞》案語，《唐宋詞論叢》（臺北：華正書局，1974年），頁 248～251。

〔註 209〕（宋）蔡條撰；馮惠民、沈錫麟點校：《鐵圍山叢談》，頁 27。

〔註 210〕《四庫全書總目提要》，冊 5，頁 288。關於毛滂與蘇軾之淵源，以

三、四句亦緊扣毛滂人品論之。「楓落吳江」摘自蘇軾〈卜算子〉（缺月掛疏桐）詞句：「揀盡寒枝不肯棲，楓落吳江冷。」〔註211〕此詞據今人鄒同慶、王宗堂《蘇軾詞編年校註》所考，當作於元豐三年，蘇軾因「烏臺詩案」遷貶黃州，初至此地，寓居定慧院作。〔註212〕譚瑩引蘇軾此詞自有其用意，蓋「揀盡寒枝不肯棲」，據宋·陳鵠《西塘集耆舊續聞》卷二所記，乃「取興鳥擇木之意，所以謂之高妙」，〔註213〕其意類《莊子·秋水》之語：「夫鵷鶵，發於南海而非於北海，非梧桐不止，非練實不食，非醴泉不飲。」〔註214〕亦即寧可孤獨寂寞，亦不願隨波逐流，足見其氣節之高尚。反觀毛滂態度反覆、阿附權貴之作爲，兩相對照，高下自明。譚瑩用意在此，故曰「楓落吳江眞壓卷，東堂全集也徒工」。「東堂全集」係毛滂文集，宋·陳振孫《直齋書錄解題》卷十七載：

> 《東堂集》六卷，詩四卷，書簡二卷，樂府二卷。祠部郎江山毛滂澤民撰。滂爲杭州法曹，以樂府詞有佳句，受知於東坡，遂有名。嘗知武康縣，縣有東堂，集所以名也。又嘗知秀州，修月波樓，爲之記。其詩文視樂府頗不逮。〔註215〕

誠然毛滂全集與東坡相較，自不可同日而語，但亦有爲人稱賞處。《四庫全書總目·東堂集提要》即云：「其詩有風發泉湧之致，頗爲豪放不

及後期依附權門之過程與評價，可參田金霞：〈毛滂人品之再評價〉一文，收錄於《淮陰師範學院學報（哲學社會科學版）》（2006年6月第28卷）。

〔註211〕此詞末句一般均作「寂寞沙洲冷」，此處係據王楙《野客叢書》所載異本而從之。

〔註212〕鄒同慶、王宗堂：《蘇軾詞編年校註》（北京：中華書局，2002年9月），頁276。

〔註213〕（宋）陳鵠撰；鄭世剛校點：《西塘集耆舊續聞》，《宋元筆記小說大觀》，冊5，頁4804。

〔註214〕黃錦鋐註譯：《新譯莊子讀本》（臺北：三民書局，1992年9月），頁204。

〔註215〕《叢書集成新編》，冊2，頁493。按：此本已佚，清四庫館臣據《永樂大典》輯成《東堂集》十卷。

羈，文亦大氣盤礴，汪洋恣肆」，〔註216〕「其詞則情韻特勝」。〔註217〕譚瑩論毛滂詞，純就人品論定詞品，評價自然不高，由是忽略《東堂詞》二百餘首，亦能自成一格，具有個人獨特之風貌。今人薛礪若《宋詞通論》即云：

> 澤民的作風很瀟灑明潤，他與賀方回適得其反。賀氏濃豔，毛則以清疏見長；賀詞沈鬱，毛則以空靈自適。他有耆卿之清幽，而無其婉膩；有東坡之疏爽，而無其豪縱；有少游之明暢，而無其柔媚。他是一個俯仰自樂，不沾世態的風雅作家。〔註218〕

薛氏所言「瀟灑明潤」、「不沾世態」之形容，實難與譚瑩所謂「偉麗詞多祝相公」之諛頌詞人聯繫。然據今人李朝軍分析毛滂存詞204首指出：「在題材內容上，戀情相思之類的傳統題材已退居次要地位，轉而以士大夫文人的休閒娛樂生活爲取材重點，著力於表現其忘懷世事，樂得逍遙自在的閒情逸致。」〔註219〕如〈燭影搖紅・松窗午夢初覺〉一詞，寫夏日高臥松蔭之下，涼意滿窗，「枕畔風搖綠戶，喚人醒」，但喚醒之後，又「不教夢去」，結尾三句寫詞人留戀夢境之景，云：可憐恰到，瘦石寒泉，冷雲幽處」，詞境清幽靜美，饒富詩意，從而產生一種引人入勝之情韻。此外，〈臨江仙・都城元夕〉結尾云：「酒濃春入夢，窗破月尋人」，極盡清雅秀逸之致，吳梅曾評曰：「何減『雲破月來』風調？」〔註220〕凡此均顯示毛滂於依附蔡京前，抗顏塵俗，風流俊邁之一面。余英時《士與中國文化・自序》有云：

> 我們雖然承認「士」作爲「社會的良心」，不但理論上必須而且實際上可能超越個人的或集體的私利之上，但這並不

〔註216〕《四庫全書總目提要》，冊4，頁171。

〔註217〕《詞籍序跋萃編》，頁128。

〔註218〕薛礪若：《宋詞通論》（臺北：臺灣開明書店，1978年3月），頁130。

〔註219〕李朝軍：〈論毛滂的詞風及其文化意蘊〉，《內蒙古大學學報（人文社會科學版）》（2004年3月第36卷第2期），頁43。文中詳舉毛滂詞作分析其說，可參。

〔註220〕吳梅：《詞學通論》（北京：中國書籍出版社，2006年5月），頁113。

> 是說「士」作爲一個具體的「社會人」可以清高到完全沒有社會屬性的程度。所謂「士」的「超越性」既不是絕對的，也決不是永恆的。從中國歷史上看，有些「士」少壯放蕩不羈，而暮年大節凜然；有的是早期慷慨，而晚節頹唐；更多的則是生平無奇節可紀，但在政治或社會危機的時刻，良知呈露，每發爲不平之鳴。至於終身「仁以爲己任」而「造次必於是，顚沛必於是」的「士」，在歷史上原是難得一見的。〔註 221〕

此序將「士」視爲具體之「社會人」予以分析，始能展現客觀之評論；余氏之說，實有深刻之意義。吾人固不可否認毛滂晚年失節事蔡之事實，但若因此全盤否定其整體詞作之價值，則無以窺其全豹，殊足令人惋惜。

九、論王詵

王詵生卒年不詳，字晉卿，太原（今屬山西）人。諡榮安。譚瑩詩云：

> 海棠開後燕來時，燭影搖紅片玉詞。此是大晟新樂府，榮安原唱盍相思。

首句化用王詵〈憶故人〉（燭影搖紅向夜闌）詞句：「海棠開後，燕子來時，黃昏庭院。」二、三句用事，見宋・吳曾《能改齋漫錄》卷十七載：

> 王都尉有〈憶故人〉詞云：「燭影搖紅（略）。」徽宗喜其詞意，猶以不豐容宛轉爲恨，遂令大晟別撰腔。周美成增損其詞，而以首句爲名，謂之〈燭影搖紅〉云：「芳臉勻紅（略）。」〔註 222〕

「片玉詞」係周邦彥詞集名。周氏於徽宗政和六年（1116）提舉大晟府，因徽宗喜王詵〈憶故人〉詞意，周邦彥遂別撰新腔，增損其詞，作〈燭影搖紅〉一闋；下片基本保持王詵詞原貌，主要增添上片，由

〔註 221〕余英時：《士與中國文化》（上海：上海人民出版社，2003 年 9 月）。
〔註 222〕《詞話叢編》，冊 1，頁 151。

是反顯繁冗拖沓，失其眞醇韻味。故清・朱彝尊評曰：「原詞甚佳，美成增益，眞所謂續鳧爲鶴也。」〔註 223〕茲錄兩人詞作如下：

燭影搖紅，向夜闌，乍酒醒、心情懶。尊前誰爲唱《陽關》，離恨天涯遠。　無奈雲沈雨散。憑欄杆、東風淚眼。海棠開後，燕子來時，黃昏庭院。（王詵）〔註 224〕

芳臉勻紅，黛眉巧畫宮妝淺。風流天付與精神，全在嬌波眼。早是縈心可慣。向尊前、頻頻顧眄。幾回相見，見了還休，爭如不見。　燭影搖紅，夜闌飲散春宵短。當時誰會唱陽關，離恨天涯遠。爭奈雲收雨散。憑闌干、東風淚滿。海棠開後，燕子來時，黃昏深院。（周邦彥）〔註 225〕

王詞調名〈憶故人〉，詞意相仿，抒發對故人之憶念，深情繾綣。起首就場景抒寫，夜闌人靜、深閨獨處，唯「燭影搖紅」，孤寂心緒，不言可喻；且扣緊「憶故人」之題，《陽關》係送別之曲，飽含幽怨，故云「離恨天涯遠」。下片「雲沈雨散」，則歡會已過，照應上片「尊前」兩句。結拍三句，融情入景；「海棠開後」指春殘，「燕子來時」寓燕歸而人未歸，一花一鳥交會於「黃昏庭院」，空寂淒清，呼應「東風淚眼」，語盡而意不盡，意盡而情不止。全詞表現追憶相思之情，意境幽遠，眞切動人。反觀周詞，增益「早是」一整段，話全道盡，反失卻原詞含蓄蘊藉、空靈幽遠之況味，遂致朱彝尊反譏。譚瑩顯亦稱賞王詵原詞，故末句特明言「榮安原唱盍相思」；「榮安」係王詵謚號。全詩前三句所云，盡在周詞。而首句雖化用王詞結拍，但周詞亦襲用，是以末句特指明「海棠」句之佳者，原創當歸諸王詵。

十、論舒亶

舒亶（1041～1103），字信道，號懶堂、亦樂居士。明州慈溪（今

〔註 223〕（清）朱彝尊、汪森編：《詞綜》（上海：上海古籍，1999 年 11 月），卷七，頁 108。

〔註 224〕《全宋詞》，冊 1，頁 273。

〔註 225〕《全宋詞》，冊 2，頁 629。

屬浙江）人。譚瑩詩云：

> 各推菩薩鬘詞好，實使東坡到海南。各各賞音同此調，我朝貽上宋花菴。

舒亶有〈菩薩蠻〉詞數首，其中「畫船槌鼓催君去」一詞，尤為人稱引。如宋・曾季貍《艇齋詩話》云：「舒信道亦工小詞，如云『畫傳槌鼓催君去（略）』，亦甚有思致。」〔註 226〕清・丁紹儀《聽秋聲館詞話》卷二亦載：「舒亶字信道，與蘇門四學士同時，詞亦不減秦、黃。《花庵詞選》錄其〈菩薩蠻〉云：『畫傳槌鼓催君去（略）。』」此外，〈菩薩蠻・別意〉一闋，清・王士禛《花草蒙拾》稱：「『空得鬱金裙，酒痕和淚痕。』舒亶語也。鍾退谷評閭邱曉詩，謂具此手段，方能殺王龍標，渠輩手，豈不可惜。僕每讀嚴分宜《鈐山堂詩》，至佳處，輒作此嘆。」〔註 227〕故本詩首句曰「各推菩薩鬟詞好」，係指評者皆賞舒亶〈菩薩蠻〉小令詞作。

三、四句承上句意，以詞家所賞舒亶詞作雖有不同，卻同屬〈菩薩蠻〉一調，此中具識見者，譚瑩推宋人黃昇《花庵詞選》一集，故云「我朝貽上宋花菴」。由是知其所鍾者，乃「畫船槌鼓催君去」一闋，而非王士禛所舉題為「別意」一詞。茲錄全詞如下：

> 畫船捶鼓催君去，高樓把酒留君住。去住若為情，西江潮欲平。江潮容易得，只是人南北。今日此樽空，知君何日同！

此送別之作。上片寫別時情景，臨別依依，一「催」一「留」，一「去」一「住」，去住之間，凸顯臨別之矛盾、內心之衝突。然此情何解？詞人未言，只道「西江潮欲平」，將矛盾複雜之心緒融於江潮漲平之景，更添無限想像。下片仍不離眼前景象，而益側重內在意念，結拍二句感慨抒發：以今日樽空而潮載君去，但未知潮水何日復能送君歸來，情思深厚動人。至若「別意」一詞，亦寫相思別情，表現則過於

〔註 226〕《歷代詩話續編》，上冊，頁 324。
〔註 227〕《詞話叢編》，冊 1，頁 678。

發露，如上片結拍二句：「待得此花開，知君來不來」，以及爲王氏所賞下片兩句，於情感表達上，皆缺少前引《艇齋詩話》所謂之「思致」，故譚瑩末句以爲《花庵詞選》錄此去彼，殊有識見。

次句則言舒亶陷害蘇軾一事，亦由詞作轉而論人品瑕疵。元豐二年（1079），舒亶與李定論奏蘇軾謝表譏切時事，並上其詩三卷，釀成「烏臺詩案」。劉毓盤〈輯校舒學士詞跋〉：

> 《宋史》本傳曰：「亶初調臨海尉，擅殺人。……李定劾蘇軾作詩毀謗時政，亶和之，并及司馬光、張方平、范鎮、陳襄、劉摯、王詵等。……」黃昇《花庵詞選》曰：「亶即與李定同陷東坡於罪者。」〔註 228〕

《宋史》蘇軾本傳亦載：

> 徙知湖州，上表以謝。又以事不便民者不敢言，以詩託諷，庶有補於國。禦史李定、舒亶、何正臣摭其表語，並媒所爲詩以爲訕謗，逮赴臺獄，欲置之死，鍛鍊久之不決。〔註 229〕

知其人確係當初彈劾東坡，形成「烏臺詩案」之重要推手。故前引王士禛於稱賞之餘，亦不免嘆道：「渠輩手，豈不可惜。」同時亦因舒亶人品爲世所厭，致其詞集亦未能流傳。據今人趙萬里〈舒學士詞輯本題記〉云：「案《舒學士集》久佚，其詩餘載《樂府雅詞》，凡四十八首。江山劉毓盤先生嘗云，於范氏天一閣見《舒學士集》十卷，錄其詞一卷。」〔註 230〕詞人在世未能保全人格之完善，遂致詞作之不幸，良可嘆也！

十一、論王安石

王安石（1021～1086），字介甫，撫州臨川（今屬江西）人。神宗熙寧二年（1069）拜參知政事，始行新法；三年拜同中書門下平章

〔註 228〕《詞籍序跋萃編》，頁 93。
〔註 229〕（元）脫脫等：《宋史》卷三三八列傳第九七，冊 31，頁 10809。
〔註 230〕《詞籍序跋萃編》，頁 94。

事。元豐二年（1079）復拜左僕射，封舒國公，改封荊，遂以「王荊公」稱之。晚年安居金陵，自號半山老人。譚瑩詩云：

論到舒王遜一籌，海棠未雨（雱句）卻風流。李郎（冠）月淡雲來去，果勝郎中舊句不？

首句以「舒王」稱王安石，以曾封舒國公故也。合下句觀之，此句意謂：王安石詞實不及其子王雱。王安石於北宋政治與文壇，皆有相當程度之影響。惟其文學創作主要致力散文與詩歌，詞之成就明顯不及詩文。宋・李清照〈詞論〉曾評云：「王介甫、曾子固文章似西漢，若作小歌詞，則人必絕倒，不可讀也。」〔註 231〕言雖過當，卻凸顯安石詞作不符合李氏所強調之婉約當行之風。清・劉熙載評王詞之言論具體而中肯，其言云：「瘦削雅素，一洗五代舊習，惟未能『涉樂必笑，言哀已歎』，故深情之士，不無間然。」〔註 232〕蓋安石詞風完全擺脫五代綺靡華豔之創作傾向，其風骨清肅，境界擴大，特欠缺詞體深情含蓄之特點。如著名之〈桂枝香〉（登臨送目）〔註 233〕一詞，將唐人於詩中書寫詠史懷古之內容，以詞之形式表達；藉由歷史教訓，歸結對現實社會與人生之感知。全詞結構嚴密，音調激昂高亢，意境壯闊渾融。宋・楊湜《古今詞話》載：「金陵懷古，諸公寄詞於〈桂枝香〉，凡三十餘首，獨介甫最為絕唱。東坡見之，不覺嘆息曰：『此老乃野狐精也。』」〔註 234〕是知就詞史發展而言，其詞已開蘇辛清雄豪邁詞之先聲。

惟安石詞殊不為譚瑩所賞，蓋因其詞雖透露詞風轉變之契機，畢竟藝術技巧仍不成熟。今人陳如江曾歸納其詞作弊病有二：「其一是

〔註 231〕《李清照集校注》，頁 195。

〔註 232〕《詞話叢編》，冊 4，頁 3689。

〔註 233〕全詞為：「登臨送目。正故國晚秋，天氣初肅。千里澄江似練，翠峰如簇。歸帆去棹殘陽里，背西風、酒旗斜矗。彩舟雲淡，星河鷺起，畫圖難足。　　念往昔、繁華競逐。嘆門外樓頭，悲恨相續。千古憑高，對此漫嗟榮辱。六朝舊事隨流水，但寒煙、芳草凝綠。至今商女，時時猶唱，後庭遺曲。」《全宋詞》，冊 1，頁 204。

〔註 234〕《詞話叢編》，冊 1，頁 22。

取材太易，有不少作品竟以佛教爲內容」；「其二是出筆太快，語言缺乏錘煉，毫無詩意」。〔註 235〕譚瑩評賞乃就其整體創作而言，以其詞作過於疏略，深情含蓄不足；而其「瘦削」風格，亦不合譚瑩評詞標準，是以次句不言安石，反舉安石次子王雱（1044～1076）詞句以對。意謂：安石詞作雖乏深情之語，其子卻能撰寫如「海棠未雨」般之風流詞句。「海棠未雨」摘自王雱〈眼兒媚〉（楊柳絲絲弄輕柔）〔註 236〕詞句。全詞借眼前景，懷舊日情，上片寫景，下片抒情，彼此交融，流露傷離之苦與訴不盡之相思之情。相較於王安石詞中清肅瘦削之風格，此詞深情婉曲，尤爲譚瑩所賞。

三、四句用事，據宋・陳師道《後山詩話》載：

> 尚書郎張先善著詞，有云「雲破月來花弄影」，「簾幕捲花影」，「墮輕絮無影」，世稱誦之，號「張三影」。王介甫謂「雲破月來花弄影」，不如李冠「朦朧淡月雲來去」也。冠，齊人，爲〈六州歌頭〉，道劉、項事，慷慨雄偉。劉潛，大俠也，喜誦之。〔註 237〕

譚瑩反用其事，末句以疑問語氣出之，頗質疑安石論詞觀點。清・陳廷焯《白雨齋詞話》卷五亦云：「王介甫謂張子野『雲破月來花弄影』，不及李世英『朦朧淡月雲來去』。此僅就一句言之，未觀全體，殊覺武斷。即以一句論，亦安見其不及也。」〔註 238〕故本詩三、四句旨在批評王安石論詞之觀點，未有洞見，殊不客觀。呼應前面論王安石詞評價不高之觀點，譚瑩或以爲癥結在於王氏評賞詞作之角度有根本缺失。

〔註 235〕詳參氏著：〈一洗五代舊習 —— 談王安石詞〉，《國文天地》（5 卷 9 期，1990 年 2 月），頁 82。

〔註 236〕全詞爲：「楊柳絲絲弄輕柔。煙縷織成愁。海棠未雨，梨花先雪，一半春休。　　而今往事難重省，歸夢繞秦樓。相思只在，丁香枝上，豆蔻梢頭。」《全宋詞》，冊 5，頁 3737。按此詞《全宋詞》作無名氏詞，有案語曰：「此首別又誤作王雱詞，見《類編草堂詩餘》卷一。」

〔註 237〕《歷代詩話》，上冊，頁 308。

〔註 238〕《詞話叢編》，冊 4，頁 3902。

十二、論王觀

王觀（1032～？），字通叟，泰州如皋赤岸鄉（今屬江蘇）人。譚瑩詩云：

> 是佳公子自翩翩，調雨催冰格宛然。舞鬱輪袍仍逐客，淺斟低唱柳屯田。

首句化用宋・黃昇《唐宋諸賢絕妙詞選》卷五評語：

> 觀有《冠柳集》，序者稱其高於柳詞，故曰「冠柳」。至於踏青一詞，又不獨冠柳詞之上也。踏青詞即〈慶清朝慢〉，今載於首。(詞略) 風流楚楚，詞林中之佳公子也。〔註239〕

次句「調雨催冰」，即化用黃昇所錄王觀〈慶清朝慢・踏青〉〔註240〕首二句：「調雨為酥，催冰做水」，「調雨」、「催冰」，字眼新鮮而形象別致。全詞寫春景，將天氣之變化與踏青女子之活動，和諧相融，構成一幅充滿詩情畫意之春景圖，如在眼前，故譚氏以「格宛然」稱之。

三、四句從王觀集名「冠柳」，引出柳永，對照兩人境遇。三句用典有二：「舞鬱輪袍」，用唐人王維事，見唐・薛用弱《集異記》，描述王維未冠而有文名，又精音律，妙能琵琶，為岐王所重。後王維將應舉，求王庇借，王遂引至公主第，使為伶人。維奏新曲號〈鬱輪袍〉，為公主所賞，乃為之說項，維遂得高中。〔註241〕「逐客」則用王觀詞本事，據宋・吳曾《能改齋漫錄》卷十七載：

> 王觀學士嘗應制撰〈清平樂〉詞云：「黃金殿裡（略）。」高太后以為媟瀆神宗，翌日罷職，世遂有「逐客」之號。今集本乃以為擬李太白應制，非也。〔註242〕

〔註239〕《花庵詞選》，頁73～74。

〔註240〕全詞為：「調雨為酥，催冰做水，東君分付春還。何人便將輕暖，點破殘寒？結伴踏青去好，平頭鞋子小雙鸞。煙郊外，望中秀色，如有無間。　　晴則個，陰則個，餖飣得天氣有許多般。須教鏤花撥柳，爭要先看。不道吳綾繡襪，香泥斜沁幾行斑。東風巧，盡收翠綠，吹眉山。」《全宋詞》，冊1，頁261。

〔註241〕此事詳（唐）薛用弱：《集異記・王維》，金文明選譯：《博物志・集異記》（臺北：建宏出版社，1998年4月），頁127～134。

〔註242〕《詞話叢編》，冊1，頁143～144。此事據宋・陳鵠《西塘集耆舊

兩事對比，唐人王維因「舞鬱輪袍」遂得高中，北宋王觀卻因撰應制詞而去官，故日「舞鬱輪袍仍逐客」。末句「淺斟低唱」用柳永事，亦見載於《能改齋漫錄》卷十六：

> 仁宗留意儒雅，務本理道，深斥浮豔虛薄之文。初，進士柳三變，好爲淫冶謳歌之曲，傳播四方。嘗有〈鶴沖天〉詞云：「忍把浮名，換了淺斟低唱。」及臨軒放榜，特落之曰：「且去淺斟低唱，何要浮名。」景祐元年方及第。後改名永，方得磨勘轉官。〔註243〕

王詞首句「黃金殿裡」，柳詞首句「黃金榜上」，終乃逐出宮中，榜上無名。由是王觀雖以「冠柳」名集，境遇對照，其失志一也。

十三、論蔡挺

蔡挺（1014～1079），字子政，一作子正，宋城（今河南商丘）人。譚瑩詩云：

> 聽喜遷鶯竟召還，有漁家傲不須刪。歸來獻壽將軍事，須念征人老玉關。

首句「喜遷鶯」，係蔡挺僅存之詞，全句化用此詞本事。據宋・王明清《揮麈後錄餘話》卷一載：

> 熙寧中，蔡敏肅挺以樞密直學士帥平涼，初冬置酒郡齋，偶成〈喜遷鶯〉一闋：「霜天清曉（略）。」詞成，閒步後園，以示其子朦。朦置袖中，偶遺墜，爲麐門老卒得之。老卒不識字，持令筆吏辨之。適郡之倡魁，素與筆吏洽，因授之。會賜衣襖中使至，敏肅開燕，倡尊前執板歌此，敏肅怒，送獄根治。倡之儕類，祈哀於中使，爲援於敏肅。敏肅捨之，復令謳焉。中使得其本以歸，達於禁中，宮女輩但見「太平也」三字，爭相傳授，歌聲遍掖庭，遂徹於

續聞》所載事跡大同小異，惟繫之王仲甫名下。今人王兆鵬、王可喜、方星移：《兩宋詞人叢考・王仲甫考》一文，詳引資料論證，以其事當屬王仲甫，並非王觀，說法可參。詳氏著：《兩宋詞人叢考》（南京：鳳凰出版社，2007年5月），頁36～45。

〔註243〕《詞話叢編》，冊1，頁135。

宸聽，詰其從來，乃知敏肅所制。裕陵即索紙批出云：「『玉關人老』，朕甚念之，樞管有闕，留以待汝。」以賜敏肅。未幾，遂拜樞密副使。〔註 244〕

《宋史》本傳亦云：「（蔡挺）在渭久，鬱鬱不自聊，寓意詞曲，有『玉關人老』之歎。中使至，則使優伶歌之，以達於禁掖，神宗愍焉，遂有樞密之拜云。」〔註 245〕蔡挺曾於仁宗朝任官慶州，於該地多次抵禦來犯之西夏，至英宗即位，於治平四年（1067）知渭州，神宗熙寧五年（1072）召還，拜樞密副使。則知〈喜遷鶯〉〔註 246〕詞作於熙寧四年，時蔡挺五十七歲。全詞以邊塞生活爲描寫主軸，雖具「劍歌騎曲悲壯，盡道君恩須報」之慷慨豪情，亦存在「歲華向晚愁思，誰念玉關人老」之感慨愁緒。於焉神宗聞禁中歌此詞，愍其「玉關人老」，遂有召還之命。

譚瑩有感於將士戍守邊塞之情，聯想及於同出知渭州之王素，故下三句轉而論此。次句「漁家傲」指歐陽脩所作「儒將不須躬甲冑」一闋，此詞不存歐公詞集，顯爲人刪削，故曰「不須刪」。詞本事見載宋・魏泰《東軒筆錄》卷十一：

范文正公守邊日，作〈漁家傲〉樂歌數闋，皆以「塞下秋來」爲首句，頗述邊鎮之勞苦，歐陽公嘗呼爲窮塞主之詞。及王尚書素出守平涼，文忠亦作〈漁家傲〉一詞以送之，其斷章曰：「戰勝歸來飛捷奏。傾賀酒。玉階遙獻南山壽。」顧謂王曰：「此眞元帥之事也。」〔註 247〕

〔註 244〕（宋）王明清撰；穆公校點：《揮麈錄》，《宋元筆記小說大觀》，冊 4，頁 3813～3814。

〔註 245〕（元）脫脫等：《宋史》卷三二八列傳第八七，冊 30，頁 10577。

〔註 246〕全詞爲：「霜天清曉。望紫塞古壘，寒雲衰草。汗馬嘶風，邊鴻翻月，壟上鐵衣寒早。劍歌騎曲悲壯，盡道君恩難報。塞垣樂，盡雙鞬錦帶，山西年少。　談笑。刁斗靜。烽火一把，常送平安耗。聖主憂邊，威靈遐布，驕虜且寬天討。歲華向晚愁思，誰念玉關人老。太平也，且歡娛，不惜金尊頻倒。」《全宋詞》，冊 1，頁 197。

〔註 247〕（宋）魏泰撰；李裕民點校：《東軒筆錄》，頁 126。

此詞據《唐宋詞匯評》「編年」考，係治平元年（1064）邊塞告急，天子西憂，以兵部侍郎王素出知渭州，歐公作〈漁家傲〉送之。〔註248〕譚瑩用此事，化歐詞三句曰「歸來獻壽將軍事」，歐公自矜此「眞元帥之事」。清・賀裳《皺水軒詞筌》曾批評：

> 盧陵譏范希文〈漁家傲〉爲窮塞主詞，自矜「戰勝歸來飛捷奏。傾賀酒。玉階遙獻南山壽」，爲眞元帥事也。按宋以來小詞爲樂府，被之管弦，往往傳於宮掖，范詞如……令「綠樹碧簾相掩映，無人知道外邊寒」者聽之，知邊庭之苦如是，庶有所警觸。此深得采薇出車、楊柳雨雪之意。若歐詞止於諛耳，何所感耶。〔註249〕

譚瑩亦由此立論，認爲一味讚嘆邊塞豪情，呈現戰事光榮之一面，是未見戍守邊塞之現實，不明將軍士卒之苦辛，故曰「須念征人老玉關」。此處化用蔡挺〈喜遷鶯〉詞句：「誰念玉關人老」，呼應首句本事；同時暗用范仲淹〈漁家傲〉詞結句：「將軍白髮征夫淚」，體現譚瑩對古來邊塞征戰之同情與理解。

十四、論蘇過

蘇過（1072～1123），字叔黨，號斜川居士，眉山（今屬四川）人。蘇軾第三子。譚瑩詩云：

> 斜川居士世東坡，自作新詞自按歌。一隊畜生言太酷，教人無奈曉鴨何。

〔註248〕《唐宋詞匯評・兩宋卷》，冊 1，頁 234。《全宋詞》僅據《東軒筆錄》存三句。《匯評》始錄全詞，據孔凡禮《全宋詞補輯》收之，惟孔氏補輯，繫此詞於龐籍名下，《匯評》按語曰：「龐籍嘉祐八年（1063）已卒，不及見王素西行也。」其說可從。依此，則譚瑩當僅見《東軒筆錄》三句。

〔註249〕《詞話叢編》，冊 1，頁 707。按近人劉永濟曾云：「後人有謂范詞可使人主知邊庭之苦，歐詞止於阿諛人主耳。此論甚正，然范詞乃自抒己情，歐詞乃送人出征，用意自然不同也。」其說較爲持平，可參。詳氏著：《唐五代兩宋詞簡析》（北京：中華書局，2007 年 10 月），頁 43～44。

首句「斜川居士」係蘇過自號，因於潁川西湖得園數畝，且慕陶淵明之爲人，故取名「小斜川」，自號「斜川居士」。爲蘇軾第三子，曾隨東坡貶謫宦遊南北各地，受東坡濡染深厚。據題元・伊世珍《瑯環記》載：「趙表之云：蘇叔黨翰墨文章，能世其家，士大夫以『小坡』目之。」故曰「世東坡」；除強調詞人與東坡之父子關係，亦在點明文章翰墨之傳承，故次句接言「自作新詞自按歌」。清・王士禛《花草蒙拾》曾稱賞：「『亂鴉啼後，歸興濃於酒』，蘇叔黨詞也。『擬倩東風浣此情，情更濃於酒』，秦處度詞也。二公可謂有子。李、晏家世，豈得獨擅。」〔註 250〕本詩首二句亦由文章世家立說。

蘇過詞僅存一首，見宋・黃昇《唐宋諸賢絕妙詞選》卷三，注云：「此詞作時，方禁坡文，故隱其名以傳於世。今或以爲汪彥章所作，非也。」〔註 251〕汪彥章即汪藻，知此詞亦題汪藻作。據宋・吳曾《能改齋漫錄》卷十六載：

> 汪彥章在翰苑，屢致言者。嘗作〈點絳唇〉云：「永夜厭厭。畫檐低月山銜斗。起來搔首。梅影橫窗瘦。　好個霜天，閒卻傳杯手。君知否。曉鴉啼後。歸夢濃如酒。」或問曰：「歸夢濃如酒，何以在曉鴉啼後？」公曰：「無奈這一隊畜生聒噪何。」〔註 252〕

《全宋詞》兩存之。惟近人唐圭璋《宋詞互見考》與劉永翔《清波雜志校注》考之甚詳，皆以此詞乃汪藻作。〔註 253〕就本詩而言，譚瑩顯然從黃昇之選，將此詞歸爲蘇過所作；但末二句卻用吳曾所記本

〔註 250〕《詞話叢編》，冊 1，頁 678。

〔註 251〕《花庵詞選》，頁 45。

〔註 252〕《詞話叢編》，冊 1，頁 136～137。按全詞據黃昇《唐宋諸賢絕妙詞選》所載，略見不同。茲錄於後：「新月娟娟，夜寒江靜山銜斗。起來搔首，梅影橫窗瘦。　好箇霜天，閒卻傳杯手。君知否。亂鴉啼後，歸興濃於酒。」

〔註 253〕詳唐圭璋：《宋詞互見考》「汪藻與蘇過」（臺北：臺灣學生書局，1971 年 10 月），頁 35～36。劉永翔：《清波雜志校注》卷四「章持及第」注二，頁 171。

事，蓋譚瑩既以此詞爲蘇過作，故有意批評《能改齋漫錄》所傳軼事，以汪藻將清晨曉鴨啼聲形容成「一隊畜生聒噪」之說，太過刻薄，或因此，譚瑩寧可承王士禛之說，賞愛「亂鴉啼後」二句，並以東坡後繼有人言之。

十五、論謝逸

謝逸（1068～1112），字無逸，號溪堂居士，臨川（今屬江西）人。譚瑩詩云：

> 杏花村館有詞題，驛壁曾煩驛卒泥。未覽溪堂詞一卷，但名蝴蝶品流低。

首二句用謝逸〈江神子〉（杏花村館酒旗風）詞本事，據宋・胡仔《苕溪漁隱叢話》後集卷三十三引《復齋漫錄》云：

> 無逸嘗於黃州關山杏花村館驛題〈江城子〉詞云：「杏花村店酒旗風，水溶溶，颺殘紅。野渡舟橫，楊柳綠陰濃。望斷江南山色遠，人不見、草連空。　　夕陽樓下晚煙籠，粉相融，淡眉峯。記得年時，相見畫屏中，只有關山今夜月，千里外、素月同。」過者必索筆於館卒，卒頗以爲苦，因以泥塗之。〔註254〕

可知謝逸於杏花館所題〈江神子〉一詞，凡路過者皆愛賞，故爭相向驛卒索紙筆抄錄，驛卒不堪其擾，因以泥污之。謝逸詞以清麗雋秀著稱，即毛晉所稱「輕倩可人」〔註255〕；〈江神子〉一闋尤爲此種風格之代表作。全詞藉由遠近景物之變化，以景稱情，巧妙透顯詞人情感之細膩，末二句感慨作結，寫景抒懷，可謂自然天成。故《四庫全書總目・溪堂詞提要》評此詞曰：「語意清麗，良非虛美。」〔註256〕

三、四句則著眼謝逸《溪堂詞》一卷，以「其他作亦極煆煉之

〔註254〕（宋）胡仔：《苕溪漁隱叢話》，下冊，頁668～669。

〔註255〕毛晉汲古閣本《溪堂詞》跋語。《詞籍序跋萃編》，頁140。

〔註256〕《四庫全書總目提要》，冊5，頁288。

工」，〔註 257〕詞中描寫思婦及艷情之作甚繁，而其結句多採「虛化」及「融化」之手法，最具特色。〔註 258〕如〈蝶戀花〉（豆蔻梢頭春色淺）〔註 259〕一詞，內容專言閨怨，藉由春色微微顯露女子之孤寂；並由雙飛燕之姿態，觸動少女情懷，雖不明言怨，卻以景色反襯惆悵，手法十分講究；末以「一川烟草平如剪」之景作結，餘韻無窮，眞可謂景中含情。又如〈卜算子〉（煙雨幕橫塘）〔註 260〕一闋，雖襲用杜詩、陶詩，卻依舊清新飄逸，並藉寫景描繪隱者心境之恬淡：上片述仙境，下片寫高人，彼此交融，呈現完美和諧之境界，故清・徐釚《詞苑叢談》卷三引《詞統》評曰：「標致雋永，全無藻澤，可謂逸調。」〔註 261〕由此可知，謝逸詞除〈江神子〉一調，亦另有佳構。今人薛礪若《宋詞通論》極賞其詞，曰：「他既具花間之濃豔，復得晏歐之婉柔；他的最高作品，即列在當時第一流的作家中亦毫無遜色。」〔註 262〕評價雖有過譽之嫌，然文中指其風格特色，大體切合實際。

惟歷來評其詞者不多，反多著意關注其詩作。明・郭子章《豫章詩話》卷四即云：「謝無逸作蝶詩三百首，佳人呼爲『謝蝴蝶』。」〔註 263〕上引《詞苑叢談》亦稱：「臨川謝無逸，嘗作詠蝶詩三百首。

〔註 257〕同上註。

〔註 258〕詳參楊景龍：〈略論謝逸《溪堂詞》意象經營的特色〉一文，《文學遺產》2004 年第一期。

〔註 259〕全詞爲：「豆蔻梢頭春色淺，新試紗衣，拂袖東風軟。紅日三竿簾幕捲，畫樓影裡雙飛燕。　　鬢步搖青玉碾。缺樣花枝，葉葉蜂兒顫。獨倚欄干凝望遠，一川烟草平如剪。」《全宋詞》，冊 2，頁 643。

〔註 260〕全詞爲：「煙雨幕橫塘，紺色涵清淺。誰把并州快剪刀，剪取吳江半。　　機岸烏巾，細葛含風軟。不見柴桑避俗翁，心共孤雲遠。」《全宋詞》，冊 2，頁 651。

〔註 261〕（清）徐釚編著；王百里校箋：《詞苑叢談校箋》，頁 190。

〔註 262〕薛礪若：《宋詞通論》，頁 154。

〔註 263〕蔡鎮楚編：《中國詩話珍本叢書》（北京：北京圖書館出版社，2004 年 12 月），冊 13，頁 203。

其警句云：『飛隨柳絮有時見，舞入梨花何處尋？』人盛稱之，因呼爲『謝蝴蝶』。」〔註 264〕據此，譚瑩不免慨嘆：「未覽溪堂詞一卷，但名蝴蝶品流低」；以評者未全覽謝逸詞作，逕以「蝴蝶」詩稱之，品味自然不高。

十六、論周邦彥

周邦彥（1056～1121），字美成，自號清眞居士，錢塘（今浙江杭州）人。譚瑩詩云：

> 敢說流蘇百寶裝，唐人詩語總無妨。移宮換羽關神解，似此宜開顧曲堂。

首句以「流蘇百寶裝」概括清眞詞風；「流蘇」係指五彩華麗的飾品，「百寶裝」亦呈現富麗堂皇之樣貌。此處係化用宋・敖陶孫評李商隱詩曰：「李義山如百寶流蘇，千絲鐵網，綺密環妍」〔註 265〕；陶孫以「百寶流蘇」喻義山詩風綺麗精美，譚瑩則用以形容清眞詞風。據宋・劉肅〈周邦彥詞注序〉云：「周美成以旁搜遠紹之才，寄情長短句，縝密典麗，流風可仰。其徵詞引類，推古跨今，或借字用意，言言皆有來歷，眞足冠冕詞林。」〔註 266〕宋・陳振孫《直齋書錄解題》卷二十一亦謂周詞：「多用唐人詩句隱括入律，渾然天成，長調尤善鋪敘，富豔精工，詞人之甲乙也。」〔註 267〕「縝密典麗」、「富豔精工」所稱者同，即本詩所引「流蘇百寶裝」之喻。而周詞所以構成博大精工、富豔典麗之風貌，可就兩方面言之：

其一，得力於周氏長於謀篇，鍛鍊精微之寫作手法，即葉嘉瑩所指「一種以思索安排爲寫作之動力」。〔註 268〕前引劉、陳二人之語亦點出此種必然，故「旁搜遠紹」、「多用唐人詩句隱括入律」，皆周詞

〔註 264〕（清）徐釚編著；王百里校箋：《詞苑叢談校箋》，頁 190。
〔註 265〕（明）楊愼：《升庵詩話》卷八引，《歷代詩話續編》，中冊，頁 791。
〔註 266〕《詞籍序跋萃編》，頁 97。
〔註 267〕《叢書集成新編》，冊 2，頁 517。
〔註 268〕《唐宋詞名家論集》，頁 240。

風格形成之重要手段。誠如清・周濟《介存齋論詞雜著》所言：「美成思力，獨絕千古。如顏平原書，雖未臻兩晉，而唐初之法至此大備。後有作者，莫能出其範圍矣，讀得清眞詞多，覺他人所作，都不十分經意。」〔註 269〕文中指出周邦彥詞以構思精巧取勝，且善於承襲前人之長。是以本詩次句正強調其思力安排、長於鍛鍊之工，故曰：「唐人詩語總無妨」;「無妨」即沒有阻礙，意謂承襲「唐人詩語」，融化渾成，如同己出。此前人多有體會，如宋・張炎《詞源》卷下云：「美成詞，只當看他渾成處，於軟媚中有氣魄，採唐詩融化如自己者，乃其所長。惜乎意趣卻不高遠。」〔註 270〕另沈義父《樂府指迷》亦曰：「凡作詞當以清眞爲主。蓋清眞最爲知音，且無一點市井氣，下字運意，皆有法度，往往自唐宋諸賢詩句中來，而不用經史中生硬字面，此所以爲冠絕也。」〔註 271〕凡此，皆道出周詞擅長襲取前人詩語，鍛鍊入律之手法。至於張炎以周詞意趣不高，則係評賞角度之差異，蓋張氏以姜夔清空騷雅爲詞中典範，故於周邦彥「縝密典麗」之風，略顯微詞。今人葉嘉瑩於此論之甚詳：

> 一般來説，馮、李、晏、歐一類的詞，其所長既在於富在直接感發之力，且兼具曲折幽微之美，因此遂往往能使讀者由感發而引起一種高遠豐美之聯想。……凡此種種對周氏不滿之辭，蓋皆以爲其意境不夠高遠，這主要實在就正由於周氏詞中缺少一種直接感發之力，不易使讀者引發高遠之思的緣故。〔註 272〕

正因周詞中精心雕琢、鍛鍊安排之手法，使讀者無法直接就詞語感發聯想，反須採取思索探尋之途徑，以求得詞人情思之歷程，致覺多此一舉也。

其二，由於周氏之精於音律。《宋史・文苑傳》稱其：「好音樂，

〔註 269〕《詞話叢編》，冊 2，頁 1632。
〔註 270〕《詞話叢編》，冊 1，頁 266。
〔註 271〕《詞話叢編》，冊 1，頁 277～278。
〔註 272〕《唐宋詞名家論集》，頁 246～247。

能自度曲，製樂府長短句，詞韻清蔚，傳於世。」〔註 273〕宋・樓鑰〈清眞先生文集序〉亦謂:「性好音律，如古之妙解，『顧曲』名堂，不能自已。」〔註 274〕所謂「顧曲」，用「曲有誤，周郎顧」一事，以三國周瑜自比，足見其妙善音律；本詩三、四句所言即此，亦化用周邦彥〈意難忘〉（衣染鶯黃）詞句:「解移宮換羽，未怕周郎。」周氏自負精通音律，「未怕周郎」；譚瑩亦稱賞其「移宮換羽」，出神入化之音樂造詣，由是以「顧曲」名堂，實頗相宜。「宮」、「羽」均屬古樂五音之音調名，此用以代指樂曲。據宋・張炎《詞源》卷下載:

> 迄於崇寧，立大晟府，命周美成諸人討論古音，審定古調，淪落之後，少得存者，由是八十四調之聲稍傳。而美成諸人又復增演慢曲、引、近，或移宮換羽爲三犯四犯之曲，按月律爲之，其曲遂繁。〔註 275〕

可見周氏不僅精於音律，更好用古開新，創爲繁難之曲調。宋・周密《浩然齋詞話》曾記:

> 既而朝廷賜酺，師師又歌〈大酺〉、〈六醜〉二解，上顧教坊使袁綯問，綯曰:「此起居舍人新知潞州周邦彥作也。」問〈六醜〉之義，莫能對。急召邦彥問之，對曰:「此犯六調，皆聲之美者，然絕難歌。昔高陽氏有子六人，才而醜，故以比。」〔註 276〕

所謂「移宮換羽關神解」，正由此立說。綜上所述，本詩二、三句所論周氏之創作傾向，實構成首句「流蘇百寶裝」之詞風；由是可見全詩論周詞，層次井然，言而有據也。

譚瑩詩次首云:

> 新詞學士貴人宜，獨步尤難市儈知。唱竟蘭陵王一闋，君王任訪李師師。

〔註 273〕（元）脫脫等:《宋史》卷四四四列傳第二百三，冊 37，頁 13126。

〔註 274〕《攻媿集》卷五十一〈清眞先生文集序〉。

〔註 275〕《詞話叢編》，冊 1，頁 255。

〔註 276〕《詞話叢編》，冊 1，頁 232。

首二句化用宋・陳郁《藏一話腴》外編卷上：「周邦彥，字美成，自號清眞。二百年來，以樂府獨步，貴人學士，市儇妓女，知美成詞可愛。而能知美成爲何如人者，百無一二也。」〔註 277〕蓋周邦彥精通音律，能自創新調，所作多長調慢詞，與柳永相似。且其謹守詞之傳統，所寫亦不脫戀情相思、閒愁羈旅，致令清麗宛轉之詞作，廣泛流行於社會各階層，與柳永前後輝映。惟其流行之「俗」，並不等同於柳詞之鄙俗，而係建立在「雅」之底蘊上，此其難得之處。本詩首二句特爲拈出，強調其詞典麗精工，頗得文人貴族愛賞本不稀奇，如今「市儇妓女」亦皆知其詞之「可愛」，則「尤難」也。

三、四句用事，見宋・張端義《貴耳集》卷下所載：

> 道君幸李師師家，偶周邦彥先在焉，知道君至，遂匿於床下。道君自攜新橙一顆，云「江南初進來」，遂與師師謔語。邦彥悉聞之，隱括成〈少年游〉云：「并刀如水，吳鹽勝雪，纖手破新橙。」後云：「嚴城上，已三更。馬滑霜濃，不如休去，直是少人行。」李師師因歌此詞，道君問誰作，李師師奏云周邦彥詞，道君大怒。坐朝，宣諭蔡京云：「開封府有監稅周邦彥者，聞課額不登，如何京尹不按發來？」蔡京罔知所以，奏云：「容臣退朝呼京尹叩問，續得覆奏。」京尹至，蔡以御前聖旨諭之，京尹云：「惟周邦彥課額增羨。」蔡云：「上意如此，只得遷就將上。」得旨：「周邦彥職事廢弛，可日下押出國門。」隔一、二日，道君復幸李師師家，不見李師師，問其家，知送周監稅。道君方以邦彥出國門爲喜。既至不遇，坐久，至更初，李始歸，愁眉淚睫，憔悴可掬。道君大怒云：「爾往哪裡去？」李奏：「臣妾萬死！知周邦彥得罪，押出國門，略致一杯相別。不知官家來。」道君問：「曾有詞否？」李奏云：「有〈蘭陵王〉詞。」今「柳陰直」者是也。道君云：「唱一遍看。」李奏云：「容臣妾奉一杯，歌此詞爲官家壽。」曲終，道君大喜，復召

〔註 277〕《四庫筆記小說叢書・老學庵筆記外十一種》，頁 559。

爲大晟樂正。後官至大晟樂府待制。〔註278〕

由引文可知，清眞詞中〈少年游〉與〈蘭陵王〉兩闋作品，乃涉及周邦彥與李師師、宋徽宗三人之間的情感糾葛。〔註279〕茲錄〈蘭陵王〉全詞如下：

柳陰直，煙裏絲絲弄碧。隋堤上，曾見幾番，拂水飄綿送行色。登臨望故國，誰惜。京城倦客。長亭路，年去歲來，應折柳條過千尺。　　閑尋舊蹤跡，又酒趁哀弦，燈照離席。梨花榆火催寒食，愁一箭風快，半篙波暖，回頭迢遞便數驛。望人在天北。　　淒惻。恨堆積。漸別浦縈迴，津堠岑寂。斜陽冉冉春無極。念月榭攜手，露橋聞笛。沉思前事，似夢裡，淚暗滴。〔註280〕

此詞通過「柳」之意象，渲染離情別緒，蓋古人向有折柳送別之習俗。故起頭即以柳陰、柳絲、柳絮、柳條等「柳」之物態，鋪敘描摹，層層勾勒；而此勾勒皆有其作用，蘊含深厚之意味，誠如周濟所云：「勾勒之妙，無如清眞。他人一勾勒便薄，清眞愈勾勒愈渾厚。」〔註281〕第一疊以景寓情，益顯深婉，頗耐人尋味。第二疊寫離別之際，爲全詞轉折，呼應首段離別景色與送別之情，同時引出第三疊別後之情。於漸行漸遠之航程中，將旅途所有離別之情，完全融入「斜陽冉冉春

〔註278〕《四庫筆記小說叢書・老學庵筆記外十一種》，頁452。

〔註279〕惟《貴耳集》雖言之鑿鑿，後人卻已辨其附會不足信。如王國維：《清眞先生遺事》：「按此條所言尤失實。《宋史・徽宗紀》：『宣和元年十二月，帝數微行，正字曹輔上書極論之，編管郴州。』又〈曹輔傳〉：『自政和後，帝多微行，乘小轎子，數內臣導從，置行幸局。局以帝出日謂之有排當，次日未還，則傳旨稱瘡痍不坐朝。始民間猶未知，及蔡京謝表有『輕車小輦，七賜臨幸』，自是邸報聞四方。』是徽宗微行，始於政和，而極於宣和。政和元年，先生已五十六歲，官至列卿，應無冶游之事。所云『開封府監稅』，亦非卿監侍從所爲。至『大晟樂正』與『大晟府待制』，宋時亦無此官也。」（清）王國維撰：《王觀堂先生文集》（臺北：文華出版社，1968年3月），冊9，頁3651。

〔註280〕《全宋詞》，冊2，頁611。

〔註281〕《介存齋論詞雜著》，《詞話叢編》，冊2，頁1632。

無極」一片暮靄空茫之春色中，末乃藉由溫柔情事之追憶，凸顯今日離別之傷悲。整闋詞有景語，有情語，縈繞曲折，流蕩著吐露不盡之情思，十分耐人尋味。此首自屬周詞佳構，清人評詞多見稱賞之語，如周濟謂此「當筵命筆，冠絕一時」〔註 282〕；譚獻則特賞「斜陽」句，以其「微吟千百遍，當入三昧，出三昧」〔註 283〕；陳廷焯更盛讚此作：「意與人同，而筆力之高，壓遍千古。又沉鬱，又勁直，有獨來獨往之概。」〔註 284〕惟所評均就詞言之，不見扣合本事之說。本詩三、四句則全從詞人軼事著眼，以周氏創寫〈蘭陵王〉之佳構，令君王動容，遂得提舉大晟樂府。然故事之結局，卻是「君王任訪李師師」，據宋人筆記小說《大宋宣和遺事》所記，李師師備受帝寵，於宣和六年「賜夫人冠帔」，冊封爲「明妃」〔註 285〕。譚瑩從〈蘭陵王〉詞之相思別情，引發詞人情事最終無疾之慨，則「新詞學士」依舊不敵「君王任訪」，徒呼奈何！

十七、論徐伸

徐伸（一作申），字幹臣，號青山翁，三衢（今浙江衢州）人。譚瑩詩云：

> 碧山樂府世交稱，獨二郎神得未曾。攪碎一簾花影語，張郎中後竟誰能。

此詩首兩句以宋末王沂孫《碧山樂府》與徐伸《青山樂府》並提，以爲王氏樂府，後世交相稱頌（參第五章第三節）；而徐伸樂府，取名與王氏僅差一字，獨〈二郎神〉一詞，備受稱譽，甚可怪也。據宋・黃昇《唐宋諸賢絕妙詞選》卷八評徐伸詞云：「徐幹臣，名伸，三衢人。有《青山樂府》一卷行於世，然多雜周詞，惟此一曲，天下稱之。」

〔註 282〕《介存齋論詞雜著》，《詞話叢編》，冊 2，頁 1629。
〔註 283〕《復堂詞話》，《詞話叢編》，冊 4，頁 3991。
〔註 284〕《雲韶集》卷四，轉引自《唐宋詞匯評・兩宋卷》，冊 2，頁 997。
〔註 285〕見《大宋宣和遺事》（臺北：河洛圖書，1978 年 5 月）。

〔註 286〕其意蓋以為徐伸唯〈二郎神〉一詞，稱名於世，譚瑩即承此立論。茲錄該詞如次：

悶來彈鵲，又攪碎、一簾花影。漫試著春衫，還思纖手，熏徹春猊燼冷。動是愁端如何向，但怪得、新來多病。嗟舊日沉腰，如今潘鬢，怎堪臨鏡？　重省，別時淚濕，羅衣猶疑。料為我厭厭，日高慵起，長托春酲未醒。雁足不來，馬蹄難駐，門掩一庭芳景。空佇立，盡日欄干倚遍，晝長人靜。〔註 287〕

此詞本事，據宋．張侃《拙軒詞話》載：「徐幹臣侍兒既去，作〈轉調二郎神〉，悉用平日侍兒所道底言語。史志道與幹臣善，一見此詞，蹤跡其所在而歸之。」〔註 288〕故全詞旨在表現別後相思之情。清．許昂霄《詞綜偶評》云：「此作多說別後情事。」〔註 289〕上片懷人，起首二句強烈凸顯思念深切之情。蓋喜鵲本是報喜，卻因詞人心思愁悶，反而「又攪碎、一簾花影」，憑添許多惆悵；由是舊恨新愁，交雜萬端，益覺不堪。下片以對面著筆之方式，設想對方懷想自己，回憶兩人分離景況，想必對方淚未流乾，依舊「空佇立，盡日欄干倚遍」，痴心等待相逢之可能。全詞抒寫雙方情感狀態，兩相映襯，彼此交流，益見纏綿悱惻，深刻動人，故清．黃蘇《蓼園詞選》評曰：「辭意婉曲深致，最耐諷詠。」〔註 290〕

譚瑩亦頗賞愛徐氏此作，故三、四推舉其詞，能接續張先「三影」封號。蓋徐伸〈二郎神〉上片有「又攪破、一簾花影」之句，與張先「三影」名句皆極細膩工巧，辭婉情深，故為譚瑩所稱。

十八、論万俟詠

万俟詠，生卒年不詳，字雅言。放意歌酒，肆力詞章，自稱大梁

〔註 286〕《花庵詞選》，頁 120。
〔註 287〕《全宋詞》，冊 2，頁 814。
〔註 288〕《詞話叢編》，冊 1，頁 193～194。
〔註 289〕《詞話叢編》，冊 2，頁 1555。
〔註 290〕《詞話叢編》，冊 4，頁 3087。

詞隱。譚瑩詩云：

詞隱詞多應制成，可容協律（晁端禮）與齊名。長相思曲尤工絕，雨滴芭蕉滴到明。

首二句分別化用宋‧黃昇《唐宋諸賢絕妙詞選》卷七評万俟詠與晁端禮之語，評雅言曰：「精於音律，自號詞隱。崇寧中充大晟府制撰，依月用律制詞，故多應制。」〔註 291〕評晁氏云：「晁次膺（端禮字），宣和間充大晟府協律郎，與万俟雅言各名，按月律進詞。」〔註 292〕万俟雅言以應制詞稱名於世，《歷代詩餘》引宋‧楊湜《古今詞話》亦云：「万俟雅言，自號詞隱。熙寧中，充大晟府制撰，與晁次膺按月律進詞。其清明應制一首尤佳，即『見梨花初帶月夜，海棠半含朝雨』之詞也。」〔註 293〕雅言既任大晟府制撰官，則必精於音律，長於構思，故上引黃昇之評，曾稱其「詞之聖者也」；又云：「發妙旨於律呂之中，運巧思於斧鑿之外，平而工，和而雅，比諸刻琢句意而求精麗者，遠矣。」〔註 294〕由是可知，雅言詞亦如周邦彥有典雅精工之特長。黃氏選集錄其詞得十二首，〔註 295〕置應制名作〈三台‧清明應制〉於首。惟譚瑩所稱賞者，卻非應制長調，反倒著意標舉末兩闋〈長相思〉小令詞，故曰「長相思曲尤工絕」。茲錄兩詞如下：

一聲聲，一更更，窗外芭蕉窗裡燈，此時無限情。 夢難成，恨難平。不道愁人不喜聽，空階滴到明。（題：「雨」）

短長亭，古今情。樓外涼蟾一暈生，雨餘秋更清。暮雲平，暮山橫，幾葉秋聲和雁聲，行人不要聽。（題：「山驛」）〔註 296〕

〔註 291〕《花庵詞選》，頁 102。

〔註 292〕同上註，頁 101。

〔註 293〕《詞話叢編》，冊 2，頁 1199。

〔註 294〕《花庵詞選》，頁 105。

〔註 295〕據宋陳振孫《直齋書錄解題》卷二十一載：「《大聲集》五卷。万俟雅言撰。嘗游上庠，不第，後爲大晟府製撰。周美成、田不伐皆爲作序。」《叢書集成新編》，冊 2，頁 518。惜乎不傳。今本《全宋詞》據趙萬里《校輯宋金元人詞》收詞二十七首，附錄二首。則譚瑩所見雅言詞當於黃昇選集。

〔註 296〕《全宋詞》，冊 2，頁 811

此兩首小詞寫法和用韻相類，前闋寫聽雨失眠之愁緒，後闋寫雨餘山驛黃昏之景，以及抒發羈旅騷客之情。譚瑩以「尤工絕」稱之，除推許詞人擅長營造景色與境界之外，更在於妙用音韻跌宕之手法。此詞藉由三字起首，每句皆押韻，特具鏗鏘往復之律，選調亦精心推敲，且有意運用疊字，如「聲」、「更」、「窗」、「難」、「不」、「暮」、「聲」，增加唱歎之效果；尤以寫「雨」之作，通篇不述「雨」字，然全係夜雨之聲：「一聲聲」足見雨勢之急促，「一更更」則見雨勢毫不停歇，巧用韻律，委婉深刻，而無法安眠者側耳傾聽至天明，益顯露其愁緒。故末句化用「雨」詞詞意，巧妙融成「雨滴芭蕉滴到明」一句，且句中嵌入兩「滴」字，同具聲情韻律之美，可見譚瑩深契雅言〈長相思〉之精妙處。清・陳廷焯亦評曰：「雅言長調固佳，小令尤臻妙境。」顯然與譚氏評賞雅言詞作之角度，有異曲同工之妙。

十九、論呂濱老

呂濱老（陳振孫《書錄解題》作「渭老」，《詞綜》因之，今從嘉定壬申趙師岩。）字聖求，嘉興（今屬浙江）人。譚瑩詩云：

> 周柳居然有替人，聖求詩在益酸辛。人言未減秦淮海，名字流傳竟不眞。

首句化用宋・趙師岩〈呂聖求詞序〉所云：「一日，復得聖求詞集一編，婉媚深窈，視美成、耆卿伯仲耳。」〔註297〕言聖求詞可與柳永、周邦彥並稱；柳詞多長調，講究音律諧美，章法結構，對周詞之鋪敘及音律有極大之影響，清・周濟即云：「清眞詞多從耆卿處奪胎，思力沈鬱處往往出藍。然耆卿秀淡幽豔，是不可及。」〔註298〕可見兩人有承繼亦見差異，分別於詞史發展過程中形成某種典型，唯宋人步趨美成者爲多，如方千里、楊澤民、陳允平等皆有和周邦彥作者，即是其例。譚瑩此處顯然認同並接受趙氏之評，故以「居然」二字強化

〔註297〕《詞籍序跋萃編》，頁321。

〔註298〕《宋四家詞選目錄序論》，《詞話叢編》，冊2，頁1651。

其語氣。次句亦取趙氏序文之意：

當宣和末，有呂聖求者，以詩名，諷咏中率寓愛君憂國意，不但弄筆墨清新俊逸而已。其憂國詩云：「憂國憂身到白頭，此生風雨一沙鷗。」又云：「尚喜山河歸帝子，可憐麋鹿入王宮。」傷痛詩云：「塵斷徵車□，雲低虜帳深。古今那有此，天地亦何心！」釋憤詩云：「未湔嵇紹血，誰發諫臣章。」赤心皆□詩史氣象，縉紳巨賢，多錄稿家藏，但不窺全帙，未能爲刊行也。〔註 299〕

《四庫全書總目・聖求詞提要》亦謂：「濱老在北宋末，頗以詩名，師岩稱其憂國詩二聯，痛傷詩二聯，釋憤詩二聯，皆爲徽、欽北狩而作。……其詩在師岩時已無完帙，詞則至今猶傳。」〔註 300〕蓋「酸辛」乃因聖求詩中所寓忠愛憂國之情，使人讀之不覺傷感。首二句，一美其詞，一感其詩，賞愛之情可見。

第三句則用明・楊愼《詞品》卷一所稱：「聖求在宋人不甚著名，而詞甚工。如〈醉蓬萊〉、〈撲蝴蝶近〉、〈惜分釵〉、〈薄倖〉、〈選冠子〉、〈百宜嬌〉、〈豆葉黃〉、〈鼓笛慢〉，佳處不減秦少游。」〔註 301〕依其所論，聖求詞之佳處，足媲美秦觀詞，茲以〈薄倖〉一詞爲例：

青樓春晚，晝寂寂、梳勻又懶。乍聽得、鴉啼鶯弄，惹起新愁無限。記年時、偷擲春心，花間隔霧遙相見，便使枕下題詩，寶釵貰酒，共醉青苔深院。　　怎忘得、迴廊下，攜手處、花明月滿。如今但暮雨，蜂愁蝶恨，小窗閑對芭蕉展，卻誰拘管。盡無言、閑品秦箏，淚滿參差雁，腰支漸小，心與楊花共遠。〔註 302〕

此詞描寫春心偷擲之少女對遠方戀人之思念，是由曲折愛情所引起之憂愁，然呂濱老乃能於濃膩之思念中，注入秀麗典雅、清新自然之風格。全詞抒情敘事，層次分明，藉由一幕幕形象鮮明之畫面，組織成

〔註 299〕《詞籍序跋萃編》，頁 320～321。
〔註 300〕《四庫全書總目提要》，冊 5，頁 290。
〔註 301〕《詞話叢編》，冊 1，頁 440。
〔註 302〕《全宋詞》，冊 2，頁 1112。

文，結構安排十分巧妙，情致宛轉，頗具秦觀詞秀麗深婉之風貌。是知其詞自有不減前人處，故末句譚瑩不免感嘆詞人「名字流傳竟不眞」。《四庫全書總目・聖求詞提要》有云：「濱老，字聖求，嘉興人。陳振孫《書錄解題》作呂渭老。考嘉定壬申趙師岩序，亦作濱老，二字形似，其取義亦同，未詳孰是也。」〔註 303〕本詩註明作者，亦襲《四庫》所稱，惟自宋以來聖求之名未有定論，譚瑩於稱賞詞人憂國之情及其詞風之際，於其名字流傳不眞一事，亦不免深致遺憾也。

二十、論王安中

王安中（1076～1134），字履道，號初寮，中山陽曲（今山西太原）人。譚瑩詩云：

> 雲龕居士有人招，伯可南來不自聊。反覆炎涼誰屑道，文章名盛惜初寮。

首句用宋人李邴事，「雲龕居士」係其號。據宋・王明清《玉照新志》卷三載：

> 李漢老邴少年日，作〈漢宮春〉詞，膾炙人口，所謂「問玉堂何似？茅舍疏籬」者是也。政和間，自書省丁憂歸山東，服終造朝，舉國無與立談者，方悵悵無計，時王黼爲首相，忽遣人招至東閣，開宴延之上坐，出其家姬數十人，皆絕色也，漢老惘然莫曉。酒半，群唱是詞以侑觴，漢老私竊自欣，除目可無慮矣。喜甚，大醉而歸。又數日，有館閣之命。不數年，遂入翰院。〔註 304〕

「有人招」即指李邴以詞見賞於王黼，招入館閣。按王黼（1079—1126），開封府祥符縣（今屬河南開封）人，字將明，原名

〔註 303〕《四庫全書總目提要》，冊 5，頁 290。

〔註 304〕汪新森、朱菊如校點：《玉照新志》，《宋元筆記小說大觀》，冊 4，頁 3934。〈漢宮春〉（瀟灑江梅）一詞，歷來作者有二說，除李邴，亦有視此詞爲晁沖作。《全宋詞》案語：「此首《樂府雅詞》卷上、《玉照新志》卷三、《全芳備祖》前集卷一、《中興以來絕妙詞選》卷一俱作李邴詞；《苕溪漁隱叢話》前集卷五十九、《直齋書錄解題》卷二十一則云晁沖之作。未知孰是。」冊 2，頁 949。

甫，賜改爲黼。爲人多智善佞，寡學術。崇寧進士。初因何執中推薦而任校書郎，遷左司諫。因助蔡京復相，驟升至御史中丞。歷翰林學士、承旨，勾結宦官梁師成，以父事之。宣和元年（1119），拜特進、少宰，權傾一時。由是李邴所附者，亦如蔡京之奸相權臣。據明・楊慎《詞品》卷二云：「李漢老名邴，號雲龕居士。父昭玘，元祐名士，東坡門生。漢老才學，世其家者也。其〈漢宮春〉梅詞入選最佳。」〔註 305〕則李邴家學篤厚，詞亦有爲人稱賞處，卻因附權相得仕，遂有失節之疑。

次句用康與之事，「伯可」係其字。嘗受經傳於晁以道。建炎初，高宗駐蹕揚州，與之上〈中興十策〉，名震一時。旋監杭州大和樓酒庫，坐盜錢爲妓飾金免官。秦檜當國，與之附檜求進，爲檜門下十客之一。紹興十五年（1145），監尚書六部門，專應制爲歌詞。十七年（1147），擢軍器監丞。出爲福建安撫司主管機宜文字。檜死，除名編管欽州（今廣西欽州縣）。二十八年，移雷州（今廣東海康），再移新州（今廣東新興）牢城，卒。宋・黃昇《中興以來絕妙詞選》卷一云：

> 康伯可，名與之，號順庵。渡江初，有聲樂府，受知秦申王。王薦於太上皇帝，以文詞待詔金馬門，凡中興粉飾治具及慈寧歸氣、兩宮歡集，必假伯可之歌詠，故應制之詞爲多。〔註 306〕

譚瑩所謂「不自聊」，係諷康與之南渡後爲詞多粉飾太平，內容空洞之作。相較於此前上〈中興十策〉之意氣風發，自難免爲人所譏。清・陳廷焯《白雨齋詞話》卷六即曾激切批評：「伯可以詞受知於高宗。當其上〈中興十策〉時，何減於賈長沙之洞若觀火。後以諂檜得進（原注：有今皇御極，視公宰相爲腹心之對）富貴熱中，頓改其素。……伯可之諂檜，明於始而晦於終，不可恕也。」〔註 307〕首二句舉李、

〔註 305〕《詞話叢編》，冊 1，頁 463。
〔註 306〕《花庵詞選》，頁 141。
〔註 307〕《詞話叢編》，冊 4，頁 3925。

康二人之事，蓋兩人皆爲求仕進，不惜依附權相以得勢，遂遭後人譏評。而譚瑩所以連用二事，乃欲興起下兩句本詩所論主角，蓋其事與上引二人可相呼應。

第三句以詞人爲求仕進，態度反復無常，實不足稱。明·楊慎《詞品》卷三評安中詞曰：「初爲東坡門下士，詩文頗得膏腴。其詞有『椽燭垂珠清漏長，遲留春筍緩催觴』之句。又『天與麟符行樂分。緩帶輕裘，雅宴催雲鬢。翠霧縈紆銷篆印。箏聲恰度秋鴻陣』。爲時人所稱。其後附蔡京，遂叛東坡，其人不足道也。」〔註 308〕又《四庫全書總目·初寮詞提要》評：「(王安中) 其爲人反覆炎涼，雖不足道，然才華富豔，亦不可掩。」〔註 309〕楊慎以安中詞雖爲人稱道，人品卻不足道也；《四庫提要》則先言其人反覆，不足爲取，然文章才華光耀處，又不可掩蓋。兩者所言乃一事，惟論述角度、批評立場有所不同。

末句則化自宋·黃昇《唐宋諸賢絕妙詞選》卷六之記載：「王履道，名安中。受知於蔡元長。有文章盛名，號初寮先生。」〔註 310〕「初寮」係王安中號，年十四薦於鄉，學於蘇軾、晁說之。明·毛晉〈汲古閣本《初寮詞》跋〉云：

> 嘗讀周益公節略，極稱其詩文似坡公暮年之作。又云黃、張、秦、晁既歿，繫文統、接墜緒，莫出公右。尤長於制誥，李漢老嘆爲徽宗時一人。第見議於先輩，或云初爲東坡門下士，其後附蔡叛蘇。或又云受學於晁以道，其後但云晁四丈，而不稱先生。未知孰是。要未可與持正之輩並立矣。〔註 311〕

是知安中爲人頗引人非議。譚瑩於此著一「惜」字，實有憐惜之意，意謂其人雖非持正之士，然「文章盛名」、「才華富豔」，有不可淹沒

〔註 308〕《詞話叢編》，冊 1，頁 477～478。

〔註 309〕《四庫全書總目提要》，冊 5，頁 289。

〔註 310〕《花庵詞選》，頁 91。

〔註 311〕《詞籍序跋萃編》，頁 160～161。

之實，依舊令人賞愛。合上句觀之，此處一方面稱賞詞人文采，另一方面又頗有慨嘆人品與詞品殊不相類之憾，足見譚氏論詞旨趣。

二十一、論宋徽宗

趙佶（1082～1135），即宋徽宗，宋神宗第十一子。欽宗靖康二年（1127），北宋淪亡，徽、欽二帝俱被擄北遷。紹興五年（1135），卒於五國城（今黑龍江依蘭），年五十四。譚瑩詩云：

> 孟婆風緊太郎當，誰憶君王更斷腸。說到故宮無夢去，三生端是李重光。

首句「孟婆風緊」，化用宋徽宗趙佶〈月上海棠〉（斷句）詞句：「孟婆且與我、做些方便。」〔註 312〕「孟婆」係傳說之風神，明・楊慎《詞品》卷五載：

> 俗謂風曰孟婆。蔣捷詞云：「春雨如絲，繡出花枝紅裊。怎禁他孟婆合早。」宋徽宗詞云：「孟婆好做些方便，吹個船兒倒轉。」江南七月間有大風，甚於舶趠，野人相傳以爲孟婆發怒。按北齊李騊駼聘陳，問陸士秀：「江南有孟婆，是何神也？」士秀曰：「《山海經》，帝之二女，遊于江中，出入必以風雨自隨。以帝女，故曰孟婆。猶《郊祖志》以地神爲泰媪。」此言雖鄙俚，亦有自來矣。〔註 313〕

至於「郎當」，本謂潦倒、落魄，此處亦可作狼狽解。整句係指徽宗亡國之後，被擄北行，面對關風淒緊，何等狼狽不堪。其〈燕山亭〉：「裁剪冰綃。輕疊數重。冷淡胭脂凝注。新樣靚妝。豔溢香融。羞殺蕊珠宮女。易得凋零。更多少無情風雨。愁苦。閒院落淒涼。幾番春暮。　憑寄離恨重重。這雙燕何曾。會人言語。天遙地遠。萬水千山。知他故宮何處。怎不思量。除夢裏有時曾去。無據。和夢也。有時不做。」〔註 314〕正道盡狼狽之處境與心境。

〔註 312〕《全宋詞》，冊 2，頁 897。
〔註 313〕《詞話叢編》，冊 1，頁 505。
〔註 314〕《全宋詞》，冊 2，頁 898。

次句化用謝克家〈憶君王〉一詞，明・楊愼《詞品》卷五載：

> 徽宗被虜北行，謝克家作〈憶君王〉詞云：「依依宮柳拂宮牆，樓殿無人春晝長。燕子歸來依舊忙。憶君王。月照黃昏人斷腸。」忠憤之氣，寓於聲律，宜表出之。其調即〈憶王孫〉也。〔註 315〕

此句用其事，亦有反諷意味。蓋國破家亡後，「憶君王」者係謝克家等憂國憂民之忠臣。至於平日弄權誤國、阿諛奉承，如蔡京、童貫者流，何曾思及君王今日之處境，兩相對比，誠可恨復可哀也。

三句即用徽宗〈燕山亭〉（裁翦冰綃）下片詞句，所謂：「天遙地遠，萬水千山，知他故宮何處。怎不思量，除夢裏、有時曾去。無據。和夢也、有時不做。」據傳此詞乃徽宗絕筆。宋・無名氏《朝野遺記》云：

> 徽廟在韓州，會虜傳至書。一小使始至，見上登屋，自正芰舍，急下顧笑曰：「堯舜茅茨不翦。」方取緘視。又有感懷小詞。末云：「天遙地闊，萬水千山，知它故宮何處。怎不思量，除夢裏、有時曾去。無據。和夢也、有時不做。」眞似李主「別時容易見時難」聲調也。後顯仁歸鑾，云此爲絕筆。〔註 316〕

蓋全詞意境淒惋哀感，加以絕筆之說，益添悲情色彩。殊値注意者，文中以徽宗絕筆似南唐後主亡國之作，一如譚瑩本詩由宋徽宗遭遇思及李後主。清・賀裳《皺水軒詞筌》亦云：「南唐主〈浪淘沙〉曰『夢裏不知身是客。一晌貪歡。』至宣和帝〈燕山亭〉則曰『無據。和夢也有時不做。』其情更慘矣。嗚呼，此猶《麥秀》之後有《黍離》也。」〔註 317〕清・王國維《人間詞話》復云：「尼采謂『一切文學。余愛以血書者。』後主之詞，眞所謂以血書者也。宋道君皇

〔註 315〕《詞話叢編》，冊 1，頁 506。

〔註 316〕（明）陶宗儀編纂：《說郛》卷二九《朝野遺記》，冊 3，頁 2048～2049。

〔註 317〕《詞話叢編》，冊 1，頁 702～703。

帝〈燕山亭〉詞亦略似之。」〔註 318〕梁啓超《飲冰室評詞》評此詞亦曰：「昔人言宋徽宗爲李後主後身，此詞感均頑豔，亦不減『簾外雨潺潺』諸作。」〔註 319〕

故本詩三、四句，以〈燕山亭〉之哀婉，結合徽宗與後主之境遇而曰：「三生端是李重光」。「三生」指前生、今生、來生；「重光」係後主字，全句意謂：徽宗前生定爲後主。以兩人皆貴爲天子，文采風流，乃同遭亡國之痛。譚瑩以宿命之說作結，讀來令人不勝欷噓！

綜上所述，譚瑩論北宋中後期詞人，特著重蘇軾、秦觀與周邦彥三人，故分別撰兩首詩作論述。其觀察頗能符合詞史發展之現況，據王兆鵬研究指出，此一時期詞家，大致可劃分爲二：「一是以蘇軾爲領袖的蘇門詞人群」，或與蘇門過從甚密者屬之；「二是以周邦彥爲領袖的大晟詞人群」，渠等皆曾於大晟樂府內供職。〔註 320〕至於秦觀，雖屬「蘇門四學士」，詞風卻獨樹一格，〔註 321〕清・況周頤《蕙風詞話》卷二即云：

> 有宋熙豐間，詞學稱極盛。蘇長公提倡風雅，爲一代山斗。黃山谷、秦少游、晁无咎，皆長公之客也。山谷、无咎皆工倚聲，體格於長公爲近。唯少游自闢蹊徑，卓然名家。蓋其天分高，故能抽祕騁妍於尋常濡染之外。〔註 322〕

蓋秦觀活動之北宋詞壇，前有柳永，同時有蘇軾，兩人皆對詞之思想內容與藝術形式均有具體開拓、革新之功，產生廣泛深刻之影響：前者大量創製慢詞長調，運用坦率通俗之語言，抒寫市民階層生活之情態與內在情感；後者則藉由縱橫揮灑之筆調，突出自我情性，抒發文

〔註 318〕《詞話叢編》，冊 5，頁 4243。

〔註 319〕《詞話叢編》，冊 5，頁 4305。

〔註 320〕參氏著：《唐宋詞史論》，頁 15。

〔註 321〕黃文吉先生認爲：秦觀「堅持詞的獨立性，不與詩混淆」，並舉「應社」和韻詞爲例，以秦氏「正處在蘇軾以詞唱和的時候」，卻「一首和韻之作都沒有」。明顯地表現他對待詞體的態度。其說甚可參酌。詳氏著：《北宋十大詞家研究》，頁 263～264。

〔註 322〕《詞話叢編》，冊 5，頁 4426～4427。

人學士之逸懷浩氣。蘇軾同門中，張耒不以詞名，黃庭堅、晁補之「皆學東坡，韻製得七八」，〔註 323〕秦觀極受蘇軾重視，然詞之創作上，卻未全然追隨蘇軾「一洗綺羅香澤之態」，〔註 324〕反「自闢蹊徑，卓然名家」。其遠紹「《花間》、《尊前》遺韻」，〔註 325〕近取柳、蘇之長，〔註 326〕而又自出清新。於柳、蘇慢詞格局開闊、氣度從容之基礎上，揉入花間、南唐令詞之含蓄蘊藉，避免柳詞之發露徑直，蘇詞之橫放恣肆，增添語盡而意不盡之韻致。復就語言運用論之，秦觀既吸取柳詞之自然流暢，亦間以市井語入詞，然能除去其過分「塵下」之俚詞俗語，而代之以文人妍雅風貌，並於淒婉纏綿之豔情詞中寄寓身世感慨等複雜之人生體驗，亦即清・周濟所言「將身世之感，打并入豔情」，〔註 327〕此特色顯係受蘇詞著重抒發個人意志之影響。惟秦觀僅將蘇軾所強調之「詩化」精神引進，以增加詞之容量、深度，卻依舊保持本色風貌，從而添卻幾許沉咽哀婉、深摯迷惘之情味色調。以上論述，譚瑩並未全面及之，蓋限於絕句承載容量使然。然此中指明少游化用詩語，善於運用情景交融之筆法，寓寫個人經歷與身世之感，從而強調其詞之影響，亦尚稱周全。

次論東坡一系，誠如前文所述，蘇詞特具「詩化」精神。大陸學者沈松勤研究指出：蘇軾論詞從「詩詞本一律」之觀點出發，「用意即使詞於『綺筵公子，繡幌佳人』的淺斟低唱之餘，重新出之以『詩人之雄』。」〔註 328〕在蘇軾全面革新詞體前，王安石已導其先路，其〈桂枝香〉（登臨送目）一詞高朗清曠，詞人於俯仰今古之喟嘆中，雖多寓

〔註 323〕（宋）王灼著；岳珍校正：《碧雞漫志校正》（成都：巴蜀書社，2000 年 7 月），頁 34。

〔註 324〕（宋）胡寅：〈酒邊詞序〉，《詞籍序跋萃編》，頁 168。

〔註 325〕（清）劉熙載《藝概》卷四〈詞曲概〉，《詞話叢編》，冊 4，頁 3691。

〔註 326〕夏敬觀：〈手校淮海詞跋〉曰：「少游學柳，豈用諱言？稍加以坡，便成爲少游之詞。」《唐宋詞集序跋匯編》，頁 48～49。

〔註 327〕《詞話叢編》，冊 2，頁 1652。

〔註 328〕詳氏著：《唐宋詞社會文化學研究》（第二版）（杭州：浙江大學出版社，2005 年 1 月），頁 300～301。

有深沉之致，卻無蕭索頹唐之氣息，此正與蘇軾一脈相通，故為東坡折服。惟譚瑩於王安石評價不高，乃就其整體創作而言，以其詞作過於疏略，深情含蓄不足。至於東坡，譚瑩評價頗高，然不強調其「小詞似詩」，〔註 329〕「傾蕩磊落，如詩如文，如天地奇觀」〔註 330〕之創作傾向，而特別關注蘇詞中細膩委曲，意味深婉之作品。故詩中論蘇軾，取而相提並論者，有柳永、秦觀、周邦彥等人，皆婉約詞家之代表；更引蘇軾詞作證其婉約綺靡之風，特具本色當行。由是隱約透露譚瑩論詞之觀點，仍強調含蓄蘊藉、情思宛轉之詞家本色。觀其批評黃庭堅「著腔子唱好詩」之詞作，如「良玉有瑕」，遠不及秦觀「本色當行」；論張耒詞，強調「綺懷」之作；論王安石，特舉題王雱所作「風流」婉曲之作，凡此皆可見其評賞旨趣。

準此，譚瑩論周邦彥亦多稱賞，蓋周邦彥能承襲秦觀本色婉約之風，〔註 331〕並於形式技巧上，受柳永影響，〔註 332〕卻又能超邁柳氏籠罩，卓然自成大家。而此主要緣於周氏藝術表現之豐富，推動方法技巧之發展，化天然作人工，舉凡結構章法、典事使事、遣詞用字等，皆備載典範意義，為後世詞家指示門徑；由是結合高度之音樂素養，呈現有如「百寶流蘇」、富麗堂皇之樣貌。「婉約」詞之發展，自秦觀至周邦彥，沿襲擯俗崇雅、保持「本色」之走向，推動傳統詞風向「醇雅」演進。當中詞人，如王詵〈憶故人〉（燭影搖紅向夜闌）詞，於濃摯中呈顯清麗蘊藉之致；舒亶小詞「甚有思致」，言淺意深，內蘊無限情思；王觀詞雖不及柳永，其作品亦格調宛然，有可賞譽處；謝

〔註 329〕（宋）胡仔：《苕溪漁隱叢話》前集卷四十二引《王直方詩話》記晁補之、張耒語。上冊，頁 283。

〔註 330〕（宋）劉辰翁：〈辛稼軒詞序〉，《詞籍序跋萃編》，頁 201。

〔註 331〕（清）陳廷焯：《白雨齋詞話》云：「秦少游自是作手，近開美成，導其先路」。《詞話叢編》，冊 4，頁 3785。

〔註 332〕（清）周濟：《宋四家詞選》評柳永〈雨霖鈴〉（寒蟬淒切）云：「清眞詞多從耆卿奪胎，思力沈摯處往往出藍。」《詞話叢編》，冊 2，頁 1651。

逸詞清麗雋秀，頗有鍛鍊之工，品味自高。以上諸家，譚瑩皆化用其名作名句予以稱賞，頗能體現詞人之本色風貌。

再者，由於北宋中後期「是政治『變革』的時代，也可以說是政局多變、新舊黨爭此起彼伏、黨派之間相互『傾軋』的時代。」〔註333〕故譚瑩論此期詞人，亦有著眼於政治立場，議論人品之處。如論毛滂，謂其因蘇軾得名，終附蔡京顯達，殊不可取；論舒亶，特指其「實使東坡到海南」；論王安中，則強調詞人「反覆炎涼」，逐於名利，即使空有文章盛名，亦不足道也。此外，北宋詞歸結於徽宗，所論緊扣家國興亡之感，與其下論高宗歡愉享樂之作，形成強烈對比，諷刺意謂鮮明。正如論北宋末詞人，前有呂濱老憂國之情，後則接言王安中之「反覆炎涼」。由是可知，譚瑩論詞存史，並強調與時代密切相關之政治、社會發展，從中寄寓作者個人之歷史評價。

第三節　小　結

北宋，自政治社會經濟環境角度論之，係屬承平之時代。處此背景下，達官顯貴不僅廣置莊園田產、舞榭歌臺，並蓄歌妓、養樂工，縱情聲色，享樂風氣盛行；與宴飲歌舞相伴而生之詞曲亦迅速繁榮。表面觀之，北宋與晚唐、五代均講究享樂，然仔細觀察，可見晚唐五代貴族士大夫之享樂具有末世心理，且經由歌唱、寫作綺豔婉麗之詞作以滿足精神需求。至於北宋詞人，則主要在體現承平環境之人性追求，從而將詩歌抒情言志之功能帶入詞體創作；在綢繆宛轉中融入自我之悲歡離合、思致情趣，甚至品格精神。凡此，均可於譚瑩論詞組詩中所化用詞人詞句、詞家評語，甚而詞人軼事，見出端倪，不再贅述。

總結譚瑩論北宋詞之特色有四：，其一，以詞存史，論列詞家依時代順序，頗能體現詞史流變；其二，強調詞人詞作之影響，可於論

〔註333〕王兆鵬：《唐宋詞史論》，頁14。

柳永、秦觀、周邦彥等人見出；其三，對前人評語，時而化用，時而反用，技巧靈活，充分體現作者評賞之旨趣與價值判斷；其四，具體結合詞人政治立場、生平經歷、詞作軼事，以反映時代現實。要之，譚瑩經由以上面向，鮮明呈現北宋詞壇之概況，而其所關注之柳永、蘇軾、秦觀與周邦彥四人，正為北宋詞壇開拓革新、承襲流衍，影響南宋詞壇至為深遠之詞家，可證其識見卓然，吾人亦可藉此建構宋詞發展之脈絡，其觀點誠清晰皦然也。

第五章　論南宋詞人

本章擬探究譚瑩「論詞絕句」論南宋詞人部分，見於組詩第五十二首至第九十四首，並第十六首論南宋高宗，計三十九家，得四十四首詩，此中辛棄疾、姜夔、張炎、周密各論兩首，並附論《樂府補題》一首。詞家論列，依時代先後排序。爲求論述能反映時代背景，彰顯譚瑩論詞存史之意圖，本章亦以分期方式處理，〔註 1〕概分南宋詞壇爲初、中後、末期三階段，藉以考察詞史之發展。惟第五十三首論詹玉，屬南宋末期；第八十九首論孫惟信，屬南宋中後期，此二人論列順序略作更動，餘皆不變。並總結其主要觀點於後。

第一節　論南宋初期詞人

譚瑩論南宋初期詞人，取宋高宗、曾覿、趙鼎、向子諲、葉夢得、陳與義、朱敦儒等七家，得詩七首。茲依詞家論列，逐次分析如下：

一、論宋高宗

趙構（1107～1187），即宋高宗，字德基，徽宗第九子。宣和三

〔註 1〕本章同樣引王兆鵬「代群分期」之說而略作修正，因王先生所劃分第四期與第五期詞人群，於譚瑩〈論詞絕句〉之配置，時而混雜，爲避免過於更動組詩排列順序，混淆作者之詞史觀念，本文擬合四、五期論述，概分南宋爲前、中後、末期三階段。

年（1121），封爲康王。靖康二年（1127）四月，金人擄徽、欽二帝北行。五月，康王即位於南京（今河南商丘），用李綱爲相，宗澤守汴，力謀恢復。旋用黃潛善、汪伯彥諸人，避敵南遷，定都臨安。以秦檜爲相，乞和於金。譚瑩詩云：

> 製舞楊花曲最工，花王誰比問東風。須知三殿歡娛日，五國城中雪未融。

首句「舞楊花」，據清・張宗橚《詞林紀事》卷三載，宋高宗有〈舞楊花〉一闋，全詞爲：

> 牡丹半坼初經雨。雕檻翠幕朝陽。困倚東風。羞謝了群芳。洗煙凝露向清曉。步瑤臺。月底霓裳。輕笑澹拂宮黃。淺凝飛燕新妝。　楊柳啼鴉晝永。正秋千庭館。風絮池塘。三十六宮。簪艷粉濃香。慈寧玉殿慶清賞。占東君。誰比花王。良夜萬燭瑩煌。影裏留住年光。〔註2〕

此詞本事，據宋・張端義《貴耳集》卷下云：「慈寧殿賞牡丹，時椒房受冊，三殿極歡。上洞達音律，自製曲，賜名〈舞楊花〉，停觴命小臣賦詞，俾貴人歌以侑玉卮爲壽，左右皆呼萬歲。詞云：（略）。此康伯可樂府所載。」〔註3〕是知作者當爲康與之，〔註4〕或與之應制擬作也。〔註5〕依譚瑩之意，首句云「製舞楊花曲最工」，乃本於《貴耳集》所指「上洞達音律，自製曲，賜名〈舞楊花〉」而言，亦即此詞乃高宗自製曲，康與之賦詞。觀全詞意境，歡愉美好，充分體現宴

〔註2〕（清）張宗橚輯：《詞林紀事》（臺北：鼎文書局，1971年3月），頁62～63。

〔註3〕《四庫筆記小說叢書・老學庵筆記外十一種》（上海：上海古籍出版，1993年7月），頁454。

〔註4〕現載於康與之《順庵樂府》。《全宋詞》案語：「《詞林紀事》卷三此首誤作宋高宗趙構詞。」康與之（生卒年不詳），字伯可，號順庵，洛陽人，居滑州（今河南滑縣）。嘗受經傳於晁以道。建炎初，高宗駐蹕揚州，與之上〈中興十策〉，名震一時。旋監杭州大和樓酒庫，坐盜錢爲妓飾金免官。秦檜當國，與之附檜求進，爲檜門下十客之一。紹興十五年（1145），監尚書六部門。專應制爲歌詞。

〔註5〕《詞譜》云：「按此詞載康與之樂府，或與之應制擬作也。」

遊賞花之興致，故次句化用詞中：「占東君、誰比花王」，彰顯遊人雅興、春風得意之狀。

三、四句筆鋒一轉，批評高宗遊賞歡愉之舉。「三殿歡愉日」化用《貴耳集》所載本事；「三殿」指天子及後宮，〔註6〕「五國城」則徽宗遭金人拘求之地，後卒於此。兩相對照，境遇殊別：前者係春風得意、竟日歡愉，後者乃置身凜冽寒冬，永無寧日。經由徽宗景況之對比，益凸顯高宗苟且偷安，耽於享樂之非。然則譚瑩首二句之讚賞，特為予高宗更嚴厲之批評耳。

二、論曾覿

曾覿（1109～1180），字純甫，號海野老農，汴（今河南開封）人。譚瑩詩云：

> 畫像偏教戴牡丹，阮郎歸賦壽皇歡。詼諧莫誚曾鶉脯，淒絕金人捧露盤。

首句用事，見宋．張端義《貴耳集》卷下載：「壽皇使御前畫工寫曾海野喜容帶牡丹一枝，壽皇命徐本中作贊云：『一枝國豔，兩鬢春風。』壽皇大喜。」〔註7〕譚瑩用此事，除強調曾覿與皇室關係密切，亦暗寓嘲諷之意。

次句用曾覿〈阮郎歸．上苑初夏侍宴，池上雙飛新燕掠水而去，得旨賦之〉一詞本事。據宋．周密《武林舊事》卷七所記，乾道三年三月十一日，孝宗伴太上皇（即高宗）後苑賞花，「回至清妍亭，看荼蘼，就登御舟，繞堤閒游。亦有小舟數十隻，供應雜藝嘌唱，鼓板蔬果，與湖中一般。及上倚闌閒看，適有雙燕掠水飛過，得旨令曾覿賦之，遂進〈阮郎歸〉云……各有宣賜。」〔註8〕知此詞乃曾覿奉旨

〔註6〕（宋）程大昌：《演繁露．三宮三殿》：「國朝有太皇太后時，並皇太后、皇后稱三殿，其後，乘輿行幸，奉太后，偕皇后以出，亦曰三殿。」

〔註7〕《四庫筆記小說叢書．老學庵筆記外十一種》，頁454。

〔註8〕（宋）周密：《武林舊事》（臺北：廣文書局，1995年6月），卷七，

應制而作，頗得上位歡心。茲錄全詞如次：

柳陰庭館佔風光。呢喃清晝長。碧波新漲小池塘。雙雙蹴水忙。　萍散漫，絮飄颺。輕盈體態狂。爲憐流去落紅香。銜將歸畫梁。〔註 9〕

詞寫園中飛燕掠水而過之景，通篇寫燕，卻未見「燕」字，僅藉環境、動作與體態，渲染飛燕神態，妙在似與不似間，具傳神點睛之效果。明．沈際飛《草堂詩餘．正集》卷一評云：「憐香惜豔，燕大不俗」，〔註 10〕觀全詞結尾，落花逐水而流，然多情之燕乃一口口銜回畫梁，築成芳巢。此處賦予燕子大雅不俗之性格，亦形塑詞人自身之形象，藝術手法極其成功，故能贏得「壽皇」（即孝宗）之歡心。據明．毛晉〈汲古閣本《海野詞》跋〉云：「純甫與龍大淵同爲建王內知客，孝宗以二人皆潛邸舊人，觴詠唱酬，字而不名。怙寵恃勢，純甫尤甚，故陳俊卿、虞允文輩文章逐之。」〔註 11〕知其長於唱酬，上所取信，爲潛邸舊人，怙寵恃勢，人格頗受非議。本詩首二句用二事，蓋形塑曾覿爲人逢迎，且善於應制唱酬，由是與上位者關係熱絡。

第三句仍用事，據明．謝肇淛《五雜俎》卷十六〈事部四〉載：「曾純甫當國日，有歸正官蕭鷓巴來謁，既退，有一客至，因問曰：『蕭鷓巴可對何人？』客曰：『正可對曾鶉脯。』曾怒其嫚己，遂與之絕。」〔註 12〕文中來客答語，本屬詼諧對話，乃不見容於曾覿，怒而與之絕交。此處用事，形塑詞人形象與前兩句大不相同，蓋首二句所言乃詞人對上阿諛奉承之態度，此句則呈現與友人相處苛刻之面貌，兩相對照，嘲諷之意十分鮮明。

頁 1～2。

〔註 9〕《全宋詞》，冊 2，頁 1318。

〔註 10〕（明）顧從敬選；沈際飛評：《古香岑草堂詩餘》（明崇禎間末翁少麓刊本），卷一，頁 23。

〔註 11〕施蟄存主編：《詞籍序跋萃編》（北京：中國社會科學出版社，1994 年 12 月），頁 226。

〔註 12〕（明）謝肇淛：《五雜俎》（上海：上海書店出版社，2001 年 8 月），頁 329。

末句筆鋒一轉，曰「淒絕金人捧露盤」。曾覿有〈金人捧露盤・庚寅歲春奉使過京師感懷作〉一詞，係作於「庚寅」，即孝宗乾道六年（1170）。按《金史・交聘表》記：「大定十年（1170），正月壬子朔，宋試吏部尚書汪大猷、寧國軍承宣使曾覿賀正旦。」〔註13〕《續資治通鑑》亦載：「汪大猷爲賀金正旦使，俾覿副之。」〔註14〕則此詞乃詞人使金歸返，途中感懷而作。茲錄全詞如次：

記神京、繁華地，舊遊蹤。正御溝、春水溶溶。平康巷陌，繡鞍金勒躍青驄。解衣沽酒醉絃管，柳綠花紅。　　到如今、餘霜鬢，嗟前事、夢魂中。但寒煙、滿目飛蓬。雕欄玉砌，空鎖三十六離宮。塞笳驚起暮天雁，寂寞東風。〔註15〕

此詞藉鮮明之時空對照，由上片「記神京」至下片「到如今」橫跨時空，展示不同之景象：昔日京城係「春水溶溶」，太平宴樂，如今卻「滿目飛蓬」，塞笳淒厲，從而形成強烈鮮明之對比。詞人置身此矛盾衝突之時空景象，充分展現黍離之感與傷痛之情。宋・黃昇《中興以來絕妙詞選》卷一評曰：「曾純甫，名覿，號海野。東都故老，及見中興之盛者。詞多感慨，如〈金人捧露盤〉、〈憶秦娥〉等曲，淒然有黍離之悲。」〔註16〕明・楊慎《詞品》卷四亦云：「東都故老，見汴都之盛，故詞多感慨。〈金人捧露盤〉是也。」〔註17〕譚瑩依此曰「淒絕」，亦由詞中「黍離之悲」立說。誠然〈金人捧露盤〉一闋感懷特深，全無矯揉造作之格，故而淒絕動人。惟譚瑩置於末句言之，與前三句曾覿形象相比，反形成另一種諷刺作用，則此處似又欲使人深思詞家人品與詞品之別，仍有討論空間。

〔註13〕（元）脫脫等：《金史》卷六一表一（北京：中華書局，1975年7月），冊5，頁1426～1427。

〔註14〕（清）畢沅等：《續資治通鑑・南宋紀》卷一四一（臺北：明倫出版社），頁3770。

〔註15〕《全宋詞》，冊2，頁1314。

〔註16〕（宋）黃昇選編；蔣哲倫導讀；雲山輯評：《花庵詞選》（上海：世紀出版集團，2007年9月），頁152。

〔註17〕《詞話叢編》，冊1，頁486。

三、論趙鼎

趙鼎（1085～1147），字元鎮，自號得全居士，解州聞喜（今山西省聞喜縣）人。譚瑩詩云：

香餘鴛帳冷金猊，名相詞傳品未低。唱徹聲聲蘇武令，人言作者李梁溪。

首句化用趙鼎〈點絳唇．春愁〉詞首二句：「香冷金爐，夢回鴛帳餘香嫩。」全詞如下：

香冷金爐，夢回鴛帳餘香嫩。更無人問。一枕江南恨。
　　消瘦休文，頓覺春衫褪。清明近。杏花吹盡。薄暮東風緊。〔註18〕

此詞標題為春愁，上片寫夢醒獨愁之況味，所謂春愁，僅表層意涵，其內在實包容更深刻之人生喟嘆及世事憂慮。下片以「消瘦休文（沈約字休文）」自比，其愁思之狀如此；並收束於「薄暮東風緊」一句，雖寫眼前之景，卻流露詞人憂慮明日春色之深情體貼。全詞用語含蓄婉約，耐人尋味，醞釀詞人深刻之意念，遂為人稱賞。如清．王奕清《歷代詞話》卷七引《古今詞話》云：「趙鼎，中興名相，而詞章婉媚，不減《花間》。其〈點絳唇〉云……較《花間》更饒情思。」〔註19〕故次句接言「名相詞傳品未低」。蓋自宋以降，趙鼎詞之婉媚，即被視為不減《花間》，如宋．黃昇《中興以來絕妙詞選》卷二云：「趙元鎮，名鼎，號得全居士。中興名相，詞婉媚不減《花間集》。」〔註20〕明．楊慎《詞品》卷四亦云：「趙鼎，字元鎮，宋中興名相。小詞婉媚，不減《花間》、《蘭畹》。」〔註21〕趙氏曾於南宋高宗朝兩度為相，高宗盛讚其「於國有大功，再贊親征皆能決勝，又鎮撫建康，回鑾無患，他人所不及也。」身為一代中興名相，趙鼎寫作婉約小詞，卻能深切傳達婉媚低回之情致，藝

〔註18〕《全宋詞》，冊2，頁941。
〔註19〕《詞話叢編》，冊2，頁1220。
〔註20〕《花庵詞選》，頁166。
〔註21〕《詞話叢編》，冊1，頁483。

術手段不減花間詞，故曰「品未低」。

三、四句所論乃詞作歸屬之公案。〈蘇武令〉一詞，今存李綱《梁溪詞》中；「梁溪」係李綱（1083～1140）號，與趙鼎齊名，同為中興名相，「每宋使至燕山，（金人）必問李綱、趙鼎安否，其為遠人所畏服如此。」〔註22〕兩人年代相當，名聲相近，又皆有詞傳世，由是推斷詞作有混淆之現象，亦屬合理範疇。再者，兩人詞集皆未著錄此詞，僅據宋‧趙彥衛《雲麓漫鈔》卷十四所傳：

> 紹興初，盛傳〈蘇武令〉詞：「塞上風高，漁陽秋早，惆悵翠華音杳。驛使空馳，征鴻歸盡，不寄雙龍消耗。念白衣金殿，除恩黃閣，未成圖報。誰信我，致主丹衷？傷時多故，未作救民方召！調鼎為霖，□壇□將，燕然即須平掃。擁精兵十萬，橫行沙漠，奉迎天表。」云李丞相綱作，未知是否。〔註23〕

《雲麓漫鈔》雖著錄此詞，云誰所作則態度保守，曰「未知是否」一句，知其未有定論。譚瑩本詩大膽將作者歸於趙鼎，所依據者，除前文之推論外，亦緣此詞書寫之意境，與趙鼎他作亦有相通處。如以〈滿江紅‧丁未九月南渡，泊舟儀眞江口作〉〔註24〕一詞為例，兩詞皆以秋景領起，景色空闊慘淡，情調惆悵低沉；同時又皆引「鴻雁」自比，暗喻去國離鄉，歸途何在？下片則就悲慨心境展現豪壯胸襟，流露憂國愛民之熱情，故譚瑩以此詞當趙鼎所為。

〔註22〕（元）脫脫等：《宋史》卷三五九列傳第一一八（北京：中華書局，1895年5月），冊32，頁11273。

〔註23〕傅根清點校：《雲麓漫鈔》，《唐宋史料筆記叢刊》（北京：中華書局，1998年5月），頁244～245。書中校勘「□壇□將」云：「《涉聞》本作『登壇作將』，《文淵》本作『兩壇上將』，未知孰是。」頁254。

〔註24〕全詞為：「慘結秋陰，西風送、霏霏雨濕。淒望眼、征鴻幾字，暮投沙磧。試問鄉關何處是，水雲浩蕩迷南北。但一抹、寒青有無中，遙山色。　天涯路，江上客。腸欲斷，頭應白。空搔首興歎，暮年離拆。須信道消憂除是酒，奈酒行有盡情無極。便挽取、長江入尊罍，澆胸臆。」《全宋詞》，冊2，頁944。

四、論向子諲

向子諲（1085～1152），字伯恭，自號薌林居士，眞宗時宰相向敏中五世孫。開封（今屬河南）人，南渡後徙居臨江軍（今江西清江）。譚瑩詩云：

> 序有胡寅未必知，江南江北酒邊詞。味如元酒心枯木，依舊看花不自持。

首句「序有胡寅」即宋・胡寅《斐然集》卷十七〈向薌林酒邊集後序〉一文。譚瑩謂其「未必知」，則以序文所述未必窺見向詞之全豹。何以如是？觀本詩二、三句所言，皆化自胡氏一文：

> 薌林居士，步趨蘇堂而嚌其胾者也。觀其退江北所作於後，而進江南所作於前，以枯木之心，幻出葩華，酌元酒之尊，而棄醇味，非染而不色，安能及此？〔註25〕

向子諲《酒邊詞》分江北舊詞與江南新詞兩部分，以南渡前後爲界，後者多感慨之音。胡寅序以爲《酒邊詞》編定以江北舊詞置後，進江南新詞於前，有「以枯木之心，幻出葩華，酌元酒之尊，而棄醇味」之深意。

末句「看花不自持」摘自〈生查子〉（近似月當懷）〔註26〕下片首句。全詞以花月喻美好戀情，言淺情深，自然委婉，別具民歌風味。明・卓人月《古今詞統》卷三評曰：「起句無端，是〈白頭吟〉『皚如皎若』句法。」〔註27〕譚瑩此處引向氏詞句，並未著眼其藝術手段，旨在言其心境；承上「味如元酒心枯木」，則子諲心境若此，何能「看花不自持」？惟譚瑩似誤解胡寅序文之意，蓋序文所言「枯木之心」乃向子諲隨宋室南渡後，力主抗金，晚年得罪秦檜，遂致仕，卜居清江，號所居曰薌林，退閒十五年間，所作多淡於名利，流露詞人歸隱

〔註25〕《詞籍序跋萃編》，頁168。

〔註26〕全詞爲：「近似月當懷，遠似花藏霧。好是月明時，同醉花深處。　看花不自持，對月空相顧。願學月頻圓，莫作花飛去。」《全宋詞》，冊2，頁974。

〔註27〕《續修四庫全書》（上海：上海古籍，2002年），冊1728，頁518。

後，不問世事心境。如〈西江月〉（五柳坊中煙綠）下片云：「拋擲麟符虎節，徜徉江月林風。世間萬事轉頭空。箇裏如如不動」，〔註 28〕頗能代表「枯木之心」、「元酒之尊」之詞風。然胡寅並未否認向氏詞中有「葩華」之作，尤其作於江北時期之詞，以小令爲主，內容多男女戀情、離愁別緒，以及友人贈答等，風格清麗柔婉，不同於「江南新詞」所體現之內容與風格，故胡寅以詞人進「江南新詞」於前，退「江北舊詞」於後，正足以呈現「以枯木之心，幻出葩華」之整體風貌，從而寄寓詞人重視「江南新詞」之用心所在。〔註 29〕若此，則譚瑩顯然誤讀胡寅序文，以向氏詞集皆「味如元酒心枯木」，遂致「序有胡寅未必知」之評。

五、論葉夢得

葉夢得（1077～1148），字少蘊，吳縣（今江蘇蘇州）人。因定居吳興弁山，家有石林園，故號石林居士。譚瑩詩云：

> 輕詆蘇黃太刻深，倚聲一事卻傾心。流鶯不語啼鶯語，狡獪眞憐葉石林。

首二句化用《四庫全書總目・石林詞提要》評語：「夢得著《石林詩話》，主持王安石之學，而陰抑蘇、黃，頗乖正論。乃其爲詞，則又挹蘇氏之餘波。所謂是非之心，有終不可澌滅者耶？」〔註 30〕「蘇黃」係指蘇軾與黃庭堅兩人，後人論宋詩常將兩人並稱，如宋・劉克莊《後村詩話》前集卷二有云：「元祐後，詩人迭起，一種則波瀾富而句律

〔註 28〕《全宋詞》，冊 2，頁 959。

〔註 29〕惟《四庫全書總目提要》卷一九八考證胡寅序文，以其說似詞集乃向子諲自定，非也。曰：「然〈減字木蘭花〉『斜江疊翠』一闋注，兼紀絕筆云云，已屬後人綴入。而此詞以後，所載甚多，年月先後，又不以甲子爲次，殆後人又有所竄亂，非原本耶？其〈浣溪沙〉詠岩桂第二闋『別樣清芳撲鼻來』一首，據注云：『曾瑞伯和』，蓋以瑞伯和詞附錄集內，而目錄乃並作子諲之詞，題爲〈浣溪沙〉十二首，則非其舊次明矣。」《詞籍序跋萃編》，頁 170。

〔註 30〕《四庫全書總目提要》，冊 5，頁 292。

疏，一種則鍛煉精而性情遠，要之不出蘇、黃二體而已。」〔註31〕則蘇、黃詩之藝術成就於當時足爲典範，惟葉夢得論詩，牽扯政治立場，以新黨自居，打壓舊黨人士，故論蘇、黃詩歌，往往過於刻薄，如評蘇軾曰：

> 蘇子瞻嘗兩用孔稚圭鳴，如水底笙簧蛙兩部，山中奴婢橘千頭，雖以笙簧易鼓吹，不礙其意同。至已遺亂蛙成兩部，更邀明月作三人，則成兩部。不知爲何物，亦是歇後，故用事寧與出處語小異而意同，不可盡牽出處語而意不顯也。〔註32〕

評黃庭堅云：「……嘗言見魯直自矜詩一聯云：『人得交遊是風月，天開圖畫即江山。』以爲晚年最得意，每舉以教人，而終不能成篇，蓋不欲以常語雜之。」〔註33〕凡此言論，皆與時人稱賞蘇黃詩之角度不同，且批評又往往過於偏執，於詩歌藝術探究未見正面積極之效果，難免落人口實。

惟葉氏雖詆蘇、黃之詩，於詞作卻頗有向蘇軾學習之跡，誠如《四庫提要》所指：

> 考倚聲一道，去古詩頗遠。……至於「雲峰橫起」一首，全仿蘇軾「大江東去」，並即參用其韻。又〈鷓鴣天〉「一曲青山」後闋，且直用蘇軾語足成。是以舊刻頗有與東坡詞彼此混入者，則注謂夢得近於蘇軾，其說不誣。〔註34〕

葉夢得詞作頗有承襲蘇軾處，此前人多有體認，如宋・關注〈石林詞跋〉云：「味其詞，婉麗綽有溫、李之風。晚歲落其華而實之，能於簡淡時出雄傑，合處不減靖節、東坡之妙，豈近世樂府之流哉！」〔註35〕宋・

〔註31〕（宋）劉克莊：《後村詩話》（臺北：廣文書局，1971年9月），頁5下。

〔註32〕（宋）葉夢得：《石林詩話》卷中，（清）何文煥輯：《歷代詩話》（北京：中華書局，2001年11月），冊上，頁416。

〔註33〕（宋）葉夢得《石林詩話》卷上，《歷代詩話》，冊上，頁410。

〔註34〕《四庫全書總目・石林詞提要》，冊5，頁292。

〔註35〕同上註，頁133～134。

王灼《碧雞漫志》卷二亦云：「後來學東坡者，葉少蘊、蒲大受，亦得六七，其才力比晁、黃差劣。」〔註36〕由是可知葉氏於詩歌理論雖多有詆毀貶抑蘇軾之語，惟倚聲塡詞一事，卻頗見承襲蘇詞之創作傾向，故譚瑩著一「卻」字，乃相對於上句所言，凸顯其爲人心機深沉，狡猾苛刻之一面。

故本詩三、四句用事以證葉氏爲人若此。據宋・王楙《野客叢書》卷二十八載：

> 章茂深嘗得其婦翁石林所書〈賀新郎〉詞。首曰：「睡起啼鶯語。」章疑其誤，頗詰之。石林曰：「老夫嘗考之矣。流鶯不解語，啼鶯解語，見《禽經》。」〔註37〕

由於「啼鶯語」詞中少見，且「啼」「語」兩字相複，故章沖「頗詰之」。此句宋以來即多作「流鶯語」，如宋・黃昇《中興以來絕妙詞選》後集卷一〔註38〕、《草堂詩餘》卷上均作「流鶯」，《草堂詩餘》並注云：「韋蘇州詩『流鶯日日啼花間』。」〔註39〕則時人多見「流鶯」，而少有「啼鶯」用語。譚瑩用此事，表露詞人狡獪詭詐之性格形象。

六、論陳與義

陳與義（1090～1138），字去非，號簡齋，其先眉州青城（今四川眉州青城縣）人，曾祖希亮遷洛，遂爲洛陽（今屬河南）人。譚瑩詩云：

> 敢信坡仙壘可摩，詞名無住卻無多。杏花影裏人吹笛，竟到天明奈若何。

首二句化用宋・黃昇《中興以來絕妙詞選》卷一評語：「陳去非名與義，……有《無住詞》一卷。詞雖不多，語意超絕，識者謂其可摩坡

〔註36〕（宋）王灼著；岳珍校正：《碧雞漫志校正》（成都：巴蜀書社，2000年7月），頁34。

〔註37〕（宋）王楙：《野客叢書》（臺北：臺灣學生書局，1971年5月），頁760～761。

〔註38〕《花庵詞選》，頁149。

〔註39〕劉崇德，徐文武點校：《明刊草堂詩餘二種》（保定：河北大學出版社，2006年5月），頁100。

仙之壘也。」〔註40〕「坡仙」係指蘇軾；「壘可摩」即「摩壘」之意，乃迫近敵壘，意謂挑戰也。〔註41〕此處承襲黃昇評語，以陳與義詞作傳世雖少，卻得與蘇軾相提並論，其詞之佳者，自爲人所稱賞。

陳與義少有詩名，後專力爲之，其詩學杜甫，曾云：「詩至老杜極矣」，元・方回《瀛奎律髓》置杜甫爲一祖，以黃庭堅、陳師道、陳與義爲三宗，可見源流關係。由於陳氏專精爲詩，平生所作六百餘首，故填詞僅是餘事，創作數量鮮明反映其關注所在。雖然，其詞於宋代仍有一定地位，《四庫全書總目・無住詞提要》肯定其價値曰：「吐言天拔，不作柳嚲鶯嬌之態，亦無蔬筍之氣，殆於首首可傳，不能以篇帙之少而廢之。」〔註42〕至其可貴處，如前文所指，論者皆強調其詞作有類似東坡處，如明・楊愼《詞品》卷三即謂其詞：「語意超絕，筆力排奡，識者謂其可摩坡仙之壘，非溢美云。」〔註43〕譚瑩顯係接受此論，故三、四句化用陳與義〈臨江仙・夜登小閣，憶洛中舊游〉詞句：「杏花疏影裡，吹笛到天明。」引詞人具體詞作，以證所評有據。茲錄全詞如次：

> 憶昔午橋橋上飲，坐中多是豪英。長溝流月去無聲。杏花疏影裡，吹笛到天明。　　二十餘年如一夢，此身雖在堪驚。閒登小閣看新晴。古今多少事，漁唱起三更。〔註44〕

陳與義《無住詞》十八首，絕大部分作於晚年俸祠退居湖州青墩鎭壽聖院僧舍，〔註45〕據宋・胡穉《簡齋先生年譜》載，陳與義於高

〔註40〕《花庵詞選》，頁146。

〔註41〕《左傳・宣公十二年》：「許伯曰：吾聞致師者，御靡旌，摩壘而還。」《十三經注疏》（臺北：藝文印書館，1997年8月），冊6，頁394。

〔註42〕《四庫全書總目提要》，冊5，頁295。

〔註43〕《詞話叢編》，冊1，頁484。

〔註44〕《全宋詞》，冊2，頁1070。

〔註45〕此見詞作題序可知，如〈虞美人〉（扁舟三日秋塘路）題序有云：「乙卯歲，自瑣闥以病得請，奉祠，卜居青墩鎭，立秋後三日行」；〈玉樓春〉（山人本合居巖嶺）題序亦記：「青墩僧舍作」；〈南柯子〉（矯矯千年鶴）題云：「塔院僧閣」等，由於青墩僧舍有「無住庵」，陳氏居此，遂以「無住」爲詞集名。

宗紹興五年乙卯（1135）六月以病告，除顯謨閣直學士，提舉江州太平觀，寓湖州青墩鎮壽聖院塔下，次年六月，被召爲中書舍人，八年復知湖州，以疾得請提舉臨安府洞霄宮，還青墩鎮僧舍，是年十一月逝世，年四十九。〔註46〕據上文所述，此詞係紹興五年或六年陳氏寓居青鎮追憶洛中舊遊之作。上片回憶二十年前洛中舊遊，時天下太平，詞人風華正茂，友朋之間常於洛陽城南午橋上對月飲酒、賞花吹笛，生活瀟灑自得；下片轉而慨嘆時事巨變、戰亂流離、歷史劫波，雖得保全性命，但國破家亡，故人星散，往日歡愉都已煙消雲散，而今獨自登閣眺望，感慨油然而生。全詞疏快明亮，渾成自然，其中本詩所化用兩句，歷來更爲人稱賞，如宋・張炎《詞源》卷下云：「至若陳簡齋『杏花疏影裡，吹笛到天明』之句，眞是自然而然。」〔註47〕譚瑩化此二句，亦顯見賞愛之情；而「奈若何」三字，則傳達了詞人無可奈何之悲慨，可知譚瑩亦見此二句實居全詞之關鍵轉折。誠如清・劉熙載《藝概》卷四所言：「詞之好處有在句中者，有在句之前後際者，……臨江仙『杏花疎影裏，吹笛到天明。』此因仰承『憶昔』，俯注『一夢』，故此二句不覺豪酣轉成悵悒，所謂好在句外者也。」〔註48〕而此詞雖將古今同慨之情收束於上片末結，然下片「漁唱起三更」一句，遂將沉摯悲慨化爲曠達心境，與蘇詞有相通處，故明・沈際飛《草堂詩餘・正集》卷二評此詞云：「意思超越，腕力排奡，可摩坡仙之壘。」〔註49〕清・陳廷焯《白雨齋詞話》亦謂〈臨江仙〉一闋：「筆意超曠，逼近大蘇。」〔註50〕而與義詞所以逼近蘇軾之因，實基於「以詩爲詞」之創作特點。正因陳氏專力爲詩，晚歲餘事作詞，運以詩法，遂使詞作近於蘇詞

〔註46〕（宋）胡穉編：《簡齋先生年譜》，北京圖書館編：《北京圖書館藏珍本年譜叢刊》（北京：北京圖書館出版社，1999年），冊22，頁470。
〔註47〕《詞話叢編》，冊1，頁265。
〔註48〕《詞話叢編》，冊4，頁3700。
〔註49〕（明）顧從敬選；沈際飛評：《古香岑草堂詩餘》，卷二，頁12。
〔註50〕《詞話叢編》，冊4，頁3790。

風格；宋・王灼《碧雞漫志》卷二稱其詞「佳處亦如其詩」，〔註 51〕即著眼於此。

七、論朱敦儒

朱敦儒（1081～1159），字希眞，號岩壑，又稱伊水老人、洛川先生、少室山人等。河南（今河南洛陽）人。譚瑩詩云：

> 西江月好足名家，直許微塵點不加。三卷樵歌名士語，此才端合賦梅花。

首句點出朱敦儒所作〈西江月〉兩詞，足側身名家之列，宋・黃昇《中興以來絕妙詞選》卷一即云：「〈西江月〉二曲，詞淺意深，可以警世之役役於非望之福者。」〔註 52〕茲移錄如次：

> 世事短如春夢，人情薄似秋雲。不須計較苦勞心。萬事原來有命。幸遇三杯酒美，況逢一朵花新。片時歡笑且相親。明日陰情未定。
>
> 日日深杯酒滿，朝朝小幅花開。自歌自舞自開懷。且喜無拘無礙。青史幾番春夢，紅塵多少奇才。不須計較與安排，領取而今現在。〔註 53〕

其一，詞人藉著好酒新花，尋求世事人情之解脫；其二則營造醉飲花前之閒適情調，最後反映詞人從頓悟中得到解脫之心境。此二作可視爲朱氏在宋朝南渡後，看透生命之抒寫；未見故國之思，亦無抗戰憂憤，純然流露一種閒曠之風致，表現人生無常、及時行樂之生活情態。胡適曾將朱敦儒詞分三期云：「第一是南渡以前的少年時期，……第二是南渡時期，頗多家國的感慨，身世的悲哀，……第三是他晚年閑居時期。這時候，他已很老了，飽經世故，變成了一個樂天自適的詞人」。〔註 54〕〈西江月〉二首正表現詞人暮年對世情之徹悟，特具典

〔註 51〕（宋）王灼著；岳珍校正：《碧雞漫志校正》，頁 34。
〔註 52〕《花庵詞選》，頁 158。
〔註 53〕《全宋詞》，冊 2，頁 856。
〔註 54〕胡適：《胡適選註的詞選》（臺北：遠流出版事業公司，1986 年 5 月），頁 140。

型意義，故次句承上而曰：「直許微塵點不加」。據宋・汪莘《方壺先生集》卷三〈詩餘序〉云：

> 唐宋以來，詞人多矣。其詞主乎淫，爲不淫非詞也。余謂詞何必淫，顧所寓何如耳。余於詞所愛者三人焉，蓋至東坡而一變，其豪妙之氣隱隱然流出言外，天然絕世，不假振作。二變而爲朱希眞，多塵外之想，雖雜以微塵，而其清氣自不沒。三變而爲辛棄疾，乃寫其胸中事，猶好稱淵明。此詞之三變也。〔註55〕

汪氏對朱敦儒評價甚高，強調其詞變在「多塵外之想」。至若「雜以微塵」，乃指詞中並非全然不染塵俗，此或與朱氏心境有關。據宋・陳振孫《直齋書錄解題》卷十八所載：「《巖壑老人詩文》一卷。右朝請大夫洛陽朱敦儒希眞撰。初以遺逸召用，嘗爲館職。既挂冠，秦檜之孫壎，欲學爲詩，起希眞爲鴻臚少卿，將使教之。懼禍不敢辭。不久秦亡，物論少之。」〔註56〕此事係紹興二十五年（1155），秦檜用敦儒子爲刪定官，強之復出，朱氏懼禍不敢辭，起除鴻臚少卿，士論惜之。檜死，依舊致仕。由於朱氏非隱逸終老，時人因其守節不終，頗有議論。惟譚瑩以〈西江月〉詞作體現徹悟之情，印證朱詞即便「雜以微塵」亦不妨礙其成就「天資曠遠，有神仙風致」〔註57〕之詞作風格。

詩言至此，足見譚瑩稱賞之意，故三、四句進一步鋪陳形塑朱敦儒隱逸詞人之風貌。「三卷樵歌」指朱氏詞集，汲古閣有《樵歌》三卷，清・阮元《四庫未收書目提要》及《宛委別藏》本《樵歌》三卷即從此本過錄；「名士」係指知名當代卻未出仕之人，宋・黃昇《中興以來絕妙詞選》卷一稱朱敦儒爲「東都名士」，〔註58〕譚瑩亦以「名士」稱之。蓋朱氏《樵歌》三卷存詞，皆隱逸名士之語，其高潔曠達

〔註55〕《叢書集成續編》（臺北：新文豐出版公司，1989年7月），冊207，頁497。

〔註56〕《叢書集成新編》（臺北：新文豐出版公司，1985年），冊2，頁497。

〔註57〕（宋）黃昇：《中興以來絕妙詞選》卷一，《花庵詞選》，頁158。

〔註58〕同上註。

之思，方得以「賦梅詞如不食煙火人語」，〔註 59〕故末句云「此才端合賦梅花」。

朱敦儒詞中詠梅多見。如〈鵲橋仙〉（溪清水淺）〔註 60〕一詞，宋・張端義《貴耳集》卷上云：「朱希眞，南渡以詞得名。……賦梅花如不食煙火人語。『橫枝消瘦一如無，但空裡疎花數點』，語意奇絕。」〔註 61〕又〈念奴嬌〉（見梅驚笑）〔註 62〕一詞，清・黃蘇《蓼園詞選》有評語：

> 希眞急流勇退，人品自稱清高。觀「受了多少淒涼風月」句，或有不能見用，不得已而托於求退者乎。且讀至「和羹心在」，可以知其志矣。希眞作梅詞最多，以其性之所近也。此作尤奇矯無匹，起處作問答語，便自超雋異常，次闋此處亦自高雅，「豈是無情」一折，意更周密，結語黯然。〔註 63〕

黃蘇之評實可以為本詩論述之註腳。

綜上所述，譚瑩論南宋初期詞人，雖僅取七家論述，卻頗能體現時代思潮。此期詞作由於「靖康之難」〔註 64〕之歷史劇變及其所造成之

〔註 59〕（宋）張端義：《貴耳集》卷上，《四庫筆記小說叢書・老學庵筆記外十一種》，頁 422。。

〔註 60〕全詞爲：「溪清水淺，月朧煙澹，玉破梅梢未遍。橫枝依約影如無，但風里、空香數點。　乘風欲去，凌波難住，誰見紅愁粉怨。夜深青女濕微霜，暗香散、廣寒宮殿。」《全宋詞》，冊 2，頁 840。

〔註 61〕《四庫筆記小說叢書・老學庵筆記外十一種》，頁 422。

〔註 62〕全詞爲：「見梅驚笑，問經年何處，收香藏白。似語如愁，卻問我、何苦紅塵久客。觀里栽桃，仙家種杏，到處成疏隔。千林無伴，澹然獨傲霜雪。　且與管領春回，孤標爭肯接、雄蜂雌蝶。豈是無情，知受了、多少淒涼風月。寄驛人遙，和羹心在，忍使芳塵歇。東風寂寞，可憐誰爲攀折。」《全宋詞》，冊 2，頁 835。

〔註 63〕《詞話叢編》，冊 4，頁 3078

〔註 64〕宋徽宗宣和七年十月（1125），金太宗以違反盟約的理由下詔伐宋，分兵兩路南下，消息傳來，朝野震驚，徽宗禪位於太子趙桓，是爲欽宗，改元靖康，元年正月（1126），金兵圍攻汴京，欽宗命李棁至金軍議和，其後下詔割太原、中山、河間三鎮予金，並以太宰張邦昌及皇弟樞爲質，金人乃退。爾後欽宗悔割三鎮，出兵援之，然事

社會動盪，致使創作視角脫離秦樓楚館、淺斟低唱，以及沉吟詠歎進退之範疇，轉而抒發故國憂思，表現動亂歲月存在之社會現實，鑄就嶄新詞風與意境。然而「他們的前半生，即靖康之難以前，是在徽宗朝（1100～1125）畸形的和平環境中渡過，生活大都比較安定適意，大多數詞人是在綺羅叢中吟風弄月」，〔註 65〕故其詞往往特具鮮明之分期，如中興名相趙鼎，於南渡前詞風婉媚，靖康之難後，藉詞緬懷故國，嗟嘆身世飄零，同情人民苦難，時而流露對收復河山之渴望，詞風轉為悲壯慷慨，故譚瑩所論，前引「春愁」詞，後則「蘇武令」，體現此種轉變。至於向子諲詞分江南、江北，表現亦有鮮明區隔，惟譚瑩以其「依舊看花不自持」，似誤解胡寅序文之意，前文論之已詳，茲不贅述。

北宋傾覆，南渡初來之詞人，筆端往往含藏傷悼國運、緬懷故都之沉摯情感，一旦因事觸及，便迸發而出。即如曾覿，承繼宣、政大晟樂派餘韻，專以應制為能事，亦遭受嚴酷時代強烈之震撼，遂有〈金人捧露盤〉等表現「淒絕」之作品，此譚瑩特為其立論之因。蓋高宗、孝宗朝有如康與之、曹勛、史浩、曾覿等頌世諛世之宮廷詞人，專門於宮廷內遵命創作，或歌功頌德，或應制獻諛，以粉飾太平，取上歡心，此由譚瑩論宋高宗與曾覿兩首可以窺見當時景況。南渡初期諸多應制詞人，譚瑩獨取曾覿一人，實因「淒絕金人捧露盤」所流露之時代感懷。

際此悲劇之時代，詞人既親身體驗，遂有切膚之痛；發而為詞，自多慷慨悲壯、激越蒼涼之音，亦逐漸向「詩化」方向發展，具體表現則是對北宋蘇軾詞風之承襲與接受。從詞之傳唱角度考察，北宋承

未果而宋軍皆潰。金太宗復以宋廷毀約為由，再度揮師南侵，是年閏十一月二十五日，汴京失陷，城中財物盡為劫掠。翌年二月，金人遷徽宗、欽宗及后妃、諸王宗室於軍中；三月，立張邦昌為帝，國號大楚，為金之附庸；四月，脅徽宗、欽宗、后妃、太子、宗戚大臣等三千餘人及皇室珍藏之禮器、圖籍、財物等北去，北宋遂告滅亡，史稱「靖康之難」。

〔註 65〕王兆鵬：《唐宋詞史論》，頁 25。

襲晚唐餘風，以穠麗婉約見長，至蘇軾拓寬詞境，遂有「質」之轉變，卻仍被視爲「異質」之成分，眞正廣爲流行者，依舊屬淺斟低唱之柳永詞，直至北宋末年，詞人多依周邦彥等人隨聲附和。再者，政治影響亦是蘇詞消沉冷落之重要因素，由於哲、徽二朝「黨爭」之因，蘇軾文集多被焚燬，〔註66〕負面接受之狀況益加顯見。然至南宋初期，蘇詞重獲被人體認學習之機遇，由是形成時代風尚，於詞壇廣泛流播。〔註67〕譚瑩於此亦有體會，如論葉夢得詞，強調「倚聲一事」傾心「蘇黃」；論陳與義詞，特言「可摩」「坡仙壘」，至其所稱之朱敦儒，詞中表現遁世內斂之心情寫照，亦多少參雜蘇軾超曠淡泊之神韻情致，凡此，皆於某種程度上體現此期之詞壇風尙。

第二節　論南宋中後期詞人

譚瑩論南宋中後期詞人，取張孝祥、辛棄疾、趙彥端、劉過、陳亮、張鎡、陸游、廖瑩中、俞國寶、黃機、劉克莊、盧祖皋、姜夔、戴復古、高觀國、史達祖、張輯、吳潛、吳文英、黃孝邁、黃昇、孫惟信等二十二家，此中論辛棄疾與姜夔各兩首，共計二十四首。茲詞家論列，逐次分析如下：

一、論張孝祥

張孝祥（1132～1170），字安國，號于湖居士，歷陽烏江（今安徽和縣東北）人。譚瑩詩云：

> 紅羅百匹總無嫌，想亦無心學子瞻。至使魏公緣罷酒，一腔忠憤洗香奩。

首句用事，據宋．周密《癸辛雜識》載：「張于湖知京口，王宣子代

〔註66〕（宋）楊仲良：《皇宋通鑑長編紀事本末》載：「（崇寧二年1103）四月丁巳，詔焚燬蘇軾《東坡集》并《後集》印版。」

〔註67〕詳見張春義：〈蘇軾詞南宋初「接受」情況簡論〉一文，《嘉興學院學報》（第17卷第5期2005年9月）。

之。多景樓落成，于湖爲大書樓扁，公庫送銀二百兩爲潤筆，于湖卻之，但需紅羅百匹，於是大宴合樂，酒酣，于湖賦詞，命妓合唱，甚歡，遂以紅羅百匹犒之。」〔註68〕由張孝祥婉拒二百兩之事，知其人不貪求財富，然於歌舞歡唱之際，將紅羅百匹全數犒賞歌妓，卻又顯出豪爽多情之性格。

次句論張孝祥詞與蘇軾之傳承。綜觀宋詞發展，自北宋蘇軾開創豪放詞風，「一洗綺羅香澤之態」，「使人登高望遠，舉首高歌」，〔註69〕「指出向上一路，新天下耳目。」〔註70〕影響大矣。南渡後，國破家亡之歷史情境，孕育許多愛國憂民之悲慨詞作，體現近於蘇詞豪放之風格，不同於傳統婉約柔媚之態。張孝祥即典型代表，論者多謂其能繼蘇詞風格，如宋．湯衡〈張紫微雅詞序〉：

> 其後元祐諸公，嬉弄樂府，寓以詩人句法，無一毫浮靡之氣，實自東坡發之也。于湖紫微張公之詞，同一關鍵。……見公平昔爲詞，未嘗著稿，筆酣興健，頃刻即成，初若不經意，反復究觀，未有一字無來處……，所謂駿發踔厲，寓以詩人句法者也。自仇池仙去，能繼其軌者，非公其誰與哉？〔註71〕

「仇池」即蘇軾，以其著《仇池筆記》，故稱。文中點明「以詩爲詞」之作法，源於蘇軾，至其仙去，能遵其詞風者，惟張孝祥一人。此外，據宋．葉紹翁《四朝聞見錄》乙集載張氏「嘗慕東坡，每作爲詩文，必問門人曰：『比東坡何如？』門人以『過東坡』稱之。雖失太過，然亦天下奇男子也。」〔註72〕益可見其有心學詞於蘇軾，體現發揚蹈厲之豪放詞風。惟譚瑩卻謂其「無心學子瞻」，其說乃承上句而來；

〔註68〕任繼愈、傅璇琮總主編：《文津閣四庫全書》（北京：商務印書館，2005年），冊346，頁85。

〔註69〕（宋）胡寅：〈酒邊集序〉，《詞籍序跋萃編》，頁169。

〔註70〕（宋）王灼：《碧雞漫志》卷二，頁37

〔註71〕《詞籍序跋萃編》，頁213～214。

〔註72〕（宋）葉紹翁撰；沈錫麟、馮惠民點校：《四朝聞見錄》，《唐宋史料筆記叢刊》（北京：中華書局，1997年12月），頁72。

亦即從「紅羅百匹」之事可知，張孝祥與蘇軾皆屬豪爽多情之性格，故創作自然體現近於蘇詞之風貌，是無心之舉，非有意爲之。由是可知，譚瑩並非否定蘇、張兩人詞作承繼之關係，而僅是強調性格自然之成分，如此，更有抬舉張詞之用意。

三、四句則就歷史情境，強化詞人於特定之時代氛圍所造就「一腔忠憤洗香奩」之詞風。三句用事，據清・王奕清等撰《歷代詞話》卷七引《朝野遺記》載：「安國在建康留守席上賦此（即〈六州歌頭〉一闋），歌闋，魏公爲罷席而入。」〔註 73〕明陳霆《渚山堂詞話》卷一亦云：「張安國在沿江帥幕。一日預宴，賦〈六州歌頭〉云（略）。歌罷，魏公流涕而起，掩袂而入。」〔註 74〕「魏公」即當時江、淮兵馬張浚。《宋史・張孝祥傳》記載：「渡江初，大議惟和戰，張浚主復讎，湯思退祖秦檜之說力主和，孝祥出入二人之門而兩持其說，議者惜之。」〔註 75〕對此，宋・陸世良〈宣城張氏信譜傳〉駁斥，以爲：「公始登第，出思退之門。及魏公志在恢復，公力贊相。且與敬夫（張浚之子）志同道合，故魏公屢薦公。」〔註 76〕張浚乃當時主戰派一員，當中亦有趙鼎、李綱、張孝祥等人，皆與秦檜領導之主和派理念不合。「魏公緣罷酒」一句，「緣」有因此之義，所指即魏公聞張孝祥〈六州歌頭〉（長淮望斷）〔註 77〕後流涕罷席一事，則其間忠憤之氣，表露無遺。清・劉熙載《藝概》卷四即稱：「張孝祥安國於建康留守席上，賦〈六州歌

〔註 73〕《詞話叢編》，冊 2，頁 1226。

〔註 74〕《詞話叢編》，冊 1，頁 353～354。

〔註 75〕（元）脱脱等：《宋史》卷三八九列傳第一四八，冊 34，頁 11944。

〔註 76〕《四部叢刊》本《于湖居士文集・附錄》。

〔註 77〕全詞爲：「長淮望斷，關塞莽然平。征塵暗，霜風勁，悄邊聲。黯銷凝。追想當年事，殆天數，非人力，洙泗上，弦歌地，亦羶腥。隔水氈鄉，落日牛羊下，區脱縱橫。看名王宵獵，騎火一川明。笳鼓悲鳴。遣人驚。　　念腰間箭，匣中劍，空埃蠹，竟何成。時易失，心徒壯，歲將零。渺神京。干羽方懷遠，靜烽燧，且休兵。冠蓋使，紛馳騖，若爲情。聞道中原遺老，常南望，羽葆霓旌。使行人到此，忠憤氣塡膺。有淚如傾。」《全宋詞》，冊 3，頁 1686。

頭〉，致感重臣罷席，然則詞之興觀群怨，豈下於詩哉？」〔註78〕此詞編年，據夏承燾《宋詞繫》所考，係高宗紹興三十二年（1162）作；史載紹興三十一年十一月，金主完顏亮舉兵突破宋淮河防線，直趨長江北岸，在渡江時，被虞允文迎擊，大敗而走，宋金兩軍遂夾江東下，完顏亮至楊州被殺，於是金兵退回淮河流域，暫時息戰。主戰派大臣張浚奉詔由潭州改判建康府兼行宮留守。次年正月，高宗到建康，張孝祥亦於此時前往。此詞即為孝祥在建康留守張浚宴客席上所賦。〔註79〕首句「長淮望斷」，概括自紹興和議、隆興元年符離兵敗後，二十餘年間之社會狀況，對於南宋王朝不修邊備、不用賢才、實行屈辱求和之政策，傳達憤慨之意，詞云：「聞道中原遺老，常南望、翠葆霓旌。使行人到此，忠憤氣塡膺。有淚如傾。」其情歷歷在目。故清・陳廷焯《白雨齋詞話》評曰：「淋漓痛快，筆飽墨酣，讀之令人起舞。」〔註80〕正因張氏以「忠憤氣塡膺」之慷慨豪情作詞，以寫家國之感，故能超越詞家表現閨閣之情，洗卻詞中「香奩脂粉」之氣，論者更因此視為承蘇啓辛之橋樑，〔註81〕則其詞史地位自不可忽視。

二、論辛棄疾

辛棄疾（1140～1207），字坦夫，改字幼安，號稼軒，齊州歷城（今山東濟南）人。譚瑩詩云：

> 小晏秦郎實正聲，詞詩詞論亦佳評。此才變態眞橫絕，多恐端明轉讓卿。

首句「小晏」係晏幾道，「秦郎」指秦觀，兩人詞作承襲唐五代以降婉麗之風，情致動人。如清・謝章鋌《賭棋山莊詞話》卷九云：「晏、

〔註78〕《詞話叢編》，冊4，頁3709。

〔註79〕夏承燾：《夏承燾集》（杭州：浙江古籍出版社，1997年），冊3，頁494。

〔註80〕《詞話叢編》，冊4，頁3795。

〔註81〕詳參王師偉勇：《南宋詞研究》（臺北：文史哲出版社，1987年9月），頁291～302。

秦之妙麗，源於李太白、溫飛卿。」〔註 82〕清・劉熙載《藝概》卷四則曰：「少游詞有小晏之妍，其幽趣則過之。」〔註 83〕由是可知兩人詞作同具委婉妍麗之風格，譚瑩謂之「正聲」，實源於宋・李清照界定詞之觀念：「乃知別是一家，知之者少。後晏叔原、賀方回、秦少游、黃魯直出，始能知之。」〔註 84〕故詞之爲體，與詩有別，仍以婉約爲正宗，故明・王世貞《藝苑卮言》云：「李氏、晏氏父子、耆卿、子野、美成、少游、易安至也，詞之正宗也。」〔註 85〕若蘇軾「以詩爲詞」者，向爲評家視爲歧出，非詞之本色。

譚瑩於此肯定「小晏秦郎」乃詞之正格，但相對於正聲之變格，亦即以詩、文爲詞之手法，同樣稱許，故次句接言：「詞詩詞論亦佳評」。宋・陳模《懷古錄》引潘舫語：「東坡爲詞詩，稼軒爲詞論。」〔註 86〕明・毛晉〈稼軒詞跋〉亦云：「詞家爭鬥穠纖，而稼軒率多撫時感事之作，磊落英多，絕不作妮子態。宋人以東坡爲詞詩，稼軒爲詞論，善評也。」〔註 87〕蓋東坡「以詩爲詞」，擴大詞之境界，豐富詞之寫作題材，開創豪放曠達之詞風。至辛棄疾，則專力爲之，不僅運詩法入詞，更別開「以文爲詞」之特色，使詞之寫作更見突破發展，誠如清・吳衡照《蓮子居詞話》所指：「辛稼軒別開天地，橫絕古今，論、孟、詩小序、左氏春秋、南華、離騷、史、漢、世說、選學、李、杜詩，拉雜運用，彌見其筆力之峭。」〔註 88〕正因稼軒詞「別開天地」，與詞體發展之源流有別，故爲「變態」，亦即不同於「正聲」之「變體」；然雖爲變體，卻有稼軒天才運之，遂得「橫絕古今」。如宋・

〔註 82〕《詞話叢編》，冊 4，頁 3444。

〔註 83〕《詞話叢編》，冊 4，頁 3691。

〔註 84〕（宋）李清照〈詞論〉語。見王仲聞校注：《李清照集校注》（北京：人民文學出版社，1979 年），頁 195。

〔註 85〕《詞話叢編》，冊 1，頁 337。

〔註 86〕（宋）陳模撰；鄭必俊校注：《懷古錄校注》（北京：中華書局，1993 年 2 月），頁 61。

〔註 87〕《詞籍序跋萃編》，頁 202。

〔註 88〕《詞話叢編》，冊 3，頁 2408。

劉克莊〈辛稼軒集序〉有云：「公所作大聲鞺鞳，小聲鏗鍧，橫絕六合，掃空萬古，自有蒼生以來所無。」〔註89〕清・劉熙載《藝概》卷四亦曰：「稼軒詞龍騰虎擲，任古書中理語、瘦語，一經運用，便得風流，天資是何敻異！」〔註90〕此本詩三句「此才變態眞橫絕」之眞義，亦即稼軒以其變態之才爲詞，別開天地，橫絕古今，特具「別立一宗」〔註91〕之詞史地位。

末句承上而來，「端明」即蘇軾代稱；詞本義爲古宮殿名，後作端明殿學士之代稱，蘇轍〈祭亡兄端明文〉：「以家饌酒果之奠，致祭於亡兄端明子瞻之靈。」〔註92〕全句意謂：蘇軾於詞壇之地位恐爲辛棄疾所取代。據宋・范開〈稼軒詞序〉所云：

> 稼軒詞之體，如張樂洞之野，無首無尾，不主故常；又如春雲浮空，卷舒起滅，隨所變態，無非可觀。無他，意不在於作詞，而其氣之所充，蓄之所發，詞自不能不爾也。其間固有清而麗、婉而嫵媚，此又坡詞之所無，而公詞之所獨也。〔註93〕

由於辛詞具有突破傳統、不主故常之開拓與變化，比蘇軾有過之而無不及，於經、史、子、集無一不可入，其才橫絕古今，卻又能同時保有詞體曲折含蓄之美，成就辛詞特具風格，已非歷來論者謂承襲蘇軾詞風所能概括，故曰「多恐端明轉讓卿」。

譚瑩詩次首云：

> 斜陽煙柳話當年，穠麗詞工又屑傳。謹謝夫君言亦誤，兩詞沉痼實依然。

〔註89〕《詞籍序跋萃編》，頁200。

〔註90〕《詞話叢編》，冊4，頁3693。

〔註91〕《四庫全書總目提要・稼軒詞》：「棄疾詞慷慨縱橫，有不可一世之概；於倚聲家爲變調，而異軍特起，能於剪翠刻紅之外，屹然別立一宗。」

〔註92〕（宋）蘇轍撰；陳宏天、高秀芳點校：《蘇轍集》（北京：中華書局，1990年8月）。

〔註93〕《詞籍序跋萃編》，頁199。

首句「斜陽煙柳」，化用辛棄疾〈摸魚兒・淳熙己亥，自湖北漕移湖南，同官王正之置酒小山亭，為賦〉詞句：「斜陽正在，煙柳斷腸處。」據稼軒詞題，知此詞作於宋孝宗淳熙六年（1179）暮春，詞人自湖北轉運副使調任湖南轉運副使，同僚王正之於官衙內小山亭，備設酒筵為他餞行，詞人遂賦此，茲錄全詞如次：

更能消、幾番風雨。匆匆春又歸去。惜春長恨花開早，何況落紅無數。春且住。見説道、天涯芳草迷歸路。怨春不語。算只有殷勤，畫檐珠網，盡日惹飛絮。　　長門事，準擬佳期又誤。蛾眉曾有人妒。千金縱買相如賦，脈脈此情誰訴。君莫舞。君不見、玉環飛燕皆塵土。閑愁最苦。休去倚危樓，斜陽正在，煙柳斷腸處。〔註 94〕

全詞自憐春、惜春、留春至怨春，抒發詞人面對年華虛度，國勢日衰之憂懼心情。通篇用暗喻手法，詞情委婉，上片著一「春」字，喻家國時代，與己身年華，面對逝去之春光，憂傷年華虛度，國勢日衰，借春歸花落，表露詞人不平靜之心聲！下片緊扣史事，反用司馬相如〈長門賦序〉，並用楊玉環、趙飛燕事，以此比自己的遭遇，進一步抒發「蛾眉曾有人妒」之感慨，激憤不平之情，通過史事流貫於文字間。此本詩首句「話當年」之意，蓋稼軒此詞下片借詠史抒己情，末乃歸結於「斜陽煙柳」之景語。整闋詞雖委婉曲隱，但蘊含之悲憤情志隱然可見，正所謂「以詞掩意，託物寄興，使吾志曲隱而自達」。此種摧剛為柔，寓悲憤激越於哀怨婉約之中之獨特手法，梁啓超譽之云：「回腸蕩氣，至於此極。前無古人，後無來者。」〔註 95〕

譚瑩顯然亦頗稱賞稼軒詞中摧剛為柔之筆法，亦即將憂國之情與身世之感，納入詞的傳統範式，書寫美人傷春與閨怨題材，由是情感深沉悲憤，卻又不礙詞之婉曲本色，故曰「穠麗詞工又屑傳」。「屑」，值得之意，全句意謂：稼軒善以比興委婉之筆出之，特具內容與形式

〔註 94〕《全宋詞》，冊 3，頁 1867。

〔註 95〕梁令嫻：《藝蘅館詞選》丙卷引（臺北：臺灣中華書局，1970 年 10 月），頁 92。

之美，〔註 96〕殊值流芳百世，傳揚後代。實則稼軒詞風本非「詞詩詞論」、慷慨縱橫之評所能概括，此前人亦有體會，如宋・劉克莊論辛詞特言：「其穠麗綿密處，亦不在小晏、秦郎之下。」〔註 97〕范開〈稼軒詞序〉亦指出：「其間固有清而麗、婉而嫵媚，此又坡詞之所無，而公詞之所獨也。」〔註 98〕然而誠如今人葉嘉瑩所云：

> 但辛詞之眞正佳處，卻畢竟仍在其所獨具的一份英雄豪傑之氣。即以其爲世所盛稱的特具婉約之致的〈摸魚兒〉（更能消幾番風雨）及〈祝英臺近〉（寶釵分）諸詞而言，其潛氣內轉寓剛於柔的手段與意境，便已絕非小晏、秦郎之所能及。〔註 99〕

此譚瑩於本詩特舉〈摸魚兒〉一詞代表稼軒「穠麗詞工」之眞正用意，蓋上一首詩起句云：「小晏秦郎實正聲」，此處則以〈摸魚兒〉之穠麗婉約呼應小晏、秦郎「正聲」之格，惟稼軒超邁前人處，在於哀感纏綿之詞境中，始終飽含英雄豪傑之氣，與家國時代之感。辛棄疾一生以恢復中原爲己任，然處南宋政權中，始終被視爲「北方歸正人」，難得重用；即緣抗金復國之壯志難伸，政治舞臺不能盡展其才，於焉一腔忠憤，滿懷鬱結，往往寄之於詞。誠如宋・范開〈稼軒詞序〉云：「公一世之豪，以氣節自負，以功業自許，方將斂藏其用以事清曠，果何意於歌詞哉，直陶寫之具耳。」〔註 100〕劉辰翁〈辛稼軒詞序〉亦有「陷絕失望，花時中酒，托之陶寫」〔註 101〕之論。實則詞至稼軒手中，已成爲政治失意之餘，抒發胸中憂患感慨、抑鬱悲憤之「陶寫之具」。譚瑩亦由此解讀稼軒詞所以值得流傳之深意，從而興起下文三、四句之論述。

〔註 96〕詳參業師王偉勇教授：《南宋詞研究》，頁 326。
〔註 97〕〈辛稼軒集序〉，《詞籍序跋萃編》，頁 200。
〔註 98〕《詞籍序跋萃編》，頁 199。
〔註 99〕詳氏著：《唐宋詞名家論集》，頁 347。
〔註 100〕《詞籍序跋萃編》，頁 199。
〔註 101〕《詞籍序跋萃編》，頁 201。

末句所指「兩詞」，乃稼軒詞集中兩闋〈摸魚兒〉詞，此二詞一作於餞行酒筵上；一題爲「觀潮上葉丞相」。〔註 102〕「葉丞相」即葉衡，曾薦稼軒慷慨有大略，孝宗召見後，遷倉部郎官，此詞即離建康赴行在前所作。合本詩三、四句觀之，若純以兩詞所賦係「謹謝」設宴餞行之王正之或薦朝爲官之葉丞相，顯亦不明稼軒「沉痼」所在。「沉痼」乃積久難治之病，於此自指稼軒對故國家鄉永難忘懷之情；惟北伐大業終不能成，遂使詞人憂慨之感，愈積愈深，化而爲詞，「沉痼依然」。近人俞陛雲評賞「觀潮上葉丞相」詞，曾云：「詞爲上葉丞相而作，其蒿目時艱，意有所諷耶？」〔註 103〕蓋辛詞中無論豪放雄壯或穠麗綿密，其本質始終不變，亦即貫徹始終、忠義奮發之意志，永如「沉痼」般存在於詞人每一首作品中。

三、論趙彥端

趙彥端（1121～1175），字德莊，號介庵，太祖弟魏王延美七世孫。譚瑩詩云：

> 集中偏愛伎名垂，一代宗英作者誰。波底夕陽紅濕句，我家人語阜陵推。

首句意謂趙彥端詞集末有〈鷓鴣天〉十闋，序云：「羊城天下最號都會，風軒月館，豔姬角妓，倍於他所，人以羣仙目之，因賦十闋鷓鴣天。」〔註 104〕此十首詞乃爲京口角妓：蕭秀、蕭瑩、歐懿、劉雅、歐倩、文秀、王婉、楊蘭、吳玉等九人所作，且以名入集中，故曰「集中偏愛伎名垂」。《四庫全書總目・介庵詞提要》評舉曰：「詞格凡猥，皆無可取，且連名入之集中，殆於北里之志，殊乖雅音，蓋唐宋以來，

〔註 102〕鄧廣銘：《稼軒詞編年箋注》考訂此詞作於：「淳熙二年（1175）。——稼軒於淳熙二年被召，入爲倉部郎官，此詞當作於七月赴江西提刑任之前。」（臺北：華正書局，2003 年 9 月），頁 40。

〔註 103〕俞陛雲：《唐五代兩宋詞選釋》（臺北：文史哲出版社，1988 年 7 月），頁 384。

〔註 104〕《全宋詞》，冊 3，頁 1461。

士大夫不禁狹斜之游，彥端是作，蓋亦移於習俗，存而不論可矣。」〔註 105〕蓋自唐代以來，文人士大夫普遍盛行狎妓遊宴，趙彥端亦不免沾染此習。

次句「宗英」係指皇室傑出人才，此言趙彥端本人，因其爲太祖弟魏王延美七世孫，故云；清・葉申薌《本事詞》卷下亦稱趙氏「爲宗室之秀」。〔註 106〕蓋趙氏長於詩詞，富於才情，宜有風度，所作詞多婉約穠麗之風，爲人所賞，如宋・韓元吉撰墓誌銘云：「力學能文，風度灑落，詞辯纚纚」〔註 107〕又：「聞其詩詞一出，人嗜之往往如啗美味」〔註 108〕《四庫全書總目・介庵詞提要》亦評其詞曰：「多婉約纖穠，不愧作者。」〔註 109〕譚瑩曰「作者誰」乃欲引出本詩下文，亦即有宋一代皇室傑出人才，由三、四句用事可以見出。

三句「波底夕陽紅濕」，摘自趙氏〈謁金門〉（休相憶）〔註 110〕詞句；四句「阜陵」係宋孝宗。據宋・張端義《貴耳集》卷上記載：「趙介庵，名彥端，字德莊。宗室之秀，能作文，賦西湖〈謁金門〉『波底夕陽紅皺』。阜陵問誰詞？答云：『彥端所作。』『我家裡人，也會作此等語。』喜甚。」〔註 111〕譚瑩用此事，呼應「一代宗英」之語，亦顯見對「波底夕陽紅濕」詞句之稱賞。

四、論劉過

劉過（1154～1206），字改之，號龍洲道人，吉州太和（今江西

〔註 105〕《四庫全書總目提要》，冊 5，頁 300。
〔註 106〕《詞話叢編》，冊 3，頁 2345。
〔註 107〕（宋）韓元吉：《南澗甲乙稿》卷二一，《文津閣四庫全書》，冊 398，頁 332。
〔註 108〕同上註，頁 333。
〔註 109〕《四庫全書總目提要》，冊 5，頁 300。
〔註 110〕全詞爲：「休相憶。明夜遠如今日。樓外綠煙村冪冪。花飛如許急。柳岸晚來船集。波底斜陽紅濕。送盡去雲成獨立。酒醒愁又入。」《全宋詞》，冊 3，頁 1444。
〔註 111〕《四庫筆記小說叢書・老學庵筆記外十一種》，頁 422。

泰和）人。譚瑩詩云：

> 天下皆歌又禁中，賞音能與古琴同。鬼名點遍胡爲者，一語當師岳倦翁。

首句化用劉過〈賀新郎〉（老去相如倦）詞後〈自跋〉：「壬子春，余賦牒四明，賦贈老娼，至今天下與禁中皆歌之。江西人來，以爲鄭南秀詞，非也。」〔註112〕意謂劉過詞作，人所共賞，由是引出次句「賞音能與古琴同」，亦即不惟天下人稱賞，更得古琴知音者。此句用詞人軼事，載於小說家語。據明．王世貞《豔異編》卷三十五載：

> 劉過，字改之。襄陽人。雖爲書生，而貲產贍足。得一妾，愛甚。淳熙甲午，預秋薦，將赴省試。臨歧，眷戀不忍行。在道賦〈天仙子〉一詞，每夜飲旅舍，輒使隨直小童歌之。其詞曰：「宿酒醺醺猶自醉，回顧頭來三十里。馬兒只管去如飛，騎一會，行一會，斷送殺人山共水。　　是則青衫深可喜，不道恩情拆得未。雪迷前路小橋橫，住底是，去底是，思量我了思量你。」其詞鄙淺不工，姑以寫意而已，到建昌，游麻姑山。薄暮獨酌，屢歌此詞。思想之極，至於墮淚。二更後，一美女忽來前，執拍板曰：「願唱一曲勸酒。」即歌曰：「別酒未醉心先醉，忍聽陽關辭故里。揚鞭勒馬到皇都，三題盡，當際會，穩跳龍門三級水。
>
> 　　天意令吾先送喜，不審君侯知得未？蔡邕博識爨桐聲，君背負，只如是，酒滿金杯來勸你。」蓋賡和原韻，劉以「龍門」之句喜甚。即令再誦，書之於紙，與之歡接。但不曉「蔡邕背負」之意。因留伴宿。始問爲何人，曰：「我本麻姑上仙之妹，緣度王方平、蔡京不效，居此山，久不得回玉京。恰聞君新制雅麗，勉趁韻自媒。從此願陪後乘。」劉猶以辭卻之，然深於情，而長途遠客，不能自制，遂與之偕東。而令乘小轎，相望於百步間。迨入都城，僦委巷密室同處。果擢第，調荊門教授以歸。過臨江，因游皀閣山，道士熊若水修謁，謂之曰：「欲有所言，得乎？」

〔註112〕《全宋詞》，冊3，頁2149。

> 劉曰：「何不可者。」熊曰：「吾善符，竊疑隨車娘子，恐非人也。不審於何地得之？」劉具以告。曰：「是矣，是矣。俟茲夕與並枕時，吾於門外作法行待；教授緊抱同衾人，切勿令竄逸。」劉如所戒，喚僕秉燭排闥入，正擁一琴。頓悟昔日蔡邕之語。堅縛置於旁，且親自挈持，眠食不捨。及經麻姑，訪諸道流，乃云：「頃有趙知軍，攜古琴過此，寶惜甚至。因摶拊之際，誤觸墮砌下石上，損破不可治，乃埋之官廳西偏，斯其物也？」遽發瘞視之，匣空矣。劉舉琴置匣，命道眾焚香誦經咒，泣而焚之。且作小詩述懷。〔註 113〕

劉過此段仙緣本無需考證，且譚瑩用此旨在呼應首句之言，並興起三、四句詩意。蓋賞音美人乃上古琴精幻化而成，屬妖非人，正起下句「鬼名」之語，意指劉過〈沁園春・寄稼軒承旨〉〔註 114〕一闋，詞設爲白居易、林逋、蘇軾問答，有「被香山居士約林和靖，與東坡老，駕勒吾回。坡謂西湖，正如西子，濃抹淡妝臨鏡臺。二公者，皆掉頭不顧，只管銜杯。」又「逋曰不然，暗香浮動，爭似孤山先探梅。須晴去，訪稼軒未晚，且此徘徊。」等句，故云「鬼名點遍」。宋・岳珂《桯史》卷二記此詞曰：

> 嘉泰癸亥歲，改之在中都。時辛稼軒棄疾帥越，聞其名，遣介招之。適以事不及行，作書歸輅者，因效辛體〈沁園春〉一詞，並緘往，下筆便逼眞。其詞曰：「斗酒彘肩（略）。」辛得之大喜，致饋數百千，竟邀之去。館燕彌月，酬倡亹亹，皆似之，逾喜。垂別，賙之千緡，曰：「以是爲求田資。」

〔註 113〕（明）王世貞：《豔異編》（揚州：江蘇廣陵古籍刻印社，1998 年 5 月），頁 169～170。

〔註 114〕全詞爲：「斗酒彘肩，風雨渡江，豈不快哉。被香山居士，約林和靖，與東坡老，駕勒吾回。坡謂西湖，正如西子，濃抹淡妝臨鏡臺。二公者，皆掉頭不顧，只管銜杯。　　白雲天竺飛來。圖畫里、崢嶸樓觀開。愛東西雙澗，縱橫水繞，兩峰南北，高下雲堆。逋曰不然，暗香浮動，爭似孤山先探梅。須晴去，訪稼軒未晚，且此徘徊。」《全宋詞》，冊 3，頁 2143。

> 改之歸，竟蕩於酒，不問也。詞語峻拔如尾腔，對偶錯綜，蓋出唐王勃體而又變之。余時與之飲西園，改之中席自言，掀髯有得色。余率然應之曰：「詞句固佳，然恨無刀圭藥，療君白日見鬼證耳!」坐中烘堂一笑。既而別去，如昆山，姓某氏者愛之，女焉。〔註 115〕

末句「岳倦翁」即岳珂（1183～？）號，曰「一語當師」，則顯然認同岳珂「白日見鬼」之說。誠如《四庫全書總目‧龍洲詞提要》所云：「珂所作《桯史》卷二載此事云……珂又稱：過誦此詞，掀髯有得色，珂乃以『白日見鬼』調之。其言雖戲，要亦未嘗不中其病也。」〔註 116〕以「白日見鬼」戲語，正中劉過塡詞之病。劉過詞有意效辛體，由上引〈沁園春〉一闋已可見之，惟此作雖得稼軒之豪，卻未免粗率，故明‧楊愼《詞品》卷四評曰：「劉改之所作〈沁園春〉，雖頗似其（辛棄疾）豪，而未免於粗。」〔註 117〕辛詞一體本不易效之，前人多有體認，如清‧周濟《介存齋論詞雜著》云：「後人以粗豪學稼軒，非徒無奇才，並無其情。稼軒固是才大，然情至處後人萬不能及。」〔註 118〕又清‧謝章鋌《賭棋山莊詞話》卷一亦曰：「學稼軒，要於豪邁中見精緻。……稼軒是極有性情人，學稼軒者，胸中須先具一段眞氣奇氣，否則雖紙上奔騰，其中俄空焉，亦蕭蕭索索如牖下風耳。」〔註 119〕若劉過學辛詞，雖僅「得其豪放」，而「未得其宛轉」，〔註 120〕亦有自成一家之格，故清‧劉熙載《藝概》卷四評：「劉改之詞，狂逸之中，自饒俊致，雖沉著不及稼軒，足以自成一家。其有意效稼軒體者，如〈沁園春〉『斗酒彘肩』等闋，又當別論。」〔註 121〕本詩亦

〔註 115〕（宋）岳珂撰；吳企明點校：《桯史》，《唐宋史料筆記叢刊》（北京：中華書局，1997 年 12 月），頁 23。

〔註 116〕《四庫全書總目提要》，冊 5，頁 311。

〔註 117〕《詞話叢編》，冊 1，頁 503。

〔註 118〕《詞話叢編》，冊 2，頁 1633。

〔註 119〕《詞話叢編》，冊 4，頁 3330。

〔註 120〕（清）馮煦：〈六十一家詞選例言〉，《詞話叢編》，冊 4，頁 3592。

〔註 121〕《詞話叢編》，冊 4，頁 3695。

有意指出劉過刻意學辛體，卻反入惡道，遂不免粗率之弊。

五、論陳亮

陳亮（1143～1194），字同甫，號龍川，婺州永康人（今浙江省永康縣）人。譚瑩詩云：

> 生平經濟託微言，文似龍川意可原。亦有翠綃封淚語，散花菴選集無存。

首句化用宋・葉適《水心集》卷二十九〈書龍川集後〉所云：「又有《長短句》四卷，每一章就，輒自嘆曰：『平生經濟之懷，略已陳矣！』予所謂微言，多此類也。」〔註 122〕陳亮詞集據《宋史・藝文志》載共四卷，今不傳，僅本集所見三十首，多結合政治議論，情調激昂雄渾，直書胸臆，具有強烈之現實內容。蓋陳氏生於南宋，「自少有驅馳四方之志」，特具家國時代之感，抗金立場堅定，曾多次上書孝宗，倡言恢復、反對和議，「欲爲社稷開數百年之基」，爲人自以豪俠，雖屢遭大獄，仍不改初志。〔註 123〕陳亮平生不能詩，「以爲經綸之意具在」〔註 124〕其詞，誠如葉適所言，陳亮欲託「經濟之懷」於詞中，微言大義，寓意深遠也。

陳亮詞既託以微言，則如何得其意、溯其源？譚瑩以爲閱其文可得而知。次句「龍川」係詞人號，全句意謂：讀《龍川集》所撰文字，即可探求詞人「經綸之意」，由是知詞中所託微言。誠如葉適〈書龍川集後〉所云：「同甫集有《春秋屬辭》三卷，放今世經義破題，乃昔人連珠、急就之比，而寄意尤深遠。」蓋陳亮本屬理學家，於《宋史》入〈儒林傳〉，然反對當時空談心性之學，故爲文章，多以功利爲依歸，如〈上孝宗皇帝書〉、〈中興五論〉、〈酌古論〉等。其「經濟

〔註 122〕（宋）葉適：《水心文集》，《叢書集成續編》，冊 129。

〔註 123〕詳《宋史》本傳。（元）脫脫等：《宋史》卷四三六列傳第一九五，冊 37，頁 12929～12943。

〔註 124〕（宋）陳振孫：《直齋書錄解題》卷十八，《叢書集成新編》，冊 2，頁 500。

之懷」，或先發於詞篇，復寫爲文章；或明見於文章，再融入詞篇，如此重言累意，乃其「堂堂之陣，正正之旗，風雨雲雷交發而并至，龍蛇虎豹變見而出沒，推倒一世之智勇，開拓萬古之心胸」，〔註125〕此經世熱情之自然抒發，可由其文探知其詞，而誦其詞正可想見其爲人也。

陳氏既爲理學家，又滿懷經世思想，故詞作飽含政治理想，體現憂國憂民之豪情壯志，誠如明・毛晉〈龍川詞跋〉所云：「讀至卷終，不作一妖語媚語」，〔註126〕又清・李調元《雨村詞話》卷三亦云：「陳同甫無媚詞」，〔註127〕清・陳廷焯《白雨齋詞話》卷一復指出：「陳同甫豪氣縱橫」，〔註128〕是知其詞豪氣磅礴，讀之使人振奮。惟毛晉跋語曾指出：

> 余正喜同甫不作妖媚語，偶閱《中興詞選》，得〈水龍吟〉以後七闋，亦未能超然。但無一調合本集者，或云贗作。蓋花庵與同甫俱南渡後人，何至誤謬若此。或花庵專選綺豔一種，而同甫子沆所編本集特表阿翁磊落骨幹，故若出二手。況本集云《詞選》，則知同甫之詞不止於三十闋。即補此花庵所選，亦安得云全豹耶！〔註129〕

《四庫全書總目・龍川詞提要》認同毛氏跋語，以爲陳亮子所編本集，乃刪選而成，特表其父磊落襟懷。〔註130〕至若黃昇《中興以來絕妙詞選》，則據當時流傳稿本，所錄皆陳亮綺豔之作。本詩三、四句所言即此：三句「翠綃封淚」摘自陳亮〈水龍吟・春恨〉〔註131〕詞句：

〔註125〕（宋）陳亮：《龍川文集》（臺北：臺灣中華書局，1966年3月），頁6。

〔註126〕《詞籍序跋萃編》，頁254。

〔註127〕《詞話叢編》，冊2，頁1423。

〔註128〕《詞話叢編》，冊4，頁3794。

〔註129〕《詞籍序跋萃編》，頁254。

〔註130〕詳《四庫全書總目提要》，冊5，頁302。

〔註131〕全詞爲：「鬧花深處層樓，畫簾半卷東風軟。春歸翠陌，平莎茸嫩，垂楊金淺。遲日催花，淡雲閣雨，輕寒輕暖。恨芳菲世界，游人未賞，都付與、鶯和燕。寂寞憑高念遠。向南樓、一聲歸雁。金釵斗

「羅綬分香，翠綃封淚，幾多幽怨。」全詞藉春景起興，惟春光如許，游賞無方，但觸愁腸，盡成淚眼，詞情幽怨哀感，與前人所云陳亮「全無媚詞」並不相符。四句「散花菴」即指黃昇，其號花菴詞客，有《散花菴詞》，又編有《花菴詞選》。全句意謂：黃昇選錄陳亮詞，皆如〈水龍吟・春恨〉等作，特具婉約綺麗之風格，不見於陳亮本集，呈顯陳詞「豪氣縱橫」外之另一種風貌。

六、論張鎡

張鎡（1153～1211），字功甫，又字時可，號約齋居士，祖籍成紀（今甘肅天水），南渡後後居臨安（今浙江杭州），南宋初大將張俊之曾孫。譚瑩詩云：

> 玉照堂開夜不扃，海鹽腔衍與誰聽。滿身花影詞工絕，將種何須蟋蟀經。

首句化用張鎡〈滿江紅・小圃玉照堂賞梅，呈洪景盧內翰〉上片詞意：「玉照梅開，三百樹、香雲同色。光搖動、一川銀浪，九霄珂月。幸遇勛華時世好，歡娛況是張燈夕。更不邀、名勝賞東風，眞堪惜。」〔註 132〕詞人夜賞梅花，光影搖動，映襯一片花海，皎潔如對明月。宋・周密《齊東野語》卷十五〈玉照堂梅品〉載：「花時居宿其中，環潔輝映，夜如對月，因名曰玉照。」〔註 133〕「玉照堂」以種梅稱名，張鎡詞集亦名《玉照堂詞》，「其詞多賞梅之作」。〔註 134〕

次句言張鎡好爲新曲，遂創「海鹽腔」。據明・李月華《紫桃軒雜綴》卷三載：「張鎡字功甫，循王之孫。豪侈而有清尚，嘗來吾郡

草，青絲勒馬，風流雲散。羅綬分香，翠綃封淚，幾多幽怨。正銷魂，又是疏煙淡月，子規聲斷。」《全宋詞》，冊 3，頁 2108。

〔註 132〕詞下片爲：「盤誥手，春秋筆。今內相，斯文伯。肯閑紆軒蓋，遠過泉石。奇事人生能幾見，清尊花畔須教側。到鳳池、卻欲醉鷗邊，應難得。」《全宋詞》，冊 3，頁 2136。

〔註 133〕（宋）周密撰；張茂鵬點校：《齊東野語》，《唐宋史料筆記叢刊》（北京：中華書局，1997 年 12 月），頁 274。

〔註 134〕（明）楊愼《詞品》卷四，《詞話叢編》，冊 1，頁 495。

海鹽作園亭自恣，令歌兒演曲，務爲新聲，所謂海鹽腔也。」〔註135〕由是可知，詞人不僅雅致賞梅，亦精於聲律，能衍新腔，惟其新腔流行未廣，故曰「與誰聽」。

第三句「滿身花影」摘自張鎡〈滿庭芳・促織兒〉〔註136〕詞句：「任滿身花影，猶自追尋。」題爲「促織兒」，知此詞在詠蟋蟀，其事見姜夔〈齊天樂・題序〉：「丙辰歲，與張功父會飲張達可之堂，聞屋壁間蟋蟀有聲、功父約予同賦，以授歌者。功父先成，辭甚美。予裴回末莉花間，仰件秋月，頓起幽思，尋亦得此。蟋蟀，中都呼爲促織，善鬥。好事者或以三二十萬錢致一枚，鏤象齒爲樓觀以貯之」〔註137〕兩人所賦，各有特色。據清・鄭文焯校《白石道人歌曲》云：「功父〈滿庭芳〉詞詠蟋蟀兒，清雋幽美，實擅詞家能事，有觀止之嘆。白石別構一格，下闋寄託遙深，亦足千古矣。」〔註138〕譚瑩此處稱賞張鎡詠蟋蟀一詞「工絕」，蓋此詞精細刻畫蟋蟀之形象，與捕、鬥蟋蟀者之行動，並融入詞人主觀感受，形象生動，情意眞切，歷來爲人所稱道。如清・賀裳《皺水軒詞筌》評曰：「不惟曼聲勝其高調，兼形容處心細如絲髮，皆姜詞之所未發。」〔註139〕《歷代詩餘》引宋・楊湜《古今詞話》稱賞：「乃詠物之入神者。」〔註140〕其中「任滿身花影」二句，清・許昂霄《詞綜偶評》曰：「工細」，〔註141〕而譚瑩特引「滿身花影」言張鎡「詞工絕」，蓋亦由此稱之。

〔註135〕《叢書集成續編》，冊166，頁653。

〔註136〕全詞爲：「月洗高梧，露溥幽草，寶釵樓外秋深。土花沿翠，螢火墜牆陰。靜聽寒聲斷續，微韻轉、淒咽悲沈。爭求侶，殷勤勸織，促破曉機心。　兒時，曾記得，呼燈灌穴，斂步隨音。任滿身花影，猶自追尋。攜向花堂戲斗，亭臺小、籠巧妝金。今休說，從渠床下，涼夜伴孤吟。」《全宋詞》，冊3，頁2134。

〔註137〕《全宋詞》，冊3，頁2175～2176。

〔註138〕轉引自吳熊和主編：《唐宋詞匯評・兩宋卷》（杭州：浙江教育出版社，2004年12月），冊3，頁2638。

〔註139〕《詞話叢編》，冊1，頁704。

〔註140〕《詞話叢編》，冊2，頁1231。

〔註141〕《詞話叢編》，冊2，頁1557。

末句承上而來，「將種」，謂將門後代，此指張鎡。宋・葉紹翁《四朝聞見錄》丙集載宋寧宗誅韓侂冑，鎡預其謀，史彌遠以韓大臣近戚，未有以處，鎡曰：「殺之足矣。」史曰：「眞將種也！」〔註 142〕蓋張鎡既將門後代，有誅大臣之膽識，且工於詞筆，能詠蟋蟀「入神」者，似此，則無須撰《蟋蟀經》以取信上位。相傳南宋末權相賈似道撰《蟋蟀經》，頗爲知名，遂有「蟋蟀宰相」之稱。清・張宗橚《詞林紀事》卷十二按云：「《蟋蟀經》二卷，相傳賈秋壑所輯，文詞頗雅訓，有『更籌帷幄，選將登場』諸語。余兄雨岩研古樓所藏舊鈔本，甚堪愛玩。惜微簹芸窗道人繪畫冊，已付之《雲煙過眼錄》矣。」〔註 143〕譚瑩此處藉張鎡詠蟋蟀詞之工絕，相比賈似道《蟋蟀經》，則賈氏之作實無足道矣。

七、論陸游

陸游（1125～1209），字務觀，號放翁，山陰（今屬浙江紹興）人。譚瑩詩云：

> 蓮花博士曲新翻，合是詩人總斷魂。飛上錦裀紅縐語，千秋遺恨記南園。

首句「蓮花博士」摘自陸游詩語，《劍南詩稿》卷五十一〈九月十四日，夜雞初鳴，夢一故人相語曰：我爲蓮華博士，蓋鏡湖新置官也。我且去矣，君能暫爲之乎？月得酒千壺，亦不惡也。既覺，惘然作絕句記之〉詩云：「白首歸修汗簡書，每因囊粟戲侏儒。不知月給千壺酒，得似蓮華博士無？」〔註 144〕此處代指陸游，曰「曲新翻」，指〈釵頭鳳〉一調「世傳陸放翁作」。〔註 145〕葉嘉瑩亦云：

> 至於其〈釵頭鳳〉之作，則私意亦以爲觀其長短句之形式，

〔註 142〕詳（宋）葉紹翁撰；沈錫麟、馮惠民點校：《四朝聞見錄》，頁 91。
〔註 143〕（清）張宗橚輯：《詞林紀事》，335～336 頁。
〔註 144〕楊家駱主編：《陸放翁全集》（臺北：世界書局，1990 年 11 月），頁 750。
〔註 145〕夢筠《名山莊詞・釵頭鳳詞序》。

雖是詞作，然而卻並非當日流行歌曲的詞調，而是陸游當年二十餘歲時，在山陰游沈氏園，遇其前妻唐氏，一時感情激盪不能自已，因而題寫在園壁間的一首自創格式的新作，故世之推溯詞調之起源者，都不能在陸游以前找到任何〈釵頭鳳〉之作，那就因爲〈釵頭鳳〉原來就並不是當時流行的詞調的緣故。〔註 146〕

是此詞記述陸游與前妻唐氏相遇，表達兩人眷戀情深、相思之切，感嘆被迫離異之痛苦，並抒發詞人怨恨愁苦之心境，詞情深婉動人，故本詩次句所云「斷魂」蓋指此事，以其情感專一深摯，不免魂斷神傷也。又：此稱陸游爲「詩人」，乃因所作《劍南詩稿》存詩近萬首之多，爲中國詩史上，作品數量最多之詩人，與尤袤、楊萬里、范成大，並稱南宋詩壇四大家，其影響可見一斑。唯陸詩風格雖多，詩壇則向以「愛國詩人」目之，詩中展現詩人許國雄心與壯志未酬之悲慨，專一深摯，讀來殊可爲之「斷魂」。由是可知，陸游以其情感眞摯專一，無論對家國之許身，或對前妻之不捨，均至死不渝，感人殊深。

如此深情詩人，卻因晚年失節一事，遭人非議，令人惋惜，亦示人炯戒，此三、四句之意也。據宋・葉紹翁《四朝聞見錄》乙集記載：

（陸游）誓不復出。韓侂胄固欲其出，落致仕，除次對，公勉爲之出。韓喜陸附己，至出所愛四夫人擘阮琴起舞，索公爲詞，有『飛上錦裀紅縐』之語。又命公勺青衣泉，旁有唐開成道士題名。韓求陸記，記極精古，且以坐客皆不能盡一瓢，惟游盡勺，且謂挂冠復出，不惟有愧於斯泉，且有愧於開成道士云。」〔註 147〕

陸游晚年依附韓侂胄，爲韓氏愛妾作詞，且撰〈南園閱古泉記〉以贈。三句「飛上錦裀紅縐」即摘自陸氏此詞，惟此作不見載於詞集，僅存《四朝聞見錄》所引詞句，或緣陸游後悔其事，有意刪削。然此事業

〔註 146〕葉嘉瑩、繆鉞：《靈谿詞說》（臺北：正中書局，1993 年 8 月），頁 396。按吳熊和撰〈陸游〈釵頭鳳〉本事質疑〉一文，有不同說法，可以參看。

〔註 147〕（宋）葉紹翁撰；沈錫麟、馮惠民點校：《四朝聞見錄》，頁 65

已流傳，縱有「遺恨」，亦千秋見載於〈南園閱古泉記〉，誠如《四庫全書總目・放翁詞提要》所云：

> 葉紹翁《四朝聞見錄》載韓侂胄喜游附己，至出所愛四夫人號滿頭花者索詞，有「飛上錦裀紅縐」之句，今集內不載。蓋游老而墜節，失身侂胄，爲一時清議所譏。游亦自知其誤，棄其稿而不存。〈南園閱古泉記〉不編於《渭南集》中，亦此意也。而終不能禁當代之傳述，是亦爲可炯戒者矣。〔註 148〕

本詩立意，由此可知。

八、論廖瑩中

廖瑩中，字群玉，號藥洲，邵武（今屬福建）人。譚瑩詩云：

> 韓邸詞家一大宗，四方善頌可無庸。早知冰腦防難及，顫裊周旋守箇儂。

首句「韓邸」，係宋寧宗時當朝宰相韓侂胄之宅邸，此處代指權貴宅邸。據《宋史翼》卷四十〈廖瑩中傳〉載：

> 廖瑩中字群玉，邵武軍邵武人。少有雋才，文章古雅。登進士，爲賈似道客。似道賜第葛岭，吏抱文書就第署大小，朝政一切決於瑩中，宰執充位署紙尾而已似道自江上歸，匿議和納幣之事，詭報諸路大捷，鄂圍始解。瑩中撰〈福華編〉稱頌救鄂之功，似道大悅，奏瑩中籌幄之勞，比他人爲最，轉官外賜黃金百兩，瑩中遂用之，鑄匜器勒銘自詡以爲不朽。〔註 149〕

可知廖瑩中乃理宗時權相賈似道之館客，甚得賈氏寵信，一切朝政皆賴以取決，而詞人於相邸內飲酒作樂，必時有詞作，故曰「詞家一大宗」。

次句言瑩中所作歌功頌德，獻呈賈氏之詞作，可不必流傳；「無

〔註 148〕《四庫全書總目提要》，冊 5，頁 304。

〔註 149〕（清）陸心源輯撰：《宋史翼》（北京：中華書局，1991 年 12 月），頁 432。

庸」即無須、不必之意。據宋‧周密《齊東野語》卷十二〈賈相壽詞〉所記：

> 賈師憲當國日，臥治湖山，作堂曰半閑，又治圃曰養樂，然名爲就養，其實怙權固位，欲罷不能也。每歲八月八日生辰，四方善頌者以數千計。悉俾翹謄考，以第甲乙，一時傳頌，爲之紙貴，然皆諂詞囈語耳。偶得首選者數闋，戲書於此。……廖瑩中群玉〈木蘭花慢〉云：「請諸君著眼，來看我，福華編。……梟鷺太平世也，要東還赴上是何年。消得清時鐘鼓，不妨平地神仙。」〔註 150〕

由是可知，賈氏當權之際，每歲生辰，「四方善頌者以數千計」，廖瑩中亦厠身其中，作詞祝壽。蓋瑩中傳世詞作僅兩首，其中一首即此闋壽詞，譚瑩推想瑩中長期受賈似道寵信重用，所爲必多酬庸之詞，如是，則無須傳世也。

三、四句轉而論詞人最終下場，頗有惋惜之意。第三句用事，《宋史翼》卷四十〈廖瑩中傳〉載：「及似道綈職之夕，與瑩中相對痛飲，悲歌有泣，瑩中歸舍，不復寢，命愛妾煎茶，服冰腦數幄，妾覺之，奪救已無及。」〔註 151〕則瑩中因賈似道失權落職，服「冰腦」自殺身亡，景況淒涼。末句則化用廖瑩中〈箇儂〉（恨箇儂無賴）〔註 152〕詞句：「盡顫裊、周旋傾側。」清‧賀裳《皺水軒詞筌》云：「賈循州雖負乘，處非其據。然好集文士於館第，時推廖瑩中爲最。其詩文不傳，惟《西湖遊覽志》載數篇，皆諛佞語耳，不爲工也。偶見鈔本有

〔註 150〕（宋）周密撰；張茂鵬點校：《齊東野語》，頁 219～220。

〔註 151〕（清）陸心源輯撰：《宋史翼》，頁 433。

〔註 152〕全詞爲：「恨箇儂無賴，賣嬌眼、春心偷擲。蒼苔花落，先印下一雙春跡。花不知名，香才聞氣，似月下箜篌，蔣山傾國。半解羅襟，蕙薰微度，鎖宿粉、棲香雙蝶。語態眠情，感多情、輕憐細閱。休問望宋牆高，窺韓路隔。　尋尋覓覓。又暮雨凝碧。花徑橫煙，紅扉映月，盡一刻、千金堪值。卸襪熏籠，藏燈衣桁，任裹臂金斜，搔頭玉滑。更恨檀郎，惡憐深惜。盡顫裊、周旋傾側。軟玉香鉤，怪無端、鳳珠微脫。多少怕曉聽鐘，瓊釵暗擘。」《全宋詞》，冊 5，頁 3318～3319。

〈箇儂〉一詞，頗富豔。」〔註 153〕「箇儂」即這人或那人之意。譚瑩化用爲詩句，巧妙寄寓個人評價，合上句觀之，意謂：詞人早知下場淒涼若此，當初即應堅定自持，守住個人品格，而非隨權依附，酬庸作態。語氣略見責備，亦頗有惋惜之意。

九、論俞國寶

俞國寶，臨川人。淳熙太學生。有《醒庵遺珠集》，不傳。《全宋詞》存詞五首。譚瑩詩云：

> 酒肆屏風果墨緣，尚扶殘醉玉音宣。斷橋迥異橋南路，賦玉瓏璁竟不還。

首二句用事，據宋・周密《武林舊事》卷三載：

> 淳熙間，壽皇以天下養，每奉德壽三殿游幸湖山，御大龍舟。……湖上御園，南有「聚景」、「眞珠」、「南屏」，北有「集芳」、「延祥」、「玉壺」；然亦多幸「聚景」焉。一日，御舟經斷橋，橋旁有小酒肆，頗雅潔，中飾素屏，書〈風入松〉一詞於上。光堯駐目，稱賞久之，宣問何人所作，乃太學生俞國寶醉筆也。其詞云：「一春長費買花錢，日日醉湖邊。玉驄慣識西湖路，驕嘶過沽酒樓前。紅杏香中歌舞，綠楊影裏秋千。　暖風十里麗人天，花壓鬢雲偏。畫船載取春歸去，餘情付湖水湖烟。明日重攜殘酒，來尋陌上花鈿。」。上笑曰：「此詞甚好，但末句未免儒酸。」因爲改定云「明日重扶殘醉」，則迥不同矣。即日命解褐云。〔註 154〕

俞國寶醉酒，書〈風入松〉一詞於斷橋酒肆屏風，此醉筆墨緣，引孝宗駐目稱賞。次句「尚扶殘醉」係化自孝宗改定詞句，俞氏遂因此詞受宣召得官。清・況周頤《蕙風詞話》卷二評云：「顧當時盛傳，以其句麗可喜，又諧適便口誦，故稱述者多。」〔註 155〕知此作當時傳

〔註 153〕《詞話叢編》，冊 1，頁 700。
〔註 154〕（宋）周密：《武林舊事》，卷三，頁 1～2。
〔註 155〕《詞話叢編》，冊 5，頁 4437。

唱甚盛。

三、四句亦用事，據清・葉申薌《本事詞》載：

> 南渡初，有士人嘗於錢塘江漲橋爲狹邪之游，因賦〈玉瓏璁〉云：「城南路。橋南路。玉鈎簾卷香橫霧。新相識。舊相識。淺顰低拍，嫩紅輕碧。惜惜惜。劉郎去。阮郎住。爲雲爲雨朝還暮。心相憶。空相憶。露荷心性，柳花蹤跡。得得得。」後士人去爲北游，陷而不返，其友人作詩寄之，附以〈龍涎香〉云：「江漲橋蓮花發時，故人曾此著征衣。請君莫唱橋南曲，花已飄零人不歸。」士人得詩，酬寄云：「認得吳家心字香，玉窗春夢紫羅囊。餘熏未歇人何許，洗破征衣更斷腸。」〔註156〕

三句「橋南路」，摘自上引無名氏〈玉瓏璁〉詞句，譚瑩曰「賦玉瓏璁竟不還」所言即此。蓋同賦詞於西湖斷橋，俞國寶受玉音宣召，此無名士人乃北游一去，陷而不返，相同情事，兩種命運；末句著一「竟」字，流露作者感慨之思，溢於言表。

十、論黃機

黃機，字幾仲，一云字幾叔，東陽（今浙江金華）人。嘗仕宦州郡。與岳珂唱酬，有《竹齋詩餘》一卷。譚瑩詩云：

> 竹齋名藉草堂存，沈鬱蒼涼一代論。刻翠剪紅原不屑，唱酬唯有岳王孫。

首句「竹齋」，係黃機詞集名；「草堂」所指，即對明代詞學思想影響最大之詞選——《草堂詩餘》。〔註157〕據明・毛晉〈竹齋詩餘跋〉云：

> 《草堂詩餘》若干卷，向來豔驚人目，每秘一冊，便稱詞

〔註156〕《詞話叢編》，冊3，頁2364～2365。

〔註157〕關於《草堂詩餘》在明代興盛的情況，據孫克強研究指出，可由版本之繁、評點之盛，以及十餘種續編、擴編本的刊行得以窺見。詳參氏著：《清代詞學》（北京：中國社會科學出版社，2004年7月），頁91～94。另李康化：《明清之際江南詞學思想研究》書中，對各本刊刻情形羅列詳盡，亦可參酌。（成都：巴蜀書社，2001年11月），頁16～22。

林大觀。不知抹倒幾許騷人，即如次仲、幾叔輩，不乏寵柳嬌花，燕航鶯吭等語，何愧大晟上座耶？《草堂》集竟不載一篇，眞堪嘆息。」又清李調元《雨村詞話》卷二亦云：「黃機《竹齋詩餘》，清眞不減美成，而《草堂集》竟不選一字。〔註158〕

《四庫全書總目‧竹齋詩餘提要》亦提及此事，曰：「卷末毛晉跋，惜《草堂詩餘》不載其一字，案《草堂詩餘》，乃南宋坊賈所編，漫無鑒別，徒以其古而存之。故朱彝尊謂《草堂》選詞，可謂無目，其去其取，又何足爲機重輕歟。」〔註159〕前人或嘆息《草堂》不錄黃機詞，或反譏《草堂》選詞無目，凡此爭執，皆使黃機詞因《草堂》一選得以流傳；譚瑩則就反面立論，其意仍在稱賞黃機詞作。故下三句著意於此，所論化用《四庫全書總目提要》評語：

其遊蹤多在吳楚之間，而與岳總幹以長調唱酬爲尤夥。總幹者，岳飛之孫珂也。時爲淮東總領兼制置使。岳氏爲忠義之門，故機所贈詞，亦皆沈鬱蒼涼，不復作草媚花香之語。〔註160〕

本詩四句「岳王孫」，係指岳珂（1182～1242？），爲岳飛之後代，故云。末三句意謂：黃機詞作慷慨激烈，原非「刻翠剪紅」之豔情詞語；而相唱酬者，若岳珂輩，復出忠義之門，故所作皆飽含家國之感，特具「沈鬱蒼涼」之風。呼應首句，則《草堂》所選無非「刻翠剪紅」、婉約柔靡之詞，黃詞發憤之作，不爲所錄，實屬當然。

十一、論劉克莊

劉克莊（1187～1269），初名灼，字潛夫，號後村，莆田（今屬福建莆田）人。譚瑩詩云：

果被梅花累十年，後村別調有人傳。與郎眉語伊州錯，快

〔註158〕《詞籍序跋萃編》，頁307。

〔註159〕《四庫全書總目提要》，冊5，頁313。

〔註160〕同上註，頁312～313。

語何嘗不可憐。

首句化用劉克莊〈病後訪梅九調〉詩句：「卻被梅花累十年」。此詩本事見元．方回《瀛奎律髓》卷二十注云：

> 當寶慶初，史彌遠廢立之際，錢唐書肆陳起宗之能詩，凡「江湖」詩人皆與之善。宗之刊《江湖集》以售，《南嶽藁》與焉。宗之賦詩有云：「秋雨梧桐皇子府，春風楊柳相公橋。」哀濟邸而誚彌遠，本改劉屏山之句也。……或嫁「秋雨」、「春風」之句爲器之所作，言者併潛夫〈梅〉詩論列，劈《江湖集》板，二人皆坐罪。……而宗之坐流配。於是詔禁士大夫作詩，……紹定癸巳，彌遠死，詩禁解，潛夫爲〈病後訪梅〉九絕句云：「夢得因桃卻左遷，長源爲柳忤當權。幸然不識桃并柳，卻被梅花累十年。」〔註161〕

劉克莊曾於嘉定年間，任建陽（今屬福建）令，時賦〈落梅〉詩，其中有：「東風謬掌花權柄，卻忌孤高不主張」〔註162〕之句，被言官李知孝等人指控爲「訕謗當國」，捲入江湖詩案，一再被黜，免官廢棄長達十年之久。其後心有所感，遂作〈病後訪梅九調〉一詩云：「卻被梅花誤十年。」惟劉氏雖遭牽連坐廢，所撰詞集仍「有人傳」；今傳《後村別調》一卷，本附載於《後村集》，毛晉復摘出別刻，即今傳本。

第三句化用劉氏〈清平樂．贈陳參議師文侍兒〉詞句：「貪與蕭郎眉語，不知舞錯伊州。」〔註163〕「蕭郎」泛指女子所愛戀之男子，乃詞人自稱；「伊州」係舞曲名，此二句爲全詞結尾，元．陸輔之《詞旨》推爲「警句」，〔註164〕足見賞愛之意。《四庫全書總目．後村別調提要》評曰：「今觀是集，雖縱橫排宕，亦頗自豪，然於此事究非

〔註161〕（元）方回選評；李慶甲集評校點：《瀛奎律髓彙評》（上海：上海古籍出版社，1986年4月），頁843～844。

〔註162〕同上註，頁843。

〔註163〕全詞爲：「宮腰束素。只怕能輕舉。好築避風臺護取。莫遣驚鴻飛去。　一團香玉溫柔。笑顰俱有風流。貪與蕭郎眉語，不知舞錯伊州。」《全宋詞》，冊4，頁2643。

〔註164〕《詞話叢編》，冊1，頁324。

當家，如贈陳參議家舞姬〈清平樂〉詞：『貪與蕭郎眉語，不知舞錯伊州』者，集中不數見也。」〔註 165〕蓋以劉氏集中若〈清平樂〉等當行本色之作，甚為少見。譚瑩則以「快語何嘗不可憐」句，稱賞劉克莊詞多愛國豪情，能以「壯語」入詞，善議論說理，少雕琢婉麗之語，亦有足道者。誠如清・李調元《雨村詞話》卷三所云：「劉後村克莊有〈滿江紅〉十二首，悲壯激烈，有敲碎唾壺，旁若無人之意，南渡諸賢皆不及。升庵稱其壯語足以立懦，信然。自名別調，不辜也。」〔註 166〕譚瑩除揭發後村詞之豪情壯語，亦緊扣詞人身世之感，故曰「可憐」，亦即詞人雖慷慨陳詞，議論風發，惟詞中所寄託者，乃詞人憂國喪亂、感慨深沉之內在心境。誠如清・馮煦所論：「後村詞，與放翁、稼軒，猶鼎三足。其生於南渡，拳拳君國，似放翁；志在有為，不欲以詞人自域，似稼軒。……又其宅心忠厚，亦往往於詞得之。」〔註 167〕由是可知，譚瑩對後村之推許，實基於其人胸次品格，然亦為生平遭際，寄以無限同情。

十二、論盧祖皋

盧祖皋，字申之，又字次夔，號蒲江，永嘉（今浙江永嘉）人。譚瑩詩云：

> 平江伎唱蒲江曲，春色原無主屬誰。可有淵源關綺語，大防文集四靈詩。

首句「平江妓」，係嘉定間人，生平行實不詳，有〈賀新郎・送太守〉〔註 168〕一詞，次句「春色原無主」即摘自此詞首句。蓋此詞作者有二

〔註 165〕《四庫全書總目提要》，冊 5，頁 335。
〔註 166〕《詞話叢編》，冊 2，頁 1421。
〔註 167〕《詞話叢編》，冊 4，頁 3595～3596。
〔註 168〕全詞為：「春色元無主。荷東君、著意看承，等閑分付。多少無情風與浪，又那更、蜂欺蝶妒。算燕雀、眼前無數。縱使簾櫳能愛護，到如今、已是成遲暮。芳草碧，遮歸路。　　看看做到難言處。怕宣郎、旌旗輕轉，易歌襦褲。月滿西樓弦索靜，雲蔽崑城閬府。便恁地、一帆輕舉。獨倚闌干愁拍碎，慘玉容、淚眼如紅雨。去與住，

說，除平江妓外，或云盧祖皋作，宋・周遵道《豹隱紀談》載：「嘉定間，平江妓送太守詞曰（略）。或云是浦江盧申之作。」〔註 169〕「蒲江」即盧祖皋號。今本《全宋詞》兩存之，〔註 170〕而《唐宋詞彙評》則考證云：「據《吳郡志》嘉定間知平江府者，爲李大異、趙希懌、陳芾、沈皞、趙彥橚、李大性、綦奎、趙汝述。平江妓送太守，或爲其中某一人。」〔註 171〕亦繫此詞爲平江妓作。依譚瑩首句所論，似已透露欲將此作歸之盧祖皋，次句雖云「屬誰」，然三、四句又轉而探求盧氏撰此詞依據，其意蓋以爲，欲求此詞淵源，須從「大防文集四靈詩」入手。「大防」指樓鑰（1137～1213），字大防，盧祖皋爲其甥，學有淵源；「四靈」即永嘉詩人，徐照、徐璣、翁卷、趙師秀四人，盧氏嘗與四人相唱和。明・毛晉〈蒲江詞跋〉曰：「盧祖皋……樓大防之甥也。一時，永嘉詩人爭學晚唐體。徐照，字道暉；徐璣，字文淵；翁卷，字靈舒；趙師秀，字紫芝，稱爲四靈。與申之唱和，莫能伯仲。惜其詩集不傳。」〔註 172〕《四庫全書總目・浦江詞提要》亦云：「祖皋爲樓鑰之甥，學有淵源。嘗與永嘉四靈以詩相倡和。」〔註 173〕故譚瑩認爲〈賀新郎〉一詞作者當屬盧祖皋，欲求其淵源，可就與詞人密切相關之樓鑰文集與四靈詩作探求，或能得出可證之說。

十三、論姜夔

姜夔（1155？～1221），字堯章，自號白石道人，又號石帚，鄱陽（今江西波陽）人。譚瑩詩云：

> 石帚詞工兩宋稀，去留無迹野雲飛。舊時月色人何在，戛玉敲金擬恐非。

兩難訴。」《全宋詞》，冊 4，頁 2772。

〔註 169〕（明）陶宗儀編纂：《說郛》卷七《豹隱紀談》（臺北：臺灣商務印書館，1972 年 12 月），冊 1，頁 556。

〔註 170〕盧祖皋詞見《全宋詞》，冊 4，頁 2421。

〔註 171〕《唐宋詞匯評・兩宋卷》，冊 4，頁 3234。

〔註 172〕《詞籍序跋萃編》，頁 257。

〔註 173〕《四庫全書總目提要》，冊 5，頁 305。

首句「石帚」係姜夔號，全句意謂：姜夔詞工，南北宋以來少有。蓋姜詞於結構嚴整、音律精美、筆力遒勁的基礎上，變穠麗為淡遠，變雄健為清剛，變馳驟為疏宕，以清空騷雅之詞風稱於後世，對宋末元初之張炎、王沂孫、周密等著名詞家皆有影響；洎乎清初，以朱彝尊為首之浙西詞派更以宗南宋，尊姜、張為詞派宗旨，所撰《詞綜・發凡》云：

> 世人言詞，必稱北宋，然詞至南宋始極其工，至宋季始極其變。姜堯章氏最為杰出，……填詞最雅，無過石帚，《草堂詩餘》不登其隻字，……可謂無目者也。〔註 174〕

朱彝尊以為詞之發展至南宋「始極其工」，亦即塡詞諸法皆備，藝術手段刻畫天然，使事無跡，此中最傑出者，當推姜夔，其影響更及於後來詞家。清・汪森《詞綜・序》有云：

> 西蜀南唐而後，作者日盛，宣和君臣，轉相矜尚，曲調愈多，流派因之亦別。短長互見，言情者或失之俚，使事者或失之伉。鄱陽姜夔出，句琢字煉，歸於醇雅；於是史達祖、高觀國羽翼之，張輯、吳文英師之於前，趙以夫、周密、陳允衡、王沂孫、張炎、張翥效之於後，譬之於樂，舞箾至於九變，而詞之能事畢矣。〔註 175〕

本詩首句立論，蓋由此說。

次句化用宋・張炎《詞源》卷下所云：「姜白石詞，如野雲孤飛，去留無跡。」〔註 176〕合上句觀之，姜夔詞所以「工」，在於能創作「如野雲孤飛，去留無跡」之境界，亦即以空淡深遠之筆意，形成獨特之詞風，遂具清雅疏淡、幽遠超妙之致。清・田同之《西圃詞說》曰：「姜夔堯章崛起南宋，最為高潔，所謂『野雲孤飛，去留無跡』者。」〔註 177〕所謂「野雲孤飛，去留無跡」，即強調其詞空靈清新而脫俗，

〔註 174〕（清）朱彝尊、汪森編：《詞綜》（上海：上海古籍出版社，1999 年 11 月），頁 9～12。

〔註 175〕同上註，頁 1。

〔註 176〕《詞話叢編》，冊 1，頁 259。

〔註 177〕《詞話叢編》，冊 2，頁 1453。

與浙西詞派標榜之「清空騷雅」意正相通，推本溯源，即張炎《詞源》卷下所指：「白石詞如〈疏影〉、〈暗香〉、〈揚州慢〉、〈一萼紅〉、〈琵琶仙〉、〈探春〉、〈八歸〉、〈淡黃柳〉等曲，不惟清空，又且騷雅，讀之使人神觀飛越。」〔註 178〕此絕第三句「舊時月色」四字，即摘自〈暗香〉首句，茲錄全詞如下：

舊時月色。算幾番照我，梅邊吹笛。喚起玉人，不管清寒與攀摘。何遜而今漸老，都忘卻、春風詞筆。但怪得、竹外疏花，香冷入瑤席。　江國。正寂寂。歎寄與路遙，夜雪初積。翠尊易泣。紅萼無言耿相憶。長記曾攜手處，千樹壓、西湖寒碧。又片片、吹盡也，幾時見得。〔註 179〕

據此詞題序云：「辛亥之冬，予載雪詣石湖。止既月，授簡索句，且徵新聲。作此兩曲，石湖把玩不已，使工妓隸習之，音節諧婉，乃名之曰〈暗香〉、〈疏影〉。」「辛亥」係南宋光宗紹熙二年（1191），時姜夔約三十六歲。全詞看似詠梅，實言此意彼，藉梅懷人。自石湖梅花至西湖梅花，由梅花盛景至片片飄落，經由今昔對比，進而產生複雜之思想情感。至於藝術表現，此詞造語清虛淡雅、用意高妙。清・先著《詞潔輯評》卷四有云：「落筆得『舊時月色』四字，便欲使千古作者皆出其下。……用意之妙，總使人不覺，則烹鍛之工也。」〔註 180〕清・陳澧《白石詞評》亦稱賞：「『舊時月』三字用劉夢得詩，添一『色』字便妙絕。……所謂不著一實筆，白石獨到處也。」〔註 181〕故譚瑩此處特摘「舊時月色」四字，蓋亦賞其「妙絕」，而曰「人何在」，則化用詞中「喚起玉人」句意，以此詞有懷人之思。至於所懷之人爲誰？向來眾說紛紜，或爲「弔北狩扈從諸妃嬪，或謂「白石惓懷家國，隨感而發」，或謂「白石自寫情詞，與時事無關」。〔註 182〕

〔註 178〕《詞話叢編》，冊 1，頁 259。
〔註 179〕《全宋詞》，冊 3，頁 2181～2182。
〔註 180〕《詞話叢編》，冊 2，頁 1359。
〔註 181〕（清）陳澧：《白石詞評》（香港：龍門書店，1970 年），頁 16。
〔註 182〕詳參黃兆漢：《姜白石詞詳注》（臺北：臺灣學生書局，1998 年 2 月），

末句「戛玉敲金」之評，來自宋・陳振孫《直齋書錄解題》卷二十所記：「石湖范至能尤愛其詩，楊誠齋亦愛之。嘗稱其〈歲除舟行〉十絕，以爲有裁雪縫月之妙思，敲金戛玉之奇聲。」〔註 183〕明・毛晉〈白石詞跋〉引而評其詞曰：「范石湖評其詩云：『有裁雪縫月之妙手，敲金戛玉之奇聲。』予於詞亦云。」〔註 184〕譚瑩反用其語，曰：「擬恐非」，乃承上句而來，蓋由〈暗香〉一詞可知，姜詞清虛靈動，造語妙絕，有耐人尋味之思，非僅鍛鍊詞采，如堆金玉一般，眩人耳目而已。誠如譚瑩友人陳澧所指出「不著一實筆，白石獨到處」，由此立論，遂不以「戛玉敲金」擬之。

譚瑩詩次首云：

> 前無古更後無今，可向尊前一集尋。錦瑟未知終不信，小紅低唱有餘音。

首句化用宋・張炎《詞源》卷下評語：「詞之賦梅，惟姜白石〈暗香〉、〈疏影〉二曲，前無古人，後無來者，自立新意，眞爲絕唱。」〔註 185〕次句「尊前一集」蓋指唐五代詞選集《尊前集》，一卷，無編選人名。宋人提及此書，多稱《唐尊前集》，以此書爲唐末人所編。然書中李煜詞皆題「李王」，考李煜於宋太平興國三年（978）卒後追封吳王，可知當爲北宋人所編。此書自南宋以後，極少流傳。直至明萬曆十年（1582），始有嘉興顧梧芳刻本，序文云：「聯其所制，爲上下二卷，名曰《尊前集》，梓傳同好。」〔註 186〕後人遂誤以此書爲顧梧芳襲用舊名之新編。清代康熙中，朱彝尊見及明・吳寬手抄《尊前集》一卷，取顧本對校，詞人之先後、樂章之次第，均無不同，證實顧本特以舊本分爲二卷而已。此書選錄唐五代 39 家詞 261 首，以供宴席歌唱，故集名「尊前」。所錄詞，時代、地域較《花間集》爲廣。《花

頁 285～315。

〔註 183〕《叢書集成新編》，冊 2，頁 514。

〔註 184〕《詞籍序跋萃編》，頁 231。

〔註 185〕《詞話叢編》，冊 1，頁 266。

〔註 186〕《詞籍序跋萃編》，頁 644。

間集》中作者如溫庭筠、皇甫松、韋莊、歐陽炯等 12 人之作品，此集亦選錄，但無一首與《花間集》重複，可知編者曾見《花間集》。而《花間集》所未收之許多詞作，亦賴此集得以保存。譚瑩以姜夔〈暗香〉、〈疏影〉之絕唱可向《尊前集》中探尋，以其詞幽遠古雅，遂下此論。

第三句以唐人李商隱〈錦瑟〉詩之難解，喻姜夔〈暗香〉、〈疏影〉〔註 187〕詞意難明，費人索解。蓋李商隱〈錦瑟〉詩意晦澀、模糊迷離，自北宋劉攽、蘇軾以降，解人多矣，意見卻莫衷一是。金・元好問遂有詩云：「望帝春心託杜鵑，佳人錦瑟怨華年。詩家總愛西崑好，獨恨無人作鄭箋。」〔註 188〕至若姜夔二詞寓意，歷來亦多有論者詮釋，尤其清人，時以君國政治的寄託寓意說解，如張惠言評〈疏影〉曰：「此章更以二帝之憤發之，故有『昭君』之句。」〔註 189〕宋翔鳳《樂府餘論》亦以〈暗香〉、〈疏影〉二章乃：「恨偏安也」，〔註 190〕陳廷焯《白雨齋詞話》卷二亦云：「發二帝之幽憤，傷在位之無人也」，〔註 191〕而陳澧《白石詞評》對於〈疏影〉詞所云：「昭君不慣胡沙遠，但暗憶、江南江北」則評曰：「用典由自己意造，與何遜兩句用一翻新。」〔註 192〕又云：「張皋文謂此以二帝之憤發之，皋文論詞多穿鑿，惟此似得之，否則何忽說到胡沙耶。」〔註 193〕故有論詞絕句論姜夔

〔註 187〕全詞爲：「苔枝綴玉。有翠禽小小，枝上同宿。客里相逢，籬角黃昏，無言自倚修竹。昭君不慣胡沙遠，但暗憶、江南江北。想佩環、月夜歸來，化作此花幽獨。　猶記深宮舊事，那人正睡里，飛近蛾綠。莫似春風，不管盈盈，早與安排金屋。還教一片隨波去，又卻怨、玉龍哀曲。等恁時、重覓幽香，已入小窗橫幅。」《全宋詞》，冊 3，頁 2182

〔註 188〕《元好問研究資料彙編》（臺北：文史哲出版社，1990 年 12 月），冊上，頁 525。

〔註 189〕《詞話叢編》，冊 2，頁 1615。

〔註 190〕《詞話叢編》，冊 3，頁 2503。

〔註 191〕《詞話叢編》，冊 4，頁 3797。

〔註 192〕（清）陳澧：《白石詞評》，頁 17。

〔註 193〕同上註。

曰：「自琢新詞白石仙，〈暗香〉〈疏影〉寫清妍；無端忽觸胡沙感，爭怪經師作鄭箋。」〔註 194〕以姜夔寫詞自立新意，詠梅詞〈暗香〉、〈疏影〉清妍可讀，惟〈疏影〉詞中忽用漢王昭君遠嫁匈奴之事，使讀者生發諸多聯想，由是，如何能怪眾人像漢代鄭玄解經一般，做出許多詮釋？〔註 195〕

回讀本詩詮釋，與清代普遍索解之方式不同，作者不從君國立意詮釋姜詞意涵，而曰：「小紅低唱有餘音」。「小紅低唱」摘自姜夔〈過垂虹〉賦詩云：「自琢新詞韻最嬌，小紅低唱我吹簫。」〔註 196〕小紅者，據元・陸友仁《硯北雜志》卷下載：

> 小紅，順陽公青衣也，有色藝。順陽公之請老，姜堯章詣之。一日，授簡徵新聲，堯章製暗香、疏影兩曲。公使二妓肄習之，音節清婉。姜堯章歸吳興，公尋以小紅贈之。其夕大雪，過垂虹賦詩曰：「自琢新詞韻最嬌，小紅低唱我吹簫；曲終過盡松陵路，回首烟波十四橋。」姚章每喜自度曲，小紅輒歌而和之。〔註 197〕

則小紅乃范成大贈姜夔之歌女。譚瑩將此二詞拉合至「小紅低唱」、餘音繚繞之境界，呼應次句「可向尊前一集尋」，皆欲擺脫時人說解紛擾，從音樂藝術之角度重新評賞姜詞「清空騷雅」之風貌。

十四、論戴復古

戴復古（1167～？），字式之，黃岩（今浙江省黃岩市）人，居南塘之石屏山，因號石屏。譚瑩詩云：

〔註 194〕（清）陳澧撰；汪兆鏞輯：《陳東塾先生遺詩》一卷（李齋刊本，藏故宮博物院圖書文獻館善本室，1931），頁 8。

〔註 195〕關於此詩詮釋，詳參業師王偉勇教授、林淑華合撰：〈陳澧〈論詞絕句〉六首探析〉，《政大中文學報》第七期（2007 年 6 月），頁 94～98。

〔註 196〕（宋）姜夔：《白石道人詩集》，《宋集珍本叢刊》（北京：線裝書局，2004 年），冊 69，頁 207。

〔註 197〕《叢書集成三編》（臺北：新文豐出版公司，1996 年），冊 71，頁 358。

> 赤壁詞誰眼更青，劍南詩法未凋零。豪情壯采東坡似，低首天台戴石屏。

首句「赤壁詞」併指蘇軾〈念奴嬌·赤壁懷古〉與戴復古〈滿江紅·赤壁懷古〉兩首，曰「誰眼更青」，係將二詞並置相較，誰人洞見其高下。蓋「赤壁懷古」自東坡出，古今遂成絕唱，戴復古以〈滿江紅〉一調，同寫「赤壁懷古」，詞云：

> 赤壁磯頭，一番過、一番懷古。想當時、周郎年少，氣吞區宇。萬騎臨江貔虎噪，千艘烈炬魚龍怒。捲長波、一鼓困曹瞞，今如許？　　江上渡，江邊路。形勝地，興亡處。覽遺蹤，勝讀詩書言語。幾渡東風吹世換，千年往事隨潮去。問道傍、楊柳爲誰春，搖金縷。〔註198〕

上片刻劃赤壁之戰的場景，濃墨重彩，表現眞實生動；下片感慨深刻，抒發詞人憂國傷時之嘆。轉折處於上片結句「今如許」之問句中，蓋曹軍崩潰之快，周瑜取勝之速，如今卻如何？由是興起下半闋興亡之感。全詞於豪情壯志中寄託時代之感，爲人稱賞。宋·黃昇《中興詞話》云：

> 戴石屏赤壁懷古詞云：（略）滄洲陳公嘗大書於廬山寺。王潛齋復爲賦詩云：「千古登臨赤壁磯。百年膾炙雪堂詞。滄洲醉墨石屏句，又作江山一段奇。」坡仙一詞，古今絕唱，今二公爲石屏拈出，其當與之並行於世耶。〔註199〕

「赤壁」一詞，前有東坡創爲絕唱，戴復古繼之，發思古幽情，亦寫「赤壁懷古」，爲人稱賞，故黃昇以此作可與東坡「赤壁」詞並行。本詩首句亦著意於此，故次句接言「劍南詩法未凋零」。蓋東坡赤壁一詞，爲人稱道者乃「以詩爲詞」之手法，開拓詞之境界，展現橫槊氣概、英雄本色之姿。戴氏詞亦展現此種創作傾向。「劍南」係陸游詩集名，全句意謂：戴復古承襲陸游詩法，《四庫全書總目·石屏詞提要》云：

〔註198〕《全宋詞》，冊4，頁2302。

〔註199〕《詞話叢編》冊1，頁216。

> 復古爲陸游門人，以詩鳴江湖間。方回《瀛奎律髓》稱其清新健快，自成一家。今觀其詞，亦音韻天成，不費斧鑿。〔註200〕

戴氏曾從陸游學詩，宋・樓鑰《石屛集》跋曰：「又登三山陸放翁之門，而詩益進。」〔註201〕《石屛詩集》卷六〈讀放翁先生劍南詩草〉有詩云：

> 茶山衣缽放翁詩，南渡百年無此奇。入妙文章本平淡，等閑言語變瑰琦。三春花柳天裁剪，歷代興衰世轉移。李杜陳黃題不盡，先生摹寫一無遺。〔註202〕

詩中肯定陸詩於歷史之關鍵地位，盛讚其化平凡爲奇瑰之藝術技巧與融合李杜陳黃之創作特色，傳達對陸游景仰之情。

綜觀戴氏生平，困苦潦倒，「少孤，痛心痛父東皐子遺言，收拾殘稿。遂篤志于詩。從雪巢林景思、竹隱徐淵子講明句法，復登放翁之門，而詩益迸。」〔註203〕於仕途失意，浪游四方，「南適甌閩，北窺吳越，上會稽，絕重江，浮彭蠡，泛洞庭，望匡廬五老、九嶷諸峰，然後放于淮泗，歸老委羽之下。」〔註204〕是南宋後期江湖詩派之代表，所作詞與詩同具強烈之現實性，氣勢奔放，展現詞人憂國傷時、纏綿忠愛之思。蓋復古生於孝宗乾道三年（1167），卒於理宗淳祐年間，歷孝、光、寧、理四朝，此時宋金對峙，北方雖有抗金義軍奮勇，惟南宋朝廷已習於偏安，沉迷「直把杭州作汴州」之生活。詞人眼見於此，承襲陸詩寫實精神與忠愛之思，同時抒發對恢復中原之渴望與百姓烝黎之關懷，「以詩爲詞」，展現「豪情壯采」，此即《四庫全書總目・石屛詞提要》所指「宜其以詩爲詞」，並曰：「『赤壁懷古』〈滿

〔註200〕《四庫全書總目提要》，冊5，頁314。

〔註201〕按：樓鑰跋語附於（明）毛晉〈石屛詞跋〉，《詞籍序跋萃編》，頁324。

〔註202〕金芝山點校：《戴復古詩集》（杭州：浙江古籍出版社，1992年），頁171。

〔註203〕（清）吳之振評語，見《戴復古詩集》，頁334。

〔註204〕（明）毛晉〈石屛詞跋〉，《詞籍序跋萃編》，頁323。

江紅〉一闋，則豪情壯采，實不減於軾。」〔註 205〕本詩第三句正化用《提要》評語，呼應首句「赤壁詞」，以爲可與東坡「並行於世」。

末句相對前句「豪情壯采」，而曰「低首天台」，蓋「豪情壯采」端見於其詞，無奈現實生活卻是「低首天台」。戴復古係南宋台州黃岩人，常自稱「天台戴復古」，因台州境內有天台山，郡以山名，古時往往將天台作爲台州之代稱。「石屏」爲詞人號；戴氏居南塘之石屏山，明・毛晉〈石屏詞跋〉云：「石屏，其所居山名，因以爲號。」〔註 206〕譚瑩曰「低首」，強調詞人仕途失意，困苦潦倒之現實窘境，如〈沁園春〉（一曲狂歌）自述平生曰：「費十年燈火，讀書讀史，四方奔走，求利求名。蹭蹬歸來，閉門獨坐，贏得窮吟詩句清。」〔註 207〕〈望江南〉（石屏老，長憶少年游）詞云：「千愁萬恨兩眉頭。白髮早歸休。」《石屏詩集》卷二〈晚春次韻〉詩云：

> 酒醒愁難醒，春歸客未歸。鶯啼花雨歇，燕立柳風微。世路多殊轍，人生貴識機。低頭飽一粟，仰首愧雲飛。〔註 208〕

戴氏一生四海浪游，只求「低頭飽一粟」，其生平困頓如此，卻能發爲憂國豪情；一方面承襲陸游詩法，「詩鳴於南宋之末，江湖派衍，魏闕戀深，不無悲感之詞」〔註 209〕；一方面以詩爲詞，自闢新境，創寫如「赤壁懷古」一闋，足與蘇軾相提並論。凡此，皆浪迹江湖、蹭蹬仕途之「天台戴石屏」所爲，則譚瑩稱賞之意由此見出。

十五、論高觀國

高觀國，字賓王，山陰（今浙江紹興）人。與陳造、史達祖、蘇洞友善。譚瑩詩云：

> 和天也瘦語眞癡，語未經人竹屋詞。端恐梅溪無此語，爲

〔註 205〕《四庫全書總目提要》，冊 5，頁 314。
〔註 206〕《詞籍序跋萃編》，頁 323。
〔註 207〕《全宋詞》，冊 4，頁 2303。
〔註 208〕《戴復古詩集》，頁 33。
〔註 209〕（清）宋世犖：〈重刊石屏集序〉，《戴復古詩集》，頁 336。

春瘦卻怕春知。

首句「和天也瘦」摘自秦觀〈水龍吟〉（小樓連遠橫空）詞句：「名韁利鎖，天還知道，和天也瘦。」此詞表現人生矛盾，既渴望與情人長相廝守，又被迫追求功名富貴，詞人矛盾痛苦之際，遂生「天還知道，和天也瘦」〔註 210〕之語；表面看似不合理，然吾人深思作者命意所在，反覺設想新奇，此即「無理而妙」之謂，〔註 211〕亦即譚瑩所云「語眞癡」；蓋癡情者，發爲天眞癡語，自足清新動人。

本詩論詞人高觀國，所以先用秦觀詞句，乃欲引出次句「語未經人竹屋詞」，此化用宋・陳造序言：「高竹屋與史梅溪皆周、秦之詞，所作要是不經人道語。其妙處，少游、美成亦未及也。」〔註 212〕「語未經人」承上句「語眞癡」之意，蓋高氏詞集名《竹屋癡語》，詞如其名，特立清新，語眞情癡，「不經人道語」，故曰「癡語」。其詞常與秦觀並論，以爲源流相繼，如宋・張炎《詞源》卷下云：

> 秦少游、高竹屋、姜白石、史邦卿、吳夢窗，此數家格調不侔，句法挺異，俱能特立清新之息，刪削靡曼之詞，自成一家，各名於世。〔註 213〕

文中以秦觀、高觀國、張炎、史達祖與吳文英等詞家，皆特立清新，能滌除陳腔濫調、靡曼之詞，故能自成一家。清・陳椒峰〈蒼梧詞序〉亦云：「宋之能詞者六十餘家，如秦少游、高竹屋、姜白石、史邦卿、吳夢窗數子，始可稱以新意合古譜者。」〔註 214〕則秦、高等人皆以創新高妙顯揚於世，此本詩首二句所以引秦觀詞與高氏並論之因。

三、四句轉而論高氏與梅溪詞。「梅溪」係史達祖（1163？～1220？）號，《四庫全書總目・竹屋癡語提要》云：「（高）觀國與史

〔註 210〕秦詞又化自唐李賀「天若有情天亦老」句。

〔註 211〕詳參黃文吉〈情韻兼勝的婉約詞人 —— 秦觀〉，《北宋十大詞家研究》（臺北：文史哲出版社，1996 年 3 月），頁 255。

〔註 212〕（明）毛晉：〈竹屋癡語跋〉引，《詞籍序跋萃編》，頁 268。

〔註 213〕《詞話叢編》，冊 1，頁 255。

〔註 214〕（清）董元愷：《蒼梧詞》（臺北：河洛圖書出版社，1978 年），頁 5。

達祖，疊相唱酬，旗鼓俱足相當。」〔註 215〕兩人時有往來，高氏詞集中，如〈東風第一枝・爲梅溪壽〉、〈齊天樂・中秋夜懷梅溪〉、〈八歸・重陽前二日懷梅溪〉等作，足見兩人交情，故前引友人陳造序語，亦以高、史詞作並稱。譚瑩曰「端恐梅溪無此語，爲春瘦卻怕春知」，二句爲倒裝，「爲春」一句摘自高觀國〈金人捧露盤・梅花〉〔註 216〕結句：「新愁萬斛，爲春瘦、卻怕春知。」明・卓人月《古今詞統》卷十一評曰：「(結句) 即『爲郎憔悴卻羞郎』之意。」〔註 217〕詞人詠梅，將梅花幻化爲人，自出新意，與秦觀「和天也瘦」之句，同樣無理而妙，故俞陛雲《唐五代兩宋詞選釋》評爲「警句」。〔註 218〕譚瑩以爲此等用語，恐非梅溪所能爲。蓋史達祖以〈雙雙燕・詠燕〉〔註 219〕一詞著名，此詞成功刻劃燕子形象，極寫雙燕之動態與神情；而擬人化之同時，又處處扣合燕子特徵，清・王士禛《花草蒙拾》曾盛讚：「詠物至此，人巧極天工矣。」〔註 220〕同屬詠物，梅溪寫「燕」在形神俱似，活靈活現；竹屋寫「梅」則移情於物，設想新奇，無理而妙，表現手法上，兩人自有區別。故本詩三、四句所言，並無分別高下優劣之意，不過點出一種實際現象，亦即竹屋詞中所表現之「癡語」，實更近於北宋秦觀。惟清人論高、史詞，往往欲究其高下，如陳廷焯《白雨齋詞話》卷二云：「竹屋、梅溪並稱，竹屋不及梅溪遠

〔註 215〕《四庫全書總目提要》，冊 5，頁 311。

〔註 216〕全詞爲：「念瑤姬，翻瑤佩，下瑤池。冷香夢、吹上南枝。羅浮夢杳，憶曾清曉見仙姿。天寒翠袖，可憐是、倚竹依依。　溪痕淺，雲痕凍，月痕澹，粉痕微。江樓怨、一笛休吹。芳音待寄，玉堂煙驛兩淒迷。新愁萬斛，爲春瘦、卻怕春知。」《全宋詞》，冊 4，頁 2349～2350。

〔註 217〕《續修四庫全書》，冊 1729，頁 33。

〔註 218〕俞陛雲：《唐五代兩宋詞選釋》，頁 449。

〔註 219〕全詞爲：「過春社了，度簾幕中間，去年塵冷。差池欲住，試入舊巢相並。還相雕梁藻井。又軟語、商量不定。飄然快拂花梢，翠尾分開紅影。　芳徑。芹泥雨潤。愛貼地爭飛，競夸輕俊。紅樓歸晚，看足柳昏花暝。應自棲香正穩。便忘了、天涯芳信。愁損翠黛雙蛾，日日畫闌獨憑。」《全宋詞》，冊 4，頁 2326。

〔註 220〕《詞話叢編》，冊 1，頁 683。

矣。梅溪全祖清眞，高者幾於具體而微。論其骨韻，猶出夢窗之右。」〔註 221〕馮煦《六十一家詞選例言》亦曰：「由觀國與達祖疊相唱和，故援與相比。平心論之，竹屋精實有餘，超逸不足。以梅溪較之，究未能旗鼓相當。今若求其同調，則惟盧蒲江差足肩隨耳。」〔註 222〕蓋竹屋詞徘徊宛轉，深婉渾雅，卻能自成一格，特氣格偏弱，馮氏以爲「超逸不足」，頗能說中高氏之弊。至若本詩所論，特舉其用語翻新之筆法，誠如清・陳廷焯《雲韶集》卷七所云：

> 竹屋詞剷新領異，有獨來獨往之概。竹屋詞獨有一片飛舞之致，亦是他人不能到。〔註 223〕

陳氏此評，實可爲譚瑩論竹屋詞之註腳。

十六、論史達祖

史達祖（1163？～1220？），字邦卿，號梅溪，祖籍汴（今河南開封）人。譚瑩詩云：

> 清眞難儷況方回，掾吏居然覯此才。縱使未堪昌谷比，斷腸挑菜或歸來。

首句化用宋・張鎡〈梅溪詞序〉評語：「有瑰奇警邁，清新閑婉之長，而無沲蕩污淫之失，端可以分鑣清眞，平睨方回；而紛紛三變行輩，幾不足比數。」〔註 224〕「清眞」、「方回」分指北宋詞人周邦彥（1056～1121）與賀鑄（1052～1125）。全句意謂：兩宋詞人作品難與周邦彥相提並論，何況同時能平睨賀鑄。周、賀兩人塡詞筆法，時爲人所稱道，如宋・王灼《碧雞漫志》卷二有云：

> 大抵二公卓然自立，不肯浪下筆，予故謂語意精新，用心甚苦。〔註 225〕

〔註 221〕《詞話叢編》，冊 4，頁 3800。
〔註 222〕《詞話叢編》，冊 4，頁 3595。
〔註 223〕孫克強：《唐宋人詞話》（鄭州：河南文藝出版社，1999 年），頁 741。
〔註 224〕《詞籍序跋萃編》，頁 263～264。
〔註 225〕（宋）王灼著；岳珍校正：《碧雞漫志校正》（成都：巴蜀書社，2000 年 7 月），頁 34。

周邦彥詞婉麗流暢，柔情曼聲，「無一點市井氣，下字運意，皆有法度，往往字唐宋諸賢詩句中來，而不用經、史中生硬字面，此所以爲冠絕也。」〔註 226〕賀鑄詞亦善於鍊字面，於「字字敲打得響，歌誦妥溜」，〔註 227〕兩者皆語意精新。至若梅溪詞亦擅此長，故清・戈載〈史邦卿詞選跋〉有云：

周清眞善遺化唐人尋句，最爲詞中神妙之境。而梅溪亦擅其長，筆意更爲相近。予嘗謂梅溪乃清眞之附庸，若仿張爲作詞家主客圖，周爲主，史爲客，未始非定論也。〔註 228〕

清・陳廷焯《白雨齋詞話》卷二亦云：「梅溪全祖清眞，高者幾乎具體而微。論其骨韻，猶出夢窗之右。」〔註 229〕夏敬觀《忍古樓詞話》更盛讚曰：「余嘗謂南宋惟史邦卿梅溪詞，爲能煉鑄精粹，上比清眞，得其大雅，下方夢窗，不傷于澀。」〔註 230〕以梅溪詞鍊鑄精粹，能繼清眞詞法。

本詩用張鎡序語，亦頗見稱賞之意，故次句接而讚嘆史氏才情若此。「居然」二字，傳達作者驚訝之情，亦頗傷史氏依附韓侂胄一事。「掾吏」係官府中佐助官吏之通稱，此指史達祖，因曾爲韓侂胄掾吏，故云。據宋・葉紹翁《四朝聞見錄》戊集記載：「師旦既逐，韓（侂胄）爲平章。事無決，專倚省吏史邦卿奉行文字，擬帖撰旨，俱出其手。權炙縉紳，侍從簡札，至用申呈。」〔註 231〕足見史達祖才能見賞於韓氏而予以重用。宋・周密《浩然齋雅談》亦云：「史邦卿，開禧堂吏也，當平原用事時，盡握三省權，一時士大夫無廉恥者皆趨其門，呼爲梅溪先生，韓敗亦貶死。」〔註 232〕宋寧宗嘉泰、開禧年間（1201～1207），韓侂胄當權，爲提高自己威望，乃不惜對金用兵，

〔註 226〕（宋）沈義父：《樂府指迷》，《詞話叢編》，冊 1，頁 277～278。
〔註 227〕（宋）張炎《詞源》卷下，《詞話叢編》，冊 1，頁 259。
〔註 228〕《詞籍序跋萃編》，頁 266。
〔註 229〕《詞話叢編》，冊 4，頁 3800。
〔註 230〕《詞話叢編》，冊 5，頁 4790。
〔註 231〕（宋）葉紹翁撰；沈錫麟、馮惠民點校：《四朝聞見錄》，頁 183。
〔註 232〕《文津閣四庫全書》，冊 1481，頁 825～826。

積極部屬恢復之事。開禧三年（1207），韓氏因「開禧北伐」失敗被殺，史達祖亦受株連下大理寺，黥面流放，遂貶死，可見其晚景堪憐。後世論者往往因其依韓一事，頗有微詞，如清・吳衡照《蓮子居詞話》卷一云：

> 史邦卿奇秀清逸，爲詞中俊品，張功甫序其集而行之，乃甘作權相堂吏，身敗名裂，卒與耿檉、董如璧輩，並送大理，何其詩也。……邦卿顧不出此，而爲蘇師旦之續，至使雕華妙手，姓氏不見錄于文苑中。其才雖佳，其人無足稱已。〔註233〕

譚瑩亦就此角度論之，以史氏才情高妙如此，竟爲求名利顯達，甘爲韓侂胄掾吏，全句流露作者感慨惋惜之情。

第三句反用姜夔評梅溪詞曰：「奇秀清逸，有李長吉之韻，蓋能融情景於一家，會句意於兩得也。」〔註234〕姜夔謂史達祖詞「有李長吉之韻」，「李長吉」係指唐詩人李賀（790～816），字長吉，亦本詩所云「昌谷」，蓋李賀家居福昌昌谷，後世因稱之李昌谷。李賀素有「鬼才」之稱，詩歌藝術承襲屈原、李白浪漫主義之表現手法又有所創新，如想像奇特，設色瑰麗，離絕凡近等，〔註235〕相較於梅溪詞「奇秀清逸」，神韻自有共通處；惟譚瑩謂其「不堪昌谷比」，亦言之有據。撇開優劣判斷不論，兩人作品風格本存在差異，蓋李賀詩於唐代可謂獨闢蹊徑，鮮明展現幽僻冷豔之風，聯繫詩人身世，仕途失意，鬱鬱不得志，「壯年抱羈恨，夢泣生白頭」，〔註236〕憤懣苦悶之情一發之於詩，並寄託於蒼天呼喊與鬼神召喚中，故而忽天、忽地、忽人間，表現光怪陸離之世界，呈現奇詭古怪、冷峻幽豔之風格。至

〔註233〕《詞話叢編》，冊3，頁2421。

〔註234〕姜夔序文失傳，此段引自黃昇《中興以來絕妙詞選》卷七，頁262。

〔註235〕詳參李明居：〈李賀詩歌風格論〉，《唐詩風格論》（合肥：安徽大學出版社，2001年7月），頁183～190。

〔註236〕（唐）李賀：〈崇義里滯雨〉，（清）乾隆輯：《全唐詩》（北京：中華書局，1960年4月），卷三九二，冊12，頁4416。

於史達祖在語意經營上，雖頗細膩工巧，如前引〈雙雙燕・詠燕〉一詞刻劃燕子，確能窮形盡相，有「瑰奇警邁」之長，但與李賀奇詭古怪相比，畢竟終隔一層，此實與兩人生平經歷不同有關。

惟本詩雖強調史達祖「縱使不堪昌谷比」，以姜夔所言有過譽之嫌，下句銜接：「斷腸挑菜或歸來」之語，則有意凸顯史氏處於當時政治氛圍之矛盾心緒。如〈龍吟曲・陪節欲行留別社友〉詞云：

> 道人越布單衣，興高愛學蘇門嘯。有時也伴，四佳公子，五陵年少。歌里眠香，酒酣喝月，壯懷無撓。楚江南，每爲神州未復，闌干靜、慵登眺。
>
> 今日征夫在道。敢辭勞、風沙短帽。休吟稷穗，休尋喬木，獨憐遺老。同社詩囊，小窗針線，斷腸秋早。看歸來，幾許吳霜染鬢，驗愁多少。〔註237〕

詞題有「陪節欲行」，據清・查爲仁、厲鶚《絕妙好詞》箋語：「按：梅溪曾陪使臣至金，故有此詞。」〔註238〕《四庫全書總目・梅溪詞提要》則曰：「核其詞意，必李壁使金之時，侂胄遣之隨行覘國，故有諸詞。」〔註239〕則此詞當作於開禧元年（1205），隨李壁使金，臨別而作。上片結三句，充分體現故國之悲與忠愛之情，清・樓敬思評曰：「史達祖南渡名士，不得進士出身，以彼文采，豈無論薦，乃甘作權相堂吏，至被彈章，不亦降志辱身之至耶？……然集中又有留別社友〈龍吟曲〉『楚江南，每爲神州未復，闌干靜、慵登眺』，新亭之泣，未必不勝於蘭亭之集也。」〔註240〕至於譚瑩所論，則著眼於下片矛盾心境之呈顯，蓋其詞下片「同社詩囊」至結句，有「斷腸」與「歸來」詞句，表現友朋、家室離別斷腸之情，企盼早歸；另一層面，詞人「吳霜染鬢」之愁，除相思別情，亦有憂國之思，此譚瑩所以言

〔註237〕《全宋詞》，冊4，頁2345。

〔註238〕（宋）周密輯；（清）查爲仁、厲鶚箋；徐文武、劉崇德點校：《絕妙好詞箋》（保定：河北大學出版社，2006年4月），卷二，頁68。

〔註239〕《四庫全書總目提要》，冊5，頁313。

〔註240〕（清）張宗橚輯：《詞林紀事》卷十三引，頁379。

「斷腸」「歸來」之意。而末句「挑菜」，本宮中嬉春故事，〔註 241〕後及於民間，蓋農曆二月初二，仕女出郊拾菜，士民遊觀其間；全句意謂：史氏陪使至金，斷腸離別，初春時節或可歸來。同時亦呼應梅溪詞中「草色拖裙，煙光惹鬢，常記故園挑菜」〔註 242〕、「恐鳳靴挑菜歸來，萬一灞橋相見」〔註 243〕與「空相誤，祓蘭曲水，挑菜東城」〔註 244〕等依戀之情。

十七、論張輯

張輯，字宗瑞，號東澤，屢信之子，鄱陽（今江西波陽）人。譚瑩詩云：

> 綺語能工債亦酬，一分憔悴一分秋。鄱陽詞法兼詩法，怪說詞家第一流。

首句概括張輯詞集名。張氏詞集名《東澤綺語債》，宋・黃昇《中興以來絕妙詞選》卷九云：「張宗瑞，名輯，自號東澤。有詞二卷，名《東澤綺語債》。」〔註 245〕全句意謂：其詞綺麗工巧，當能償詞人還所虧欠的「綺語債」。次句化用張輯〈疏簾淡月（寓桂枝香）・秋思〉詞句：「一分秋、一分憔悴。」茲錄全詞如下：

> 梧桐雨細。漸滴作秋聲，被風驚碎。潤逼衣篝，線裊蕙鑪沈水。悠悠歲月天涯醉。一分秋、一分憔悴。紫簫吟斷，素牋恨切，夜寒鴻起。　又何苦、淒涼客裡。負草堂春綠，竹溪空翠。落葉西風，吹老幾番塵世。從前諳盡江湖味。聽商歌、歸興千里。露侵宿酒，疏簾淡月，照人無寐。〔註 246〕

此詞名〈疏簾淡月〉，實即〈桂枝香〉一調，乃張輯代表詞作。題爲

〔註 241〕見（宋）周密：《武林舊事》卷二〈挑菜〉條，頁 11。
〔註 242〕〈夜行船・正月十八日聞賣杏花有感〉，《全宋詞》，冊 4，頁 2326。
〔註 243〕〈東風第一枝・詠春雪〉，《全宋詞》，冊 4，頁 2326。
〔註 244〕〈慶清朝〉（墜絮孳萍），《全宋詞》，冊 4，頁 2333。
〔註 245〕《花庵詞選》，頁 296。
〔註 246〕《全宋詞》，冊 4，頁 2521。

「秋思」，即知此詞係寫秋夜客愁，詞人善以景融情，眞切深摯，且造語新奇，頗收警句之效；如本詩所引「一分秋、一分憔悴」，用字精新，意境幽遠，頗耐人尋味，故清・李佳《左庵詞話》卷下指出：「詞家有作，往往未能竟體無疵。每首中，要亦不乏警句，摘而出之，遂覺片羽可珍。如……張東澤云：『悠悠歲月天涯醉，一分秋一分憔悴。』又云：『落葉西風，吹老幾番塵世。』……」〔註 247〕

而張輯所以工於「綺語」，實得力於姜夔親授「詩法」。據宋・陳郁《藏一話腴》外編卷下云：「惟鄱陽張東澤受訣白石，攻研澄潔，駸駸欲溯太白而上之。」〔註 248〕黃昇《中興以來絕妙詞選》卷九亦載：「朱湛盧爲序，稱其得詩法于姜堯章。所傳《欸乃集》，皆以爲采石月下謫仙復作，不知其又能詞也。」〔註 249〕本詩第三句所言即此，「鄱陽」指姜夔，與張輯皆鄱陽人。張輯得姜夔詩法，於詞作亦有傳承，清・朱彝尊《曝書亭集》卷四十〈黑蝶齋詩餘序〉即云：「詞莫善于姜夔，宗之者張輯、盧祖皋……皆具夔之一體。」〔註 250〕同時之汪森《詞綜・序》亦稱：「鄱陽姜夔出，句琢字煉歸於醇雅。於是史達祖、高觀國羽翼之，張輯、吳文英師之於前，趙以夫、蔣捷、周密、陳允衡、王沂孫、張炎、張翥效之於后，譬之於樂，舞韶至於九變，而詞之能事畢矣。」〔註 251〕朱、汪兩人皆清代浙西詞派之代表人物，宗法南宋，推尊姜夔，故於張輯詞之承繼歷程，頗有體認。

末句承上而來，意謂張輯得姜夔「受訣」，作詩遂有第一流詩家之格，能上比李白，有如「謫仙復作」。惟可怪者，張輯既工詩詞，緣何僅以「詞家第一流」稱之，而未及於其詩耶？

〔註 247〕《詞話叢編》，冊 4，頁 3174～3175。

〔註 248〕《四庫筆記小說叢書・老學庵筆記外十一種》（上海：上海古籍出版社，1993 年 7 月），頁 568。

〔註 249〕《花庵詞選》，頁 296。

〔註 250〕《詞籍序跋萃編》，頁 543。

〔註 251〕（清）朱彝尊、汪森編：《詞綜》，頁 1。

十八、論吳潛

吳潛（1195～1262），字毅夫，號履齋，宣州寧國（今屬安徽）人，一說德清（今屬浙江）人。譚瑩詩云：

> 道家裝束恨難尋，許國生平卻不禁。和摸魚兒揮淚別，憐才始侑百星金。

首句化用吳潛〈賀新郎・寓言〉詞：「道家裝束。長恨春歸無尋處」兩句。茲錄全詞如下：

> 可意人如玉。小簾櫳、輕勻淡濘，道家裝束。長恨春歸無尋處，全在波明黛綠。看冶葉、倡條渾俗。比似江梅清有韻，更臨風、對月斜依竹。看不足，詠不足。曲屏半掩青山簇。正輕寒、夜來花睡，半攲殘燭。縹緲九霞光裡夢，香在衣裳賸馥。又只恐、銅壺聲促。試問送人歸去後，對一奩、花影垂金粟。腸易斷，倩誰續。〔註252〕

據宋・周遵道《豹隱記談》載：「徐參政清叟，微官時，贈建寧妓唐玉詩云：『上國新行巧樣花，一枝聊插鬢雲斜。嬌羞未肯從郎意，故把芳容半面遮。』吳履齋丞相〈賀新郎〉詞云：（略）。」〔註253〕知此詞係吳潛贈建寧妓唐玉所作，全詞以細膩之筆觸描摩女子淡雅容顏，道家裝扮，動作輕柔，並於細微處流露思念愁苦；下片更通過「半攲殘燭」、「銅壺聲促」等時間意象，烘托離情依依，悽惻纏綿之心境。詞情宛轉悽惻，風格柔媚纏綿，與吳潛詞作風格，大相逕庭，故清・賀裳《皺水軒詞筌》云：「吳履齋贈妓詞，不載於集，又與生平手筆不類。」〔註254〕此本詩次句所以云「許國生平卻不禁」；「許國」係指吳潛，以其曾受封許國公。吳潛詞作多慷慨激昂之音，吐忠愛憂國之情，如明・楊慎《詞品》卷五評曰：「吳毅甫，名潛，號履齋。嘉定丁丑狀元。為賈似道所陷，南遷。有《履齋詩餘》行世。有〈送李御帶祺〉一詞：『報國無門空自怨，濟時有策從誰吐？』亦自道也。」

〔註252〕《全宋詞》，冊4，頁2730。
〔註253〕（明）陶宗儀編纂：《說郛》卷七《豹隱紀談》，冊1，頁558。
〔註254〕《詞話叢編》，冊1，頁698。

〔註 255〕明・陳霆《渚山堂詞話》卷一亦引〈滿江紅・送李御帶祺〉一詞，云：「史稱履齋為人豪邁，不肯附權要，然則固剛腸者，而『抖擻』、『悲涼』等句，似亦類其為人。」〔註 256〕《四庫全書總目・履齋遺集提要》亦指出：「其詩餘則激昂悽動兼而有之，在南宋不失為佳手。」〔註 257〕蓋吳潛以其生平性格剛健豪邁，正直不阿，詞作亦如其人，惟「不禁」與建寧妓之一段情，遂有〈賀新郎・寓言〉柔媚婉麗之作。

三、四句以詞人軼事道其為人。宋・周密《齊東野語》卷二十〈劉長卿詞〉載：

> 劉震孫長卿號朔齋。知宛陵日，吳毅夫潛丞相方閒居，劉日陪午橋之游，奉之亦甚至。……劉以後召還，吳餞之郊外，劉賦〈摸魚兒〉一詞為別，末云：「怕綠野堂邊，劉郎去後，誰伴老裴度。」毅夫為之揮淚，繼遣一价，追和此詞，並以小奩侑之，送數十里外。啓之，精金百星也。前輩憐才賞音如此，近世所無。〔註 258〕

劉震孫賦〈摸魚兒〉相別，吳潛感慨落淚，由是贈以「精金百星」，以示憐才賞音之情。譚瑩特引此事，增添吳潛於豪邁剛正之性格外，亦有「揮淚別」之感慨多情，與「侑百星」之憐才賞音，故作為如「道家裝束恨難尋」般柔情婉媚之作，不過詞人面對生活各種面向之展現而已！

十九、論吳文英

吳文英，生卒年不詳，字君特，號夢窗，晚號覺翁，四明鄞縣（今浙江寧波）人。譚瑩詩云：

> 四卷詞編更補遺，夢牕詞比義山詩。得君樂府迷能指，履貫誰傳沈伯時。

〔註 255〕同上註，頁 515～516。
〔註 256〕同上註，頁 359。
〔註 257〕《四庫全書總目提要》，冊 4，頁 302。
〔註 258〕（宋）周密撰；張茂鵬點校：《齊東野語》，頁 369。

首句概括詞人詞集，蓋吳文英詞集名《夢窗甲乙丙丁稿》四卷、《補遺》一卷，故云。《四庫全書總目・夢窗稿四卷補遺一卷提要》：「宋吳文英撰。……所著詞有《甲乙丙丁四稿》，毛晉初得其丙、丁二稿，刻於宋詞第五集中。後摭其絕筆一篇，佚詞九篇，附於卷末。續乃得甲、乙二稿，刻之第六集中。」〔註 259〕

次句化用《四庫全書總目提要》評語：「詞家之有（吳）文英，亦如詩家之有李商隱也。」〔註 260〕「夢窗」係吳文英號；「義山」則李商隱字。言吳文英詞可類比唐人李商隱詩。蓋李商隱生於唐王朝政局昏暗之後期，一生落拓；夢窗亦羈泊窮年，生當衰世，兩人身世頗爲相似，性格亦較接近，皆屬「注重自我內心表現的主情型作家」，遂恆以悲劇之眼光看待事物，在創作之藝術追求上，均呈現衰敗凋殘之美，於焉作品均流露一種感傷色彩，情致婉轉，色調清麗。〔註 261〕

三、四句轉而論夢窗詞法之傳授，據宋・沈義父《樂府指迷》云：

> 余自幼好吟詩。壬寅秋，始識靜翁於澤濱。癸卯，識夢窗。暇日相與唱酬，率多填詞。因講論作詞之法，然後知詞之作難于詩。蓋音律欲其協，不協則成長短之詩；下字欲其雅，不雅則近乎纏令之體；用字不可太露，露則直突而無深長之味；發意不可太高，高則狂怪而失柔婉之意。思此，則知其所以難。〔註 262〕

知沈氏一書，乃得自夢窗論詞之法，故能指迷。「君」蓋指吳文英。「伯時」即沈義父字。二句意謂：沈義父得夢窗詞法，故能成《樂府指迷》一書，惟其後誰能繼沈義父，傳承夢窗詞法，貫徹實踐其音韻諧婉、典雅密麗詞風？

〔註 259〕《四庫全書總目提要》，冊 5，頁 308。

〔註 260〕同上註，頁 309。

〔註 261〕景紅錄：〈論玉溪詩與夢窗詞的悲情心理和情思內涵〉，《唐山師範學院學報》第 29 卷第 1 期（2007 年 1 月），頁 9。

〔註 262〕《詞話叢編》，冊 1，頁 277。

二十、論黃孝邁

黃孝邁，字德文，號雪舟，三山（今福建福州）人。譚瑩詩云：

> 梨花好夢不曾圓，忙恨東風咏水仙。辛苦後村評騭當，雪舟相識十年前。

首句化用黃孝邁〈水龍吟〉（閒情小院沈吟）詞句：「梨花滿地。二十年好夢，不曾圓合」。茲錄全詞如下：

> 閒情小院沈吟，草深柳密簾空翠。風簷夜響，殘燈慵剔，寒輕怯睡。店舍無煙，關山有月，梨花滿地。二十年好夢，不曾圓合，而今老、都休矣。　誰共題詩秉燭，兩厭厭、天涯別袂。柔腸一寸，七分是恨，三分是淚。芳信不來，玉簫塵染，粉衣香退。待問春，怎把千紅換得，一池綠水。〔註 263〕

此詞感慨深沉，傷悼春光易逝，好夢難圓。詞人以自身年歲已老，壯志未酬，友朋知音分離，人生至此，愁腸寸斷。結二句「千紅換得，一池綠水」，呼應「芳信不來，玉簫塵染，粉衣香退」，充分流露繁華落盡，無限悲涼之情。

次句「忙恨東風」化用〈水龍吟〉（斷句）詞句：「恨東風、忙去熏桃染柳，不念淡妝人冷。」此詞據宋・劉克莊〈再題黃孝邁長短句〉題名「水仙花」，〔註 264〕故云。首二句皆化用黃氏詞句，蓋黃孝邁詞集不傳，僅宋・周密《絕妙好詞》錄二首，其一即本詩首句所用〈水龍吟〉一闋。至於次句所引，係見之劉克莊序文，僅存斷句。劉氏評云：

> 〈賦梨花〉云：「一春花下，幽恨重重，又愁晴，又愁雨，又愁風。」〈水仙花〉：「自側金卮，臨風一笑，酒容吹盡。恨東風、忙去熏桃染柳，不念淡妝人冷。」又云：「驚鴻去後，輕拋素襪，杳無音信。細看來，祗怕蕊仙不肯、讓梅花俊。」〈暮春〉云：「店舍無煙，關山有月，梨花滿地。二十年好夢，不曾圓合，而今老、都休矣。」其清麗，叔

〔註 263〕《全宋詞》，冊 4，頁 2730。
〔註 264〕《詞籍序跋萃編》，頁 298。

原、方回不能加，其綿密，駸駸秦郎「和天也瘦」之作矣。

〔註 265〕

文中引黃氏詞句，證其詞風清麗似晏幾道、賀鑄，綿密處則直可追秦觀〈水龍吟〉（小樓連遠橫空）之作，深情綿邈，宛轉淒惻。

蓋黃氏詞誠如清・萬樹《詞律》卷十七評〈湘春夜月〉詞所言：「風度婉秀」，〔註 266〕亦如清・況周頤《蕙風詞話續編》卷一所云：「清麗芊綿，頗似北宋名作。」〔註 267〕由是可見，其詞甚爲人所稱道，惟詞集不傳，殊爲一憾！端賴劉克莊序文評賞，徵引詞句錄存，後人得以稍明梗概，此本詩三、四句所言之意。「後村」係劉克莊號；「雪舟」則黃孝邁號。據劉氏〈再題黃孝邁長短句〉所云：「十年前曾評君樂章，耆矣復睹新腔一卷。」〔註 268〕可知劉氏於十年前已識黃孝邁，並曾爲其詞集作序，有〈黃孝邁長短句序〉一文，稱：「年英妙，才超軼，詞采口出，天設神授，朋儕推獨步，耆宿避三舍。酒酣耳熱，倚聲而作者，殆欲摩劉改之、孫季蕃之壘。」〔註 269〕十年後，再題孝邁詞，足見賞愛之意，此譚瑩所以特言「雪舟相識十年前」，蓋劉氏評雪舟詞，精湛得當，而其知音之言，實基於「相識十年」之情。

二十一、論黃昇

黃昇（1188～1248 後），字叔暘，號玉林，建安（今福建建安）人。譚瑩詩云：

> 此中甘苦劇難言，選得新詞廿卷存。果散花菴詞特妙，羊車過也又黃昏。

首二句盛稱黃昇用心編詞選，箇中甘苦，自有難以爲外人道之處。蓋黃昇曾編選《唐宋諸賢絕妙詞選》與《中興以來絕妙詞選》各十卷，

〔註 265〕《詞籍序跋萃編》，頁 298。

〔註 266〕（清）萬樹撰；王瓊珊索引：《索引本詞律》（臺北：廣文書局，1989 年 10 月），頁 337。

〔註 267〕《詞話叢編》，冊 5，頁 4535。

〔註 268〕《詞籍序跋萃編》，頁 298。

〔註 269〕同上註，頁 297。

後人合稱爲《花庵詞選》，明・毛晉〈散花庵詞跋〉:「嘗選唐宋詞及中興以來詞各十卷，曰《絕妙詞選》」。〔註 270〕故曰「選得新詞廿卷存」。黃昇編詞選之用意，有自序云：

> 長短句始於唐，盛於宋。唐詞具載《花間集》，宋詞多見於曾端伯所編，而《復雅》一集又兼采唐宋，迄於宣和之季，凡四千三百餘首。吁，亦備矣！況中興以來，作者繼出，及乎近世，人各有詞，詞各有體，知之而未見，見之而未盡者，不勝算也。暇日裒集，得數百家，名之目《絕妙詞選》。佳詞豈能盡錄，亦嘗鼎一臠而已。然其勝麗如游金張之堂，妖冶如攬嬙施之袪，悲壯如三閭，豪俊如五陵，花前月底，舉杯清唱，合以紫簫，節以紅牙，飄飄然作騎鶴揚州之想，信可樂也。〔註 271〕

由引文可知，在黃昇以前詞選本最重要者，有《花間集》、《樂府雅詞》、《復雅歌詞》三種，分別代表唐五代詞、北宋詞與唐宋詞合編之總匯；尤以《復雅歌詞》一集采錄較爲齊備，惟年限僅及北宋末葉。南渡以來詞人輩出，詞作特盛，僅黃氏搜采所得即有數百家之多，精選其中佳構，無論盛麗、妖冶、悲壯、豪俊等，足以體現南宋一代風貌，編者用心，不難窺見。《四庫全書總目・花庵詞選提要》云:「觀昇自序，其意蓋欲以繼趙崇祚《花間集》、曾慥《樂府雅詞》之後，故蒐羅頗廣」，〔註 272〕指明其承繼前輩以續選一代詞之使命所在。宋・胡德方〈唐宋諸賢絕妙詞選序〉亦盛讚:「玉林此選，博觀約取，發妙音於眾樂並奏之際，出至珍於萬寶畢陳之中。使人得一編，則可以盡見詞家之奇，厥功不亦茂乎。」〔註 273〕則黃氏之選，搜羅宏富，別擇精當，確能顯現一代詞林風貌，編選者用力至深，甘苦交雜，功不可沒！

〔註 270〕同上註，頁 342。
〔註 271〕同上註，頁 661。
〔註 272〕《四庫全書總目提要》，冊 5，頁 319。
〔註 273〕《詞籍序跋萃編》，頁 660。

首二句論黃昇詞選之功，三、四句則稱黃氏詞作之妙。蓋黃昇於詞選集末附己詞四十首，後人輯為《散花庵詞》，一名《玉林詞》。明・毛晉〈散花庵詞跋〉云：「末載自製詞四十首。」〔註274〕《四庫全書總目・散花庵詞提要》亦曰：「昇所選《絕妙詞》，末附以己詞四十首。」〔註275〕惟本詩第三句曰黃昇詞「特妙」，接言「羊車過也又黃昏」，其意何在？蓋此句化用黃氏〈清平樂・宮怨〉〔註276〕詞：「又是羊車過也，月明花落黃昏。」詞題「宮怨」，係抒發宮中女子失寵落寞之愁，「當年掌上承恩，而今冷落長門」，兩相對照，哀情自顯。譚瑩化用此詞結二句，「羊車」係帝王所乘，典出《晉書・胡貴嬪傳》：「而並寵者甚眾，（晉武）帝莫知所適，常乘羊車，恣其所之，至便宴寢」〔註277〕「羊車過也」指君王臨幸他宮，過其居所。最後以景結情，花落黃昏，月照伊人，此景淒涼，辛酸哀怨皆寓其中。黃昇「早棄科舉，雅意讀書，顏其居曰散花庵。」〔註278〕清室幽居，以吟詠自適。明・毛晉〈散花庵詞跋〉謂其：「昔游受齋（九功），稱其詩為『晴空冰柱』。樓秋房喜其與魏菊莊友善，以泉石清士目之，余于其詞亦云。」〔註279〕《四庫全書總目・散花庵詞提要》亦云：「其詞亦上逼少游，近摹白石。九功贈詩云『晴空見冰柱』者，庶幾似之。」〔註280〕黃昇詞流麗清新，風格如其詩，「晴空冰柱」，為人稱賞，故曰「特妙」；惟「早棄科舉」，才華絕妙，乃未能見知於朝廷，殊為遺憾。故譚瑩化用黃氏「宮怨」詞，亦感嘆英雄白頭，「羊車過也」，不為所用之淒涼。

〔註274〕同上註，頁342。

〔註275〕《四庫全書總目提要》，冊5，頁314。

〔註276〕全詞為：「珠簾寂寂。愁背銀缸泣。記得少年初選入。三十六宮第一。　當年掌上承恩。而今冷落長門。又是羊車過也，月明花落黃昏。」《全宋詞》，冊4，頁2996。

〔註277〕（唐）房玄齡等：《晉書》（北京：中華書局，1974年），卷三一列傳第一，冊4，頁962。

〔註278〕（明）毛晉：〈散花庵詞跋〉，《詞籍序跋萃編》，頁342。

〔註279〕同上註。

〔註280〕《四庫全書總目提要》，冊5，頁314。

二十二、論孫惟信

孫惟信（1179～1243），字季蕃，號花翁，原籍開封，居婺州（今浙江金華）。譚瑩詩云：

> 棄官長短句工吟，故事花翁集裏尋。人物語應無市井，當留此論作詞箴。

首二句用宋·陳振孫《直齋書錄解題》卷二十所記：「《花翁集》一卷。開封張惟信季蕃撰。在江湖中頗有標致，多見前輩，多言舊事，善雅談，長短句尤工。嘗有官，棄去不仕。」〔註 281〕「棄官」一事，據宋·劉克莊〈孫花翁墓誌銘〉所云：「季蕃少受祖澤，調監當不樂，棄去。」蓋孫惟信以蔭入仕，光宗時棄官居西湖，能爲詩詞，「中遭詩禁，專以樂府行」。〔註 282〕本詩首句概括其生平創作，次句則言孫氏詞集內容，多有故事可尋，蓋以其身在江湖，名重公卿，多有前輩舊事可談，是集中當有可尋之跡。〔註 283〕

第三句化用宋·沈義父《樂府指迷》評語：「孫花翁有好詞，亦善用意。但雅正中忽有一兩句市井語，可惜。」〔註 284〕以花翁詞雜有市井俗語，破壞詞中「雅正」之格，殊爲可惜。綜觀花翁存詞，確有雜用市井語之現象，如〈晝錦堂〉（薄袖禁寒）結句：「眞箇病也天天」，〔註 285〕〈水龍吟·除夕〉有「禱告些兒，也都不是，求名求利」又「願家家戶戶，和和順順，樂昇平世」〔註 286〕等，以市井口語入詞，頗有「散曲」之風味，亦失卻詞應有之特質。然不可否認，孫氏亦有佳構，尤以表現相思別情，往往眞切細緻，婉媚多姿，如〈燭影搖紅〉（一朵鞓紅）結三句：「絮飛春盡，天遠書沈，日長人瘦。」〔註 287〕刻骨相

〔註 281〕《叢書集成新編》，冊 2，頁 515。

〔註 282〕（宋）劉克莊：《後村先生大全集》卷一五〇，《宋集珍本叢刊》，冊 82，頁 511。

〔註 283〕其詞集不傳，近人趙萬里有輯本《花翁詞》一卷，僅十一首詞作。

〔註 284〕《詞話叢編》，冊 1，頁 279。

〔註 285〕《全宋詞》，冊 4，頁 2485。

〔註 286〕同上註。

〔註 287〕同上註，頁 2484。

思，使人形容憔悴，日見消瘦，全詞雖盡而情未絕；又〈風流子〉（三疊古陽關）：「奈情逐事遷，心隨春老，夢和香冷，歡與花殘。」〔註 288〕亦抒情深刻，形象鮮明，呈現婉麗典雅之風。本詩所論，以《樂府指迷》之評爲據，至若「人物語」之謂，承次句而來，以其「多見前輩，多言舊事，善雅談」，詞中理應多用閒端雅人物之語，無市井人語；豈奈所作乃多雜市井俗語，反落人口實。於焉譚瑩認爲當引以爲鑑，故曰「當留此論作詞箴」；則此論不僅用以評花翁詞，亦可爲詞家塡詞之箴言。

綜上所述，譚瑩論南宋中後期詞人，可概分爲兩條脈絡：一以辛棄疾爲主，承襲蘇軾「詩化」詞之創作範式；一以姜夔爲主，創作如周邦彥之「樂化」詞。故譚瑩特撰兩首詩作論辛、姜，展現其敏銳之觀察與識見。

茲先論述以蘇、辛爲主之創作脈絡。依譚瑩所論，如張孝祥、辛棄疾、劉過、陳亮、陸游、黃機、劉克莊、戴復古、吳潛、孫惟信等皆屬此。蓋如前文所述，南渡詞人因政治環境與社會現實之需求，推崇並效法蘇軾「以詩爲詞」之創作範式，影響及於南宋初期，甚至中後期詞壇之創作方向。譚瑩於蘇軾對南宋詞壇之影響頗有體認，如論張孝祥，即特別指出其愛國詞作，悲歌慷慨有忠憤之氣，近於蘇詞風格；論辛棄疾，稱其「變態橫絕」，既承襲蘇軾詞風，又能別開天地，造就領袖詞壇之歷史地位，後世詞家凡寫愛國、豪氣之詞作，無不受其影響，此由譚瑩論劉過效辛體作〈沁園春〉詞一事可以見得。要之，詞之發展至辛棄疾，終完成自蘇軾倡始「變革」之精神，具有某種典範之意義；且變其清朗高曠爲雄豪悲慨，含納更多屬於個人命運、家國興亡之激烈感受，並呼應時代要求，由是與同期詞風相近者，形成一條審美取向較爲一致之創作脈絡。

殊值留意者，譚瑩論仿蘇、辛之詞人，多就其忠愛之思與身世之

〔註 288〕同上註。

感立說；至若論及藝術表現或創作成就僅四人：論張孝祥：「一腔忠憤洗香奩」、論辛棄疾：「詞詩詞論亦佳評」、論黃機：「沈鬱蒼涼一代論」、論戴復古：「豪情壯采東坡似」，其餘詞家著墨不多。且論辛詞兩首，係化用稼軒〈摸魚兒〉詞句，強調辛詞「穠麗」之風貌，又同時關注陳亮「豪氣縱橫」之詞作，別具婉約綺麗之風格。凡此，皆於某種層面上彰顯譚瑩論詞評賞之角度。然就客觀層面言之，辛詞一體本不易效法，此前人多有體認，故譚瑩論劉過，暗喻其刻意學辛，反入惡道，不免粗率之弊；論孫惟信以俗語入詞，過度發展「以文爲詞」之手段，反破壞詞作「雅正」之格，近於「散曲」風貌，此等觀察，均指出詞家之缺失，足供吾人借鑑反思。

至若論及以周、姜爲主之創作脈絡。依譚瑩所述，如張鎡、盧祖皋、姜夔、高觀國、史達祖、張輯、吳文英、黃孝邁、黃昇等皆屬之。此一脈絡之詞家，多效法周邦彥之藝術手段，姜夔尤爲其中重要代表。姜夔乃一介布衣，就社會角色與身分而言，不同於辛棄疾等人具救國壯志，有仕宦歷程；其個體生命遠離政治氛圍，故詞作表現缺乏辛詞深哀巨痛與現實批判之精神，題材取徑較窄，其作品縱表現黍離之悲，寄託總在若有若無、若即若離之間，化爲一聲聲淡遠之喟嘆，此由譚瑩論姜夔之次首可以見出。雖缺乏對社會現實之關懷，然姜夔等詞家對心靈世界之省視益顯關注；不論羈旅行役之勞苦、世態炎涼之感傷、情感遭遇之糾結，或當時社會在奢靡繁華之表象下飄搖欲墜之國勢，詞人均能抒發屬於自我之感傷意緒與情思，如譚瑩論史達祖：「斷腸挑菜或歸來」，便凸顯詞人之內在心緒。再者，詠物詞之繁榮崛起，亦此系列詞家創作之表徵，「周邦彥的詠物詞，已初步將身世之感和懷人傷別滲透其中，姜夔的詠物詞由此深入，更將戀情與詠物打成一片」，〔註289〕不僅姜夔，此期之詠物詞大抵體物工細，筆法之鍛鍊逼眞生動，且善於將幽邈之深情融會其中，形成美感鮮明之印象，故譚瑩所論，

〔註289〕《唐宋詞史論》，頁36。

亦特別關注詞家詠物之作，如論姜夔〈暗香〉、〈疏影〉詠梅詞；引高觀國〈金人捧露盤・梅花〉詞句論其造語精新；論黃孝邁，則化用〈水龍吟〉詞句，以詠水仙。由譚瑩引論稱述，可知此期詠物詞作在藝術技巧上，已臻高峰。不惟詠物詞，其他作品亦普遍表現對詞律之精研與字句之講究，此譚瑩評語時而著眼於詞「工」之原因，如「滿身花影詞工絕」（論張鎡）、「石帚詞工兩宋稀」（論姜夔）、「綺語能工債亦酬」（論張輯）等，皆點明詞人之創作趨向。似此對藝術技巧之刻意追求，將實踐經驗歸納提升，形成理論之範型，於是有「詞法」之講授與傳承，據今人吳熊和研究指出：「論詞講詞法始於姜夔」，而「講論詞法是爲了傳授詞法。鄱陽張輯（字宗瑞）於姜夔爲入室弟子，他的詩詞都得白石之傳」，因之南宋後期講授詞法之風氣，「是從姜夔開始的」。稍後吳文英、張炎等人，「亦以詞法遞相祖述，一燈相傳，不絕如縷」。〔註 290〕由是可知，譚瑩論張輯特別指出詞人承襲姜夔詞法；論吳文英時強調講授詞法以「指」人（沈義父）「迷」津，此等詩句均反映當時詞壇之某些現象，有論述之價值。

誠如前文所述，姜夔於南宋中後期詞壇扮演重要之角色，別立於辛棄疾之外，自成一派。至清初，隨著浙西詞派之興起，更被抬舉至宗祖之地位。朱彝尊《曝書亭集》卷四十〈黑蝶齋詩餘序〉云：「詞莫善于姜夔，宗之者張輯、盧祖皋、史達祖、吳文英、蔣捷、王沂孫、張炎、周密、陳允平、張翥、楊基，皆具夔之一體。」〔註 291〕汪森《詞綜・序》更詳論曰：「鄱陽姜夔出，句琢字煉，歸於醇雅；於是史達祖、高觀國羽翼之，張輯、吳文英師之於前，趙以夫、周密、陳允衡、王沂孫、張炎、張翥效之於後，譬之於樂，舞箾至於九變，而詞之能事畢矣。」〔註 292〕惟需加說明者，姜夔之清健爽逸、情思激

〔註 290〕詳氏著：《唐宋詞通論》（北京：商務印書館，2003 年 10 月），頁 299～300。

〔註 291〕《詞籍序跋萃編》，頁 543。

〔註 292〕（清）朱彝尊、汪森編：《詞綜》，頁 1。

越，與吳文英之穠摯曼衍、低回多怨，仍存在相當之區別；就藝術風貌而言，夢窗詞法密麗隱曲，穠豔精整，有別於姜夔冷峻清雅之筆調，而更近於周邦彥「富豔精工」之風格。但總體言之，仍有共同之趨向，亦即「在基本的審美意趣方面，則爲典雅，使原先流行於市井伶工之間的曲子詞，一變爲擁戴高度文化藝術素養的士大夫文人們寫心適意的清謳雅唱，一種主旨在於娛己的新體詩」，〔註 293〕基於此認知，本文乃置於同一系統脈絡論述，以明其相互影響之關係。

第三節　論南宋末期詞人

譚瑩論南宋末期詞人，取蔣捷、張炎、陳允平、徐照、周密、王沂孫、詹玉、李南金、文天祥、陳參政等十家，此中論張炎與周密各兩首，並附論《樂府補題》一首，共計十三首。茲依次分析如下：

一、論蔣捷

蔣捷，字勝欲，號竹山，陽羨（今江蘇宜興）人。譚瑩詩云：

> 江湖遁迹竟忘還，詞品尤推蔣竹山。心折春潮春恨語，扁舟風雨宿閒灣。

首句點出蔣捷宋亡不仕一事，清・厲鶚《宋詩紀事》卷七十八載：「(蔣)捷，字勝欲，陽羨人。德祐進士，自號竹山，遁跡不仕，以詞名。」〔註 294〕《四庫全書總目・竹山詞提要》亦載：「捷字勝欲，自號竹山，宜興人。德祐中嘗登進士。宋亡之後，遁跡不仕以終。」〔註 295〕蔣捷於宋亡後，遁跡江湖，元大德間憲使臧夢解、陸垕交薦其才，卒不就。譚瑩論詞，本重詞家人品，故次句特言「詞品尤推蔣竹山」，以蔣捷堅貞自守之品格，塡寫爲詞作，尤堪推舉。

〔註 293〕喬力：〈主體意識的深化 —— 論南宋後期詞的審美意趣與主導趨向〉，《蘇州大學學報（哲學社會科學版）》（1996 年第 4 期），頁 75。

〔註 294〕（清）厲鶚輯：《宋詩紀事》（臺北：臺灣中華書局，1971 年），冊 7，頁 1751。

〔註 295〕《四庫全書總目提要》，冊 5，頁 312。

蔣捷詞雋婉出白石，豪放效稼軒，文字精鍊，音調諧暢，《四庫全書總目提要》評曰：「其詞練字精深，調音諧暢，為倚聲家之榘矱。」〔註 296〕清・劉熙載《藝概》卷四亦云：「蔣竹山詞未極流動自然，然多洗鍊縝密，語多創獲。其志視梅溪較貞，其思視夢窗較清。劉文房為五言長城，竹山亦長短句之長城歟？」〔註 297〕惟清・陳廷焯《白雨齋詞話》卷一乃謂其詞「外強中乾，細看尚不及改之。」〔註 298〕然於人品亦盛讚「高絕」，〔註 299〕故竹山品格，人皆稱之。

本詩由人品論詞品，以為竹山詞中體現不隨俗流之氣骨。故三、四句引其詞為證。「心折」乃譚瑩自陳，「春潮春恨」，則化用蔣捷〈行香子・舟宿蘭灣〉詞句：「待將春恨，都付春潮。」〔註 300〕「扁舟風雨宿閒灣」〔註 301〕亦用此詞題名。茲錄全詞如下；

> 紅了櫻桃。綠了芭蕉。送春歸、客尚蓬飄。昨宵穀水，今夜蘭皋。奈雲溶溶，風淡淡，雨瀟瀟。　　銀字笙調。心字香燒。料芳悰，乍整還凋。待將春恨，都付春潮。過窈娘隄，秋娘渡，泰娘橋。〔註 302〕

首二句春去夏來，流露韶光易逝之感；「送春歸」下三句係江湖遁跡生涯，到處漂泊，無以為家；詞人客愁鄉恨皆化為「雲溶」「風淡」「雨瀟瀟」，一片淒清迷離之景，更添愁緒。下片以回憶起，先言往日歡情，對照今日凋零，更顯不堪，惟將此綿綿春恨，付諸春水漂流，日復一日。詞人寄寓國愁家恨、江湖遁跡之遺民情懷於作品中，憫世遺俗，託興遙深，故為譚瑩所心折稱道也。

〔註 296〕同上註。

〔註 297〕《詞話叢編》，冊 4，頁 3695。

〔註 298〕同上註，頁 3794。

〔註 299〕《白雨齋詞話》卷五，《詞話叢編》，冊 4，頁 3894。

〔註 300〕《全宋詞》，冊 5，頁 3445。

〔註 301〕陳燕：《蔣捷及其詞研究》附錄〈竹山詞校評〉云：「『宿蘭灣』毛本作『舟宿簡灣』，是錯字。《歷代詩餘》只有『蘭灣』二字；《詞綜》作『舟宿閒灣』，傳抄之誤。」（臺北：華正書局，1983 年），頁 335。譚瑩此處蓋用《詞綜》選本，故有誤。

〔註 302〕《全宋詞》，冊 5，頁 3445。

二、論張炎

張炎（1248～1320？），字叔夏，號玉田，又號樂笑翁。因其以〈春水〉詞著名，時人號爲「張春水」。祖籍鳳翔（今陝西鳳翔）人，宋室南渡，其祖隨之寓居臨安（今浙江杭州）。譚瑩詩云：

> 歸去山中臥白雲，王孫憔悴總能文。不名孤雁名春水，豈藉揄揚始重君。

首句檃括詞人二事：其一係張炎於宋亡後歸隱山林；其二則張炎有詞集《山中白雲詞》，所以名「山中白雲」，乃取自梁・陶宏景詩：「山中何所有？嶺上多白雲；只可自怡悅，不堪持贈君。」〔註 303〕意謂：隱居於深山之中，與環繞在山嶺上的白雲爲友，不與流俗往來而自得其樂。以白雲爲隱居爲象徵，如〈聲聲慢〉（晴光轉樹）詞云：「誰識山中朝暮，向白雲一笑，古今無愁。」〔註 304〕又：「載取白雲歸去，問誰留楚佩，弄影中洲。」〔註 305〕其詞除歸隱之念外，更有觸景傷情，遺民之悲。次句所言即指張炎詞中蘊含之遺民情懷。「王孫」泛指貴族子弟，蓋張炎爲南宋名將循王張俊六世孫，〔註 306〕官僚兼詞家張鎡之曾孫。據元・戴表元序云：「叔夏之先世高、曾祖父，皆鍾鳴鼎食。江湖高才詞客姜夔堯章、孫季蕃花翁之徒，往往出入館谷其門，千金之裝，列駟之聘，談笑得之，不以爲異」，〔註 307〕足見家世背景顯赫，故曰「王孫」。至云「憔悴」，蓋因其壯年亡國，遁跡不仕，落拓以終。往昔榮華富貴皆成過往雲煙，詞人憔悴感慨，發爲詞文，故而動人。

〔註 303〕（梁）陶宏景〈詔問山中何所有賦詩以答〉，逯欽立輯校：《先秦漢魏晉南北朝詩》（北京：中華書局，1988 年 5 月），冊中，頁 1814。

〔註 304〕《全宋詞》，冊 5，頁 3487。

〔註 305〕同上註，頁 3465。

〔註 306〕《宋史・本紀・高宗趙構・紹興二十四年》載：「八月壬辰，禁百官避免輪對。甲午，罷溫州市黃柑、福州貢荔枝・丙午，追封張俊爲循王。」

〔註 307〕（元）戴表元：《剡源集》　（北京：中華書局，1985 年），卷十，頁 145

本詩第三句「孤雁」、「春水」兩詞，分指張氏兩首著名之詠物詞。茲錄全文如下：

楚江空晚。悵離群萬里；怳驚散。自顧影、欲下寒塘，正沙淨草枯，水平天遠。寫不成書，只寄得、相思一點。料因循誤了，殘氈擁雪，故人心眼。　誰憐旅愁荏苒。謾長門夜悄，錦箏彈怨。想伴侶、猶宿蘆花，也曾念春前，去程應轉。暮雨相呼，怕驀地、玉關重見。未羞他，雙燕歸來，畫簾半卷。〈解連環・孤雁〉〔註 308〕

波暖綠粼粼，燕飛來、好是蘇堤纔曉。魚沒浪痕圓，流紅去、翻笑東風難掃。荒橋斷浦，柳陰撐出扁舟小。回首池塘青欲徧，絕似夢中草。　和雲流出空山，甚年年淨洗，花香不了。新淥乍生時，孤村路、猶憶那回曾到。餘情渺渺。茂林觴詠如今情。前度劉郎歸去後，溪上碧桃多少。〈南浦・春水〉〔註 309〕

張炎寫〈南浦・春水〉獲名「張春水」，〔註 310〕寫〈解連環・孤雁〉得名「張孤雁」，〔註 311〕二詞雖同屬詠物之作，然手法、風格、寄意實不相類。〈春水〉，一般認爲是張炎於宋亡入元前，生活較優渥時所作，全詞描寫春水，細緻工巧，文辭雅致，頗能體現詞人觀察細膩之特點；〈孤雁〉，則借詠物以寄託詞人一腔幽怨，全詞描寫孤雁驚散離群後，孤獨生活以及對舊伴重逢的嚮往。詞中刻劃孤雁形象，鮮活靈動，並將家國身世之感蘊含此一形象中；既能窮形盡相，體物細膩，又能寄意深微，活用典故，就詠物詞之藝術手段已臻高峰。不論就抒情內蘊或表現手法而言，〈孤雁〉一詞之價值均較〈春水〉更具代表性。而此類「亡國之音」之作品，於張炎詞集本佔有較多篇幅，乃認識與評價張炎詞之重要

〔註 308〕《全宋詞》，冊 5，頁 3470。

〔註 309〕同上註，頁 3463。

〔註 310〕（宋）鄧牧〈山中白雲詞序〉稱張炎：「春水一詞，絕唱今古，人以『張春水』目之。」《詞籍序跋萃編》，頁 390。

〔註 311〕孔齊《至正直記》云：「錢塘張叔夏，嘗賦孤雁詞，有『寫不成書，只寄得、相思一點』，人皆稱曰『張孤雁』。」

依據。故譚瑩曰：「不名孤雁名春水，豈藉揄揚始重君」，實具有諷刺意味。蓋《四庫全書總目・山中白雲詞提要》云：「(張炎) 平生工爲長短句，以〈春水〉詞得名，人因號曰『張春水』。其後編次詞集者，即以此首壓卷，倚聲家傳誦至今。」〔註 312〕文中不提「張孤雁」之稱，僅名「張春水」，並抬舉此詞乃壓卷之作，特具代表意義，對於人但稱張炎〈春水〉詞而不名〈孤雁〉之作，譚瑩顯然頗不認同，故曰「豈藉揄揚始重君」，以爲後人藉「春水」之名欲宣揚張炎詞作，並未見其全豹。蓋其詞之佳構，乃〈孤雁〉之類具有寄託深意之作品；亦即能體現次句所云：「王孫憔悴總能文」之詞作也。

譚瑩詩次首云：

> 悲涼激楚不勝情，秀冠江東擅倚聲。詞格若將詩格例，玉溪生讓玉田生。

首二句化用《四庫全書總目・山中白雲詞提要》評語：

> 炎生於淳祐戊申，當宋邦淪覆，年已三十有三，猶及見臨安全盛之日，故所作往往蒼涼激楚，即景抒情，備寫其身世盛衰之感，非徒以翦紅刻翠爲工。至其研究聲律，尤得神解，以之接武姜夔，居然後勁。宋元之間，亦可謂江東獨秀矣。〔註 313〕

文中稱賞張炎以詞抒發身世之感，寫時代興衰，故詞風往往「蒼涼激楚」，此本詩所謂「不勝情」之意；亦即詞人身經亡國之痛，處境淒涼，發而爲詞，往往哀怨淒楚，悲憤感人。蓋其詞之佳者，可謂獨步江東，乃宋元之際倚聲之冠。《四庫全書總目提要》如此稱賞，譚瑩顯亦如是。

三、四句論述，跳脫時代與文體之限制，將張炎詞上比唐詩人李商隱，以爲張炎詞於藝術之表現，猶如李商隱詩歌所追求之境界。「玉溪生」係李商隱號；「玉田」係張炎號。合上一首詩作讀之，譚瑩此

〔註 312〕《四庫全書總目提要》，冊 5，頁 311。
〔註 313〕同上註，頁 311～312。

處所指蓋針對兩人託物寓懷之作品言之。吾人觀李商隱之詠物詩，往往以觸物興感發端，細膩中又見渾化空靈之象徵，「這是和他此類作品所寄寓的內容本身比較抽象，多爲悲劇命運、人生感慨乃至更虛泛的精神意緒分不開的」，〔註314〕而其所創造空靈脫俗之象徵，寓意深微之筆法，正合乎張炎論詞所強調「清空騷雅」之詞境。且張炎撰有《詞源》一書，詳述「詞格」例法，準此，則「玉溪生」不免遜讓「玉田生」矣。

三、論陳允平

陳允平（1205？～1280？），字君衡，一字衡重，號西麓，四明（今浙江寧波）人。譚瑩詩云：

曉起簾櫳翠漸交，鶯聲春在杏花梢。獨將雅正（張炎語）評西麓，賸粉零金語欲抛。

首二句分別化用陳允平〈戀繡衾〉（銀鴛金鳳畫暗銷）〔註315〕詞句：「曉簾櫳、新翠漸交。」與〈菩薩蠻〉〔註316〕詞首句：「杏花枝上鶯聲嫩。」譚瑩所引二詞皆寫閨怨，基調感傷，風格婉麗柔媚。

三、四句則轉而論張炎評語。「雅正」一詞，譚瑩自注：「張炎語。」蓋此乃張炎論詞之標準，誠如宋・張炎《詞源》所云：「詞欲雅而正，志之所至，一爲情所役，則失其雅正之音。」，〔註317〕其評陳氏曰：「近代陳西麓所作，本製平正，亦有佳者。」〔註318〕「西麓」即陳允平號。張炎以陳允平詞作平正，顯然忽視西麓詞中亦有如〈戀繡

〔註314〕劉學鍇：《李商隱詩歌研究》（合肥：安徽大學出版社，1998年5月），頁27。

〔註315〕全詞爲：「銀鴛金鳳畫暗銷。曉簾櫳、新翠漸交。算多少、相思恨，被東風，吹上柳梢。　羅窗夜夜梨花瘦，奈月明、香夢易消。便擬倩、題紅葉，趁落花、流過謝橋。」《全宋詞》，冊5，頁3106。

〔註316〕全詞爲：「杏花枝上鶯聲嫩。鳳屏倦倚人初困。金獸莫添香。香濃情轉傷。　雲沉歸雁杳。綠漲江南草。獨倚夕陽樓。雙帆何處舟。」《全宋詞》，冊5，頁3106。

〔註317〕《詞話叢編》，冊1，頁266。

〔註318〕同上註。

衾〉、〈菩薩蠻〉等柔情婉媚之作，是故本詩末句「賸粉零金」正代表陳詞此種風貌。二句意謂：若僅以張炎「雅正」評語論西麓詞，則陳氏詞中，表現閨怨等柔媚詞風之作品，勢必全然拋卻不論，如此實未能體現詞人作品全部之風貌。

四、論徐照

徐照，字道暉，一字靈暉，號山民，永嘉（今浙江溫州）人。譚瑩詩云：

> 相思無處說相思，妾欲移心恨未知。誰謂山民工小令，至今人說四靈詩。

首句摘自徐照〈南歌子〉（簾影篩金線）〔註 319〕詞：「相思無處說相思。」次句亦化用徐照〈阮郎歸〉（綠楊庭戶靜沈沈）詞：「妾心移得在君心。方知人恨深。」徐照詞僅存五首，皆小令，以閨怨爲主要題材，描寫女子相思之情及堅貞心志。譚瑩所摘或化用之詞句，亦頗能代表徐照詞作之內容和情感，即「無處說相思」、「心恨人未知」。如〈阮郎歸〉一詞云：

> 綠楊庭户靜沈沈。楊花吹滿襟。晚來閒向水邊尋。驚飛雙浴禽。　　分別後，忍登臨。暮寒天氣陰。妾心移得在君心。方知人恨深。〔註 320〕

此詞由景起，以情結。上片寫景，綠意盎然，花絮漫舞，禽鳥雙飛，襯托主角形單影隻；下片抒情，「暮寒天氣陰」，乃天候之轉變，亦象徵著主角寒涼之心境，箇中滋味，惟有「妾心移得在君心」，方能體會無盡等待之深沉哀感。

三、四句則見作者推崇徐照「小令」詞作之意。曰「誰謂」實譚瑩自稱；「山民」則徐照號，以徐氏善於小令，雖僅傳五首，皆清麗

〔註 319〕全詞爲：「簾影篩金線，爐煙篆翠絲。菰芽新出滿盆池。喚起玉瓶添水、養魚兒。　　意取釵蟲碧，慵梳髻翅垂。相思無處說相思。笑把畫羅小扇、覓春詞。」《全宋詞》，冊 4，頁 2526。

〔註 320〕《全宋詞》，冊 4，頁 2426。

動人，足見「山民工小令」，惟今人但稱其詩，取之與徐璣、翁卷、趙師秀三人合稱「永嘉四靈」，以詩名世，遂未見其詞之佳處，殊爲可憾！

五、論周密

周密（1232～1298），字公謹，號草窗，又號蘋洲、蕭齋。其先濟南（今屬山東）人。故自署「齊人」、「華不注山人」等。曾祖秘，曾爲御史中丞。扈從高宗南渡，居於吳興，遂爲湖州（今屬浙江）人。周密因居於湖州，故又號「四水潛夫」、「弁陽老人」。譚瑩詩云：

> 覲者直求形似外，弁陽不爲一詞言。夢輕怕被愁遮住，似此能無斧鑿痕。

首二句意謂：詞評家論周密詞，往往探求外在形式，而不求其內在寄意，由是僅見其詠物詞筆工細，實未能解草窗詞之佳處；「弁陽」係周密號，因其居湖州，故自號「弁陽老人」。

蓋周密生當南宋末期，與王沂孫、王易簡、張炎等人結詞社，互相唱和往來，有不少詠物詞傳世。清人因其詞工麗精巧，與夢窗相似，遂將兩人並稱，如戈載《宋七家詞選》云：「其詞盡洗靡曼，獨標清麗；有韶倩之色，有綿渺之思，與夢窗旨趣相侔，二窗並稱，允矣無忝。」〔註321〕李慈銘《孟學齋日記》亦云：「南宋之末，終推草窗、夢窗兩家」。而周密身經亡國之痛後，晚年詞風沉鬱淒楚，託喻感時，又近於王沂孫、張炎等，如清．陳廷焯《白雨齋詞話》卷二：「草窗、西麓、碧山、玉田，同時並出，人品亦不甚相遠。四家之詞，沈鬱至碧山止矣。而玉田之超逸，西麓之淡雅，亦各出其長以爭勝，要皆以忠厚爲主，故足感發人之性情。草窗雖工詞，而感遇不及三家之正。」〔註322〕姑不論陳氏置草窗詞於三家之下是否允當，其中至少指明周

〔註321〕（清）戈載輯；杜文瀾校注：《宋七家詞選》（臺北：河洛圖書出版社，1978年5月），頁25。

〔註322〕《詞話叢編》，冊4，頁3817。

密詞作有「沉鬱」之感。綜上所述，草窗詞實介於吳文英、張炎兩者之間，兼有工麗隱晦與清疏淒咽之特質。

至於本詩評價草窗詞之高下又如何？其實單就譚瑩特撰兩首詩論之，賞愛之情，已分明可見。因草窗詞多詠物唱和，時人僅從表象論之，遂言其貌似，而略其眞情。如清・周濟《宋四家詞選・序論》有云：「草窗鏤冰刻楮，精妙絕倫。但立意不高，取韻不遠」，〔註 323〕同書評周密〈大聖樂〉（嬌綠迷雲）一詞曰：「草窗最近夢窗，但夢窗思沉力厚，草窗則貌合耳。若其鏤新鬥冶，固自絕倫。」〔註 324〕本詩首二句是否針對周濟評語而發，不得而知。但譚瑩特別指出詞評家讀草窗詞，只求「形似」處，卻未解草窗詞之佳者，並非據一二詞之批評即下定論。由是可知，縱使譚瑩所論未有確指，周濟評語亦在其批評範疇內。

三、四句引詞例爲證，以明草窗詞託喻感慨，意境深刻，而又造語精新，自然無痕。第三句化用周密〈高陽臺・寄越中諸友〉詞句：「夢魂欲渡蒼茫去，怕夢輕、還被愁遮。」茲錄全詞如下：

> 小雨分江，殘寒迷浦，春容淺入蒹葭。雪霽空城，燕歸何處人家。夢魂欲渡蒼茫去，怕夢輕、還被愁遮。感流年，夜汐東還，冷照西斜。　萋萋望極王孫草，認雲中煙樹，鷗外春沙。白髮青山，可憐相對蒼華。歸鴻自趁潮回去，笑倦遊、猶是天涯。問東風，先到垂楊，後到梅花。〔註 325〕

上片懷友，詞人由居所環境迷濛蕭條之景況，流露惆悵之感；「夢魂欲渡蒼茫去，怕夢輕、還被愁遮」二句懷友，稱自己在夢中欲涉水渡江至越中訪友，卻又思及夢輕愁重，怕是承載不了，構思新奇，婉曲動人。下片由懷人進而傷悼自己，感慨深沉。全詞意境淒迷，幽思綿邈。至若本詩所化用的詞句，更爲元・陸輔之《詞旨》引爲「警句」

〔註 323〕《詞話叢編》，冊 2，頁 1644～1645。
〔註 324〕《詞話叢編》，冊 2，頁 1657。
〔註 325〕《全宋詞》，冊 5，頁 3292。

〔註 326〕；譚瑩亦稱引其造語精新，又能渾化無跡，故曰「似此能無斧鑿痕」。

譚瑩詩次首云：

> 舊選中興絕妙詞，更名絕妙好詞爲，效颦十解人人擬，直比文通雜體詩。

首句「中興絕妙詞」，蓋指宋・黃昇所輯《中興以來絕妙詞選》。此選收南渡以來詞人 89 家，詞作 725 首。曰「舊選」，蓋因此選早於周密所輯《絕妙好詞》。故次句接言周密所輯《絕妙詞選》，曰「更名」，以此選名氣更在「中興絕妙詞」之上。是書共七卷，入選南宋詞人 132 家，收詞 384 首。此選於南宋末即不見於世，宋・張炎《詞源》云：「豈若周草窗所選《絕妙好詞》之爲精粹。惜此板不存，恐墨本亦有好事者藏之。」〔註 327〕至清康熙初年，朱彝尊編《詞綜》後，方獲此書，由於旨趣相合，遂大加推讚。〈書絕妙好詞後〉云：「周公謹《絕妙好詞》選本雖未全醇，然中多俊語，方諸《草堂》所錄，雅俗殊分。」〔註 328〕此後，《絕妙好詞》爲習詞者所重視，乾隆十三年（1748），進京應選之厲鶚，途經天津查爲仁家，親睹《絕妙好詞》一書，遂愛不釋手，竟放棄應選之機會，與查氏合作，埋首作《箋》，書成，天下傳鈔。可知周氏此選於清代廣爲流傳，頗受推崇，故《四庫全書總目・絕妙好詞箋提要》亦稱其：「去取嚴謹，猶在曾慥《樂府雅詞》、黃昇《花庵詞選》之上。又宋人詞集今多不傳，併作者姓名亦不盡見於世。零璣碎玉，皆賴此以傳，於詞選中最爲善本。」〔註 329〕本詩首二句評價《絕妙好詞》於《花庵詞選》之上，亦由此稱賞周密選詞嚴謹，識見高明。

三、四句轉而論其詞作。「效颦十解」即周密所撰〈四字令〉（擬

〔註 326〕《詞話叢編》，冊 1，頁 332。
〔註 327〕《詞話叢編》，冊 1，頁 266。
〔註 328〕《詞籍序跋萃編》，頁 683。
〔註 329〕《四庫全書總目提要》，冊 5，頁 320。

花間體）、〈西江月〉（擬稼軒）、〈江城子〉（擬蒲江）、〈少年遊〉（擬梅溪）、〈好事近〉（擬東澤）、〈西江月〉（擬花翁）、〈醉落魄〉（擬參晦）、〈朝中措〉（擬夢窗）、〈醉落魄〉（擬二隱）、〈浣溪沙〉（擬梅川）等十首作品，其中擬仿對象包括花間詞人溫、韋，以及辛棄疾、盧祖皐、史達祖、張輯、孫惟信、趙霞山、吳文英、李商隱、周隱、施岳等多人，規模之大，譚瑩以爲直可媲美南朝宋江淹（444～505）的〈雜體詩〉三十首。「文通」係江淹字，江氏曾仿漢至劉宋諸家名篇，而成此組詩，體製龐大，功力亦見深厚，本詩以兩人並舉，遙相輝映，軒輊難分。

惟需說明者，本詩論周密所以由選詞至擬作，其中並非割裂之思考。蓋周密選詞態度嚴謹用心，詳辨詞家風格，作品優劣，功力積累深厚，方能模擬諸多詞家作品；其擬作者，除「花間體」外，餘皆南宋詞人，知其用心在此。

六、論王沂孫

王沂孫（1240？～1310？），字聖與，又字詠道，號碧山，又號中仙、玉笥山人，會稽（今浙江紹興）人。譚瑩詩云：

> 花間集外名花外，直欲填詞繼歷朝。聞雁秋燈秋雨裏，故山歸去總魂銷。

首句「花外」，係王沂孫詞集名，全句意謂：王沂孫詞取名《花外集》，蓋比於《花間集》，以繼其後也。誠如清・李調元《雨村詞話》卷二所云：「王沂孫字聖與，號中仙，有《碧山樂府》二卷，一名《花外集》，蓋取比《花間集》而名也。」〔註 330〕

次句概括詞人身世，意謂：王沂孫由宋入元，專志以塡詞抒寫情懷。而王氏約生於南宋理宗之世，宋亡之際，僅三十餘歲，曾身歷亡國之痛，所交游者，皆宋末元初之文人與遺民。此歷史背景之下，王氏詞作被視爲多比興寄託之意涵，如清・周濟《介存齋論詞雜著》云：

〔註 330〕《詞話叢編》，冊 2，頁 1414。

「中仙最多故國之感」；〔註 331〕清・陳廷焯《白雨齋詞話》卷二亦謂其詞乃:「感時傷世之言而出以纏綿忠愛，詩中之曹子建、杜子美也」。〔註 332〕本詩顯然亦由此立論，故三、四句所言，正揭露王沂孫詞中蘊含黍離麥秀之悲。

三句化用王沂孫〈醉蓬萊・歸故山〉詞句:「一室秋燈，一庭秋雨，更一聲秋雁。」四句「故山歸去」則用此詞題名。茲錄全詞如下:

掃西風門徑，黃葉凋零，白雲蕭散。柳換枯陰，賦歸來何晚。爽氣霏霏，翠蛾眉嫵，聊慰登臨眼。故國如塵，故人如夢，登高還懶。　　數點寒英，爲誰零落，楚魄難招，暮寒堪攬。步屧荒籬，誰念幽芳遠。一室秋燈，一庭秋雨，更一聲秋雁。試引芳樽，不知消得，幾多依黯。〔註 333〕

此詞題「歸故山」，當於王氏辭官歸居，回鄉路途所作。蓋王沂孫入元，曾爲慶元路學正，〔註 334〕未久辭官。詞題「故山」，當指玉笥山，王氏另有別號稱「玉笥山人」。如前文所述，時代背景造就王氏詞中多故國之感，加以入元仕官，心境必定複雜，故此詞表現情感意緒，含蘊深微。全詞以景襯情，秋景之凋零、蕭散，乃作者心境之反映。「賦歸來何晚」，含藏難以明言的隱微情緒，欲登臨覽景，又怕觸碰「故國如塵，故人如夢」，徒增秋思，遂意興索然。下片譚瑩所化用詞句，乃此詞筆墨最精彩處，元・陸輔之《詞旨》摘爲「警句」〔註 335〕；清・賀裳《皺水軒詞筌》稱爲「佳句」，並曰:「讀之不見其全，眞令人忽忽如失」。〔註 336〕蓋此三句通過「秋燈」、「秋雨」、「秋雁」構築一幅清冷孤寂之景，以「一室」、「一庭」、「更一聲」，使清愁重疊而來，強化作者如清秋之愁。最後歸結於「幾多依

〔註 331〕《詞話叢編》，冊 2，頁 1635。
〔註 332〕《詞話叢編》，冊 4，頁 3808。
〔註 333〕《全宋詞》，冊 4，頁 3364。
〔註 334〕（元）袁桷:《延祐四明志》卷二〈職官考〉上，《叢書集成三編》，冊 81，頁 245。
〔註 335〕《詞話叢編》，冊 1，頁 333。
〔註 336〕《詞話叢編》，冊 1，頁 709。

黯」，蘊含詞人複雜又隱微之情感意緒。

王沂孫詞多詠物之作，若此詞抒寫生活感受者，爲數甚少。譚瑩特引此作，而不論其詠物名篇，足見其藝術評賞之標準。蓋王氏詞作，甚爲清人稱賞，以其含蘊哀怨，多故國之感，尤其詠物寄意，更被視爲「並有君國之憂」。〔註 337〕然不可否認者，王氏詠物詞，託意深微，過於隱晦，頗費人猜疑。謂其工於詠物，未嘗不可，但若以其篇篇有寄託，則顯然過度引伸，不免穿鑿附會之嫌。反觀譚氏徵引之作，表現雖同樣難以明言，但詞意脈絡清晰，自然傳達情感流動之過程；清人評王氏詞之藝術手段，往往見其「深」、「厚」之特點。如周濟《宋四家詞選》眉批：「碧山故國之思甚深，托意高，故能自尊其體。」〔註 338〕陳廷焯《白雨齋詞話》卷二亦曰：「王碧山詞，品最高，味最厚，意境最深。」〔註 339〕所謂深厚，當指其詞含蘊豐富，纏綿婉曲，耐人尋味等藝術特色，凡此皆可見於〈醉蓬萊・歸故山〉一闋。此譚瑩所以稱賞之因，並化爲詩句，呼應王氏生平經歷與其自然流露之故國之感。

七、論詹玉

詹玉，字可大，別號天游，古郢（今湖北江陵）人。譚瑩詩云：

> 伯顏軍已破杭州，試問金華夢醒不。麥秀黍離詞客感，銷魂眞箇是天游。

首句「伯顏」係蒙古語，意爲富足，財物很多，此處代指蒙古人；「伯顏軍」即蒙古軍隊。「已破杭州」指蒙古兵揮軍南下，大破南宋都城一事。次句則化用詹天游〈齊天樂・贈童甕天兵後歸杭〉詞首句：「相逢喚醒金華夢」，以「試問」領起全句，感觸更見深刻。茲錄詹氏此詞如下：

> 相逢喚醒金華夢，吳塵暗斑吟髮。倚擔評花，認旗沽酒，歷

〔註 337〕（清）張惠言：《詞選》云：「碧山詠物諸篇，並有君國之憂」。《詞話叢編》，冊 2，頁 1616。

〔註 338〕《詞話叢編》，冊 2，頁 1656。

〔註 339〕《詞話叢編》，冊 4，頁 3808。

歷行歌奇跡。吹香弄碧。又坡柳風情，逋梅月色。畫鼓紅船，滿湖春水斷橋客。　當時何限怪侶，甚花天月地，人被雲隔。卻載蒼煙，更招白鷺，一醉修江又別。今回記得。再折柳穿魚，賞花催雪。如此湖山，忍教人更說。〔註 340〕

此詞題爲「贈童甕天兵後歸杭」，「兵後」即本詩首句所指伯顏軍破杭州後，友人童甕天將返回杭州，詞人送別之際，思及杭州都城已改朝換代，遂有無限感慨。全詞極力鋪寫杭州勝游，委婉表達其故國之思，亦即藉由遊樂以表現對故國之懷念。故明・楊愼《詞品》卷五曾評道：「詹天游以艷詞得名，見諸小說，其送童甕天兵後歸杭〈齊天樂〉云：『相逢喚醒京華夢（略）。』此伯顏破杭州之後也。觀其詞，全無黍離之感，桑梓之悲，而只以遊樂言。宋末之習，上下如此，其亡不亦宜乎？」〔註 341〕楊愼之評顯然未明詞人於「遊樂」中所寄寓的家國之感。清・丁紹儀《聽秋聲館詞話》卷九遂反譏《詞品》之語「眞是無目人語」，並以「篇中第一句即寓滄桑之慨」〔註 342〕駁之。譚瑩此即化用詹詞首句，並於下句曰「麥秀黍離詞客感」，顯亦以詞中特具亡國之悲，乃詞人感慨爲之也。

全詩三句皆著眼於詹詞名作〈齊天樂・贈童甕天兵後歸杭〉一闋，蓋此詞乃南宋亡國而作，寄寓詞人故國之思，有滄桑之慨。惟譚瑩至此，筆鋒一轉，於末句歸結詞人之流傳軼事。據清・張宗橚《詞林紀事》卷二十一引俞焯《詩詞餘話》所載：

詹可大風流才思，不減昔人。故宋駙馬楊鎮（一作震）有十姬，皆絕色，有粉兒者，尤勝。一日，招天游宴，盡出諸姬佐觴。天游屬意於粉兒，口占一詞，有「不曾眞個也消魂」之句，楊遂以粉兒贈之。曰：「天游今日，眞個消魂也。」〔註 343〕

〔註 340〕《全宋詞》，冊 5，頁 3350。
〔註 341〕《詞話叢編》，冊 1，頁 520。
〔註 342〕《詞話叢編》，冊 3，頁 2688。
〔註 343〕（清）張宗橚輯：《詞林紀事》，頁 565。

詩中「消魂眞箇」，化用詹氏〈浣溪沙〉（淡淡青山兩點春）末句：「不曾眞個也銷魂。」然楊鎭引此語，端在凸顯詞人風流豔情之一面。對比黍離麥秀之感，譚瑩引此句，則頗具反諷口吻，意謂：面對家國淪亡，天游此次眞應銷魂斷腸矣！

八、論李南金

李南金，字晉卿，自號三谿冰雪翁，樂平（今屬江西）人。譚瑩詩云：

> 獨爲秋娘感慨深，三生杜牧李南金。賀新郎譜青衫溼，淪落天涯自古今。

首二句化用李南金僅存之詞〈賀新郎・感懷〉〔註344〕詞句：「流落今如許。我亦三生杜牧，爲秋娘著句。先自多愁多感慨，更值江南春暮。」昔杜牧感傷憐惜杜秋娘，曾作〈杜秋娘〉一詩，其序云：「杜秋，金陵女也。年十五爲李錡妾。後錡叛滅，籍之入宮，有寵於景陵。穆宗即位，命秋爲皇子傅姆，皇子壯，封漳王。鄭注用事，誣丞相欲去己者，指王爲根，王被罪廢削，秋因賜歸故鄉。予過金陵，感其窮且老，爲之賦詩。」〔註345〕今李氏見「有良家女流落可嘆者」，亦賦詞贈之，〔註346〕故曰：「三生杜牧李南金」。〔註347〕

〔註344〕全詞爲：「流落今如許。我亦三生杜牧，爲秋娘著句。先自多愁多感慨，更值江南春暮。君看取、落花飛絮。也有吹來穿繡幌，有因風、飄墜隨塵土。人世事，總無據。　佳人命薄君休訴。若說與、英雄心事，一生更苦。且盡尊前今日意，休記綠腮眉嫵。但春到、兒家庭户。幽恨一簾煙月曉，恐明年、雁亦無尋處。渾欲倩，鶯留住。」《全宋詞》，冊4，頁2857。

〔註345〕（清）乾隆輯：《全唐詩》卷五一一（北京：中華書局，1960年4月），冊15，頁5839。

〔註346〕（宋）羅大經撰；王瑞來點校：《鶴林玉露》丙編卷一，《唐宋史料筆記叢刊》（北京：中華書局，1997年12月），頁246。

〔註347〕「三生杜牧」一詞，見於黃庭堅〈廣陵早春〉詩：「春風十里珠簾卷，彷彿三生杜牧之。」南宋・姜夔〈琵琶仙〉（雙槳來時）即曾引用，所謂「十里揚州，三生杜牧，前事休說」，是知李南金此句誠有所本也。

第三句「青衫溼」摘自白居易〈琵琶行〉詩：「座中泣下誰最多？江州司馬青衫濕。」〔註 348〕蓋此詩作於白氏遭貶九江司馬，夜聞琵琶女彈奏，身世飄零，遂感同身受，有「同是天涯淪落人，相逢何必曾相似」之慨。譚瑩將「青衫溼」之主角，代換為本詩所論詞人，意謂：李南金譜〈賀新郎〉一闋，感慨悲涼，必定淚濕青衫。原因無他，同屬「淪落天涯」，故興古往今來之嘆！此本詩四句所言之意。據清．葉申薌《本事詞》卷下云：「李南金自號三溪冰雪翁。有良家女流落可嘆者，李為感賦〈賀新郎〉云……悲涼感嘆，想南金亦自寫其流落之意歟。」〔註 349〕可知李南金此作不僅感慨佳人身世，亦慨嘆己身「英雄心事，一生更苦」，兩人同是「落花飛絮」，隨風起落、兀自飄零。此詞具有高度的藝術感染力，故羅大經《鶴林玉露》丙編卷一評曰：「淒婉頓挫，不減古作者。」〔註 350〕而其中所抒發「淪落天涯」之痛，更為古往今來傳唱不絕之藝術主題。

九、論文天祥

文天祥（1236～1283），初名雲孫，字天祥，以字行，改字履善，又字宋瑞，號文山，吉水（今江西吉安）人。譚瑩詩云：

> 從容柴市曲偏工，聲倚昭儀驛壁中。未有無情忠與孝，沁園春即滿江紅。

首句「從容柴市」，概括文天祥慷慨就義一事。《宋史》本傳載：「天祥臨刑殊從容，謂吏卒曰：『吾事畢矣。』南鄉拜而死。」〔註 351〕因於柴市行刑，故云。「曲偏工」則謂其亦頗工於詞，如明．陳霆《渚山堂詞話》卷二評曰：「文文山詞，在南宋諸人中，特為富麗。」〔註 352〕

〔註 348〕《全唐詩》卷四三五，冊 13，頁 4822。

〔註 349〕《詞話叢編》，冊 3，頁 2354。

〔註 350〕（宋）羅大經撰；王瑞來點校：《鶴林玉露》，《唐宋史料筆記叢刊》，頁 246。

〔註 351〕（元）脫脫等：《宋史》卷四一八列傳第一七七，冊 36，頁 12540。

〔註 352〕《詞話叢編》，冊 1，頁 362。

次句用事，見文天祥《指南後錄》卷一下載〈王夫人詞〉云：

> 太液芙蓉，渾不似、舊時顏色。曾記得、春風雨露，玉樓金闕。名播蘭簪妃后裡，暈潮蓮臉君王側。忽一聲、鼙鼓揭天來，繁華歇。　龍虎散，風雲滅。千古恨，憑誰說。對山河百二，淚盈襟血。客館夜驚塵土夢，宮車曉碾關山月。問嫦娥、於我肯從容，從圓缺。

並注：「王夫人至燕，題驛中云云。中原傳誦，惜末句欠商量。」〔註353〕「昭儀」係引文所述「王夫人」，即王清惠，南宋度宗昭儀，九嬪之首，地位僅次於皇后和四妃。宋恭帝德祐二年（1276），臨安（南宋京城，今浙江杭州）淪陷，隨三宮一同被俘往元都，在汴京驛壁上題詞〈滿江紅〉，文天祥聞之，惜此詞「末句少商量」，蓋念其語氣委婉，立場未盡堅定，故爲詞和之，題序云：「和王夫人〈滿江紅〉韻，以庶幾後山〈妾薄命〉之意」，又「代王夫人作」，共兩首。和詞一首，題序所云「後山」係指陳師道，陳氏乃曾鞏學生，鞏死後，師道作〈妾薄命〉詩，自喻一生崇拜曾鞏，文天祥續其意，表達忠於宋朝，堅貞不變之初心。詞云：

> 燕子樓中，又捱過、幾番秋色。相思處、青年如夢，乘鸞仙闕。肌玉暗消衣帶緩，淚珠斜透花鈿側。最無端、蕉影上窗紗，青燈歇。　曲池合，高臺滅。人間事，何堪說。向南陽阡上，滿襟清血。世態便如翻覆雨，妾身元是分明月。笑樂昌、一段好風流，菱花缺。〔註354〕

首句用唐・張愔愛妓關盼盼事，蓋張氏死後，盼盼念舊愛不嫁，獨居燕子樓十餘年。文天祥用其事以自比，即使「肌玉暗消」、「淚珠斜透」，詞人仍願爲國家忍受青燈獨對之況味；其昂揚之愛國精神，藉美人孤寂淒美之形象體現，免除枯燥乏味之說教言詞，展現詞之爲體所以感發人心之藝術形式，足爲婉約詞作之代表，故譚瑩特引此作，以呼應首句「曲偏工」之意。

三、四句論文天祥詞中貫徹之忠愛情懷。三句「未有無情忠與

〔註353〕《叢書集成續編》，冊213，頁636～637。

〔註354〕《全宋詞》，冊5，頁3305。

孝」，從反面立論，以文氏忠孝氣節之體現，乃有情人語。其〈沁園春・題潮陽張許二公廟〉詞首三句云：「爲子死孝，爲臣死忠，死又何妨」，〔註 355〕起筆氣宇軒昂，傲骨凜然，包舉儒家思想本原，正氣若此。惟其堅貞氣節，正多情之表現，故〈沁園春〉軒昂突起，言忠言孝，與〈滿江紅〉美人相思不悔，同樣立場堅定，同樣有情有義。此文天祥以一己忠愛之情灌注詞中，遂使抒情形式本身亦具剛健不息之特美，誠如清・王國維《人間詞話刪稿》所論：「文文山詞，風骨甚高，亦有境界。」〔註 356〕故文氏詞中境界，當由此論之。

十、論陳參政

陳參政，生平事蹟不詳。譚瑩詩云：

> 參政何人竟北留，木蘭花慢送歸舟。杜鵑教我歸何處，各極芊綿一樣愁。

首句「參政」係指陳參政，其生平事蹟不詳，僅〈木蘭花慢・送陳石泉自北歸〉一詞傳世，茲錄全詞如下：

> 北歸人未老，喜依舊，著南冠。正雪暗滹沱，雲迷芒碭，夢落邯鄲。鄉心促、日行萬里，幸此身、生入玉門關。多少秦煙隴霧，西湖淨洗征衫。　　燕山。望不見吳山。回首一征鞍。慨故宮離黍，故家喬木，那忍重看。鈞天。紫微何處，問瑤池、八駿幾時還。誰在天津橋上，杜鵑聲裏闌干。〔註 357〕

此詞贈別，蓋參政滯留北方，屬金人統治領地，其友欲南行歸返，遂作此詞送之。全詞分上下片，上片寫友人歸鄉情濃，路途雖遙遠艱辛，歸興卻溢於言表；「鄉心促、日行萬里」，寫出遊子思鄉情切，不畏萬里跋涉。下片詞人筆鋒一轉，抒發憂國之慨，「燕山。望不見吳山」，

〔註 355〕《全宋詞》，冊 5，頁 3306。

〔註 356〕《詞話叢編》，冊 5，頁 4262。

〔註 357〕唐圭璋主編：《全金元詞》（臺北：洪氏出版社，1980 年 11 月），頁 733。

道出南北分裂之現實，歸途路程，山川景物歷歷在目，遊子征人滿懷歸鄉之興，遂不免化爲更深沉之家國之痛，詞情哀婉淒惻。

本詩四句，皆就此詞而言。首句指出此詞作者陳參政乃北人，「竟」字加強譚瑩對詞人主觀之同情。次句則概括詞牌與題序，由是點出此詞乃北人送友南行歸鄉所作。第三句則化用下片結二句：「誰在天津橋上，杜鵑聲裏闌干」，蓋詞人送友人歸，舟行，仍依依不捨，於天津橋上極目遠望，此時聞杜鵑聲聲悲啼。全詞至此結束，惟詞情卻綿延不絕；蓋杜鵑聲啼，似問行客鄉歸何處，由是使人頓生鄉愁、家國等諸多感慨，綿密交雜，如草木漫衍叢生，無止無休，故曰「各極芊綿一樣愁」。

十一、論《樂府補題》

譚瑩詩云：

> 詞工詠物半遺黎，樂府何勞更補題。易世恐興文字獄，子規誰許盡情啼。

首句概括《樂府補題》一書之性質與作者，清·陳維崧〈樂府補題序〉云：「嗟乎！此皆趙宋遺民之作也。」朱彝尊亦撰序曰：「大率皆宋末隱君子也。誦其詞可以觀志意所存，雖有山林朋友之娛，而身世之感別有淒然言外者，其騷人橘頌之遺音乎！」〔註 358〕今人黃裳題跋亦云：「此樂府補題一卷，南宋遺民懷故國，借詠物發之，彙爲一編。」〔註 359〕《樂府補題》一書，係南宋遺民感憤元朝至元十五年（1278），番僧楊璉眞伽爲江南總攝掌釋教，在丞相桑哥授意下，盜發高宗、孟妃等帝后陵墓之事。次年，由王沂孫、唐珏、周密、張炎、李彭老、王易簡、馮應瑞、唐藝孫、呂同、李居仁、陳恕可、趙汝鈉、仇遠等十三人及無名氏兩人，以〈天香〉、〈水龍吟〉、〈齊天樂〉、〈摸魚兒〉、

〔註 358〕陳、朱兩人序言，詳《樂府補題》卷首，《景印文淵閣四庫全書》（臺北：臺灣商務印書館，1983 年），冊 1490，頁 102～103。

〔註 359〕黃裳：〈來燕榭書跋二則〉，《尋根》（2003 年第 2 期）。

〈桂枝香〉等詞牌，分詠龍涎香、白蓮、蓴、蟬、蟹五物，借詠物三十七闋詞，哀悼宋六陵被盜之帝后，以託故國之思，總題爲《樂府補題》。所謂「補題」之樂府，蓋指南宋遺民借詠物思前朝而作。次句曰「何勞」，有不必勞煩之意，乃欲興下文三、四句之語。

第三句「易世」即改朝換代之意，全句意謂：此託物以寄故國之思之「補題」詞作，當改朝換代之際，恐不免招致文字獄之迫害。此必身處有清一代之作者深刻體認者，蓋清代文字獄「持續時間之長，文網之密，案件之多，打擊面之廣，羅織罪名之陰毒，手段之狠，都是超越前代的。」〔註360〕而譚瑩活動時期，文字獄打壓雖已趨緩，然士人心中仍普遍存在揮之不去之陰霾，與譚瑩時代相當之龔自珍〈詠史〉詩中有云：「避席畏聞文字獄，著書都爲稻粱謀。」〔註361〕此本詩末句所云「子規誰許盡情啼」之深意。「子規」乃杜鵑鳥之別名，傳說蜀帝杜宇失權喪國，魂魄化爲杜鵑鳥，常夜鳴，其聲淒切，故藉以抒悲苦哀怨之情。由於時代之感知，譚瑩乃純就性質與功能，以論《樂府補題》，而非著眼詠物詞之寄託內涵與藝術表現，或可謂時代之烙印對作者影響正反映於詩句中。

綜上所述，譚瑩論南宋末期詞人，特別關注張炎與周密，各撰兩首詩論之，且語多稱賞。實則渠等詞作在藝術境界上並未有多少開拓與創新，反係承襲周、姜之藝術法則，與吳文英之創作長處，持續塡寫音律精嚴之「雅詞」；同時對蘇軾、辛棄疾亦有所借鑑，致令其作品於雅正典麗之藝術要求下，又不失清疏明快之風貌。譚瑩論周密詞，化用〈高陽臺〉詞句，稱：「似此能無斧鑿痕」，正凸顯此種創作特色。

就時代背景而論，此期之詞家多親身經歷亡國之痛，時代橫跨宋末元初，以遺民之身分持續創作。「哀以思」之亡國之音大量注入詞

〔註360〕詳胡寄光：《中國文禍史》（上海：人民出版社，1993年），頁117。

〔註361〕（清）龔自珍著；王佩諍校：《龔自珍全集》（上海：上海古籍出版社，1999年6月），頁471。

之寫作，於是「悲涼激楚不勝情」（論張炎）、「故山歸去總銷魂」（論王沂孫）、「麥秀黍離詞客感」（論詹天游）、「未有無情忠與孝」（論文天祥）、「杜鵑教我歸何處」（論陳參政）、「詞工詠物半遺黎」（論《樂府補題》）等，經由不同之詞人詞作，揭示此期創作之主要內涵。

再者，此期之詞人不僅面臨山河之破碎衰敗，同時在流離飄泊中眞實感受生存之困境考驗，發而爲詞，益顯淒苦悲涼，從而強化詞之情感深度。此中以蔣捷爲代表，故譚瑩論其詞亦特別關注詞人「江湖遁跡」所作，如「舟宿閒灣」等作品。再者，李南金〈賀新郎・感懷〉一詞，亦流露「淪落天涯」之感，故李氏雖僅存此作，譚瑩仍特爲拈出，蓋此乃古今詩詞共同傳唱之藝術主題，具有普遍價値也。

第四節　小　結

總結譚瑩論南宋詞之特色，可概分爲詞作內涵與藝術風貌二端，茲分述如下：

其一，就詞作內涵而論：北宋亡國後，南渡初期面臨之政治危機，遂激發文人士子強烈之愛國意識，詞壇上大量湧現慷慨悲壯、反映現實之作品。即使昔日曾沉溺於個人情感或游離政治之外之詞人，亦或多或少於其作品中流露家國淪亡之悲愴情調。誠如王偉勇師研究指出：「値此內憂外患之政治環境，詞體亦深受其影響。……詞之內容，由兒女私情，擴而至抒寫身世，關心家國；詞之功用，由娛賓遣興，擴而至議論朝政，使詞用益廣而體益尊。」〔註 362〕故譚瑩論南宋詞家好著眼於忠愛之思、家國之感，蓋因時代創作之趨勢使然。至於粉飾太平、諛世頌世之詞家作品，往往略而不論，即有所取，亦視爲警惕對象而存在，此以論廖瑩中詞特別鮮明。且延續論北宋詞家之立場，人品仍爲譚瑩評賞之重要標準。

其二，就藝術風貌而論：誠如前文所述，南宋詞之發展，因時代

〔註 362〕詳氏著：《南宋詞研究》，頁 30。

之需求，逐漸朝「詩化」之方向發展，並由此企及「雅化」之目的。南宋詞家著重「雅詞」之創作，藉由漫長之時間探索，其藝術技巧不斷力求精深，講求詞法之傳授，在風格上強調傳承與統系之概念，凡此，譚瑩於論詞組詩中多有關照。而綜合譚氏論述，其評賞之角度實近於清初浙西詞派之觀點，亦即在審美理想上係以姜、張「醇雅」之詞作爲典範，強調藝術鍛鍊之「精工」。惟浙西詞派理論發展至後期，亦相對呈顯創作之弊病。如宋翔鳳〈論詞絕句二十首〉（其十八）論浙西詞派末流，有云：

> 南宋風流近未存，浙西詞客欲銷魂。沈吟可奈情俱淺，片片空留襞積痕。〔註363〕

此絕首二句點明浙西詞人普遍之理想，即創作符合姜張清雅詞風之作品；「銷魂」意謂靈魂離體之狀態，傳達精神嚮往之情境。三、四句則論實際創作之弊病；亦即作品實際表現，僅停留在貌似南宋之階段，精神乃全然不存。「襞積」一詞乃堆砌之意，二句意謂浙西詞作旨意枯寂，無興感之情與家國之念，專事描摹、堆砌典事，作品流於浮滑。由是，譚瑩接受浙西詞派之藝術理論，同時關注詞家人格與作品之內在精神，藉以矯正過於強調藝術技巧所呈顯之流弊，其論點在當時具有鮮明之調和色彩。

〔註363〕（清）宋翔鳳：《洞簫樓詩紀》卷三，《浮溪精舍叢書》十五（桃園：聖環圖書，1998年5月），頁255～256。